Ullstein Thriller

ÜBER DAS BUCH:

Aus Publishers Weekly, 6. Juni 1984: »Stummer Killer redet in Autobiographie des Verbrechens«

Der literarische Agent Milton Alpert von M. Alpert & Associates hat angekündigt, er werde Martin Michael Plunkett, den unter dem Namen »Sexecutioner« bekannten Mörder, beim Verkauf seiner autobiographischen Memoiren vertreten; es handelt sich dabei um einen Bericht, der, wie Alpert sagt, »kein Blatt vor den Mund nimmt und dazu geeignet ist, ein klassischer Text über die kriminelle Psyche zu werden«.

DER AUTOR:

James Ellroy, 1948 in Los Angeles geboren, ist der neue Superstar der amerikanischen Kriminalliteratur. Er steht in der Tradition von Ross Macdonald, Josef Wambaugh und Dashiell Hammett. 1986 schaffte er in den USA mit seinem Roman »Die schwarze Dahlie«, der mit dem deutschen Krimi-Preis 1989 ausgezeichnet wurde, den Durchbruch. Gegenwärtig schreibt er an einer fiktiven kriminalhistorischen Trilogie, die im Los Angeles der fünfziger Jahre angesiedelt ist. »Blutschatten«, der erste Band dieser Trilogie, wurde zusammen mit dem hier vorliegenden »Stiller Schrecken« mit dem deutschen Krimi-Preis 1990 ausgezeichnet.

James Ellroy

Stiller Schrecken

Roman

Übersetzt von Rainer Schmidt
Mit einem Nachwort von Oliver Huzly

Ullstein Thriller

Ullstein Thriller
Lektorat: Georg Schmidt
Ullstein Buch Nr. 22057
im Verlag Ullstein GmbH,
Frankfurt/M – Berlin
Titel der amerikanischen
Originalausgabe:
Silent Terror

Deutsche Erstausgabe

Umschlaggestaltung:
Hansbernd Lindemann
Umschlagbild:
Mall Photodesign
Alle Rechte vorbehalten
© 1986 by James Ellroy
Übersetzung
© 1989 by Verlag Ullstein GmbH,
Frankfurt/M – Berlin
Printed in Germany 1992
Gesamtherstellung:
Ebner Ulm
ISBN 3 548 22057 6

3. Auflage März 1992

Vom selben Autor
in der Reihe
der Ullstein Bücher:

Browns Grabgesang (10359)
Heimlich (10364)
Blut auf dem Mond (10374)
In der Tiefe der Nacht (10464)
Hügel der Selbstmörder (10485)
Die schwarze Dahlie (06165)
Blutschatten (22654)

Die Deutsche Bibliothek –
CIP-Einheitsaufnahme

Ellroy, James:
Stiller Schrecken: Roman / James Ellroy.
Übers. von Rainer Schmidt. – Dt.
Erstausg., 3. Aufl. – Frankfurt/M; Berlin:
Ullstein, 1992
  (Ullstein-Buch; Nr. 22057:
  Ullstein-Thriller)
  ISBN 3-548-22057-6
NE: GT

Aus dem BIG APPLE TATTLER, 13. September 1983

»Sexecutioner« festgenommen!
Mörder von Behrens/Liggett – De Nunzio/Cafferty
geht bei Razzia in Westchester ins Netz!!!

Heute morgen um drei Uhr war die verschlafene Kleinstadt New Rochelle Schauplatz eines Dramas auf Leben und Tod, als Bundesagenten und Lokalpolizei eine saubere kleine Pension am Rande des Innenstadtbezirkes umstellten.

In einem adretten Zimmerchen im zweiten Stock schlief dort Martin Michael Plunkett, 35, der mutmaßliche Sexualmörder zweier Liebespärchen aus Westchester County – Madeleine Behrens und ihr Freund Richard Liggett, 24, sowie Dominic De Nunzio, 18, und seine Verlobte Rosemary Cafferty.

Plunkett, den die Lokalbehörden als »Sexecutioner« bezeichnet haben, werden noch einige andere, ähnlich brutale Mordtaten zur Last gelegt – Morde, die überall in den Vereinigten Staaten und in einem Zeitraum von mehr als zehn Jahren begangen wurden. Aber der große Killer mit dem eindringlichen Blick war nicht in Mordstimmung, als die G-Men unter der Führung von Thomas Dusenberry, Agent einer Taskforce zur Aufklärung von Serienmorden, die Pension evakuierten und ihm per Megaphon ein Ultimatum stellten: »Wir haben Sie umstellt, Plunkett! Ergeben Sie sich, oder wir kommen Sie holen!«

Das Echo des Megaphons hallte durch die Totenstille am 800er Block von South Lockwood. Dann erscholl die Stimme des »Sexecutioners«: »Ich bin unbewaffnet. Ich will mit dem Chef reden, bevor ihr mich hochnehmt.«

Unter entsetzten Protesten sowohl seitens der lokalen Einsatztruppe als auch seiner FBI-Kollegen betrat Inspector Dusenberry das Zimmer des Mörders; fünf Minuten später führte er Plunkett in Handschellen heraus. Auf die Frage, was sich in den fünf Minuten abgespielt habe, erklärte Dusenberry: »Der Mann und ich haben miteinander geredet. Er wollte sichergehen, daß seine Aussage, falls er ein Geständnis ablegte, verbatim abgedruckt würde. Daran ließ er keinen Zweifel. Es schien ihm sehr wichtig zu sein.«

Aus der Rubrik »Präzendenzfälle« des
AMERICAN JOURNAL OF PSYCHIATRY, 10. Mai 1984:

Rechtswissenschaftler und Gerichtspsychologen verfolgen weiterhin mit scharfem Interesse den Fall des Martin Michael Plunkett, der in Westchester County, New York, im Februar des Mordes 1. Grades in vier Fällen überführt wurde.

Plunkett, 36, der zu vierfacher lebenslänglicher Haft verurteilt wurde und sich zur Zeit im Gefängnis Sing Sing in Schutzhaft befindet, brachte vor Gericht nichts zu seiner Verteidigung vor. Als sein eigener Vertreter präsentierte er dem Richter eine notariell beglaubigte schriftliche Aussage und verlas diese Aussage wörtlich im überfüllten Gerichtssaal:

»Am 9. September 1983 ermordete ich Madeleine Behrens und Richard Liggett. Das Messer, das ich für die Tat benutzte, habe ich in eine Plastiktüte gewickelt und an der Nordwestecke des Sees im Hugenot Park vergraben, und zwar unweit der Ecke North Avenue und Eastchester Road in New Rochelle, New York. Am 10. September 1983 ermordete ich Dominic De Nunzio und Rosemary Cafferty. Die Säge, mit der ich sie zerlegte, habe ich in eine Plastiktüte gewickelt und am Fuße eines Ahornbaumes unmittelbar vor der Stadtbücherei in Bronxville, New York, vergraben. Dies ist meine erste, letzte und einzige Aussage zu den Verbrechen, die man mir zur Last legt, und zu allen anderen, deren ich verdächtigt werde.«

Bei Nachforschungen wurden die von Plankett beschriebenen Mordwaffen gefunden; sie trugen seine Fingerabdrücke. Umfangreiche, in den Labors der Spurensicherung durchgeführte Tests ergaben, daß die »SS«-Schnittwunden an den Beinen der vier Opfer von der Schneide des Messers hervorgerufen wurden. Plunkett, der sein Schweigen seit seiner Verhaftung am 13. September nicht gebrochen hatte, wurde aufgrund dieser Beweismittel sowie seiner Aussage verurteilt.

Sein Schweigen hat bei den Strafverfolgungsbehörden einigen Zorn erweckt, da man dort überzeugt ist, daß die Zahl der Opfer Plunketts sich auf etwa fünfzig beziffern könnte. Thomas Dusenberry, der FBI-Agent, der die zu Plunketts Festnahme führende Untersuchung geleitet hat, erklärte: »Auf der Grundlage der psychologischen Gutachten über die Mordfälle Behrens/Liggett und De Nunzio/Cafferty sowie der Mord- und Vermißtenfälle, die sich in zeitlichem Zusammenhang mit den uns bekannten Bewegungen Martin Plunketts ereignet haben, vermute ich, daß er für *mindestens* dreißig weitere Morde und Vermißtenfälle verantwortlich ist. Ein – freiwilliges oder durch Drogen herbeigeführtes – Geständnis würde der Polizei endlose Nachforschungen ersparen – viele der Fälle, in denen wir Plunkett für den Täter halten, wären damit abgeschlossen.«

Aber Plunkett, dessen Schulakten auf eine Intelligenz im Bereich des Genies schließen lassen, verweigert jede Aussage und erst recht ein Geständnis, zu dem er auf legalem Wege nicht gezwungen werden kann. Daher werden die Gefängnisbehörden des Staates New York derzeit von zwei verschiedenen Seiten mit Anträgen belegt, den Zugang zu seinem kriminellen Gedächtnis zu ermöglichen: Die Polizeibehörden sind darauf erpicht, ungeklärte Mordfälle innerhalb ihrer Zuständigkeitsbereiche zum Abschluß zu bringen, und die Gerichtspsychologen brennen darauf, den Verstand eines brillanten Massenmörders zu durchleuchten. Bisher sind alle diese Anträge von der Gefängnisbehörde zurückgewiesen worden, und Vertreter der Amerikanischen Bürgerrechtsunion haben rechtliche Schritte für den Fall angekündigt, daß Plunkett zur Einnahme bewußtseinsverändernder Chemikalien gezwungen würde, um ihn damit zu einem Geständnis zu bringen. Vielleicht das letzte Wort im Fall Plunkett hat Richard Wardlow gesprochen, der Direktor der Justizvollzugsanstalt Sing Sing: »Die juristischen und psychologischen Verzweigungen dieser Angelegenheit kann ich nicht übersehen, aber eines kann ich Ihnen sagen: Martin Plunkett wird *nie wieder* das Tageslicht sehen. So sehr ich den Cops mit ihren ungeklärten Mordfällen ihre Sorgen nachfühlen kann – sie sollten aufgeben und dankbar sein, daß dieser ... sich in Haft befindet. Aus einem Stein können Sie kein Blut quetschen.«

Aus PUBLISHERS WEEKLY, 6. Juni 1984:

»Stummer Killer ›redet‹ in Autobiographie des Verbrechens«

Der literarische Agent Milton Alpert von M. Alpert & Associates hat angekündigt, er werde Martin Michael Plunkett, den unter dem Namen »Sexecutioner« bekannten Mörder, beim Verkauf seiner autobiographischen Memoiren vertreten; es handelt sich dabei um einen Bericht, der, wie Alpert sagt, »kein Blatt vor den Mund nimmt und dazu geeignet ist, ein klassischer Text über die kriminelle Psyche zu werden«.

Alpert war durch einen Telefonanruf von Plunkett nach Sing Sing zitiert worden; dieser hatte nach dem Verlesen seines Schuldbekenntnisses bei seinem Prozeß im Februar hartnäckig geschwiegen. Der 36jährige Killer empfindet nach Alperts Aussage »tiefe Reue für seine Taten und möchte mit der Niederschrift seiner ›warnenden‹ Memoiren seine Schuld sühnen«.

Da das Recht des Staates New York untersagt, daß Kriminelle durch die Veröffentlichung eines Berichtes über ihre Straftaten finanziellen Gewinn erzielen, wird das Geld, das mit dem Verkauf der Plunkett-Memoiren erlöst wird, den Familien der Opfer zugute kommen. »Martin *will* es sogar so«, betont Alpert.

Polizeibehörden und Staatsanwaltschaften in ganz Amerika haben bereits ihr großes Interesse an Plunketts derzeit in Arbeit befindlichem Manuskript bekundet, vom »juristischen« Standpunkt aus – sie glauben, es werde Licht auf einige ungeklärte Mordfälle werfen, in denen Plunkett (den mehrere FBI-Beamte seit langem des Massenmordes verdächtigen) der Täter gewesen sein könnte. Im Rahmen einer Übereinkunft zum »gegenseitigen Vorteil« hat Alpert sich bereit erklärt, den Strafverfolgungsbehörden »entscheidende Informationen zu bislang ungeklärten Mordfällen« im Austausch gegen »polizeiliche Dokumente, die Martin bei der Abfassung seines Buches helfen werden«, zu überlassen.

Das Buch, bis jetzt noch ohne Titel, wird nach der Fertigstellung versteigert werden.

I

Los Angeles

1

Dusenberrys Schätzung der Opfer lag zu niedrig, und Direktor Wardlows Steinmetapher war nur teilweise zutreffend. Unbelebte Gegenstände *können* Blut geben, aber wenn die Transfusion gelingen soll, muß der Gegenstand zutiefst und ganz und gar folgerichtig damit einverstanden sein. Selbst Milt Alpert, dieser über die Maßen anständige Förderer der Literatur, mußte die Ankündigung unserer Zusammenarbeit bemänteln mit Slogans, die von Rechtfertigungen trieften, und mit Worten, die ich nie gesagt habe. Er kann sich nicht mit der Tatsache abfinden, daß er zehn Prozent an einer mit Blut geschriebenen Abschiedsschrift verdienen wird. Daß ich keine Reue fühle und keine Absolution suche, kann er nicht verstehen.

Wäre ein Weitsichtigerer als ich in meiner Situation, würde er die Gelegenheit dieser Erzählung ergreifen und sie darauf verwenden, die mit der geistigen Gesundheit befaßte Profession und das liberale Justizestablishment zu manipulieren – Menschen, die für billige Erlösungsvisionen empfänglich sind. Da ich aber nicht damit rechne, dieses Gefängnis je zu verlassen, werde ich es nicht tun – es wäre einfach unehrlich. Noch werde ich ein psychologisches Plädoyer halten, indem ich meine Taten der angeblichen Absurdität des amerikanischen Lebens im 20. Jahrhundert gegenüberstelle. Indem ich die Spießruten des Schweigens und des Willens bewußt durchlief, indem ich meine eigene, vakuumerfüllte Realität erschuf, gelang es mir, in einem ungewöhnlichen Maße außerhalb der üblichen Umwelteinflüsse zu existieren – der prosaische Schmerz, der darin liegt, aufzuwachsen und Amerikaner zu sein, konnte sich nicht festsetzen; ich verwandelte ihn schon sehr früh in *mehr*. Folglich stehe ich zu meinen Taten. Sie gehören allein zu mir.

Hier in meiner Zelle habe ich alles, was ich brauche, um meinen Abschied mit Leben zu erfüllen: eine erstklassige Schreibmaschine, weißes Papier, polizeiliche Unterlagen, die mir mein Agent besorgt hat. An der hinteren Wand hängt eine Rand-McNally-Karte von Amerika, und neben meiner Pritsche steht eine Schachtel mit bunten Stecknadeln. Während dieses Manuskript wächst, werde ich diese Nadeln dazu benutzen, die Orte zu markieren, an denen ich Menschen ermordet habe.

Aber vor allem habe ich meinen Verstand, mein Schweigen. Es gibt eine Dynamik beim Vermarkten des Grauens: Man serviert es mit übertriebener Farbigkeit, die mit dem Entsetzen eben auch Distanz schafft, und dann knipst man, buchstäblich oder sinnbildlich, das Licht an und erweckt so Dankbarkeit für das Nachlassen eines Alptraums, der sowieso zu schauderhaft war, um wahr zu sein. Ich werde dieser Dynamik nicht folgen. Ich werde mich von Ihnen nicht bemitleiden lassen. Charles Manson, der in *seiner* Zelle vor sich hin sabbelt, verdient Mitleid. Ted Bundy, der seine Unschuld beteuert, um einsame Frauen dazu zu verleiten, mit ihm zu korrespondieren, verdient Verachtung. Ich verdiene Ehrfurcht, denn ich stehe unversehrt am Ende der Reise, die ich jetzt schildern werde, und weil die Gewalt meines Alptraums jedes Nachlassen verbietet, werde ich sie von Ihnen bekommen.

2

Die Reiseführer beschreiben Los Angeles fälschlich als ein von der Sonne geküßtes Amalgam aus Stränden, Palmen und dem Kino. Das literarische Establishment unternimmt den einfältigen Versuch, diesen äußeren Anschein zu durchdringen und das Becken von L. A. als einen Schmelztiegel verzweifelten Kitschs, gewalttätiger Illusion und vielfarbigen religiösen Wahnsinns zu servieren. Beide Darstellungen enthalten Elemente der Wahrheit, die darauf fußen, daß sie gut zupaß kommen: Es ist leicht, die Stadt auf den ersten Blick zu lieben, und es ist noch leichter, sie zu hassen, wenn man spürt, was für Menschen hier leben. Aber um sie zu *kennen*, muß man aus einer *Nachbarschaft* kommen, aus jenen innerstädtischen Enklaven, die in den Reiseführern niemals erwähnt und von den Künstlern in ihrer Hast, mit breitem, satirischem Pinselstrich zu malen, beiseite geschoben werden.

Diese Gegenden erfordern Erfindungsreichtum; dem Beobachter geben sie ihre Geheimnisse nicht preis – nur dem inspirierten Bewohner. Ich habe dem Gelände meiner jugendlichen Streifzüge eine so unversöhnliche Aufmerksamkeit geschenkt, daß ich sie voll und ganz zurückbekam. Es gab nichts in dieser stillen Gegend am Rande von Hollywood, was ich nicht kannte.

Beverly Boulevard im Süden; Melrose Avenue im Norden; Rossmore und der Wilshire Country Club markierten die Westgrenze, eine Demarkationslinie zwischen Geld und dem Traum davon. Die Western Avenue mit ihren Massen von Bars und Schnapsläden bewachte das Tor zum Osten – sie hielt unerwünschte Schulbezirke, Mexikaner und Homosexuelle in Schach. Sechs Blocks von Norden nach Süden, siebzehn von Osten nach Westen. Kleine Häuser aus Holz und im spanischen Stil; baumgesäumte Straßen ohne Ampeln. Ein Apartmenthaus mit Innenhof, vollgestopft mit Prostituierten und illegalen Ausländern, wie man munkelte; eine Grundschule; das zweifelhafte Vorhandensein eines »Fickstalls«, in den Footballspieler von der University of Southern California ihre Mädchen schleppten, um sich Pornofilme aus den fünfziger Jahren anzusehen. Ein kleines Universum voller Geheimnisse.

Ich wohnte mit meinem Vater und meiner Mutter in einem lachsrosa Miniaturnachbau der Santa-Barbara-Mission, zweistöckig, mit einem Dach aus Teerpappe und einer nachgemachten Missionsglocke. Mein Vater war Zeichner in einer Flugzeugfabrik, und er spielte – vorsichtig: Meistens gewann er. Meine Mutter war Büroangestellte in einer Versicherung, und ihre Freizeit verbrachte sie damit, den Verkehr auf dem Beverly Boulevard anzustarren.

Ich weiß heute, daß meine Eltern im Geiste von wilder Lebendigkeit waren – und von wütender Vereinzelung. In den ersten sieben Jahren meines Lebens waren sie zusammen, und ich erinnere mich, daß ich sie früh als meine Hüter betrachtete, als nichts sonst. Ihren Mangel an Liebe, zu mir und zueinander, verzeichnete ich anfangs als Freiheit – verschwommen nahm ich ihr elliptisches Verständnis von Elternschaft als eine Vernachlässigung wahr, aus der ich Kapital schlagen konnte. Sie besaßen nicht die Leidenschaft, mich zu mißhandeln oder zu lieben. Heute weiß ich, sie haben mich mit so viel Kindheitsbrutalität bewaffnet, daß es für eine Armee gereicht hätte.

Anfang 1953 gingen in der Nachbarschaft versehentlich die Luftschutzsirenen los; mein Vater war davon überzeugt, daß ein russischer Atombombenangriff bevorstand, und führte meine Mutter und mich auf das Dach, um die Ankunft des dicken Knüppels abzuwarten. Er hatte eine Flasche Bourbon dabei, weil er dem Pilz zutrinken wollte, den er über der Innenstadt von L. A. erwartete, und als der dicke Knüppel nicht kam, war er betrunken und enttäuscht. Meine Mutter unternahm eines ihrer seltenen verbalen Angebote, diesmal zur Linderung seiner Niedergeschlagenheit darüber, daß die Welt nicht zum Teufel gegangen war. Er hob die Hand, um sie zu schlagen, zögerte und kippte sich den Rest der Flasche in den Hals. Mutter ging wieder nach unten zu ihrem Sessel, aus dem sie den Verkehr beobachtete, und ich fing an, mir naturwissenschaftliche Bücher aus der Bibliothek zu holen. Ich wollte wissen, wie Atompilze aussahen.

Diese Nacht signalisierte den Anfang vom Ende der Ehe meiner Eltern. Die Luftschutzwarnung löste in der Nachbarschaft einen Bunkerbauboom aus. Meinen Vater widerte die Bauerei in den Gärten an; er begann, seine Wochenenden auf dem Dach zu verbringen, wo er trank und dem Spektakel zuschaute. Ich beobachtete, wie er immer wütender wurde, und ich wollte seinen Schmerz lindern und ihm helfen, nicht so sehr Zuschauer zu sein. Irgendwie kam ich auf den Gedanken, ihm die »Wham-O«-Zwille aus gebürstetem Stahl zu schenken, die ich an der Bushaltestelle Ecke Oakwood und Western auf einer Bank gefunden hatte.

Mein Vater war entzückt von dem Geschenk und fing an, die überirdischen Teile der Luftschutzbunker mit Stahlkugeln zu beschießen. Bald war er ein exzellenter Schütze, und auf der Suche nach anspruchsvolleren Zielen begann er, die Krähen von den Telefondrähten herunterzuschießen, die sich hinter unserem Haus an dem Sträßchen entlangspannten. Einmal erwischte er sogar eine rennende Ratte aus einer Entfernung von sechsundvierzig Fuß und acht Zoll. Ich erinnere mich an die Distanz, weil mein Vater so stolz auf seine Leistung war, daß er die Strecke abschritt und den verbleibenden Rest mit einem stählernen Zeichenlineal vermaß.

Zu Anfang '54 erfuhr ich, daß meine Eltern sich scheiden lassen würden. Mein Vater nahm mich mit aufs Dach, um es mir zu sagen. Ich hatte es kommen sehen und wußte aus der Fernsehsendung »Paul Coates Confidential«, daß »Nachkriegsehen« häufig vor dem Scheidungsrichter endeten.

»Warum?« fragte ich.

Mein Vater scharrte mit der Fußspitze im Kies auf dem Dach; es sah aus, als malte er Atompilze. »Na ja . . . ich bin vierunddreißig, und deine Mutter und ich, wir verstehen uns nicht; und wenn ich ihr noch viel Zeit widme, werde ich die besten Jahre meines Lebens verplempert haben, und wenn ich das tue, kann ich auch gleich einpakken. So weit können wir es doch nicht kommen lassen, oder?«

»Nein.«

»So ist's brav, Marty. Ich ziehe nach Michigan, aber du und deine Mutter, ihr behaltet das Haus, und ich werde euch schreiben, und ich werde euch Geld schicken.«

Aus der Coates-Sendung wußte ich, daß Scheidungen eine teure Angelegenheit waren, und ich ahnte, daß mein Vater von seinen Glücksspielgewinnen eine Menge beiseite geschafft haben mußte, wenn er sich damit absetzen konnte. Er schien meine Gedanken zu erraten und fuhr fort: »Du wirst gut versorgt sein. Mach dir darüber keine Sorgen.«

»Mach ich nicht.«

»Gut.« Mein Vater zielte mit dem Finger auf eine fette Elster, die auf der Nachbargarage hockte. »Du weißt, deine Mutter ist . . . na, du weißt schon.«

Ich wollte schreien: »verrückt, »meschugge«, »ausgeklinkt«, »'n Fall für die Couch«, aber ich wollte nicht, daß er wußte, daß ich es wußte. »Sie ist sensibel?« schlug ich vor.

Mein Vater schüttelte langsam den Kopf; ich wußte, *er* wußte, daß ich es wußte. »Yeah. Sensibel. Versuch, Verständnis für sie zu haben. Sieh zu, daß du eine gute Ausbildung bekommst, und versuche, auf eigenen Füßen zu stehen. Dann wird man noch von dir hören.«

Mit dieser prophetischen Feststellung streckte mein Vater mir seine Hand entgegen. Fünf Minuten später ging er zur Tür hinaus. Ich habe ihn nie wiedergesehen.

3

Meine Mutter verlangte nichts weiter, als daß ich ein vernünftiges Maß an Stille bewahrte und sie nicht mit Fragen danach belastete, was sie gerade denke. Darin war ihr Verlangen impliziert, daß ich bescheidene Zurückhaltung zeigte, in der Schule, beim Spielen und zu Hause. Wenn sie dieses Diktat für eine Strafe hielt, irrte sie sich: In meinem Kopf konnte ich gehen, wohin ich wollte.

Wie die anderen Kinder in der Nachbarschaft ging ich zur Grundschule in der Van Ness Avenue, gehorchte, lachte und weinte über lächerliche Dinge. Andere Kinder aber fanden Schmerz/Freude in äußeren Reizen, während sie bei mir von einer Filmleinwand reflektiert wurden, die sich an dem, was mich umgab, *nährte* und es für meine eigene, gehirn-interne Betrachtung montierte, und zwar mit einem stahlscharfen geistigen Schneidegerät, das jederzeit genau wußte, was ich brauchte, um mich nicht zu langweilen.

Diese Vorführungen liefen so:

Miss Conlan oder Miss Gladstone etwa standen an der Tafel und salbaderten geschwollen. Sie verblaßten visuell, proportional zu meiner wachsenden Langeweile, und unwillkürlich fingen meine Augen dann an, nach etwas zu suchen, was mich geistig wachhalten würde.

Die größeren Kinder saßen hinten im Klassenzimmer, und von meinem Pult an der linken hinteren Ecke hatte ich ein perfektes, diagonal nach vorn gerichtetes Blickfeld, das mir Profilaufnahmen aller meiner Klassenkameraden gestattete. Wenn die Lehrerin visuell/ akustisch auf ein Minimum reduziert war, verschwammen die Gesichter der anderen Kinder ineinander und bildeten neue; Fetzen geflüsterter Gespäche fügten sich zusammen, bis Jungen/Mädchen-Hybriden aller Art mir ihre Unterwerfung erklärten.

In einem Vakuum geliebt zu werden, war wie ein Wachtraum; der Straßenlärm klang wie Musik. Aber eine abrupte Bewegung im Zimmer oder das Klappern von Büchern, die draußen auf dem Gang zu Boden fielen, verdarb alles. Pieter, der große blonde Junge, der von der dritten bis zur sechsten Klasse neben mir saß, verwandelte sich von einem anbetungsvollen Vertrauten zu einem Monster, und der Geräuschpegel bestimmte, wie grotesk seine Züge wurden.

Nach langen, angstvollen Augenblicken fixierte ich dann den vorderen Teil des Klassenzimmers, konzentrierte mich auf die Schrift an der Tafel oder auf den Monolog der Lehrerin und warf, wenn ich glaubte, damit davonzukommen, irgendeine Zwischenbemerkung ein. Dies beruhigte mich und veranlaßte die anderen Kinder, sich mir frontal zuzuwenden, was einen zündenden Funken in den Teil meines Gehirns warf, der schnelle, grausame Karikaturen produzierte. Gleich darauf hatte die hübsche Judy Rosen das große Pferdegebiß von Claire Curtis; der Popelfresser Bobby Greenfield fütterte Roberta Roberts mit seinen Rotzkügelchen und ließ sie auf die Kaschmirpullis fallen, die sie tagtäglich bei jedem Wetter in der Schule trug. Dann lachte ich bei mir, nur selten laut. Und ich fragte mich immer, wie weit ich's noch bringen könnte – ob ich die Sache so weit würde verfeinern können, daß selbst der böse Lärm mir nicht mehr weh tun könnte.

Apropos weh tun – nur andere Kinder waren damals in der Lage, mir ein Gefühl der Verwundbarkeit zu geben, und schon mit acht oder neun war das mulmige Gefühl, in einem irrationalen Drang nach Vereinigung gefangen zu sein, körperlich spürbar – ein ahnungsvolles Entsetzen durchzuckte mich, die Verzweiflung, in die sexuelles Streben mündet. Ich bekämpfte dieses Bedürfnis, indem ich es verleugnete, für mich blieb und ein gehässiges Gebaren an den Tag legte, das keine Mätzchen von anderen Kindern hinnahm. In einem Artikel in einer der letzten Ausgaben von *People* hat ein halbes Dutzend meiner damaligen Altersgenossen aus der Nachbarschaft zum besten gegeben, was sie von mir als Kind hielten. »Unheimlich«, »komisch«, »zurückgezogen« waren die Adjektive, die am häufigsten gebraucht wurden. Kenny Rudd, der damals auf der anderen Straßenseite wohnte und der heute Designer für Computer-Baseballspiele ist, kam der Wahrheit am nächsten: »Es hieß immer: Pfoten weg von Marty; der hat sie nicht alle. Ich weiß nicht, aber ich glaube, vielleicht hatte er mehr Angst als alles andere.«

Bravo, Kenny – obwohl ich froh bin, daß du und deine schwachsinnigen Kameraden diese schlichte Tatsache nicht kannten, als wir Kinder waren. Meine Seltsamkeit stieß euch ab und gab euch jemanden, den ihr aus sicherer Entfernung hassen konntet – aber hättet ihr gespürt, was ich damit verbarg, ihr hättet meine Angst ausgebeutet und mich dafür gequält. So aber ließt ihr mich in Ruhe und machtet es mir leichter, meine physische Umgebung zu entdecken.

Von 1955 bis 1959 erforschte ich die unmittelbare Topographie und erhielt dabei eine außergewöhnliche Sammlung von Fakten: Das Backstein-Apartmentgebäude an der Beechwood – zwischen Clinton und Melrose – hatte einen Haustierfriedhof an der Rückseite; die Reihe der neu erbauten »Junggesellennester« war aus verrottetem Holzwerk, minderwertigem Putzmaterial und Spanplatten zusammengeschustert; der apokryphe »Fickstall« war in Wirklichkeit eine Bungalow-Anlage am Raleigh Drive, wo ein Prof der University of Southern California mit College-Knaben homosexuelle Spiele trieb. Wenn der Müll abgeholt wurde, vertauschte Mr. Eklund, der ein Stück weiter oben wohnte, seine Ginflaschen mit den Sherryflaschen aus Mrs. Nultys Mülltonne, zwei Häuser weiter unten. Weshalb er das machte, war mir nicht klar, obwohl ich wußte, daß sie ein Verhältnis miteinander hatten. Die Bergstroms, die Seltenrights und die Munroes feierten im Juli '58 eine Nacktparty am Pool der Seltenrights an der Rodgewood, und das war der Beginn einer Affäre zwischen Laura Seltenright und Bill Bergstrom – beim Anblick von Bills überproportionierter Bratwurst verdrehte Laura die Augen zum Himmel.

Und der Vorführer im Clinton Theatre verkaufte »Pep-Pillen« an die Mitglieder der Schwimmstaffel der Hollywood High-School; und der »Phantom-Homo«, der zehn Jahre lang durch die Nachbarschaft gekreuzt war und nach kleinen Jungs geguckt hatte, war ein gewisser Timothy J. Costigan, der in der Saticoy Street in Van Nuys wohnte. In dem »Burgerville«-Stand an der Western Avenue taten sie kleingehäckseltes Pferdefleisch ins Chili – ich hörte, wie der Besitzer einmal abends mit dem Lieferanten redete, als sie glaubten, es hörte sie keiner. Ich wußte das alles – und lange Zeit genügte es mir, es zu wissen.

Die Jahre kamen und gingen. Meine Mutter und ich machten so weiter. Ihr Schweigen war erst überwältigend, dann normal, und das meine erst angestrengt, später mühelos, als mein geistiger Erfindungsreichtum wuchs. Und in meinem letzten Jahr an der Junior High-School stellten die Lehrer dann schließlich fest, daß ich nur sprach, wenn ich angeredet wurde. Dies veranlaßte sie, mich zum Besuch bei einem Kinderpsychiater zu zwingen.

Er wirkte auf mich wie ein herablassender Mann mit einer unnatürlichen Neigung zu kleinen Kindern. Sein Büro war angefüllt mit einer nicht allzu subtil arrangierten Sammlung von Spielzeug – Stofftiere und Puppen, dazwischen Maschinenpistolen und Soldatenfiguren. Ich wußte sofort, daß ich schlauer war als er.

Er zeigte auf die Spielsachen, während ich mich auf die Couch setzte. »Ich hatte keine Ahnung, was für 'n großer Bursche du bist. Vierzehn. Das Spielzeug da ist für kleine Kinder, nicht für große Kerls wie dich.«

»Ich bin lang, nicht groß.«

»Ist das gleiche. Ich bin klein. Kleine Kerls haben andere Probleme als große Kerls. Findest du nicht?«

Seine Fragerei war leicht zu durchschauen. Wenn ich »ja« sagte, würde ich damit zugeben, daß *ich* Probleme hatte; wenn ich »nein« sagte, würde er einen Sermon darüber ablassen, daß doch jeder Probleme hätte, und mir ein paar von seinen erzählen, um auf diese billige Tour mein Mitgefühl zu erwecken. »Weiß ich nicht. Ist mir auch egal«, sagte ich.

»Leute, denen ihre Probleme egal sind, sind sich meistens selber egal. Aber das ist 'ne verfluchte Einstellung, findest du nicht auch?«

Ich zuckte die Achseln und bedachte ihn mit dem ausdruckslos starren Blick, mit dem ich sonst die anderen Kinder auf Distanz hielt; gleich darauf schrumpfte er auf Stecknadelkopfgröße, und mein Geist konzentrierte sich auf einen Teddybär zu meiner Rechten. Innerhalb eines Sekundenbruchteils zielte der Teddy mit einer Plastikpanzerfaust auf den Kopf des Psychologen, und ich fing an zu kichern.

»Tagträume, mein großer Freund? Willst du mir sagen, was so komisch ist?«

Ich schaffte einen nahtlosen Übergang von meinem Hirnkino auf den Doktor und lächelte dabei. Ich sah, daß er beunruhigt war. Mein Blick fiel auf einen ausgestopften Bugs Bunny, und ich fragte: »Is' was Doc?«

»Martin, junge Leute, die sehr still sind, haben meistens eine Menge im Kopf. Du bist ein heller Kopf; deine Schulzeugnisse beweisen es. Findest du nicht, daß es Zeit ist, mir zu sagen, was du auf dem Herzen hast?«

Bugs Bunny fing an, mit den Augenbrauen zu wackeln und spielerisch am Hals des Psychologen zu knabbern. »Der Preis der Möhren«, sagte ich.

»Was?« Der Psychologe nahm seine Hornbrille ab und putzte die Gläser mit seiner Krawatte.

»Haben Sie schon mal ein Kaninchen mit Brille gesehen?«

»Martin, du folgst mir nicht. Du bist nicht logisch.«

»Ist es nicht logisch, wenn man gut für seine Augen sorgt?«

»Du redest nicht logisch.«

»Tu ich doch. Unlogisch wäre eine Schlußfolgerung, die bekannten Prämissen nicht folgt. Gute Augen folgen aber aus Möhrenessen.«

»Martin, ich –« Er wurde rot und fing an zu schwitzen; Bugs Bunny bewarf seinen Schreibtisch mit Möhren.

»Nennen Sie mich nicht Martin. Nennen Sie mich ›mein großer Freund‹; da krieg ich mich gar nicht mehr ein.«

Der Doktor rückte seine Brille zurecht. »Wechseln wir das Thema. Erzähl mir von deinen Eltern.«

»Sie sind süchtig, nach Möhrensaft.«

»Aha. Und was soll das bedeuten?«

»Daß sie gute Augen haben.«

»Aha. Und was noch?«

»Lange Ohren und flauschige Schwänzchen.«

»Aha. Du findest dich komisch, nicht wahr?«

»Nein. Ich finde Sie komisch.«

»Du mieser kleiner Scheißer, ich wette, du hast keinen einzigen Freund auf der Welt.«

Das Zimmer verwandelte sich in vier Wände aus gräßlichem Rauschen; Bugs Bunny wandte sich zu mir und ließ gewaltsam ein entsetzliches Kaleidoskop aus halbbegrabenen Erinnerungen über meine Kopfleinwand zucken: Ein großer blonder Junge verkündete einer Gruppe Kinder: »Furz-Marty hat mich gefragt, ob ich mit ihm Autos zähle«; Pieter und seine Schwester Katrin, wie sie meine Versuche zurückwiesen, sie in der sechsten Klasse als Banknachbarn zu gewinnen.

Der Psychologe starrte mich an und grinste hämisch, denn ich hatte mich verwundbar gezeigt; und Bugs Bunny, sein geheimer Komplize, lachte mit ihm und bespritzte mich mit orangegelbem Brei. Ich sah mich um und suchte nach etwas Stählernem – wie die Schleuder meines Vaters. Hinten an der Wand lehnte eine Gardinenstange aus gebürstetem Stahl; ich packte sie und hackte dem Stoffhasen den Kopf ab. Der Psychologe starrte mich staunend an. »Ich werde nie wieder mit Ihnen sprechen«, sagte ich. »Und niemand kann mich dazu zwingen.«

4

Der Zwischenfall im Büro des Psychologen hatte keine äußeren Nachwirkungen – ich wechselte ohne weitere psychologische/wissenschaftliche Belästigungen auf die High-School. Der Doktor erkannte ein unbewegliches Objekt, wenn er eines sah.

Aber ich fühlte mich wie eine defekte Maschine, in der sich ein Getriebe selbständig gemacht hatte, das jetzt ganz nach Belieben durch meinen Körper streifen konnte und nach Möglichkeiten suchte, mich unter Streß klein aussehen zu lassen. Wenn ich im Unterricht Gehirnfilme abspielte, Gesichter und Körper austauschte, Junge gegen Jungen, Mädchen gegen Mädchen, das eine Geschlecht gegen das andere, dann war es wie ein Hindernislauf: Sexbilder attackierten mich ohne Sinn und Verstand. Die Beliebigkeit, die besinnungslose Macht dessen, was ich mich sehen ließ, war überwältigend, und die Not, die ich dahinter spürte, fühlte sich an wie eine heranrollende Woge des Selbsthasses. Ich weiß heute, daß ich dabei war, wahnsinnig zu werden.

Mein Retter war ein Schurke aus einem Comic-Heft.

Sein Name war »Shroud Shifter«*, und er war der immer wiederauftauchende Bösewicht in »Cougarman Comix«. Er war ein Superverbrecher, ein Juwelendieb und Killer, der ein aufgemotztes Amphibienauto fuhr und in übergroßen Sprechblasen wie ein retardierter Nietzsche daherschnarrte. Cougarman, ein moralistischer Schlappschwanz, der einen '59er Cadillac namens »Catmobil« fuhr, schaffte es immer wieder, Shroud Shifter in den Knast zu bringen, aber ein paar Nummern später war er wieder draußen.

Ich liebte ihn wegen seines Wagens und wegen einer übernatürlichen Fähigkeit, die er besaß – ich spürte, daß ich sie realistisch würde nachahmen können. Das Auto war ganz schimmernde Kantigkeit – polierter Stahl, brutale Sachlichkeit. Es hatte Scheinwerfer, mit denen es einen nuklearen Todesstrahl aussenden konnte, der Menschen in Stein verwandelte; der Motor lief nicht mit Benzin, sondern mit Menschenblut. Die Polster waren mit lohfarbenen Katzenfellen bezogen – der gemarterten Familie des Erzfeindes Cougarman vom Fleische gerissen. Aus dem Kofferraum ragte ein stählerner Henkerpfahl; immer wenn Shroud Shifter ein Opfer riß, biß seine Vampirfreundin Lucretia, eine große Blondine mit langen Eckzähnen, eine Kerbe ins Metall.

Lachhafter Schund? Zugegeben. Aber die Grafik war superb, und Shroud Shifter und Lucretia verströmten ein stilvolles, sinnliches Gefühl des Bösen. S. S. hatte eine zylindrische Wölbung am Hosenbein, die fast bis ans Knie herunterreichte, und Lucretias Brustwarzen waren immer erigiert. Sie waren Hightech-Gott und -Göttin, zwanzig Jahre vor Hightech, und sie gehörten *mir*.

Shroud Shifter hatte die Fähigkeit, sich zu verkleiden, ohne die Kleider zu wechseln. Er bekam sie dadurch, daß er radioaktives Blut trank und daß er sich auf die Person, die er ausrauben oder töten wollte, konzentrierte, so daß er so viel von der Aura dieser Person in sich aufsog, daß er ihr schließlich psychisch ähnlich war und daß er jede ihrer Bewegungen nachäffen, jeden ihrer Gedanken vorausahnen konnte.

S. S.' Endziel war es, unsichtbar zu werden. Dieses Ziel trieb ihn an, hetzte ihn hinaus über das vorhandene Talent der *psychischen* Unsichtbarkeit – das ihn befähigte, sich zu jeder Zeit an jedem Ort einzufügen. Wenn er erst *physisch* unsichtbar wäre, hätte er den Schlüssel zur Macht über die ganze Welt.

---

* »Gewandwechsler«

Natürlich würde Shroud Shifter dieses Ziel nie erreichen – es wäre das Ende seiner potentiellen Konfrontationen mit Cougarman, und der war der Held dieser Comics. Aber S. S. war eine Fiktion, und ich war die Wirklichkeit aus Fleisch, Blut und Stahl. Ich beschloß, mich unsichtbar zu machen.

Das Schweigen und die Gehirnfilme waren ein gutes Training gewesen. Ich wußte, daß die Mittel meines Geistes ausgezeichnet waren, und meine menschlichen Bedürfnisse hatte ich auf ein blankes Minimum reduziert, das die Null von Mutter mir zur Verfügung stellte: Kost, Logis und ein paar Dollar die Woche für Kleinigkeiten. Aber das Image des stillen Außenseiters, das ich so lange als Schutzschild benutzt hatte, arbeitete gegen mich – ich besaß keinerlei gesellschaftliches Talent, ich empfand andere Menschen nur als Gegenstände meines Spottes, und wenn ich Shroud Shifters *psychische* Unsichtbarkeit erfolgreich imitieren wollte, würde ich zunächst lernen müssen, gewinnend zu sein und gewandt über Teenager-Themen zu reden, die mich langweilten: Sport, Mädchen, Rock 'n' Roll. Ich würde lernen müssen zu *reden*.

Und davor graute mir.

Stundenlang saß ich in der Klasse, unterdrückte meine Gehirnfilme und ließ meine Ohren nach Informationen fischen; im Umkleideraum der Jungen lauschte ich weitschweifigen, weitschweifig ausgeschmückten Debatten über Penisgrößen. Einmal kletterte ich draußen vor der Mädchenturnhalle auf einen Baum und lauschte dem Gekicher, das durch das Rauschen der Duschen klang. Ich schnappte eine Menge Informationen auf, aber ich hatte Angst, zu *handeln*.

Also trat ich – zugegeben, aus Feigheit – den Rückzug an. Ich sah ein, daß zwar Shroud Shifter ohne Verkleidung zurechtkam, aber nicht ich. Damit beschränkte sich das Problem auf die Beschaffung brauchbarer Panzerkleidung.

1965 gab es für die Teenager der Mittelklasse von L. A. drei bevorzugte Bekleidungsstile: Surfer, Greaser und Collegetyp. Die Surfer trugen, ob sie nun tatsächlich surften oder nicht, weiße Levi's-Cordjeans, Jack Purcell »Smiley« Tennisschuhe und Pendleton's. Die Schmalzköpfe, echte Bandenmitglieder wie Pseudo-Rebellen, trugen unten geschlitzte Khakis, Sir-Guy-Hemden und Mützen, die »Honor Farm Watch Caps« hießen. Die Collegetypen bevorzugten den Buttondown/Pulli/Kreppsohlen-Stil, der heute noch »in« ist. Ich überlegte mir, daß drei Outfits in jeder dieser Stilrichtungen mir als Schutzfärbung genügen würden.

Dann brandete eine neue Woge der Angst heran. Ich hatte kein Geld, um solche Kleider zu kaufen. Meine Muter ließ nie welches herumliegen und war in extremem Maß geizig, und noch hatte ich zuviel Angst, zu tun, wonach es mich am meisten verlangte: einzubrechen und zu stehlen. Angewidert von meiner Vorsicht, aber gleichwohl entschlossen, mir eine Garderobe zu beschaffen, stürzte ich mich auf die drei Wandschränke meiner Mutter, in denen sie die Mädchenkleider aufbewahrte, die sie nie mehr trug.

Rückblickend weiß ich, daß der Plan, den ich mir zusamenbraute, einer verzweifelten Angst entsprang – einer Verzögerungstaktik, mit der ich den unausweichlichen Crash-Kurs in gesellschaftlichem Verkehr hinausschob; damals allerdings erschien er mir als der Inbegriff der Vernunft. Eines Tages schwänzte ich die Schule und zog mich mit einem Sortiment scharfer Messer in den Schlafzimmerwandschrank meiner Mutter zurück. Ich war dabei, aus einem ihrer alten Tweedmäntel ein Cape zurechtzufetzen, als sie unerwartet von der Arbeit nach Hause kam, mich ertappte und zu schreien anfing.

Ich hob die Hände in einer besänftigenden Gebärde, in der Hand noch immer ein Steakmesser mit Sägeschliff. Meine Mutter kreischte so laut, daß ich glaubte, ihre Stimmbänder müßten reißen. Dann brachte sie das Wort »Tier« hervor und deutete dabei auf meinen Unterleib. Ich sah, daß ich eine Erektion hatte, und ließ das Messer fallen; meine Mutter schlug unbeholfen mit flachen Händen auf mich ein, bis der Anblick des Blutes, das mir aus der Nase rann, sie zwang, aufzuhören und die Treppe hinunterzuflüchten. Im Zeitraum von zehn Sekunden wurde die Frau, die mich geboren hatte, von einer Null zu meiner Erzfeindin. Es war, als sei ich heimgekehrt.

Drei Tage später erließ sie die formelle Strafe: sechs Monate Schweigen. Ich lächelte, als das Urteil gesprochen wurde: Es war eine Atempause in meiner furchtbaren Angst hinsichtlich der Unsichtbarkeitsmission, und es war die Gelegenheit, unbegrenzt Gehirnfilme ablaufen zu lassen.

Meine Mutter hatte gemeint, daß ich zu Hause schweigen solle; aber ich faßte ihr Edikt wörtlich auf und nahm mein Schweigen mit mir, wohin ich auch ging. In der Schule sprach ich nicht einmal mehr, wenn man mich anredete – ich schrieb Zettel, wenn die Lehrer eine Antwort bekommen mußten. Dies erregte einiges Aufsehen und gab Anlaß zu mancherlei Spekulation über meine Motive; die verbreitetste Interpretation war die, daß ich irgendwie gegen den Viet-

namkrieg protestierte oder meine Solidarität mit der Bürgerrechts-
bewegung zum Ausdruck brächte. Da ich in Prüfungen und Klas-
senarbeiten exzellente Noten erzielte, tolerierte man meinen Rede-
streik, wenngleich man mich einer ganzen Batterie psychologischer
Tests unterzog. Ich verbog jeden Test so, daß ich eine völlig andere
Persönlichkeit präsentierte, und verblüffte so die Lehrer und die
Schulverwaltung, und nach mancherlei vergeblichen Versuchen,
meine Mutter zur Intervention zu bewegen, ließ man mich im Juni
die Abschlußprüfung machen.

Meine Gehirnfilme in der Klasse wurden also nunmehr begleitet
vom unverhohlenen Starren meiner Schulkameraden, von denen einige fanden, ich sei »cool«, »ausgeflippt« oder »avant-garde«.
Hauptthema war das Durchdringen scheinbar undurchdringlicher
Objekte, und die ehrfurchtsvollen Blicke, mit denen man mich bedachte, gaben mir das Gefühl, ich sei zu *allem* in der Lage.

Mit diesem Gefühl, wuchs auch der erbitterte Haß auf meine Mutter. Ich fing an, ihre Sachen zu durchwühlen und nach Möglichkeiten zu suchen, ihr weh zu tun. Eines Tages kam ich auf die Idee, ihren
Medizinschrank zu inspizieren, und ich fand mehrere verschreibungspflichtige Fläschchen Phenobarbital. In meinem Kopf blitzte
ein Licht auf. Ich durchwühlte ihr Schlafzimmer und das Bad. Unter
dem Bett, in einer Pappschachtel, fand ich die Bestätigung, die ich
gesucht hatte: leere Arzneiflaschen dieses Sedativums, Dutzende,
und die Daten auf den Etiketten reichten bis 1951 zurück. In den
Fläschchen steckten winzige Zettel, die mit engem, unentzifferbarem
Bleistiftgekritzel bedeckt waren.

Da ich nicht lesen konnte, was meine Zombie-Mutter geschrieben
hatte, mußte ich sie dazu bringen, es laut auszusprechen. Am nächsten Tag, in der Schule, schob ich einen Zettel hinüber zu Eddie
Sheflo, einem Surfer, von dem es hieß, er halte »Martys Masche für
saustark«. Auf dem Zettel stand:

»Eddie –

kannst du mir für einen Dollar ein Röhrchen Bennies Nr. 4 besorgen?«

Der große blonde Surfer wies den Dollarschein, den ich ihm
hinhielt, zurück und meinte: »Schon gemacht, du starker Schwei-
ger.«

Am Nachmittag tauschte ich das Phenobarbital gegen mein Ben-
zedrin aus, drehte die Birne aus der Lampe über dem Medizinschrank und ersetzte sie durch eine kaputte. Beide Sorten Tabletten

waren klein und weiß, und ich hoffte, das trübe Licht würde die Verwechslung erleichtern.

Dann setzte ich mich unten hin und erwartete das Ergebnis meines Experiments. Meine Mutter kam wie immer um 17 Uhr 40 von der Arbeit, nickte zur Begrüßung, aß das übliche Geflügelsalat-Sandwich und ging nach oben. Ich wartete im zurückgebliebenen Lieblingssessel meines Vaters und blätterte geistesabwesend in einem Stapel »Cougarman Comix«.

Um 21 Uhr 10 bumste es auf der Treppe, und dann stand meine Mutter vor mir, schwitzend, mit vorquellenden Augen, zitternd in ihrem Slip. »Am Möhrensaft gewesen, Mom?« fragte ich, und sie preßte die Hände auf das Herz und hyperventilierte. »Komisch«, sagte ich, »bei Bugs Bunny wirkt es nie so«, und sie fing an, von Sünde zu sabbeln und von diesem schrecklichen Jungen, mit dem sie 1939 an ihrem Geburtstag geschlafen hatte, und wie sie meinen Vater haßte, weil er trank und Vierteljude war, und daß man nachts das Licht ausmachen müsse, weil die Kommunisten sonst wüßten, was wir denken. Ich lächelte. »Nimm zwei Aspirin und spül sie mit Möhrensaft 'runter.« Dann wandte ich mich ab und ging.

Die ganze Nacht streifte ich durch die Nachbarschaft: Im Morgengrauen kam ich nach Hause. Als ich im Wohnzimmer das Licht anknipste, sah ich, daß aus einem Riß in der Decke eine rote Flüssigkeit tropfte. Ich ging nach oben, um nachzuschauen.

Meine Mutter lag tot in der Badewanne. Ihre aufgeschlitzten Arme hingen über den Rand heraus, und die Wanne war bis obenhin voll mit Wasser und Blut. Ein halbes Dutzend Phenobarbital-Röhrchen waren über den Boden verstreut; sie schwammen in zolltiefem roten Wasser.

Ich hüpfte in den Flur hinunter und rief den Notarzt; mit angemessen erstickter Stimme nannte ich meine Adresse und erklärte, ich hätte einen Selbstmord zu melden. Während ich auf den Krankenwagen wartete, schöpfte ich mit beiden Händen das Blut meiner Mutter auf und trank es in tiefen Zügen.

5

Die Rosenkreuzer bekamen das Haus, den Wagen und alles Geld meiner Mutter; ich bekam eine Vormundschaftsverhandlung. Da ich in sechs Monaten mein High-School-Examen machen sollte und achtzehn werden würde, hielt man die Einweisung in ein richtiges Pflegeheim für Zeitverschwendung; aber der Vertrauenslehrer der zwölften Klasse ließ das Jugendamt wissen, ich sei zu »introvertiert und gestört«, als daß man mich vorzeitig für volljährig erklären könnte. Meine Weigerung, beim Begräbnis dabeizusein oder Kontakt mit meinem Vater in Michigan aufzunehmen, überzeugte ihn davon, daß ich »Disziplin und Führung brauchte – vorzugsweise von einer männlichen Figur«. Und so ordnete die Jugendfürsorge an, daß ich bei Walt Borchard wohnen solle.

Walt Borchard war ein Cop aus Los Angeles, ein großer, dicker, gutmütiger Mann von Anfang Fünfzig. Den größten Teil seiner dreiundzwanzig Jahre beim Los Angeles Police Department hatte er damit verbracht, in Grundschulen Vorträge zu halten, warnende Geschichten über Rauschgift, Perverse und die Schrecken des Verbrecherlebens zu erzählen, kleinen Kindern seine .38er zu zeigen, sie unterm Kinn zu kraulen und sie zu ermahnen, niemals »krumme Dinger« zu machen. Er war Witwer, hatte keine Kinder und bewohnte das größte Apartment in einem Zwölf-Parteien-Haus, das ihm gehörte. Ein Ein-Zimmer-»Junggesellen-Apartment« pflegte er elternlosen Jugendlichen zur Verfügung zu stellen, die das Jugendamt ihm zuwies, und dieses dreieinhalb mal fünfeinhalb Meter große Kämmerchen, einen Block weit vom Hollywood Boulevard entfernt, wurde mein neues Heim.

Der vorige Bewohner war ein Hippie gewesen; er hatte einen blaßgrünen Plüschteppich zurückgelassen, Beatles-Poster an den Wänden, einen Schrank voll weit ausgestellter Hosen, Fransenwesten und grellbunter Tennisschuhe. »'n Acidfreak«, sagte »Onkel« Walt, als ich einzog. »Bildete sich ein, er könnte fliegen. Flatterte mit den Armen und sprang vom Taft Building, und was soll ich dir sagen? Er konnts nicht. War stoned, als er übern Jordan ging. Der Gerichtsmediziner sagte, er war bis an die Ohren voll Shit. Du hast doch keine verrückten Ideen, oder?«

»Ich neige zum Vampirismus«, sagte ich.

Onkel Walt lachte. »Ich auch. Ehrlich gesagt, noch gestern abend hab ich das Mädchen unten in Nummer vier gebissen. Hör zu, Marty: Laß die Finger vom Dope, sei nett zu den anderen Mietern, geh zur Schule und halt deine Bude sauber – dann werden wir prima miteinander auskommen. Die Behörde bezahlt mich dafür, daß du hier bist, und ich will dabei nicht reich werden; deswegen schieb ich dir dreißig Dollar Taschengeld pro Woche rüber, und Essen hast du frei. Aber bis zu deinem Geburtstag hältst du dich an den Zapfenstreich: Um elf bist du von der Straße. Auf dem Boulevard gibt's jede Menge nette Hälse zum Reinbeißen, aber um zehn Uhr neunundfünfzig ist Schluß mit Beißen. Und wenn du irgendwas brauchst, weißt du, wo ich bin. Ich rede mit Vergnügen, und als Zuhörer bin ich auch nicht schlecht.«

Der Handel galt. Ich hatte jetzt eine neue Nachbarschaft zu erkunden, einen sicheren Hafen, der mir ganz allein gehörte, und eine neue, glamouröse Aura in der Schule: Ich war der Typ, der keine einzige Träne vergossen hatte, als er seine Mutter tot aufgefunden hatte, der Typ, der eine eigene »Bude« hatte, der Typ, der die Verwaltung mit seinem ausgedehnten Schweigen so hingebogen hatte, wie er sie haben wollte, und der die Leute jetzt mit gelegentlichen Einzeilern aufzog: »Blut regiert, Samen schmiert« und »Shroud Shifter wird siegen«. Ich fühlte mich, als werde ich erwachsen.

Mein Leben bestand aus Schule und Gehirnfilmen, abendlichen Streifzügen durch die Nebenstraßen am Hollywood Boulevard und Stunden der Gefangenschaft, in denen ich mir Onkel Walt Borchards selbstgestrickte Philosophie anhören mußte. Seine Einzeiler waren weniger knapp als meine, und er dachte daran, sie in Buchform herauszugeben, wenn er als Polizist in Pension ginge. Zu den am meisten wiederholten Perlen seiner Weisheit gehörte:

»Gott segne die Schwulen – um so mehr Weiber bleiben für uns«;

»Ich würde nicht wollen, daß die Nigger hier in diese Gegend ziehen, aber ich will verdammt sein, wenn ich irgend was unternehmen würde, um sie rauszuhalten, und *wenn* sie einziehen, bin ich der erste, der sie begrüßt, mit 'nem Eimer voll Rippchen und 'ner großen Flasche Fusel«;

»Wir haben in Vietnam nichts verloren, wenn wir nicht bereit sind, *zu gewinnen* – und *das* heißt, wir müssen die H-Bombe schmeißen«;

»Wenn Gott nicht wollte, daß der Mann an der Muschi schleckt, wieso läßt er sie dann aussehen wie ein Taco?«

27

Und so weiter, und so weiter. Er war einsam und voller Arglosigkeit und gutem Willen. Sein Mangel an geistigem Erfindungsreichtum und sein Bedürfnis nach stets vorhandenem Publikum widerten mich an, und mir graute vor seinem Klopfen an meiner Tür. Aber ich hielt still. Nichts kannte ich so gut wie den Wert des Schweigens.

Die neue Nachbarschaft war quälend, weil das Schweigen hier *fehlte.* Die Nächte waren erfüllt vom Dröhnen der Autos auf dem Weg zum Boulevard und vom dichten Fußgängerverkehr der Leute, die von den 24-Stunden-Supermärkten am Sunset zurückkamen, und der Hippies, die im Dunkel der Seitenstraßen verstohlen ihre Dope-Geschäfte abwickelten. Selbst die visuelle Wahrnehmung war die von Lärm; der Neon-Nebel, der den Himmel verdeckte, schien zu knistern und zu zischen von den Andeutungen des Drecks, von dem er kündete.

Als ich fünf Monate in Hollywood gewohnt hatte, gab ich meine Streifzüge durch die Nachbarschaft auf und verbrachte die Abende in meinem Zimmer mit Gehirnfilmen. Manchmal kam Walt Borchard herüber und verlangte hartnäckig nach Unterhaltung; ich schaltete ihn ab und ließ den Film weiterlaufen. Immer mehr kreiste das Szenario um das Trio Shroud Shifter, Lucretia und ich, die wir in unserem Auto aus gebürstetem Stahl umherstreiften und nach Unsichtbarkeit strebten. Die Szenen wurde beinahe multidimensional – ich *fühlte*, wie ich zwischen den beiden Superverbrechern eingezwängt war, ich *roch* das Motoröl und das Blut, ich *hörte* das Gurgeln unserer Opfer, wenn wir ihnen die Halsschlagadern zerfetzten. Als interner Filmvorführer hatte ich mich im Laufe der Jahre immer weiter verbessert, und ich verfügte inzwischen über die neuesten technischen Errungenschaften: Mein Gehirn war mit De-Luxe-Farbe, Breitwand, Stereoton ausgerüstet, und Smell-O-Vision ließ mich riechen, was zu riechen war. Wenn ich Eintrittskarten hätte verkaufen können, ich wäre Millionär geworden.

Im April '66 wurde ich achtzehn, im Juni bestand ich die Abschlußprüfung an der High-School. Technisch gesehen war ich jetzt erwachsen, und ich hätte Walt Borchards Obhut verlassen können. Ich hatte weder Geld noch Job und mußte mir überlegen, was ich anfangen wollte. Onkel Walt sagte, ich könne für eine Pro-forma-Miete weiter bei ihm wohnen, und er würde mir sogar helfen, einen Job zu finden. Welches erbärmliche Motiv hinter seinem Angebot stand, war offenkundig. Kein Mensch hatte ihm je so aufmerksam zugehört wie ich, und der Gedanke, ein derart exzellentes Publikum zu verlieren, war ihm unerträglich. Der symbiotische Aspekt des Ganzen gefiel mir, und ich erklärte mich einverstanden, zu bleiben.

Borchard besorgte mir eine Stelle in der öffentlichen Bücherei von Hollywood an der Ivar, unmittelbar südlich des Boulevard. Ich hatte die Aufgabe, Bücher einzustellen und alle halbe Stunde aufs Männerklo zu gehen und mich zu räuspern – eine Strategie, die darauf abzielte, homosexuelle Treffs zu vereiteln. Ich bekam einen Dollar fünfundsechzig pro Stunde, und die Arbeit war maßgeschneidert für mich – ich ließ den ganzen Tag über Gehirnfilme laufen.

Eines Abends im Juni kam ich aus der Bibliothek nach Hause und traf Onkel Walt dabei an, daß er die Garage an der Rückseite des Hauses aufräumte. Der Abendsonnenschein blinkte auf einer Kollektion von Werkzeugen aus gebürstetem Stahl, die er in Öltuch wikkelte. Die Werkzeuge sahen niederträchtig aus – Shroud Shifter würde dergleichen besitzen. »Was ist das?« fragte ich.

Borchard hob ein Ding hoch, das aussah wie ein Skalpell. »Einbruchswerkzeug. Dieses Baby hier ist ein Dietrich und ein Beitel. Mit der flachen Kante hier drückt man das Schloß auf, und die scharfe schiebt man zwischen Tür und Rahmen. Die anderen sind ein Fensterschnapper, ein Drillbohrer und ein Stemmeisen. Der dicke Onkel dahinten ist ein Saugnapf-Glasschneider. Was ist los, Marty? Du siehst mitgenommen aus.«

Ich holte tief Luft und stellte mich gleichgültig, indem ich die Achseln zuckte. »Bloß Kopfschmerzen. Wieso sind die Griffe so stark gerieft? Damit man sie besser packen kann?«

Borchard wog den Stemmeißel in der Hand. »Teils, aber hauptsächlich verhindern die Riefen, daß Fingerabdrücke draufbleiben. Weißt du, der Besitz von Einbruchwerkzeug ist strafbar, und wenn ein Einbrecher damit erwischt wird, kann man ihn verhaften; und wenn er damit in einer Wohnung ertappt wird, in die er eingebrochen ist, bringt es ihm eine weitere Anklage ein. Aber diese starken Riefen nehmen keine Fingerabdrücke an. Wenn er also in 'ner Wohnung ist und wir packen ihn, dann kann er das Werkzeug irgendwo ablegen und sagen: ›Das gehört mir nicht‹, auch wenn es ziemlich offensichtlich ist, daß es ihm doch gehört. Außerdem kann man sich mit den Riefen ganz gut den Rücken kratzen.«

Ich lächelte, während Onkel Walt sich mit dem Griff des Stemmmeißels den Rücken schubberte; dann fragte ich. »Wenn die Sachen illegal sind, wieso hast du sie dann?«

Borchard legte mir väterlich den Arm um die Schultern. »Marty,

Baby, du bist ein schlaues Kerlchen, aber ein bißchen naiv. Ich war drei Jahre beim Einbruchsdezernat, bevor ich zur Öffentlichkeitsarbeit kam, und da ist es mir gelungen, ein paar Sachen besonders günstig zu kriegen, wenn du verstehst, was ich meine. Werkzeug zu haben ist immer gut, und mit dem Beitel da spiele ich Darts: Ich pinn mir ein Bild von Johnson oder 'nem anderen von diesen liberalen Brüdern an die Wand und laß das Ding drauflosschwirren. Zack! Zack! Zack! Komm, gehen wir rauf zu mir; ich hab noch zwei Tiefkühl-Pizzas, die schreien: ›Iß mich!‹«

An diesem Abend sorgte ich dafür, daß Borchards Monologe sich nur um ein Thema drehten: *einbrechen.* Ich brauchte meine hingerissene Aufmerksamkeit nicht vorzutäuschen: Diesmal kam sie von allein, als ob der Projektor meiner Gehirnfilme streikte und ich etwas Besseres gefunden hätte. Ich erfuhr, wozu die einzelnen Geräte dienten; ich lernte in groben Zügen, wie man die Verdrahtung von Alarmanlagen erfolgreich durchtrennte. Ich hörte, daß Rauschgiftsucht und die Neigung, sich mit Erfolgen zu brüsten, am häufigsten der Grund dafür waren, daß ein Einbrecher erwischt wurde, und wenn ein Dieb nicht zu gierig sei und sein Operationsgebiet regelmäßig wechselte, könne er sich der Festnahme auf unbegrenzte Zeit entziehen. Kriminelle Typen prägten sich jenem Teil meines Gehirns ein, wo nur das Logische überlebte: Apartmentkatzen, die nur Bargeld und lose herumliegenden Schmuck klauten, den sie verschlukken konnten, wenn die Cops auftauchten; Kreditkartendiebe, die eine ganze Latte von Einkäufen tätigten und das Zeug dann an Hehler verscherbelten; Wachhundvergifter, Vergewaltiger und dreiste Bruch-und-Raff-Typen gesellten sich zu Shroud Shifter in mein geistiges Gefolge.

Gegen Mitternacht fing Borchard, schläfrig von Pizza und Bier, an zu gähnen und bugsierte mich zur Tür. Als ich hinausging, reichte er mir den Beitel. »Mach dir noch 'n Spaß, Kleiner. Häng den alten Johnson an die Wand und verpaß ihm ein paar von deinem Onkel Walt. Aber paß auf, daß du nicht die Wand triffst. Diese Spanplatten sind teuer.«

Die Stahlriefen schienen sich in meine Hand einzubrennen. Ich ging in mein Zimmer und wußte, daß ich jetzt den Mut hatte, *es zu tun.*

6

In der folgenden Nacht schlug ich zu.

Der Tag war mit rasenden Gehirnfilmen und äußerlichem Zittern vergangen, und der Chefbibliothekar fragte mich zweimal, ob ich »Probleme mit dem Wetter« hätte; aber als der Abend dämmerte, übernahm ein lange im verborgenen wartender Professionalismus die Kontrolle, und mein Geist schärfte sich für die Erfordernisse dessen, was nun zu tun war.

Ich hatte bereits entschieden, daß die Wohnungen alleinstehender Frauen »Mein Bier« waren und daß ich nur stehlen würde, was ich auf normale Weise bei mir tragen könnte. Ich wußte von früheren Walt-Borchard-Monologen, daß die Gegend südlich der Osthälfte der Griffith Park Road relativ Cop-frei war – es war ein Mittelklasse-Viertel mit niedriger Verbrechensrate, und gelegentliche Streifen genügten hier. Mit dieser Insider-Information ganz vorn im Sucher meines Hirns ging ich nach der Arbeit dorthin.

In den Straßen abseits von Los Feliz und Hillhurst standen teils Apartmenthäuser mit Stuckfassaden und vier Wohnungen, teils kleine Einfamilienhäuser mit großen und kleinen Vorgärten. Ich umkreiste die Blocks von der Franklin an nordwärts in Achterbahnen, schaute in die Zufahrten nach vorhandenen oder fehlenden Autos und nach dünnen Haustüren, die reif für ein bißchen Stemmen und Hebeln waren. Der Beitel steckte in meiner Gesäßtasche, eingewickelt in ein Paar Gummihandschuhe, die ich mir in der Mittagspause gekauft hatte. Ich war bereit.

Die Sonne fing gegen halb acht an, unterzugehen, und ich hatte das Gefühl, daß die Zufahrten, die jetzt leer waren, auch leer bleiben würden – zwischen sechs und sieben war eine Welle von Leuten von der Arbeit nach Hause gekommen, aber jetzt ließ der Verkehr immer mehr nach, und ich entdeckte immer mehr dunkle Häuser ohne Autos. Ich beschloß zu warten, bis es ganz dunkel geworden wäre, und dann *loszuschlagen*.

Fünfundzwanzig Minuten später war ich auf der New Hampshire Avenue in Richtung Los Feliz. Ich ging auf eine Reihe dunkler, einstöckiger Häuser zu, durchquerte die Vorgärten und suchte auf den Briefkästen nach den Namen einzelner Frauen. Die ersten vier kennzeichneten die Hausbewohner als »Mr. & Mrs.«, aber das fünfte Haus war ein Treffer: Miss Francis Gillis. Ich ging zur Tür und läutete, bevor die Angst sich festsetzen konnte.

Stille.

Einmal klingeln; zweimal; dreimal. Die Dunkelheit hinter dem Fenster zur Straße schien sich mit dem Echo jedes Läutens zu vertiefen. Ich streifte die Handschuhe über, nahm mein Werkzeug und schob es in den schmalen Spalt zwischen Tür und Rahmen. Meine Hände zitterten; ich schickte mich an, zu schieben, zu hebeln und zu stemmen. Aber dann beschleunigte sich mein Zittern, und die flache Schneide des Beitels erfaßte den Riegel genau an der richtigen Stelle. Das Schloß sprang klickend auf, eine perfekte Fügung.

Ich trat ein und drückte die Tür hinter mir zu. In der Dunkelheit blieb ich regungslos stehen und wartete darauf, daß die Formen des Raumes sich zeigten. Mein Körper vibrierte von den Knien bis zum Zwerchfell, und während ich dastand und an Shroud Shifter dachte, konzentrierte sich das Gefühl in meinen Lenden.

Dann hörte ich etwas trappeln, und etwas warf mich mit mächtiger, stumpfer Wucht auf den Rücken. Zähne schnappten vor meinem Gesicht, und ich spürte, wie mir ein Stück aus der Wange gerissen wurde. Zwei gelbliche Augen glimmten unmittelbar vor mir, groß und gespenstisch durchscheinend. Als ich die Katarakte neben den nadelfeinen schwarzen Pupillen sah, wußte ich, es war ein Hund, und Shroud Shifter wollte, daß ich ihn tötete.

Wieder schnappten die Zähne zu; diesmal streiften sie mein rechtes Ohr. Ich fühlte, wie Beine sich in meinen Leib gruben, und ich riß die scharfe Kante meines Werkzeugs einwärts und aufwärts, dorthin, wo ich den Unterleib des Hundes vermutete. Es war eine perfekte Imitation von S. S.' Ausweidebewegung; und als der Beitel die Haut durchbohrte und die Eingeweide warm und naß herausglitten, merkte ich, daß ich einem Orgasmus nahe war. Ich wälzte mich unter dem Hund zur Seite, als dieser im Todeskampf mit einer Serie von Schnappreflexen begann, und ich preßte mich an den Boden, als ich kam. Meine Augen hatten sich jetzt an die Dunkelheit gewöhnt, und ein paar Schritte weit entfernt sah ich eine von Kissen bedeckte Couch. Ich schleppte mich hin, packte ein großes, fransengeziertes Kissen, warf mich damit auf den Hund und erstickte ihn.

In meinem Kopf drehte sich alles, als ich auf die Beine kam, eine Stehlampe fand und sie anknipste. Das Licht erhellte ein modernes skandinavisches Wohnzimmer mit einem modernen Plunkett'schen

Stilleben mittendrin: ein blutgetränkter Teppich, ein toter deutscher Schäferhund mit einem Häkelkissen als Kopf. Meine Hände zitterten, aber innerlich sorgte ein Blankfilm in meinem Gehirnkino für Ruhe. Ich machte mich daran, meinen ersten Einbruch zu vollenden.

Im Bad säuberte ich die Wunde in meiner Wange mit Franzbranntwein und drückte dann einen Alaunstift hinein. Bald bildete sich eine Kruste; ich verklebte die Stelle mit kleinen Pflastern und ging ins Schlafzimmer.

Langsam und methodisch machte ich mich an die Arbeit. Zuerst zog ich mein blutiges Hemd aus, rollte es zusammen und wühlte im Schrank, bis ich ein blaues Buttondown-Hemd gefunden hatte, das an einem Mann nicht weiter verdächtig aussehen würde. Ich zog es an und überprüfte das Resultat in einem Wandspiegel. Eng – aber es sah nicht aus, als gehörte es mir nicht. Meine Hose war naß von Blut und Eingeweiden, aber sie war dunkel, und so waren die Flecken nicht allzu auffällig. Ich konnte gefahrlos damit nach Hause gehen.

Beute, dachte ich, und ich durchwühlte Schubladen, Kommoden und Schränke; ich fand einen kleinen Zedernholzkasten voller Zwanzig-Dollar-Noten und eine Samtschatulle mit funkelnden Steinen und Perlenketten, die echt aussahen. Ich überlegte, ob ich nach Kreditkarten suchen sollte, kam aber zu dem Schluß, daß es nicht ratsam sei. Der tote Hund konnte dazu führen, daß dieser Einbruch bei der Polizei größere Aufmerksamkeit erregen würde als andere, und ich wollte nicht riskieren, Karten zu verscherbeln, auf die die Cops ein Auge geworfen hatten. Für meinen ersten »Ausflug« hatte ich genug gestohlen.

Ich steckte mir Beitel, Bargeld und Juwelen in die Hosentaschen und ging noch einmal durchs Haus, um das Licht auszuschalten. Als ich mein blutiges Hemd aufhob, gab Shroud Shifter mir die Idee zu einem kleinen Schnörkel zu meinem Gedenken ein, und auf dem Weg zur Tür kippte ich eine Schachtel Hundekuchen neben den vom Kopfkissen bedeckten Kopf des Schäferhundes.

7

Dieser Abend an der New Hampshire Avenue war der Anfang meiner Verbrecherlehre und der Beginn einer schrecklichen Kette von Konflikten – innerer Schlachten, geschlagen von den Puzzlesteinen meiner erwachenden Triebe. In den nächsten elf Monaten fragte ich mich, ob die verschiedenen Teile meiner Selbst sich jemals so weit miteinander versöhnen würden, daß sie sich allesamt nahtlos ineinanderfügten und mir so erlaubten, der Mann von böser Sachlichkeit zu werden, der ich zu sein trachtete.

Zwei Abende später setzte ich meine Einbrecherlaufbahn fort; mit meinem Stemmbeitel drang ich in drei im selben Block in East Hollywood gelegene dunkle Apartments ein. Ich stahl vierhundert Dollar in bar, einen Kasten mit Modeschmuck, ein Besteck aus Sterlingsilber und ein halbes Dutzend Kreditkarten; und erst, als ich unversehrt nach Hause zurückgekehrt war, wurde mir klar, daß ich enttäuscht war – mein dreifacher Erfolg war wie das Abflauen nach dem Sturm. Und als ich am Abend darauf durch ein eingeschlagenes Fenster einstieg, drängt sich mir der Grund dafür mit Gewalt in mein Bewußtsein: Der erste Einbruch war eine Sache von Blut und Mumm und Gedärmen und Mut gewesen, die folgenden hingegen hatten lediglich meine Fähigkeiten verfeinert und waren nicht annähernd so erregend gewesen. Diese Erkenntnis faßte Fuß wie die, daß Umsicht und Supervorsicht unerläßlich waren; niemals, *niemals* durfte ich erwischt werden. Intellektuell hatte diese Einsicht bei mir Bestand – für eine Weile.

Aber andere Wahrheiten folgten ihr dicht auf den Fersen.

Zum einen – ich brachte es nicht über mich, das, was ich stahl, an einen Hehler zu verkaufen. Ich getraute mich nicht, kriminelle Verbindungen zu knüpfen, die mich erpreßbar machen würden, und ich hatte das Bedürfnis, den konkreten Lohn meiner Taten zu *berühren*. Die harten Plastikkarten mit den eingeprägten, anonymen Namen von Frauen bewirkten, daß deren *Leben* in meine Gehirnfilme einfloß, so daß jede dieser Karten für eine viele Stunden lange Flucht aus der Langeweile taugte. Der Schmuck verlieh meinen Filmen ein zusätzliches, taktiles Gewicht, und ich machte mir nie die Mühe, auch nur herauszufinden, ob er echt oder falsch war.

Während es also mit meinen Diebeszügen voranging, blieb es dabei, daß meine einzige wirkliche Beute aus Bargeld bestand, zumeist aus winzigen Summen zusammengesetzt. Ich behielt meinen Job in der Bücherei und verwahrte das gestohlene Geld auf einem Sparkonto. Walt Borchard brachte mir das Autofahren bei, und Anfang '68 – meine Lehrzeit betrug inzwischen sechs Monate – erwarb ich den Führerschein und kaufte mir einen Wagen, einen unscheinbaren '60er Valiant. Und während ich ein ausgedehnteres Territorium erkundete, geschah es, daß mein gefährlichster Konflikt ins Bild rückte.

Ein ödes Viertel von Reihenhäusern im Valley entrollte sich in meiner Windschutzscheibe, und an der Zahl der Kinder, die in den zementierten Vorgärten spielten, konnte ich erkennen, daß einzelne Frauen hier eine winzige Minderheit waren. Ich beschloß, nach Westen und auf Encino zuzufahren, aber *etwas* drängte mich an den rechten Fahrbahnrand, zwang mich, die identisch angelegten Einfahrten im Auge zu behalten, an denen ich vorbeikam. Und dann trottete ein streunender Hund den Gehweg entlang, und das Bild im Bilde stürzte auf mich ein.

Ich hatte auf die runden Haustierlöcher gestarrt, wie sie in die gleichförmigen Seitentüren eingelassen waren, die sich bei jedem Haus in den letzten zehn Blocks an derselben Stelle befanden. Plötzlich *roch* ich, wie es zehn Monate zuvor in dem Haus an der New Hampshire Avenue gerochen hatte – ein metallischer Geruch, der mir in die Nase stieg und meine Hände am Lenkrad zittern ließ. Ich hielt am Bordstein an, die Erinnerung kehrte vollends zurück und mit ihr ein Bombardement aus Rückblenden meiner übrigen Sinne – der *Geschmack* des Blutes meiner Mutter, vermischt mit Wasser; die Hundewarnungen, die ich gesehen hatte, wenn ich frühere Einbruchhäuser ausgewählt hatte; das *Gefühl* meines Höhepunktes damals. Der Hund auf dem Gehweg fing an auszusehen wie Shroud Shifters verhaßter Feind Cougarman. Dann gewann ein *erworbenes* Gefühl der Vernunft die Oberhand, und ich verschwand aus dieser öden und gefährlichen Gegend, bevor mir etwas zustoßen konnte.

Als ich an diesem Abend zu Hause war, liebkoste ich meinen Stemmbeitel und schloß das Kino, das dazu da war, mich täglich vierundzwanzig Stunden lang zu unterhalten. Als die weiße Leinwand vor meinen Augen stand, erfüllte ich sie mit dem, was ich wußte und was ich daran zu tun hatte, in schlichter, schmuckloser Schrift, die mir keinen Platz für Schnörkel ließ.

Du hast unbewußt versucht, noch einmal zu durchleben, wie du den Hund getötet hast.

Du hast das getan, weil du dabei vor Erregung gekommen bist.

Du bist unnötige Risiken eingegangen, um sexuelle Befriedigung zu erlangen.

Wenn du diese Risiken weiterhin eingehst, wird man dich fassen, vor Gericht stellen und wegen Einbruchs verurteilen.

Du mußt damit aufhören.

Meine Gehirnschreibmaschine ließ als Reaktion auf diesen letzten Satz eine Reihe riesiger Fragezeichen aufblitzen, und als sie auf das weiße Papier trafen, war jedes einzelne wie ein Schlag auf mein Herz. Härter und härter umklammerte ich den Beitel, und mein Geist schlug verzweifelt um sich auf der Suche nach der Lösung dieses Dilemmas, wie der Mensch so selbstzerstörerisch kein zweites kennt. Dann prasselte eine neue Serie von Feststellungen auf mich ein:

Hör auf – laß dich davon nicht um Kopf und Kragen bringen.

Unterdrücke es wie Shroud Shifter.

Aber er hat Lucretia.

Mach dir Träume, die dir Erleichterung verschaffen.

Aber dann betrüge ich mich.

Tu, was *jeder* mit sich tut.

Nein.

Nein.

Nein.

Berühre dich, verstümmle dich, oder töte dich; aber tu es *jetzt*.

Ich zog mich aus und trat vor den mannshohen Spiegel an meiner Badezimmertür. Ich starrte mein Spiegelbild an und sah einen großen, dürren Knabenmann mit teigiger Haut und wilden braunen Augen. Ich erinnerte mich an die Explosionen, die im Schlaf gekommen waren, nicht aus Träumen, sondern aus einer Zusammenballung verhaßter Gesichter aus meinen Gehirnfilmen, und ich dachte daran, wie ich mich geschämt hatte, als ich beim Aufwachen den Beweis für meine geheimen Sehnsüchte gefunden hatte. Mein Herz klopfte, und mein Atem ging so abgehackt, daß ich am ganzen Körper flatterte. Ich hielt die scharfe Kante des Beitels an die Unterseite meines Geschlechtsorgans, dann an meine Kehle. An beiden Stellen ließ ich einen dünnen Blutstropfen hervortreten. Ich riß entsetzt die Augen auf, als ich sah, was ich tat, wandte mich vom Spiegel ab, warf mich auf mein Bett. Der Griff des stählernen Einbruchswerkzeugs drückte seine Riefen in meine Lenden, als ich mir weinend Erleichterung verschaffte. Es war der bittere Preis dafür, daß ich weitermachen konnte.

8

Daß ich der Selbstvernichtung knapp entgangen war, weckte in mir den Entschluß, weniger zu fantasieren und mehr zu stehlen. Die Verknappung meines geistigen Lebens tat weh, aber die Kühnheit, die mich in ihrer Folge erfüllte, verhinderte, daß die Wunde zu schwären begann. In einer Woche drehte ich fünf Dinger, jedesmal im Zuständigkeitsbereich eines anderen Polizeireviers, und jedesmal drang ich auf andere Weise ein. Die Beute betrug insgesamt siebenhundert Dollar und ein bißchen Kleingeld, zwei Rolex-Uhren und einen .38er Smith & Wesson, den ich zu feilen gedachte, bis die Oberfläche restlos aufgerauht, gebürstet wäre – die Krönung aller Einbrecherwaffen. Dann verband das Schicksal mich mit der Geschichte, und mein Aufstieg und mein Abstieg begannen im selben Augenblick.

Es war der 5. Juni 1968, die Nacht, nachdem Robert Kennedy in L. A. niedergeschossen worden war. Er lag, dem Tode nah, im Good Samaritan Hospital, dem Krankenhaus, in dem ich zur Welt gekommen war. In den Fernsehnachrichten sah man riesige Menschenmengen, die vor der Klinik Wache hielten – und riesige Menschenmengen bedeuteten leere Wohnhäuser. Walt Borchard hatte mir erzählt, daß in den Wohnbezirken in der Umgebung von Krankenhäusern scharenweise Schwestern wohnten – gute Gegenden, um »auf Muschipirsch« zu gehen. Die Kombination dieser Faktoren ergab: ein »Einbrecherparadies«, und als ich in die Stadt fuhr, tanzten mir Visionen von großen, leeren Häusern im Kopf herum.

Auf dem Wilshire Boulevard bewegte sich ein unablässiger Strom hupender Autos – eine vorzeitige Begräbnisprozession. Auf dem Gehweg vor dem Krankenhaus drängten sich Gaffer und voreilige Trauernde, die weinten und Schrifttafeln schwenkten. Hippies verkauften Autoaufkleber mit der Aufschrift »Betet für Bobby«. Eine Anzahl von Frauen in der Menge trug Schwesterntracht, und ein angenehmes, solides Gefühl erwachte in meiner Magengrube. Ich stellte den Wagen auf einem Parkplatz an der Union Avenue ab, ein paar Straßen weit östlich des Good Samaritan, und ging zu Fuß weiter.

Meine anfänglichen Fantasien über diese Gegend waren unzutreffend gewesen. Es gab keine großen Einfamilienhäuser, sondern nur zehn- oder zwölfstöckige Apartmentbauten. Das solide Gefühl verlor sich, als ich an den Eingangstüren der ersten drei Backsteinmonolithen rüttelte und sie verschlossen fand. An der Ecke 6th und Union drehte ich mich noch einmal um und warf einen Blick auf den Block, an dem ich vorbeigekommen war. Ich sah dunkle Fenster in allen Stockwerken, in allen Häusern, und seitlich an den Gebäuden identische Feuertreppen. Ich ging den Weg zurück, den ich gekommen war, und spähte nach oben, ob ich *offene* Fenster entdeckte.

Das dritte Haus auf der östlichen Straßenseite zog meinen Blick auf sich: Im fünften Stock war ein halboffenes Fenster, eine Armeslänge weit von der Feuertreppe entfernt. Ich schaute mich nach möglichen Zeugen um, sah keinen und zog eine leere Mülltonne unter die Sprossen, die zur Feuertreppe hinaufführten. Zähneklappernd schluckte ich eine Woge der Angst hinunter, kletterte auf die Tonne und zog mich hoch.

Es war eine klare, aber mondlose Nacht. Ich streifte die Handschuhe über und zwang mich, auf Zehenspitzen zu gehen wie Shroud Shifter, wenn er sich einem Opfer näherte. Am fünften Stock spähte ich hinunter, sah noch immer niemanden, der mich beobachtet hätte, und versuchte, die Feuertür zu öffnen. Sie war nicht abgeschlossen. Dahinter erstreckte sich ein langer, kahler Korridor. Dieser Zugang war weniger gefährlich – sofern die Tür, die ich mir ausgesucht hatte, leicht zu öffnen wäre. Aber das Fenster neben mir, von dem mich ein knapper Meter Luftlinie und ein zwanzig Meter tiefer Abgrund trennten, wirkte machtvoller und unheimlicher.

Ich streckte mein rechtes Bein aus, so weit ich konnte, und versuchte, das Fenster mit dem Fuß hochzudrücken. Es klemmte, aber schließlich fand mein Fuß Halt, und ich konnte es ganz hochschieben. Ich ließ mich in die Hocke sinken, schwang das Bein in den dunklen Raum hinter dem Fenster und hakte mich fest. Dann, bevor die Panik mich erfassen konnte, stieß ich mich mit dem anderen Fuß vom Treppenabsatz ab, packte mit beiden Händen den hölzernen Fensterrahmen und gelangte so völlig lautlos in die Wohnung.

Ich stand in einem bescheidenen Wohnzimmer. Als meine Augen sich an die Dunkelheit gewöhnt hatten, sah ich ein Sofa und Sessel, die aber nicht zusammengehörten, und Bücherregale aus Ziegelsteinen und Brettern, vollgestopft mit Taschenbüchern. Unmittelbar vor mir lag ein rechtwinklig weiterführender Gang. Ein merkwürdiger Laut kam von seinem anderen Ende, und ein Kribbeln überkam mich, als ich daran dachte, daß es ein Hund sein könnte. Ich zog meinen Beitel heraus und schlich durch die Diele, bis ich an eine offen Tür kam, aus der Kerzenlicht und Laute drangen, die ich sofort als Liebesgeräusche erkannte.

Ein Mann und eine Frau lagen ineinander verwunden auf dem Bett. Sie waren schweißbedeckt und bewegten sich schlangenhaft in kontrapunktischen Bewegungen – er unnachgiebig vorwärts, auf und ab, ein und aus; sie die Hüften seitwärtsbiegend, die gekreuzten, hinter dem Rücken ihres Partners verschränkten Beine in die Höhe stoßend. Eine Kerze auf einem Bücherregal verband sich mit einer leichten Brise, die durch ein offenes Fenster hereinwehte, und ließ ihr Licht in langen Wellen durch die Dunkelheit flattern – in einem Flammentanz, der dort endete, wo die beiden Liebenden miteinander verbunden waren.

Ihr Seufzen schwoll an, ließ nach, wurde zu halbverbalem Keuchen. Ich beobachtete, wie das Kerzenlicht ihn in ihr beleuchtete. Jedes Flackern ließ den Punkt ihrer Vereinigung schöner und zugleich gossenhafter-expliziter werden. Wie gebannt starrte ich auf dieses Bild, ohne an das Risiko zu denken, das ich einging. Ich weiß nicht, wie lange ich so dastand, aber nach einer Weile begann ich, mich mit ihnen zu bewegen, lautlos und aus einer Entfernung, die gewaltig und intim zugleich war. Ihre Hüften hoben und senkten sich, und meine taten das gleiche in perfektem Gleichtakt und bewegten sich in einer Leere, die lebendig war von Dingen, die wuchsen. Bald eskalierte ihr Stöhnen, strebte einem Punkt zu, wo es nicht mehr nachlassen würde. Ich fing mich, als ich schon im Begriff war, mit ihnen aufzuschreien, und biß mir auf die Zunge, als Shroud Shifter mir professionelle Vorsicht eingab. In diesem Augenblick schoß mein ganzes Sein in meine Lenden, und die beiden Liebenden und ich kamen zusammen.

Keuchend bleiben sie liegen und umklammerten einander wild, und ich preßte mich mit dem Rücken an die Wand, um die restlichen Schockwellen meiner eigenen Explosion niederzuhalten; ich preßte härter und härter, bis ich glaubte, das Rückgrat werde mir brechen. Dann hörte ich Flüstern, und eine Rundfunkstimme erfüllte das Zimmer. Ein ernster Ansager erklärte, Robert Kennedy sei tot. Die Frau fing an zu schluchzen, und der Mann sagte: »Sssch. Ssssch. Wir haben gewußt, daß es so kommen würde.«

Die letzten drei Worte ließen mich aufschrecken, und ich schlich mich durch die Diele zurück ins Wohnzimmer. Ich sah eine Cordhose, die über einen Sessel geworfen war, und auf dem Boden daneben lag eine Handtasche. Mit einem Auge beobachtete ich den Kerzenschimmer, der aus dem Schlafzimmer kam, und ich zog ein Portemonnaie aus der Gesäßtasche der Jeans und eine Brieftasche aus der offenen Handtasche. Dann ging ich lautlos zur Tür hinaus, bevor der wunderschöne Kerzenmagnet mich zu dem Liebespaar zurückziehen konnte.

Im Auto hatte ich, bevor ich dazu kam, meine Beute zu inspizieren, einen gespenstischen Augenblick der Klarheit. Ich wußte, ich würde es wieder und wieder tun müssen, und wenn der kriminelle Ertrag das Risiko nicht lohnte, würde ich sterben, wenn ich mich diesem Verlangen unterwarf. Ich dachte an den Schmuck und die Kreditkarten, die ich zu Hause in meinem Schrank versteckt hatte, und an die Namen und die Schlupfwinkel der Hehler, von denen Walt Borchard in seinen zahllosen biergeschwängerten Monologen gesprochen hatte. Ich fuhr nach Hause, räumte mein Versteck und zog aus, eine weitere Kerbe in den Stab meines Professionalismus zu schneiden. Dabei fühlte ich mich gesättigt, behutsam gelassen, aber entschlossen. *Liebevoll.*

Meine Gelassenheit verwandelte sich in Bangigkeit, als ich an der Ecke Cahuenga und Franklin parkte, einen halben Block weit vom »Omnibus« entfernt – dem berüchtigten »O. B.'s«, dem Lokal, das Walt Borchard als »Eiterbeule sogar nach Hollywood-Maßstäben« bezeichnet hatte, als einen »wahren Zirkus der Unterwelt, mit Hehlern, Rockern, Huren, Dealern, Junkies und Schwulen«. Schon bevor ich drin war, sah ich, daß seine Einschätzung zutreffend war. Ein halbes Dutzend Motorräder parkte auf dem Gehweg vor dem flachen Betonbau, und eine Gruppe wüst aussehender Männer ließ eine Whiskey-Flasche kreisen. Als ich durch die Schwingtüren getreten war, stand ich vor einem Panoptikum von Dingen, die ich noch nie gesehen hatte.

Am oberen Ende des großen, verqualmten Raumes war eine Bühne, auf der Schwarze mit nackten Oberkörpern auf ihre Congas schlugen, und ein Weißer hinter ihnen schwenkte einen bunten Flutlichtscheinwerfer auf die hufeisenförmige Tanzfläche. Am Rande des kreisenden Knäuels der Tanzenden stand eine Reihe von Jugendlichen beiderlei Geschlechts, und alle paar Augenblicke begab sich einer von ihnen zu einer Tür, die hinter der Bühne zu erkennen war.

Ich drang in den Mahlstrom der Halbwelt ein und befingerte dabei die Beute in meiner Tasche, damit sie mir Glück bringe und Mut schenke. Ich stellte mich in die Reihe der Hippies und hatte jetzt freie Sicht auf die Tanzfläche. Männer tanzten mit Männern, Frauen mit Frauen. Ein satter, moschusartiger Duft drang mir in die Nase, und ich wußte, daß es Marihuana sein mußte. Dann spürte ich einen Ellbogen in meiner Seite, und eine Marihuana-Zigarette steckte in meinem Mund. »Nimm ’n Zug«, sagte ein Mädchen mit strähnigem rotem Haar. »Ist Acapulco Gold. Du wirst fliegen.«

Ich dachte an Shroud Shifter und an psychische Unsichtbarkeit. »Nein, danke. Nicht meine Szene.«

Das Mädchen machte schmale Augen und nahm selbst einen Zug. Sie blieb den Rauch von sich und fragte: »Bist du ’n Kiebitz?«

»Nein, ich will hier Geschäfte machen.«

»Kaufen oder verkaufen?«

»Verkaufen.«

»Super. Gras? Speed? Acid?«

S. S. flüsterte mir ins Ohr: »In Rom benimm dich wie die Römer.« Spontan sagte ich: »Gib doch mal ’n Zug«, und griff nach dem Joint. Ich schob ihn zwischen die Lippen und sog heftig daran. Der Rauch brannte, aber ich hielt den Atem an, bis es war, als versenge mir ein glühendes Schüreisen die Lunge. Ich rülpste den Rauch hervor und keuchte: »Schmuck, Uhren, Kreditkarten.«

Das Mädchen nahm einen Zug. »Ich bin Lovechild. Bist du ’n Verbrecher oder so was?« Sie reichte mir den Joint zurück, und als ich den Rauch einsog, sah ich Shroud Shifter und Lucretia auf der Tanzfläche langsam und mit kreisenden Hüften tanzen. Andere Tänzer rempelten sie an, und Lucretia schnappte nach ihren Hälsen, bis sie zurückwichen. Innerhalb von Sekunden waren die Tanzenden auf die *Knie* gefallen, und S. S. und Lucretia waren *nackt* und in einer schlangenhaften Masse von Armen und Beinen ineinander verschlungen. Ich nahm noch einen Zug, und von der Bühne quoll die Musik herunter: »I gotta get high and fly on the sky! Geez some china white in a purple haze thigh! Don’t ask why!«

Lovechild drängte sich an mich und zog einen Schmollmund. *Don’t Bogart*. Das ist ’n Joint, kein Lutscher. Er war teuer.« Ohne den Blick von Shroud Shifter und Lucretia zu wenden, langte ich in meine rechte Parkatasche und wollte eine Damen-Rolex herausho-

41

len, damit sie ruhig blieb. Meine Finger berührten Metall, und ich zog heraus, was ich umfaßt hatte. Dann schrie jemand. »Der hat 'ne Kanone!«

Die Reihe der Hippies teilte sich, und Shroud Shifter und Lucretia verschwanden. Ich hörte geschnatterte Silben aus allen Richtungen: »Bulle«, »Cop«, »Schmiere«, wieder und wieder. Die Realität rastete ein, und ich zwang mein Marihuana-wirres Gehirn, den Namen des »Oberhehlers« herauszurücken, der nach Walt Borchards Aussage im »O. B.'s« seine Operationsbasis hatte. Ich richtete meinen ungeladenen .38er auf Lovechild und zischte. »Cosmo Veitch. Hol ihn.«

Die Menge wurde nervös; ich spürte, daß sie mich musterten. Meine Größe und meine biedere Kleidung sprachen für mich, aber davon abgesehen war ich klapperdürr und erst zwanzig Jahre alt. Wenn jemand auf die Idee gekommen wäre, die normale Innenbeleuchtung einzuschalten, hätte man mich sofort als Nicht-Cop und Hochstapler entlarvt.

Alte Gehirnfilme und Erinnerungen kamen mir zu Hilfe; ich fühlte, wie meine Züge zu meinem alten Abwehrgesicht gerannen: »Keine Zicken mit mir, ich bin ein Psychopath.« Shroud Shifter wisperte ermutigende Worte und deutete auf sein Zwerchfell; ich wußte, er wollte, daß ich mit tiefer *Tough Guy*-Stimme sprach. »Nur ruhig, Bürger«, sagte ich. »Dies ist keine Razzia. Es ist eine Sache zwischen mir und Cosmo.«

Diese Worte schienen die Menge aufzulösen. Ich sah, wie angespannte Gesichter sich erleichtert lockerten, und die Tänzer, die unmittelbar vor mir standen, wichen auf die Tanzfläche zurück und kreisten weiter. Ich sah, daß ich meinen .38er immer noch in Hüfthöhe hielt und daß die Reihe der Hippies sich zerstreut hatte. Ich konzentrierte mich darauf, mein Gesicht im Dunkeln zu halten, als ich hinter mir eine Männerstimme hörte. »Ja, Officer?«

Ich drehte mich langsam um und lächelte die Stimme an. Sie gehörte zu einem Knaben-Mann mit harten Augen, einem harten kleinen Körper, einer Großmutterbrille und einem Pferdeschwanz. »Irgendwo, wo es ruhig ist«, sagte ich und deutete mit dem Revolver hinter die Bühne. Cosmo ging vor mir her in einen kleinen Raum voller Barhocker und ausgemusterter Musikboxen. Das Licht war grell und hart, und ich konzentrierte mein ganzes Wesen darauf, älter auszusehen und zu klingen, als ich war. »Ich bin Shifter«, sagte ich. »Ich hab' drüben im Valley ein paar Brüche gemacht, und ich hab'

Gutes von dir gehört.« Ich richtete die Waffe auf den Fußboden und leerte meine beiden Parkataschen auf einem Barhocker aus. Cosmo pfiff leise, als er den Haufen Schmuck, Uhren und Kreditkarten sah. S. S. machte eine Gebärde – »cool bleiben« –, und ich seufzte und sagte: »Sag 'ne Zahl. Ich hab nicht die ganze Nacht Zeit.«

Cosmo befingerte die beiden Rolex, stocherte dann in dem Schmuck herum und hielt ein paar rote Steine gegen das Licht. »Fünfhundert«, sagte er.

Wieder durchströmte mich jäh das Marihuana. »Bargeld.« Shroud Shifters Gebärden wurden nachdrücklicher – »cool bleiben« –, und ich fügte hinzu: »Sechshundert.«

Cosmo zog eine Rolle Scheine aus der Tasche. Er blätterte sechs Hunderter herunter und reichte sie mir; dann deutete er auf eine Hintertür. Ich steckte den Revolver ein, verbeugte mich und ging ab – wie ein großer Schauspieler, der nach einer bravourösen Darbietung vor den Vorhang gerufen worden war. Ich hatte den Sex besiegt und psychische Unsichtbarkeit gewonnen, und beides am selben Tag. Ich war unverwundbar; ich war golden.

9

Beobachten.

Stehlen.

Beobachten *und* stehlen.

Fieberhafte vierundzwanzig Stunden verbrachte ich damit, diese zweifache Logistik in Einklang zu bringen. Die Häuser jungverheirateter Paare? Nein. Zu riskant.

Überwachung attraktiver junger Frauen mit Freunden, die über Nacht blieben? Nein. Zu sehr vom Zufall abhängig. Endlich aber dämmerte mir eine Idee, und ich ging den Gang hinunter und klopfte bei Onkel Walt Borchard.

»Freund oder Feind?« rief Onkel Walt.

»Feind«, antwortete ich.

»So tritt denn ein, Feind!«

Ich öffnete die Tür. Onkel Walt saß auf dem Sofa und schlang sein übliches Abendessen herunter – Pizza und Bier. Auf dem Boden lag eine aufgeschlagene Zeitung, um den tropfenden Käse aufzufangen. »Ich . . . ich muß mal über was reden«, sagte ich in gespielt betretenem Ton.

»Klingt nach was Ernstem. Setz dich und nimm dir 'n Stück.«

Ich setzte mich Borchard gegenüber in den Sessel und winkte ab, als er auf die Pizza deutete. »Warst du schon mal bei der Sitte?« fragte ich.

Borchard kaute und lachte gleichzeitig – die komplexeste Aktion, deren er fähig war. Er schluckte und meinte: »Das klingt wirklich nach was Ernstem. Alles okay mit dir, Marty?«

»K-k-klar. Und ? Warst du?«

»Nein. Hast du Ärger, Kleiner?«

»Nein. Die Sitte verhaftet Prostituierte, stimmt's?«

»Stimmt.«

»Und Callgirls? Du weißt schon, wirklich gut aussehende Prostituierte? Nicht diese Nuttentypen, sondern – du weißt schon, *schöne* Frauen, Frauen mit eigenen Apartments, in die sie mit den Kerls gehen, so daß es nicht so mies ist wie in 'nem Motel?«

Borchard lachte so heftig, daß ihm eine Anchovis aus dem Mund flog und vor ihm auf dem Couchtisch landete. Er schob sie wieder in den Mund, kaute noch einmal darauf herum und fragte. »Marty, hast du die Absicht, dich bumsen zu lassen?«

Ich senkte den Blick. »Ja.«

»Junge, wir haben 1968. Die Mädchen verschenken's wie noch nie.«

»Weiß ich. Aber –«

»Hast du es bei Patty unten probiert? Die hat die Beine schon so oft breitgemacht, daß sie wahrscheinlich 'n Sarg wie 'n Ypsilon brauchen wird.«

»Die ist häßlich, und sie hat Pickel.«

»Dann stülpst du ihr 'ne Tüte übern Kopf und kaufst ihr 'ne Tube Clerasil.«

Ich zwang ein Rinnsal von Krokodilstränen hervor. »Ah, Scheiße, Kleiner, tut mir leid«, sagte Onkel Walt. »Du bist noch Jungfrau, was? Du fängst spät an, und du willst 'n niedliches Mäuschen für deine Fickpremiere?«

Ich wischte mir die Nase ab. »Ja.«

Onkel Walt stand auf und zerzauste mir das Haar. Dann ging er in sein Schlafzimmer. Einen Augenblick später war er wieder da und reichte mir einen Hundert-Dollar-Schein. »Sag nicht, ich wäre nicht spendabel, und sag nicht, ich lasse für 'n Kumpel nicht schon mal fünfe gerade sein.«

Ich stopfte das Geld in meine Hemdtasche. »Danke schön, Onkel Walt.«

»Ist mir ein Vergnügen. Jetzt hör gut zu, und in einer Stunde bist du entjungfert. *Hörst* du zu?«

»Ja.«

»Gut. Jetzt kommt eine erstaunliche Information: Das Los Angeles Police Department, dem ich angehöre, läßt es wahrhaftig zu, daß im Raum Los Angeles ein gewisses Maß an hochklassiger Prostitution betrieben wird. Ist das nicht *schockierend*? Nun, es gibt da einen Teil des Boulevard, gleich westlich von La Brea, da reiht sich ein Callgirl-Nest ans andere. Die Mädchen sitzen in den besseren Hotelbars rum – im ›Cine Grill‹ im Roosevelt etwa oder im ›Yamashiro Skyroom‹, in der ›Gin Mill‹ im Knickerbocker und so weiter. Die Mädchen sitzen an der Bar, nippen an einem Cocktail und beäugen einzelne Männer, und man braucht kein Genie zu sein, um sich zu denken, wovon sie leben. Das übliche Verfahren ist, daß sie eine Summe nennen und vorschlagen, die ganze Veranstaltung in ihr Apartment zu verlegen. Der Standardsatz für eine volle Nacht liegt bei hundert Dollar, wie ich sie dir zufällig soeben in die geile Pfote gedrückt habe. Trinken darfst du noch nichts; also zeig dich eisig, wenn der Barmann dich fragt, was du haben willst. Der Lady deiner Wahl gegenüber benimm dich wie ein Gentleman; sag ihr, ein Hunderter ist die Obergrenze, und dann vögel sie, daß die Heide weint.«

Ich stand auf. Onkel Walt gab mir einen Stups unters Kinn und lachte. »Irgend 'ne junge Lady wird heute mehr Gummi verschmoren als der ganze San Berdoo Freeway. Jetzt mach, daß du rauskommst; meine Pizza wird kalt.«

Eine Stunde später wurde ich nicht »entjungfert«. Ich saß an der Bar des »Cine Grill« im Hollywood Roosevelt und beobachtete, wie eine Frau in einem enganliegenden schwarzen, von Spangen gehaltenen Kleid Smalltalk mit einem herzhaft-munteren Mann in einem von Kongreßabzeichen übersäten Sommeranzug trieb. Die Frau war ein gebleichter Rotschopf, aber hübsch; der Mann wirkte kräftig und muskulös. Ich nippte an einem Scotch mit Soda und hielt meine Nervosität im Zaum, indem ich sie mir als Shroud Shifter und Lucretia vorstellte, die den ganzen Tag über Opfern aufgelauert hatten und sich jetzt entspannten. Fast *fühlte* ich die beiden im Bett.

Unvermittelt verließen sie die Bar. Als sie aufstanden, wurde mir klar, daß ich Gehirnfilme hatte ablaufen lassen und daß ich sie in der physikalischen Realität aus den Augen verloren hatte. Ich zählte bis zehn und nahm die Verfolgung auf.

Ich sah, wie sie vor dem Hotel in ein Taxi stiegen, und rannte zu meinem Wagen. Das Taxi war leicht zu verfolgen; auf dem Boulevard herrschte dichter Verkehr, und bei La Brea hingen sie am Ende eines Staus. Ich war dicht hinter ihnen, und ich langte unter den Sitz, wo meine Handschuhe und der Beitel lagen. Als die Ampel auf Grün schaltete, lächelte ich: Das Taxi steuerte bereits den Straßenrand an. Was Onkel Walt über den »Callgirl-Block« gesagt hatte, stimmte.

Das Paar stieg aus dem Taxi. Hastig parkte ich zwei Wagenlängen weit hinter ihnen und beobachtete, wie sie in ein großes, pinkfarbenes Apartmenthaus gingen, das im Stil eines Plantagenbesitzers in den Südstaaten gebaut war. Die Frau brauchte keinen Schlüssel, um die Haustür zu öffnen; ich würde also auch ins Haus kommen. Ich wartete zehn Sekunden und sprintete, so schnell ich konnte, zum Haus; an der Tür bremste ich ab, ich öffnete sie, und dahinter lag ein langer, mit pinkfarbenem Teppichboden ausgelegter Gang. Die beiden verschwanden soeben in einem Apartment auf der linken Seite am hinteren Ende des Ganges.

Ich musterte die Briefkästen und gab mir die Aura eines coolen jungen Mannes, der in eine exzentrische, pinkfarbene Plantagenvilla am Hollywood Boulevard gehörte. Es war leicht, und daß ich eine so unübertreffliche Nonchalance an den Tag legen konnte, machte mich tollkühn. Es war niemand im Korridor, aber aus mehreren Apartments dröhnten Fernseh- und Musikklänge; der allgemeine Geräuschpegel war also recht hoch. Ich ging auf mein Ziel zu und überprüfte dabei die Türen, an denen ich vorbeikam. Die Türknöpfe waren nicht verstärkt, und zwischen Tür und Rahmen war mindestens anderthalb Millimeter Spiel. Wenn die Hure innen keine Kette vorgelegt hatte, würde ich hineinkommen.

An der Zieltür angekommen, lauschte ich nach den Geräuschen vorsexueller Lieblichkeiten; aber ich hörte und *spürte* nur Stille auf der anderen Seite. Ich ließ den Blick schnell durch den Gang streifen, zog meine Handschuhe an, schob die Dietrichseite meines Werkzeugs ins Schloß und fing an zu nesteln. Ich fühlte, wie die einzelnen Federn nacheinander nachgaben, und als es zum drittenmal leise geklickt hatte, drückte ich die Tür einen winzigen Spaltbreit auf – gerade so weit, daß ich einen Blick in ein kombiniertes Wohn- und Eßzimmer werfen konnte. Ich schüttelte den Kopf, um die Gehirnfilme zurückzudrängen, trat ein, drehte den Türknopf und schloß die Tür lautlos.

Stimmen, keine Laute der Leidenschaft, zeigten mir den Weg zum Schlafzimmer, und durch einen Türspalt dort erhaschte ich einen Blick auf fleckige Leiber. Mein Herz schien abzustürzen, als ich das Auge an den zollbreiten Türspalt schob wie an einen Sucher. Er war wabbelig; sie hatte Tätowierungen auf Schultern und Schenkeln. Ihr Schamhaar war offensichtlich gefärbt, damit es zur Haarfarbe des Kopfes paßte. Er hatte seine Socken anbehalten. Ich versuchte, sie in Shroud Shifter und Lucretia zu verwandeln, aber meine Gehirnkamera ließ sich nicht scharfstellen, und ihre Stimmen waren so schrill, daß ich wußte, wenn sie sich liebten, würde es widerlich sein – und ich würde mich niemals dazugesellen können.

». . . bin in diesem Haus schon mal gewesen«, sagte der Mann eben. »Als ich '64 zum Moose-Kongreß in L. A. war.«

»'ne Menge berufstätiger Mädchen arbeiten von hier aus«, antwortete die Hure. »Einige hab' ich selbst an der Hand. Willst du anfangen?«

»Nicht so hastig. Du bist 'ne Madame?«

Die Hure seufzte. »Eigentlich mehr 'ne Art vertrauenswürdige große Schwester, 'ne Therapeutin. Klar, ich arrangiere auch Treffs und kassiere 'ne Provision, aber ich seh mich gern als Kumpel – wie 'ne große Schwester, die sich auskennt in der Branche.«

»Was heißt denn das?«

»Na, einmal die Woche treffe ich mich mit den berufstätigen Mädchen, die ich so kenne, und wir tratschen und reden über Freier und – *du weißt schon.*«

Der Mann kicherte. »Hast du es schon mal mit 'nem anderen Weib gemacht?«

Die Frau stöhnte. »O Gott. Hör mal, dafür werd ich 'n Drink brauchen. Willst du auch einen? Vielleicht beruhigt das –«

Ich sah, was jetzt passieren würde, und tappte zur Wohnungstür. Als meine Hand auf dem Türknopf lag, sah ich eine Handtasche ein paar Schritt weit neben mir auf einem Stuhl. Ich raffte sie an mich, und schaffte es, mich aus dem Apartment zu winden, als sich die Schlafzimmertür öffnete. Dann rannte ich.

Die Handtasche erbrachte neun Dollar dreiundvierzig und sexuelle Informationen, die mich über ein Jahr lang beobachten und hoffen und pirschen und manchmal stehlen ließen. Das Geld war natürlich nicht der Rede wert. Es war das Notizbuch der Hure, was für meine Beschäftigung sorgte.

Es war ein behelfsmäßiges Kundenbuch mit Telefonnummern und Daten für geplante Treffs, und es enthielt eine Liste der Mädchen, die Carol Ginzburg, die »Vertraute und Therapeutin«, »an der Hand« hatte, sowie Anmerkungen darüber, ob die jeweiligen »Dates« in einem Motel, in der Wohnung des Freiers oder im Apartment des Mädchens selbst stattfinden sollten. Alles in allem war es ein Schatz an Möglichkeiten zum Beobachten und zum Stehlen, und was die vereinbarten Dates anging, hatte ich nun Zeit, vor der eigentlichen Operation das Terrain zu erkunden.

Mit der Entschlossenheit Shroud Shifters setzte ich mich hin und schrieb mein eigenes Journal. Zunächst stellte ich mit Hilfe des normalen Telefonbuches für L. A. und Walt Borchards polizeilichem Nummernregister eine Liste der zu den Telefonnummern gehörenden Adressen auf. An einem Wochenende, als Onkel Walt zum Angeln gefahren war, inszenierte ich einen Einbruch in die Garage hinter dem Haus und stahl den Rest seiner Einbrecherwerkzeuge, seinen Motorrasenmäher und einen Stapel angeblich wertvoller *National Geographics*-Hefte. Den Rasenmäher und die Hefte warf ich in den Silverlake-Stausee; das Werkzeug wickelte ich in ein Nylontuch und versteckte es zwei Straßen weiter in einem hohlen Baumstamm.

Als nächstes folgte eine Serie von »Kundschafter«-Missionen.

Carol Ginzburg und ihre »Mädchen« trafen sich jeden Sonntag zum Brunch im »Carolina Pines«, einem Coffeeshop an der Ecke Sunset und La Brea; in ihrem Journal war dieser Termin als »girl talk« verzeichnet. Drei dieser Konferenzen belauschte ich, und ich studierte die Mädchen. »Rita«, »Suzette« und »Starr« eliminierte ich als dumme Hühner; »Danielle«, »Lauri« und »Barb« hingegen waren akzeptabel als Drittel in einer Dreierverschmelzung. Lauri war besonders entzückend – eine große, stattliche, honigblonde Frau mit skandinavischem Akzent. Ich beschloß, mir ihre Treffs in Freierwohnungen als erstes vorzunehmen, und machte mich daran, das Territorium zu erforschen und meine Einbrecherfertigkeiten zu raffinieren.

Ich ging sehr methodisch vor. An jedem dritten Mittwoch hatte Lauri ein »Date« in Coldwater Canyon; ich sah mir das Haus an, fand es einbruchsicher und per Alarmanlage unmittelbar mit der nächsten Polizeiwache verbunden, und ich strich es von meiner

Liste. An einem bestimmten Montag im Monat hatte sie ein Stelldichein in einer der weniger noblen Gegenden von Beverly Hills; die Fenster waren ein Kinderspiel, und Hecken vor den Schlafzimmern boten hinreichend Deckung. Dies sollte Schlag Nummer eins werden, am 7. August 1968.

Und so arbeitete ich die Liste ab – Lauris Termine zuerst, dann Barbs, dann Danielles. Die Mädchen wohnten alle drei in Carol Ginzburgs pinkfarbener Plantagenvilla; Freiertreffs, die bei ihnen zu Hause stattfanden, würde ich also auslassen müssen – ich konnte nicht riskieren, mehrmals im selben Gebäude einzubrechen. Ein paar der Freierwohnungen waren gleichfalls zu exponiert und zu gut gegen Einbruch gesichert und mußten deshalb eliminiert werden. Aber als alles erledigt war, hatte ich eine Liste von neunzehn »Potentiellen«, allesamt klassifiziert und im Kalender markiert – Liebesnest-Einbrüche, mit denen ich, wenn alles gutginge, bis Januar 1970 beschäftigt sein würde. Und ich hatte eine eingebaute Warnsicherung: Den »girl talk«-Kaffeeklatsch. Wenn die Polizei auf das Ansteigen der Einbrüche im Zusammenhang mit Huren aufmerksam würde, wäre ich einer der ersten, die es erfuhren.

Tagsüber lebte ich weiter wie bisher, während ich auf den 7. August wartete – ich arbeitete in der Bücherei, ließ Gehirnfilme ablaufen und machte mich willentlich psychisch unsichtbar. Nachts aber *arbeitete* ich in meinem Versteck, einem verlassenen Werkstattschuppen, den ich tief im Wald von Griffith Park entdeckt hatte. Im Licht einer batteriegespeisten Bogenlampe eignete ich mir das *Gefühl* für alle sechs Dietriche in meinem Werkzeugsatz an, für jenes unmerkliche *Nachgeben*, das sie aktivierten, wenn man sie in ein Schloß einführte und hin und her bewegte. In Haushaltswarengeschäften kaufte ich Dutzende von nagelneuen Schlössern aus gebürstetem Stahl, und so lernte ich, wie die verschiedenen Marken außer Gefecht zu setzen waren. Mit meinem Saugnapf-Glasschneider übte ich mich an Fensterscheiben, und ich rannte im Dunkeln über die Hügel des Parks, um meine Lungen für den Fall zu trainieren, daß ich je zu Fuß aus einer Freierwohnung flüchten mußte. Allmählich glaubte ich, daß mein erstes Jahr als Einbrecher von einer unglaublichen Mischung aus Zufällen, bedenkenloser Waghalsigkeit und Anfängerglück geprägt gewesen sein mußte. Ich war umhergestreift wie ein Kind. Jetzt war ich ein vollendeter Künstler.

Der 7. August 1968.

Die Eintragung in Carol Ginzburgs Freierjournal lautete auf 21 Uhr; also fuhr ich um halb acht in Richtung Beverly Hills, um mir Gelegenheit zu einem Brainstorm in letzter Minute zu geben. Es war ein stickiger, heißer Abend; die Atmosphäre war drückend. Ich stellte den Wagen an einer Parkuhr am Wilshire Boulevard ab, drei Blocks weit vor meinem Ziel, und ging zu Fuß weiter; dabei nahm ich den Gang eines Mannes an, der jede Menge Zeit und nichts zu fürchten hatte. An der Kreuzung Charlesville und Le Doux sah ich die Wohnung von Mr. Murray Stanton vor mir, strahlend wie ein Christbaum in der Erwartung einer heißen Nacht mit Lauri. Als ich auf dem Gehweg entlang an der Einfahrt vorbeiging, hörte ich das Brummen der Klimaanlage im Fenster, die mit voller Kraft arbeitete. Lässig schlenderte ich hin und schnitt die Zuleitung durch, genau an der Stelle, wo sie aus dem Fenster kam und in die Maschine überging. Ich hockte mich nieder und bewunderte meine Arbeit. Das Kabel war brüchig gewesen, und die Schnittstelle sah ganz natürlich aus. Ich spazierte hinter das Haus und kauerte mich hinter eine Reihe von Rosenbüschen, um zu warten.

Um 20 Uhr 20 hörte ich, wie eine Männerstimme »Scheiße!« murmelte, und ein paar Augenblicke später wurden auf beiden Seiten des Hauses Fenster aufgerissen. Ich erhaschte einen Blick auf Murray Stantons Silhouette. Von weitem sah er aus, als können man ihn für Shroud Shifter halten.

Um Punkt 21 Uhr läutete die Türglocke. Ich zog meine Handschuhe an, schloß die Augen, ließ einen Gehirnfilm anlaufen und zählte gleichzeitig bis fünfhundert. Dann trat ich an das vom Schlafzimmer am weitesten entfernte Fenster, stemmte mich mit den Ellbogen hoch und stieg in das dunkle Haus ein.

Ekstatisches Quieken wies mir den Weg zum Schlafzimmer. Ich sah, daß die Tür geschlossen, aber nicht abgeschlossen war, und ein Lichtschein drang durch den Spalt am Boden. Ich vertraute darauf, daß das Paar die Augen geschlossen haben würde, und schob die Tür einen Zollbreit auf.

Murray Stanton lag auf Lauri und machte Liegestützen, und die Aknezysten, die seinen Rücken pestartig bedeckten, machten ihn zu einer Beleidigung für Shroud Shifter. Lauri, groß, blond und majestätisch nach allem, was ich von ihrem Körper sehen konnte, betrachtete ein gerahmtes Foto, das auf dem Nachttisch gestanden hatte. Ihre andere Hand ruhte auf Stantons pickliger Schulter, die

50

Finger abgespreizt, als fürchte sie, die Pusteln könnten ansteckend sein. *Sie* war es, die stöhnte, und sie war eine schlechte Schauspielerin; der Höhepunkt ihrer darstellerischen Leistung wurde erreicht, als sie das Bild auf dem Nachttisch abstellte, um sich an der Nase zu kratzen. Sie war schön genug, um Lucretia zu sein, aber sie erinnerte mich an jemand anderen, eine starke, nordische Gestalt, tief vergraben in einer Kammer in den Kellergewölben meiner Erinnerung.

Ich beobachtete sie weiter, ohne Erregung zu spüren. Nach einer Weile hörte Lauri auf zu quieken und fing an, an den Fingernägeln beider Hände zu nagen. Stantons Bewegungen wurden hektischer, und atemlos prustete er: »Ich komme! Sag: ›Er ist so groß!‹ Sag: ›Er ist so groß, daß es weh tut!‹«

Lauris Mund formte die Worte, und sie versuchte angestrengt, ein Kichern zurückzuhalten. Der satirische Unterton ihrer Stimme wäre jedem aufgefallen, nur nicht dem schweinischen Akne-Patienten, der sich seinem Orgasmus näherte. Ich ging zurück ins Wohnzimmer, und Shroud Shifter an meiner Seite wisperte: »*Stiehl, stiehl, stiehl.*«

Im Wohnzimmer gehorchte ich ihm. Ich griff nach der Börse, die auf dem Couchtisch lag, als in meinem Gehirn eine verblüffende Maschinenschrift erschien. *Stiehl nicht, denn das Akneschwein wird Lauri verantwortlich machen, und dann erfährst du nicht, wer sie ist.*

Die Mitteilung war so machtvoll, daß ich reflexartig gehorchte. Aber auf dem Weg zum Fenster nahm ich ein winziges gerahmtes Foto und steckte es in die Tasche. Es zeigte ein Trio von drei lächelnden Kindern.

Beobachten.
Stehlen.
Beobachten *und* stehlen.

Dieser Zwillingsberuf beherrschte im Lauf des nächsten Jahres die Stunden meines Wachseins, und Alpträume beherrschten meinen Schlaf. Ich hatte gehofft, dieses Mann-Frau-Ich werde meine Dreieinigkeit sein, aber es war nicht so. Es war eine Triade, bestehend aus: dem Beobachten oberflächlicher Sexbeziehungen, motiviert durch Gier und Verzweiflung; dem Stehlen als Mittel zum emotionalen Überleben und als rationalem Vorwand für das Beobachten; dem Traum, Lauris Geheimnis herauszufinden. Daß meine Träume unausweichlich zu Alpträumen wurden, war das Schlimmste dabei.

Lauris richtiger Name war Laurel Hahnerdahl, und indem ich am

Telefon einen Polizisten imitierte, erfuhr ich, daß sie 1943 in Kopenhagen geboren und 1966 nach Amerika gekommen war. Als ihr Beruf war »Model« eingetragen, sie hatte keine Verwandten in den Vereinigten Staaten, und sie war nicht vorbestraft. Mehr war von der Kraftfahrzeugbehörde und aus den Akten des L. A. P. D. nicht zu erfahren.

Es war unmöglich, daß wir uns je begegnet waren, aber sie erschien mir auf eine beinahe symbiotische Weise vertraut. Zweimal durchstöberte ich ihr Apartment, und ich fand nichts, was meiner Erinnerung weitergeholfen hätte. Ich beobachtete sie auf vier verschiedenen Treffs, ohne etwas zu stehlen, und noch immer konnte ich das Geheimnis nicht entschlüsseln. Ich träumte unaufhörlich von ihr, und es war immer das gleiche. Ich beobachtete, wie sie mit einem Mann schlief, der aussah wie Shroud Shifter, und das Bild verschwamm mir vor den Augen, und ich rückte näher heran, nur um mich in ein blickloses, armloses, beinloses, stimmloses, lebloses Objekt zu verwandeln. Ich konnte nur noch hören – und dann hörte ich Donner – krachenden Donner, der Tausende unverständlicher Stimmen übertönte, die allesamt versuchten, mir zu sagen, was Lauri zu bedeuten habe. Unweigerlich endete mein Alptraum an dieser Stelle, und ich erwachte, aufrecht und schweißüberströmt.

Im April '69 kehrte Lauri nach Dänemark zurück, und Carol Ginzburg veranstaltete zu Ehren ihrer Heimreise einen Brunch. Es schmerzte mich, sie gehen zu sehen – und ich war zornig über mich selbst, weil ich nicht herausgebracht hatte, wer sie war; aber mit ihrer Abreise begannen meine Alpträume zu schwinden, und ich konnte das Rätsel, das sie für mich darstellte, aus meinen Gedanken verbannen.

Und so fuhr ich fort, zu beobachten und zu stehlen, bis die Hoffnung, je wieder zu fühlen, was ich am 5. Juni 1968 gefühlt hatte, erstarb, weil ich zu viele schwülstige Bettgeschichten, zu viele erbärmliche Auswüchse der Einsamkeit mit angesehen hatte. Meine Desillusionierung beim Beobachten ging mit einer neuen Freude am Stehlen einher, und ich brachte es auf elf aufeinanderfolgende erfolgreiche Raubzüge; die Beute verhökerte ich an Cosmo Veitch, und dabei genoß ich die Tatsache, daß er zwar inzwischen herausgefunden hatte, daß ich kein Polizist war, aber trotzdem eine Heidenangst vor mir hatte. Vom Spätsommer '68 bis zum Hochsommer '69 zahlte er mir insgesamt siebentausendzweihundert Dollar für gestohlene Ware. Ich verwahrte das Geld in einem stählernen Tresorfach in einer Bank an der La Brea Avenue für den Tag, da ich meinen Job in der Bücherei hinwerfen und aus Walt Borchards miesem Bau ausziehen würde.

Aber im August '69 traf eine Reihe von Ereignissen zusammen, die meine kriminelle Karriere vorläufig blockierte. Sharon Tate und vier andere wurden in ihrem Haus in Benedict Canyon abgeschlachtet, und als man dieses Gemetzel mit den ähnlich angelegten La-Bianca-Morden auf der anderen Seite der Stadt, im Bezirk Los Feliz, in Zusammenhang brachte, war das Resultat eine Panik, die zu einem Boom von allerlei Sicherheitsanlagen und -firmen führte. Die Bewohner von Los Angeles kauften sich Pistolen und Wachhunde, und sie verbarrikadierten sich gegen die noch auf freiem Fuß befindlichen Killer im besonderen und vor den 60ern im allgemeinen. Das Einbrechen wurde zu einem riskanteren Geschäft.

Und Carol Ginzburg zählte schließlich zwei und zwei zusammen und begriff, daß die Einbrüche in den Freierwohnungen mit dem Diebstahl ihres Huren-Journals zusammenhing. Ich saß lauschend in der Nähe, als sie beim sonntäglichen Brunch im Restaurant ihren Mädchen sagte: »Zufall hin, Zufall her – hier ist was Merkwürdiges im Gange.« Sie schilderte ihre Theorie von einem äußerst coolen Einbrecher, der aus Vorsicht nur hin und wieder zuschlug, und erzählte, daß sie einen Privatdetektiv zu engagieren gedenke, der die Sache untersuchen solle. Ich zahlte und verließ den Coffeeshop, während sie noch redete.

Als es mit dem Beobachten und Stehlen zu Ende war, hatte ich von meiner Dreifaltigkeit nur noch die Alpträume übrig. Obwohl Lauri jetzt nicht mehr da war, kehrten sie zurück, und ihr Wispern verhöhnte mich inmitten des hallenden Donners. Ich wußte nicht, was sie sagten, aber wenn ich erwachte, schmeckte ich Blut.

10

Ohne Gliedmaßen, die mich vorwärtsbewegen, und ohne Augen, die mich leiten konnten, wurden meine Träume zu Ausflügen in die Schwerelosigkeit. Ich wurde Geräuschen zur Beute, die mich umherwarfen wie eine Lumpenpuppe. Nur eine Tiefenströmung meines Bewußtseins hielt den Deckel auf diesen Alpträumen und verhinderte so den Ruin durch eine vom Entsetzen verursachte Schlaflosig-

keit. Ich wußte, noch wenn die Prügel am schlimmsten waren, daß
ich unmöglich körperlos sein konnte, wenn ich die Donner-Hitze
noch spürte. Morgens, wenn ich erfrischt und mit einem Rest von
Angst in mir erwachte, wußte ich, daß ich einen Autopiloten besaß,
der mich stets vor dem Absturz bewahren würde.

Gleichwohl graute mir vor dem Schlaf, und ich suchte ihn hinaus-
zuschieben, indem ich nach äußerster Erschöpfung trachtete.

Mit meinem Bankguthaben als Polster kündigte ich meine Stelle
in der Bibliothek und verbrachte meine Tage damit, körperliche
Energie zu verbrauchen. Ich ging in einen Sportclub in West L. A.
und stemmte zwei Stunden täglich Gewichte, und schon nach einem
Monat umspannten Muskelstränge meine schlanke Gestalt. Ich
rannte in den Hügeln von Griffith Park, bis ich schwindlig zusam-
menbrach und die heiße Dusche zu Hause mir gnädige Wärme
schenkte. Und dann, in der Nacht, entleibte ich andere.

Erweckt wurde dieses Ritual durch das Bewußtsein meines eigenen Körpers, und vorwärtsgetrieben durch das Verlangen, die Alpträume zu unterdrücken. Ich wurde ein Menschenfischer und jagte
Menschen in ihren prosaischsten Posen, wurde ein Gehirnfilmregis-
seur, der noch aus den Passanten auf der Straße und ihren Wegwerf-
gebärden ein Drama zu schaffen wußte. Nacht für Nacht glitt ich
langsam auf der Kriechspur dahin und beobachtete. Ich sah, wie
Hände an Hosenbeinen und Rocksäumen zupften, und *wußte*, wie
diese Leute ihren Sex empfanden. Das Neonlicht, das über den Boys
der Straßengangs in ihren kurzen, engen Pullovern flirrte, verriet mir,
warum sie taten, was sie taten. Meine Gehirnkamera hatte ein auto-
matisches Zeitlupenobjektiv, und wenn schöne Körper eine besonders aufmerksame Betrachtung erforderten, damit sich die Wahrheit
ihrer Poesie offenbare, rastete dieses Gerät ein und ließ mich auf all
den entzückenden Wölbungen und Verschmelzungen aus Fleisch
verharren.

Meine Beobachtungsfahrten dauerten einige Wochen an; dann
deeskalierten meine Alpträume, und ich wurde vom Filmregisseur
zum Chirurgen, um sie vollends abzutöten. Meine Experimental-
chirurgie befaßte sich mit geschlechtsübergreifenden Gliedertrans-
plantationen – ich verpflanzte Männerbeine an Frauenkörper, Frau-
engesichter auf Männerkörper, und dabei achtete ich mit besonderer
Aufmerksamkeit auf die geistigen Schnitte, die solche Tansplantatio-
nen möglich machten. Ich fuhr dicht am Randstein entlang, sonderte
ein Paar aus, das Hand in Hand ging, und verlangsamte meine Fahrt,

bis wir uns mit gleicher Geschwindigkeit vorwärtsbewegten. Wenn die Straßenbeleuchtung ihre Gesichter überstrahlte, amputierte ich Gliedmaßen und Köpfe und ordnete die Teile neu, mühelos, unblutig. Und obgleich ich nicht in der Lage war, die Bedeutung dieses Aktes in Worte zu fassen, wußte ich, daß ich hier symbiotische Dreiervereinigungen entwickelte, die über den Sex hinausgingen.

Die Kombination aus täglicher körperlicher Anstrengung und nächtlichen Gehirnfilmen reduzierte meine Alpträume so weit, daß sie nur noch eine gelegentliche Belästigung bildeten. Um mich dagegen zu versichern, daß sie mit Macht zurückkehrten, schlief ich bei Licht, und wenn ich im Laufe der Nacht wach wurde, ging ich zu dem mannshohen Spiegel an meiner Badezimmertür und starrte meinen Körper an. Ich war jetzt stark und wurde stärker, und wenn ich meine Muskeln mit tastenden Fingern berührte, fühlte ich eine elektrische Ladung. Die Ladung lief hinunter bis in meine Lenden und endete in einem verbalen Terminus: dem Wort *Einbrechen*.

Es gelang mir, das Wort und seine schwindelerregenden Konnotationen wochenlang beiseite zu schieben, bis Anfang Oktober eine Reihe von Körpern die alte Glut zum Leben erweckte und das Schicksal den Wind dazugab, der ein Buschfeuer in mir auflodern ließ.

Ich fuhr in der Abenddämmerung auf dem Pacific Coast Highway nordwärts auf die Straße zum Topanga Canyon und ins Valley zu und beobachtete. Für die Jahreszeit war es warm, und Scharen von Surfern füllten die Teerstraße, die parallel zum Strand verläuft. Männer und Frauen, allesamt jung und schlank – und unwillkürlich nahm ich den Fuß vom Gas. Eine Vierergruppe erregte meine Aufmerksamkeit: zwei Jungen, zwei Mädchen, alle mit glattem, brünettem Haar. Mein Geist begann mit den »Operationsvorbereitungen« und schaltete ab. Ich konnte mit ihren Körpern nicht improvisieren, und ich wußte, warum: Sie waren zu perfekt.

So sehr ich mich anstrengte, mein geistiges Skalpell wollte sich nicht herabsenken, und das Quartett wurde immer geschmeidiger. Hinter mir wurde gehupt; ich merkte, daß ich angehalten hatte und den Verkehr aufhielt. Ich bekam es mit der Angst und durchsuchte mein Hirnarsenal nach einem Besteck aus gebürstetem Stahl, mit dem ich sie verstümmeln könnte. Und dann verwandelten sich die Brünetten *gegen meinen Willen* in Blonde, und der Junge küßte den Jungen und das Mädchen das Mädchen, und ein Auto stieß gegen meine hintere Stoßstange, und der Fahrer schrie: »Mach erst mal 'n Führerschein, du Schwuchtel!«

Reflexartig gab ich Gas, und mein alter Valiant schoß bei Rot über eine verkehrsreiche Kreuzung und verfehlte nur knapp eine alte Frau mit einem Kinderwagen. Ich schaute nicht auf die Straße, sondern starrte in den Rückspiegel; die vier Perfekten waren verschwunden. Langsam fuhr ich ins Valley hinaus, und ich wußte, es war nur eine Frage der Zeit, wann ich nachgeben, einbrechen, beobachten, stehlen und dabei kommen würde – ungeachtet des Risikos.

Die Dunkelheit brachte schreckliche Langeweile mit sich. Die einzigen Menschen, die ich sah, waren schlaff und unansehnlich und meiner Gedankenspiele unwürdig, und die wunderschönen Brünetten/Blonden durchwehten mich wie geistiger Moschusduft. Ich verließ die Geschäftsstraßen und fuhr in die Wohngebiete; meine letztendliche Absicht war mir wohl bewußt, und die Häuser, an denen ich vorbeifuhr, waren ausnahmslos hell erleuchtet – Bastionen eines billigen, unbegreiflichen Glücks. Ich hatte nur eine Alternative: etwas essen, nach Hause fahren und auf traumlosen Schlaf hoffen.

Ich hielt vor »Bob's Big Boy« auf dem Ventura Boulevard. In einer Nische an der Tür saß ein attraktives Paar, und ich suchte mir einen Platz an der Theke, wo ich beide sehen konnte. Ich war dabei, sie in meinem Bewußtsein blond zu färben, als sie aufstanden und zur Kasse gingen. Zwei vierschrötige junge Männer in Jeans nahmen ihren Platz ein, und der größere der beiden strich das Trinkgeld ein. Als seine Hand die Münzen vom Tisch fegte, verwandelte sie sich in eine Reptilklaue, und gleich darauf hatten sich die beiden Knaben als närrische Eidechsen in mein Hirn geprägt. Dann veranlaßten ihre lauten Stimmen mich, die Gehirnspiele abzubrechen und ihnen zuzuhören:

».. . yeah, echte Hippie-Nutten. Ich rede von Weibern, die ihre Arbeit lieben, die das Ficken mehr anmacht als die Kohle. Und billig. Die eine, Season, hat mich am Morgen um 'n Zehner angehauen; die andere, Flower – hältste das aus? –, die macht's für noch weniger. Du mußt dir zwar ihr Gelaber von dem Guru-Typen anhören, auf den sie abfahren, aber wen stört das?«

»Und die hängen jeden Abend im ›Whiskey‹ rum, sagst du? Haben 'ne Bude in der Gegend vom Strip und machen's dir die volle Nacht für 'n Zehner?«

»Kann ich dir nicht verdenken, daß du glaubst, es stimmt nicht, aber paß auf: Die haben andere Motive, oder wie du das nennen willst – die arbeiten als Werberinnen für diese Guru-Type, Charlie, und sie sagen, die Fickknete ist für die ›Family‹, und du sollst doch

56

mal zu dieser Ranch rauskommen, wo sie alle wohnen. Das ist 'n Beschiß, aber wen stört das?«

»Und diese Weiber sind obergeil?«

»Spitze.«

»Und ich brauch bloß ins ›Whiskey‹ und nach ihnen fragen?«

»Nein. Du gehst rein und gibst dich cool. Die finden dich.«

»Ja, Scheiße, wieso sitz ich dann hier und guck mir deine häßliche Visage an?«

Ohne zu ahnen, daß ich soeben den Pfad der Geschichte gekreuzt hatte, legte ich einen Dollar auf die Theke und fuhr zum Strip und zum »Whiskey A Go Go«. Eine Neonwerbung kündete von der »Schlacht der Bands« – »Marmalade« gegen »Electric Rabbit« und »Perko-Dan and His Magic Band« gegen die »Loveseekers«. Parkplätze waren knapp, aber ich fand einen auf dem Platz einer Tankstelle auf der anderen Straßenseite. Ich wußte, dies war ein kriminelles Unternehmen – keine Übung in geistiger Chirurgie –, und ich ging zum Eingang, zahlte meinen Eintritt und betrat eine dunkle, von dezibelstarkem Lärm erfüllte Höhle.

Das elektrisch verstärkte Saitengeschwirr war scheußlich und hatte mit Musik nichts zu tun. Die Dunkelheit, die alles außer der Bühne umhüllte, war beruhigend, und sie war meine ahnungslose Verbündete – ich konnte die Menschen, die hier zusammengedrängt an streichholzschachtelgroßen Tischen saßen, nicht sehen, und so würde kein lockender Körper mich von meiner Mission ablenken. Die sechs kreiselnden Gestalten, die da im Licht der Stroboskope auf ihre Gitarren einschlugen, würden mich zwingen, nach »Flower« und »Season« Ausschau zu halten; ihre »Bühnenshow« war ein Wirrwarr von langem, verfilztem Haar, »Kutten« in Leuchtfarben und umhersprühenden Körperflüssigkeiten.

Ich wandte ihnen den Rücken zu, suchte mir einen freien Tisch und setzte mich. Eine Kellnerin erschien, legte eine Serviette vor mich hin und sagte: »Drei Drinks Minimum, drei fünfzig der Drink. Wenn du Alkohol willst, muß ich 'n Ausweis sehen. Wenn du gehen und wiederkommen willst, muß ich dir 'n Stempel auf die Hand drücken.«

Ich sagte: »Ginger Ale«, gab ihr einen Fünf-Dollar-Schein und spähte in die Dunkelheit. Nach einigen Sekunden wurden die Umrisse sitzender Menschen sichtbar. Ich beschloß, einen zentralen Punkt bei den hinteren Tischen zu fixieren, in der Hoffnung, dort irgendwo Season und Flower bei ihrer »Werbetätigkeit« zu entdekken. Ich war dabei, in meine eigene Welt purer Konzentration hinüberzugleiten, als ich eine Hand auf dem Arm spürte und eine hauchende Frauenstimme hörte. Darauf war ich nicht vorbereitet; meine Knie fuhren hoch, prallten unter den Tisch und warfen ihn um. Das Mädchen, das mich angesprochen hatte, huschte beiseite, und ich sah, daß sie hübsch war und hüftlanges schwarzes Haar hatte. Lächelnd umgab ich mich mit einer Aura psychischer Unsichtbarkeit und sprach im Ton purer Nonchalance, puren *savoir faires*. »Ich komme eben aus Europa zurück, und die Caféhäuser dort sind wohnlicher. Wollen Sie nicht Platz nehmen und etwas mit mir trinken?«

Ihr Unterkiefer klappte herunter, und sie sah nicht mehr hübsch, sondern einfältig aus. »Was? Sie meinen, Sie sind ungeschickt?«

»Nur fasziniert«, sagte ich. »Wollen Sie sich nicht setzen?«

»Fasziniert?« wiederholte das Mädchen. Halb verächtlich, halb verwirrt sah sie mich an. Ein verirrter Stroboskop-Blitz vergrößerte ihren Mund; er stand offen und war zugleich höhnisch verzogen. Ihr Hohn kroch über mich hinweg, und im Geiste hackte ich ihr Arme und Beine ab und warf sie hinüber zu »Electric Rabbit« und ihrem disharmonischen Geheul. Das Mädchen murmelte »Spinner!« vor sich hin und winkte dann jemandem zu, der hinter mir stand. »Season! Warte«

Meine Zielobjekte.

Das Mädchen schlängelte sich zwischen den hinteren Tischen hindurch zu einem Leuchtschild mit der Aufschrift »EXIT«. Ich zögerte, folgte ihr dann. An der Tür steckte sie die Köpfe mit zwei anderen zusammen; aus einer Entfernung von zehn Schritten sah ich, daß die beiden langhaarig waren und Hosen und Westen aus Wildleder trugen. Ich war nicht nah genug, um ihr Geschlecht zu erkennen, und ich mußte mein Gehirnskalpell daran hindern, ihre Lederhosen zu zerhacken, damit ich es sehen könnte. Plötzlich gab es auf der ganzen Welt nichts Wichtigeres als die Frage, was diese zwei zwischen den Beinen hatten. Ich näherte mich der Tür, als das schwarzhaarige Mädchen sich wieder in das Gedränge des Nightclubs stürzte und das Lederpaar zur Tür hinaus auf die Straße verschwand.

Ich folgte ihnen.

Die beiden überquerten den Sunset Boulevard in einem androgynen Wirbel, fixiert von einem stählernen Spürgerät, das alles andere rings um mich her für mich versinken ließ. Dumpf wurde mir bewußt, daß ich blindlings durch den strömenden Verkehr tappte. Hupen gellten, Reifen quietschten. Aber ich hielt nicht inne, und meine Tunnelsicht blieb aktiviert. Als die Straße hinter mir lag und das Dunkel der Wohnbezirke vor mir ragte, bestrahlte ein wendendes Auto meine Beute. Ich sah, daß sie Mann und Frau waren, zierlich alle beide, und das einzige Unterscheidungsmerkmal war ein Schnurrbart im Gesicht des jungen Mannes. Mein Spürgerät schaltete sich klickend *aus*, und ein »Vorsicht«-Schalter rastete *ein*.

Ich hielt mich zurück und atmete tief. Das Lederpaar bog um die Ecke und ging die Seitentreppe an einem Apartmenthaus mit pinkfarbener Stuckfassade und offen zugänglichen Wohnungstüren hinauf. »Season« öffnete die dritte Tür von hinten, schaltete drinnen das Licht an und deutete hinein. Als die Tür sich hinter den beiden geschlossen hatte, ging das Licht sofort wieder aus. Sie hatte keinen Schlüssel benutzt, um hineinzukommen; die Tür war jetzt also wahrscheinlich auch nicht abgeschlossen.

Ich wartete zwanzig quälend lange Minuten; dann ging ich hinüber und blieb vor der Tür stehen. »Vorsicht« brannte es hinter meinem Auge in rotem Neon: Ich drückte mein Ohr an die Sperrholzfläche und lauschte. Als ich nichts hörte als das Knistern der Elektrizität, die meinen Körper durchströmte, ging ich hinein.

Das Apartment lag in völliger Dunkelheit, und es war, als sauge der schwammige Teppichboden mich langsam und verführerisch hinein. Die Wände fühlten sich an wie eine Umarmung; die abgestandene Luft war warm. Als meine Augen Einzelheiten erkennen konnten, erschien mir die billige Einrichtung aus Schmiedeeisen und Plastik nicht steril – die Dinge wurden lebendig als Gegenstände, die Leuten gehörten, die ich kennenlernen wollte. Die Hitze des von vier Wänden umschlossenen Vakuums setzte sich sich nahe meiner physischen Mitte fest und erstickte die »Vorsicht«-Warnung. Ich sah eine kurze Diele und einen mit Perlenschnüren verhängten Durchgang unmittelbar vor mir. Dahinter ruhte Dunkelheit, aber ich wußte, sie würde mich nicht am Sehen hindern. Auf Zehenspitzen näherte ich mich der letzten Barriere, die mich noch von dem Liebespaar trennte.

Grunzen, Kichern und vergnügtes Quieken ertönte dahinter. Ich zerteilte den Perlenvorhang und spähte hindurch, bis mir die Augen schmerzten, und schließlich sah ich Schatten-Licht auf verschränkten Fußgelenken. Wenn ich einatmete, schmeckte ich Marihuana. Die Liebeslaute wurden eindringlicher, und die Worte, die ich verstehen konnte – »Yeah«, »gib's mir« und »komm« – wurden von vulgären Stimmen gesprochen. Das erschreckte mich, und eisige Luft sickerte in den warmen Leib meiner Sinnlichkeit. Um die Kälte zu bannen, schaltete ich mein Gehör ab und starrte *durch* die Perlen, bis ich zwei Frauen sich winden sah; die Reibung ließ Funken sprühen, wo ihre Brustwarzen sich berührten. Zwei Männer verschmolzen, Lenden an Lenden, und ihre gestreckten Gliedmaßen verbargen den Berührungspunkt. Dann wurden alle vier zu einem, und ich konnte nicht länger erkennen, wer hier wo war. Da kam ich, und meine Hände krallten sich um die Perlenschnüre.

Erstaunlicherweise hörte man mich nicht. Wie versteinert stand ich da, umhüllt von Hitze, bombardiert von einer Serie von »Vorsicht!«-Schildern, deren Buchstaben teils fehlten, teils umgestellt waren; es war, als wollte eine ausgewachsene Dyslexie mich in die eine oder andere Richtung drängen, auf irgendeinen höllischen, unwiderruflichen Akt zu. Ganz, ganz still stand ich da, und dann hörte ich Seasons Stimme zum erstenmal. »Das ist nur der Wind und die Perlen. Ist es nicht hübsch?«

Der Liebhaber antwortete: »Es ist unheimlich.«

Season seufzte. »Es ist die Natur. Charlie sagt, nach dem ›Helter Skelter‹, wenn die großen Konzerne alle verschwunden sind und das Land wieder den Menschen gehört, dann werden von Menschenhand gemachte Dinge und die Natur in vollkommener Harmonie zusammenwirken. Das sagt die Bibel, die Beatles sagen es und die Beach Boys, und Charlie und Dennis Wilson werden eine LP darüber machen.«

»Diese Charlie-Type hat dir den Kopf verdreht.«

»Er ist ein Weiser. Er ist ein Schamane und ein Heiler, und ein Metaphysiker und ein Gitarrist.«

Der Liebhaber schnaufte, und Season fing an zu singen: »*You say you want a revolution, we-e-ell, you know, we all want to change the world*‹. Charlie nennt das ›das Evangeliums des hl. John und des hl. Paul.«

»Ha! Willst du mal das Evangelium des hl. *Ich* hören?«

»Na ja . . . okay. Los.«

»Dann paß auf: Gutes Essen, gutes Dope, 'n gutes Gefühl und 'n guter Fick, und wenn dir jemand in die Quere kommt: Durchladen, zielen und mitten zwischen die Augen feuern.«

»Und Tod den Bullenschweinen.«

»Nicht mit mir. Mein Dad ist Bulle. Was sagte Charlie eigentlich über Spontanwiederholungen?«

»Was meinst du damit?«

»Komm her, ich zeig's dir.«

Season kicherte. Ich fühlte, wie die Luft hinter dem Perlenvorhang sich erhitzte, und ich floh aus dem warmen Leib, bevor die Hitze mich verschlingen konnte.

In dieser Nacht waren meine Träume ein Kompendium.

Ich hatte weder Arme noch Beine. Ein Phantom namens Charlie jagte mich, und ich wollte sehen, weshalb hübsche junge Mädchen über ihn redeten, nachdem sie mit jemand anderem geschlafen hatten, und so ließ ich mich fangen, und ich schrie, als ich sah, daß Charlies Gesicht ein Spiegel war, der nicht mein Gesicht, sondern eine Sammlung von zerfleischten Geschlechtsorganen zeigte. Walt Borchart lachte mich aus, weil ich schrie, und dann stopfte er mir Hundert-Dollar-Scheine in den Mund, um mich zum Schweigen zu bringen. Meine Mutter raffte das Geld an sich und versuchte, damit das Blut zu stillen, das aus ihren aufgeschlitzten Armen quoll; mein Vater prostete einem Atompilz zu, der sich über dem Zentrum von L. A. erhob. Ich wußte, daß totales Schweigen mich retten würde, und so drückte ich mir Klammern aus gebürstetem Stahl auf die Lippen und ließ ein externes Getriebe anlaufen, das verhindern würde, daß die Synapsen meines Gehirns Funken sprühten. Allmählich fühlte ich mich undurchdringlich, und ich versuchte zu lachen. Kein Laut drang hervor, und eine neue Formation spiegelgesichtiger Feinde näherte sich, und sie hatten große Metallschlüssel, mit denen sie meine Stimme, mein Gehirn, meine Erinnerung aufschließen würden.

Ich erwachte im Morgengrauen, würgend und nach Luft schnappend. Ich hatte meinen Kissenbezug zerbissen, und mein Mund war voller Baumwolle und Schaumgummi. Ich spuckte aus und holte tief Luft; dann bekam ich einen Hustenanfall. Ich wollte den rechten Arm heben, um mir die Augen zu wischen, aber ich hatte nicht das geringste Gefühl in der rechten Körperseite.

Ich wimmerte: »Nein, bitte«, und dann schickte ich ein »Treten«-Signal in mein rechtes Bein. Es traf den Boden, und ich wußte, daß dieser Teil von mir nicht amputiert war. Zähneknirschend signalisierte ich meinem Arm: *»Packen, zerren, reißen, quetschen, leben.«* Es regte sich unter der Decke, und meine Hand löste sich von der Wand neben dem Bett. Meine Finger waren bedeckt von Blut und Putzmörtel, und ich sah das Loch, das mein Alptraum gekratzt hatte.

Die makellos umrissenen Kerben fesselten meine Aufmerksamkeit wie Höhlenhieroglyphen. Ich starrte sie an, bis das Gefühl in meine Hand zurückkehrte und der Schmerz mich bewußtlos machte.

Den Tag verbrachte ich wie ein Zombie – ich schlief, ich ging ins Bad, um meine Hand ins kalte Waschbecken zu halten, ich schlief wieder. Der Schmerz in meinen Fingern war der geträumte Beweis dafür, daß ich als funktionierende Maschine existierte, und als ich gegen Abend endgültig wach war, wußte ich, was ich zu tun hatte. Ich säuberte meine Fingernägel von den restlichen Putzbröckchen und fuhr zurück zu dem warmen Leib, um dort auf die makellosesten Körper zu warten, die er mir würde geben können.

Ich parkte am Straßenrand vor der rosafarbenen Stuckfassade und wartete. Um sieben Uhr verließen Flower und Season das Apartment und wanderten zum Strip hinauf. Um acht Uhr neunzehn kam Flower zurück, begleitet von einem rattenhaften Hippieknaben; die Einfältigkeit des Mädchens und der wabbelige Körper des Nagers vereinten sich zu einem »Nein«. Ich setzte meine Beobachtungen fort.

Flower und ihr Wiesel gingen um zehn Uhr drei; an der Ecke trennten sie sich. Season und ein stangendürrer Mann von etwa dreißig begegneten Flower auf ihrem Marsch zurück zum »Whiskey«, und sie wechselten ein paar Worte. Season war diejenige, die ich in meinem Triumvirat haben wollte, aber ihr klappriger Partner wirkte niederträchtig und schwindsüchtig. Ungeduldig und nervös von der langen Zeit ohne Gehirnfilme blieb ich sitzen.

Kurz nach Mitternacht verließen Season und ihr Lover das Apartment und gingen in südlicher Richtung davon, weg vom Strip. Ich begriff, daß die Mädchen ihr Kommen und Gehen wahrscheinlich synchronisierten, und wettete mit mir selbst, daß Flower innerhalb der nächsten zehn Minuten zurückkommen würde. Die Hand tat mir weh, und mit einer Willensanstrengung zwang ich das schmerzende Pochen, abzuebben, indem ich mich auf die Frage konzentrierte, die mich in meinen Träumen geplagt hatte: Wer war »Charlie«?

Richtig, ein paar Minuten später kam Flower um die Ecke. Ein großer Mann im Army-Overall war bei ihr, und die Autorität, die er ausstrahlte, war gegen Hippies, gegen Gegenkultur und rein maskulin. Als sie sich dem Haus näherten, nahm er seine Mütze ab und strich sich das Haar glatt. Es war leuchtend blond, und ich wußte, dies mußte Charlie sein.

Sofort war mein Warten erfüllt von Zittern und Beben und einem Vibrieren in meinen Lenden. Ich wußte, Charlie würde eine schnelle, gewalttätige Paarung vulgär finden, und so gab ich ihnen Zeit, die vorsexuelle Stimmung aufkommen zu lassen, bevor ich zur Tür ging. Mit dröhnendem Herzschlag öffnete ich sie und ging hinein.

Im vorderen Zimmer war es stockdunkel; ich ließ die Tür ein paar Zollbreit offenstehen, damit Licht hereinfiel. Dann begab ich mich schnurstracks zu dem Perlenvorhang. Ich spähte hindurch. Kerzenlicht umrahmte ihn auf ihr. Ich faßte mich an, aber es fühlte sich kalt an. Mein Herz hämmerte »ka-pum, ka-pum, ka-pum«, und ich wußte, gleich würde das Liebespaar mich hören. Als ich mich wieder berührte, fühlte ich nicht Kälte, sondern *nichts*. »Charlie«, wisperte ich, zerteilte den Vorhang und trat ans Bett. Ein Windhauch ließ das Licht über verschlungene Beine wehen. Ich schnappte nach Luft, beugte mich über sie und berührte sie.

»O Gott!«

»Was zum –«

Ich hörte die Worte und wich zurück. Licht strahlte auf, und die Beine, die ich liebkost hatte, traten nach mir. Dann raffte Charlie ein Laken um sich, und ich konnte nur noch weglaufen.

Ich stürzte zum Vorhang, und ein Schlag traf mich im Nacken. Flower kreischte: »Helter Skelter fängt an!« und ich fiel auf die Knie. Das Licht im Vorderzimmer ging an, und eine Kraft packte mich am Hals und riß mich um. Im Überschlag sah ich Tahiti und Japan via Pan American Airways und Plakate von den »Jook Savages« und von »Marmalade«. Ich versuchte, einen schützenden Gehirnfilm laufen zu lassen, aber es war, als wollte mein Hirn durch die Schädeldecke platzen. Charlie schrie: »Scheiße Scheiße Scheiße!« Und dann waren wir draußen auf dem Gehweg, und die Leute in den Nachbarwohnungen starrten zu den Fenstern heraus auf *mich*.

Der Hals wurde mir aus der natürlichen Achse gerenkt, und ich trat seitwärts nach den Fratzen; Glas splitterte in eine Reihe verblüffter Gesichter. Schreie und herannahende Sirenen gellten mir in den Ohren, als Charlie mich die Treppe hinunterzerrte, und das letzte, was ich hörte, bevor mir schwarz vor Augen wurde, war Flower, die ein improvisiertes Beatles-Medley sang.

11

Die Liebkosung kostete mich fast ein Jahr meines Lebens.

Ich wurde verhaftet und wegen Einbruchs vor Gericht gestellt. Der Beitel in meiner Tasche brachte mir eine zweite Anklage wegen Besitzes eines Einbruchswerkzeugs ein. Als Punkt drei drohte Voyeurismus, aber mein Pflichtverteidiger sagte mir, daß Onkel Walt Borchard die Staatsanwaltschaft überredet hatte, von dieser Anklage abzusehen – er wollte nicht, daß man mir einen Reiter für Sexualdelikte auf die Akte klemmte. Auf Anraten meines Anwalts bekannte ich mich schuldig im Sinne der Anklage. Das Urteil: Ein Jahr Gefängnis und drei Jahre Bewährung. Als der Richter den Spruch verkündete und mich fragte, was ich dazu zu sagen hätte, brach ich die Gewohnheit, zu schweigen oder einsilbig zu antworten, wie ich es seit meiner Festnahme getan hatte. »Ich habe nichts zu sagen – vorläufig«, antwortete ich.

Mein »praktisches Schweigen« war automatisch eingerastet, als die Sheriffs mir die Handschellen um die Gelenke gelegt hatten und ich erfahren hatte, daß mein Überwinder nicht das Phantom Charlie, sondern ein Mann namens Roger Dexter gewesen war. Die Cops, die Häftlinge und die Justizbeamten, mit denen ich in der Zeit zwischen Verhaftung und Urteil zu tun hatte, erwarteten Anspannung und den starren Blick in die Ferne, und so fand niemand mein Benehmen auf dem Revier West Hollywood besonders auffällig. Außerdem war ich über einsneunzig groß, ich wog hundertfünfundachtzig Pfund, und ich war seltsam – die Herumschubser im Knast hatten jede Menge schmächtigere Fische, mit denen sie ihr Spielchen treiben konnten. Keiner wußte, daß ich eine Sterbensangst hatte und daß mein Beschützer im Gefängnis ein Comic-Schurke war.

Shroud Shifters Beistand nahm meinen Alpträumen die Schärfe, linderte meine Erinnerung an den Augenblick, da ich Fleisch berührt hatte, und half mir, mich darauf zu konzentrieren, daß ich mein Urteil überlebte. Unser Dialog war so konstant, daß ich mich, während ich mein andauerndes physisches Schweigen bewahrte, innerlich hyperverbal fühlte. Maschinengeschriebene Warnungen prägten sich in mein Gesichtsfeld, wann immer ich besonders große Angst hatte:

Die Zeit abgerechnet, die dir wegen guter Führung und für die Arbeit als Vertrauenshäftling erlassen wird, wirst du neuneinhalb Monate im Gefängnis durchstehen müssen. Deine Mitgefangenen werden dumme, gewalttätige Männer sein, die dazu neigen, sich jeden, der schwächer ist, zum Opfer zu machen.

Deshalb mußt du dir deine physische Überlegenheit zunutzemachen, ohne ein Macho-Gebaren an den Tag zu legen, das Gewalttätigkeiten provozieren würde;

deshalb darfst du deine Mitgefangenen niemals wissen lassen, daß du viel intelligenter bist als sie oder daß deine eigenen kriminellen Neigungen aus Bedürfnissen und Neugier einer tieferen Art entspringen;

deshalb mußt du dir praktisches Schweigen und psychische Unsichtbarkeit zunutzemachen – *und* eine neue, feingeschliffene »schützende Unsichtbarkeit«: indem du die Persönlichkeiten derer annimmst, die bei dir sind, *mit ihnen verschmilzt, bis du von deinen Mitgefangenen nicht mehr zu unterscheiden bist.*

Und so traf ich, geistig gewappnet, im »neuen« Bezirksgefängnis von L. A. ein, um meine Strafe abzusitzen. Der Bau selbst, erst kurz vorher fertiggestellt, war eine kantige Masse von Stahl und glänzendem Beton, blaugrau und orangegelb gestrichen, mit langen Korridoren, die von U-Haft-Zellen gesäumt waren, und mit »Insassen-Modulen«, quadratischen Zellblöcken, vor denen sich schmale Laufstege entlangzogen. Rolltreppen verbanden die sechs Stockwerke miteinander, deren jedes die Höhe eines dreistöckigen Hauses hatte; die Korridore hatten die Länge von drei Fußballplätzen. Die Kantinenhallen waren so groß wie Kinos, und die Verwaltungsbüros lagen hinter einer Achtelmeile von aneinandergereihten stahlverstärkten Türen. Zehn Stunden verbrachte ich im Aufnahmeblock – Warten, Hautkontrolle, Entlausungsspray, Blutproben und wieder Warten, und dann wurde ich mit fünf anderen in eine Vier-Mann-Zelle gebracht, wo man mir meinen Vertrauensstatus und meine Arbeit zuweisen würde. Meilen von ermüdendem blaugrau/orangegelbem Beton lagen hinter mir, und eine Akkumulation von obszönen Gesprächen klang mir in den Ohren, als ich mich auf der Pritsche ausstreckte, die ich einem dicklichen mexikanischen Bürschchen weggeschnappt hatte, und mich von den allgemeinen Eindrücken überwältigen ließ. *Einschluß* war das Wort, das am umfassendsten zutraf, und er würde kommen, das wußte ich – von dem Beton und dem Stahl, der mich festhielt, von den verarmten Seelen meiner Wärter mit Mitgefangenen und vom Geräuschpegel der Luft, das wußte ich auch, würde mein Selbst-Einschluß in diesem Einschluß undurchdringlich werden.

Ich wartete vier Tage auf die Zuweisung meines Vertrauensstatus, erlernte die Gefängnisterminologie und schärfte meine Fähigkeiten als Sezierer. Nur zum Essen verließ ich meine Zelle; ich schlief und hörte den übertriebenen Berichten über kriminelle und sexuelle Leistungen zu. An Gesprächen beteiligte ich mich nur, wenn man mir eine direkte Frage stellte. Allmählich gewann ich den Eindruck, daß die Langeweile mehr als die Gewalt der herausragende Umstand des Gefängnislebens war und daß die größte Gefahr für mich vermutlich darin bestehen würde, daß ich über die lächerlichen Geschichten, die hier mit ernster Miene erzählt wurden, laut auflachte.

Wenn also Gonzalez, der dicke kleine Mexikaner, dem ich die Pritsche weggenommen hatte, einen Satz mit der Standardfloskel »Wenn wir schon von Fotze reden, Mann«, eröffnete, biß ich mir auf die Fingerknöchel, bis das Glucksen verschluckt war; wenn Willie Grover, alias Willie Muhammed 3X, mit seinem Spruch kam: »Scheiiiße! Wer vom Ficken redet, redet von mir! Ich hab' meinen Zehn-Zöller in mehr Matratzen stecken gehabt, als ihr je gesehen habt!« preßte ich meine Fingerspitzen an die Zellenwand, um das Lachen in meinem Bauch zu ersticken. Die anderen Zelleninsassen – zwei Weiße namens Ruley und Stinson und ein Mexikaner namens Martinez – nahmen es in den Unterhaltungen mit Grover und Gonzalez auf, und bald war ich in der Lage, die Subthemen von Sex and Crime zu bestimmen, mit denen sie zum Reden zu bringen waren.

So wurden die ersten Tage meiner Haft zu einem Crashkurs in gesellschaftlichem Umgang infolge von Nötigung. Wenn ich gefragt wurde, weshalb ich saß, antwortete ich: »Einbruch. Hab Wohnungen in West Hollywood ausgeräumt.« Wenn man sich nach meiner Hand erkundigte, die noch immer geschwollen war von meinen Versuchen, mich aus meine Alpträumen herauszugraben, sagte ich: »Ich hab den Typen flachgelegt, als er mich in seiner Bude erwischte.« Das Kopfnicken, das ich mit diesen Worten hervorrief, ermutigte mich; die abschätzenden Blicke, die über meinen neubemuskelten Körper wanderten, verrieten mir, daß keiner meiner »Zellies« riskieren konnte, Unglauben laut werden zu lassen. Mein Verbrechertum war glaubhaft.

Und während ich auf der Pritsche lag und so tat, als läse ich in

66

alten Ausgaben von *Ebony* und *Jet*, hörte ich zu und erlernte Umgangssprache und Umgangsformen, um meine Gefängnispose noch authentischer zu gestalten.

Meine einjährige Haftstrafe nannte man »Bullet«; Hacksteaks, Hotdogs und Marmelade hießen im Kantinen-Slang »Hundefutter«, »Eselspimmel« und »Roter Tod«. Untersuchungshäftlinge und solche, die ihre Klassifizierung erwarteten, hießen »Blues«, ein Hinweis auf die blaue Drillichuniform, die ich jetzt auch trug; ein Informant war ein »Snitch«; ein Homosexueller war ein »Punk«; die Deputy Sheriffs, die als Gefängniswärter arbeiteten, hießen »Bullen«.

Wenn ein Häftling dir Zigaretten oder Süßigkeiten anbietet, lehne unverzüglich ab, denn er will dich »herauslocken«.

Wenn eine Schwuchtel sich sexuell an dich heranmacht, zetere aus Leibeskräften los, auch wenn die Bullen danebenstehen, denn wenn du ihm nicht Bescheid stößt, handelst du dir ein Tuntenticket ein und wirst von allen »Arschbanditen« angemacht, die gern mal den »Schoko-Highway« bereisen möchten.

Die Bullen sind stets mit »Mr.« oder »Deputy« anzusprechen; aber niemals darfst du von dir aus ein Gespräch mit ihnen anfangen, das sich nicht um Knastangelegenheiten dreht.

Suche keine Freundschaft mit Schwarzen, denn sonst betrachtet man dich als »Nigger Rigger«, und du riskierst Attacken von »Paddies« (Weißen), »Beaners« (Mexikanern) und dem »Kriegsrat« (Weißen und Mexikanern, die sich in Notfällen zusammenrotten, um eine geschlossene Front gegen die Schwarzen zu bilden).

Und zeig dich immer, immer, »cool« und »tough«.

An meinem dritten Tag in der Zelle bekam ich einen Brief von Onkel Walt Borchard. Meine Hände zitterten, als ich ihn las.

16. 10. 69

Lieber Marty,
nach deiner Verhaftung ist wohl Sense, schätze ich. Ich bin nicht zum Revier West L. A. gekommen, um dich zu besuchen, weil der Officer, der mir sagte, wo du warst, mir auch gesagt hat, daß er Einbruchswerkzeug bei dir gefunden hat, und ich bin nicht dämlich – ich kann zwei und zwei zusammenzählen. Ich war es, der dafür gesorgt hat, daß die Sexualsache eingestellt wurde, weil ein 21jähriger Junge nicht als registrierter Sexualtäter durchs

Leben gehen sollte – es sei denn, er hätte jemanden verletzt, was du
aber anscheinend nicht getan hast – abgesehen von mir.
Du hättest mit mir reden können, weißt du. Die meisten Jungs
klauen mal was; das ist so eine Phase. Aber Du hast mich übers
Einbrechen ausgehorcht und mich bestohlen, und deshalb ist es aus
zwischen uns.
Ich habe dein Zimmer geräumt und deine Sachen eingelagert. Ich
habe deine Sparbücher und deine Bankfachquittungen gefunden,
und ich werde sie verwahren, bis du rauskommst. Ich weiß nicht,
woher du das Geld hast, und was in den Schließfächern ist,
interessiert mich nicht. Das Sheriffbüro West L. A. hat deinen Wagen
beschlagnahmt, und es lohnt sich nicht, ihn zurückzufordern – sollen
sie ihn versteigern. Wenn du deine Sachen holen kommst, geh zu
Mrs. Lewis in Nr. 6 – ich will dich nicht sehen, und sie hat alles in
ihrem Schrank.

Walt Borchard

Ich las zu Ende, und mir war, als schließe sich eine Tür aus gebürstetem Stahl vor einem langen Teil meines Lebens. Eine andere Tür
ging auf; sie war mit Dollar-Zeichen bedeckt, die ich verloren geglaubt hatte. »Du siehst fröhlich aus, Landsmann«, sagte Willie Muhammed 3X. »Hat deine Perle dir 'n bißchen Sexscheiß am Zensor
vorbeigeschmuggelt?«
    »Mein Onkel ist gestorben«, sagte ich.
    »Und darüber bist du froh?«
    »Er hat mir sechs Riesen und ein paar andere gute Sachen hinter-
lassen.«
    »Nicht schlecht; aber er war dein Onkel, und du bist froh?«
    Ich warf den Brief in die Toilette und spülte ihn weg. Dann formte
ich mein Gesicht zu dem frischpatentierten Wutfunkeln nach Art
weißen Abschaums. »Er war eine Ratte, und er hat, was er verdient.«
    Nach dem Frühstück an meinem vierten Tag im »Block« ertönte
die Stimme des Modulwärters aus dem Lautsprecher: »Lopez, Johnson, Plunkett, Willkie und Flores – antreten zur Klassifizierung.« Die
elektrische Zellentür glitt auf, und ich trat mit den anderen hinaus
auf den Laufsteg. Ein paar Augenblicke später erschien ein Wärter
und führte uns durch eine Reihe von Korridoren in einen kleinen
Raum mit blaugrauen Zementwänden. Ein plastikumhülltes Foto
von Sheriff Peter J. Pitchess war der einzige Wandschmuck, und der
Raum war völlig unmöbliert.

Als der Deputy uns eingeschlossen hatte und gegangen war, machten sich meine Kollegen mit Kreide über das Foto her, und bald hatte der Sheriff von Los Angeles County Hakenkreuze auf den Kragenecken, Frankensteinschrauben am Hals und einen Riesenphallus im Mund. Johlend bewunderten die vier ihr Kunstwerk, und dann rief eine elektrisch verstärkte Stimme: »Guten Morgen, die Herren. Klassifikation. Sie haben sechzig Sekunden Zeit, Sheriff Pitchess abzuwischen, und dann wollen wir Plunkett, Flores, Johnson, Willkie und Lopez an der Innentür sehen – und zwar in dieser Reihenfolge.«

Das Ultimatum wurde mit Pfiffen beantwortet.

»Ich hab sechzig Minuten mit deiner Mama, Ratte!«

»Sheriff Pete spielt gerade mit meinem Piephahn!«

»Alle Macht dem Piephahn!«

Ich lachte über den doppelseitigen Ritualismus; dann schlenderte ich zur Innentür und blieb dort stehen. Zwei Mann wischten das Bild mit speichelnassen Taschentüchern ab. Kaum war der Sheriff wieder jungfräulich rein, öffnete sich die Tür, und ein uniformierter Deputy deutete auf eine Reihe von Kabinen. »Die letzte.« Ich ging den tristen Gang hinunter; Klimmzugstangen waren an die Wände geschraubt.

In der letzten Kabine saß ein Deputy an einem Schreibtisch. Er wies auf einen Stuhl, der vor ihm stand. Als ich mich gesetzt hatte, sagte er: »Ihr voller Name ist Martin Michael Plunkett?«

Ich überlegte, was für eine Art Stimme ich benutzen sollte. Ein paar Sekunden vergingen, und in der Hoffnung auf einen Schreibtischjob beschloß ich, gebildet zu klingen. »Ja, Sir«, antwortete ich mit meiner normalen Stimme.

Der Deputy seufzte. »Zum erstenmal im Gefängnis?«

»Ja, Sir.«

»Ihr erster Fehler, Plunkett. Nennen Sie Deputies, deren Namen Sie nicht kennen, niemals ›Sir‹. Andere Häftlinge halten das für Arschkriecherei.«

»Okay.«

»Schon besser. Lassen Sie mich Ihre Daten durchgehen. Hier steht: ein Meter dreiundneunzig, hundertfünfundachtzig Pfund, geboren 11. 4. 48 in L. A. Verurteilt wegen Einbruchs und Besitzes von Einbruchswerkzeug zu einem Jahr Gefängnis und drei Jahren Bewährung. Entlassungsdatum 14. 7. 70. Stimmt's ungefähr?«

»Ja.«

»Okay, dann jetzt zur Person. Was sind Sie von Beruf?«

»Bibliothekar.«

»Wie weit sind Sie in der Schule gekommen?«

Ich warf einen Blick auf die Papiere, die der Deputy in der Hand hatte; mein Instinkt sagte mir, daß seine Informationen spärlich waren. »Magister der Bibliothekswissenschaft.«

Der Deputy trommelte mit den Fingerspitzen auf die Schreibtischplatte. »Sie haben einen gottverdammten Magistertitel – mit einundzwanzig Jahren?«

Ich lachte bescheiden. »Von einem kleinen College in Oklahoma. Die haben da spezielle, beschleunigte Magister-Programme.«

»Mein Gott, ein bibliothekarischer Einbrecher. Gibt's auch bloß in L. A. Okay, Plunkett. Sind Sie homosexuell?«

»Nein.«

»Diabetiker?«

»Nein.«

»Epileptiker?«

»Nein.«

»Süchtig nach bewußtseinsverändernden Chemikalien?«

»Nein.«

»Nehmen Sie verschreibungspflichtige Medikamente?«

»Nein.«

»Sind Sie Alkoholiker?«

»Nein.«

»Gut. Ich bin einer, und es ist verflucht noch mal kein Honigschlecken.« Der Deputy lachte. »Und jetzt zum Gruselzeugs. Glauben Sie, daß es eine Verschwörung gibt, die es auf Sie abgesehen hat?«

»Nein.«

»Glauben Sie, daß man hinter Ihrem Rücken über Sie lacht?«

»Nein.«

»Hören Sie Stimmen, wenn Sie allein sind?«

»Nein.«

»Sehen Sie je Dinge, die in Wirklichkeit nicht da sind?«

Ich biß mir auf die Zunge, um nicht zu lachen. »Nein.«

Der Deputy streckte die Arme aus. »Sie sind ein gottverdammtes Musterbeispiel an geistiger Gesundheit, aber wir wollen mal Ihr Gehirn testen. Wieviel ist siebenundneunzig und einundvierzig?«

Ich antwortete, ohne zu zögern. »Hundertachtunddreißig.«

»Weiter, Bücherwurm. »Hundertachtzehn und vierundsiebzig?«

70

»Hundertzweiundneunzig.«

»Zwohundertvierundachtzig und hundertsechsundsechzig?«

»Vierhundertfünfzig.«

»Anscheinend haben Sie Addiermaschinen geklaut. Wieviel –«

Falsettgekicher erhob sich irgendwo in einer der Kabinen. Eine hohe Stimme gurrte: »Dieses Ratespielchen kann ich genauso drüben im Tuntentank im alten County-Knast spielen. Da haben sie mich hingeschickt –«

Mein Deputy klopfte auf den Tisch. »Aufgepaßt, Wunderkind. Das da drüben ist Lopez; er will in den Schwulenbau, weil er glaubt, da drüben ist es sicherer. Aber jetzt was anderes: Wieviel ist vier und vier?«

»Weiß ich nicht«, sagte ich lächelnd.

Der Deputy lächelte zurück; er blickte in seine Unterlagen und sagte: »Eine Psychofrage hab ich noch vergessen. Neigen Sie zu Nachtschweiß oder Alpträumen?«

Es kam mir wie eine Ewigkeit aus Sekundenbruchteilen vor, in der ich gliederlos war, gefangen von Alptraum-Rückblenden, die ich im Gefängnis eingeschlossen geglaubt hatte. Endlich war Shroud Shifter da und wisperte: *»Langsam und ruhig.«* »Nein«, sagte ich heiser.

»Jetzt schwitzen Sie«, sagte der Deputy. »Aber ich will annehmen, daß Sie nervös sind, weil es das erste Mal ist. Letzter Test. Gehen Sie rüber an die Stange und machen Sie so viele Klimmzüge, wie Sie können.«

Ich gehorchte, hängte mich an die Stange, zog mich hoch, runter, hoch, runter, bis ich naß vom Tagschweiß war, der nur in gütiger, traumloser Erschöpfung enden konnte. Als meine Muskeln schließlich nachgaben und ich auf den Boden fiel, sagte der Deputy: »Sechsunddreißig. Alles über zwanzig ist automatisch Müll und Transport; ich muß Ihnen also sagen, Sie haben sich selbst ausgetrickst. Gehen Sie in den Warteraum zurück; jemand wird Sie gleich in die M & T-Abteilung bringen.«

Ich stand auf und ging zurück ins Wartezimmer. Die anderen waren schon da und verzierten eben Sheriff Pitchess mit einer Brille und einem Hitler-Schnurrbart. Die hohe Stimme, die ich in den Kabinen gehört hatte, trillerte: »Du verschwitzter Riese, bist du niedlich!« und ich spürte eine Hand auf meiner Schulter. Ich wirbelte herum und sah, daß Lopez mich ansah wie ein Vamp, während die anderen darauf warteten, wie ich reagieren würde.

Ich hielt mich zurück, und ein kränklich süßes, rührseliges Gefühl erfüllte mich. Dann durchzuckte mich ein Entsetzen, das sich anfühlte, als bohre mir jemand einen elektrischen Draht ins Gehirn. Ich sah die drei abschätzend und vorwurfsvoll blickenden Häftlinge an, und vor meinen Augen verwandelten sie sich in den spiegelgesichtigen Charlie. Lopez gurrte: »Ich fahr wirklich ab auf Schweiß«, und ich schlug ihn mit der wunden Hand, dann mit der heilen, dann mit der wunden-heilen, wunden-heilen, wunden-heilen, bis er auf dem Boden lag und Zähne ausspuckte. Ich zielte auf seine Kehle, als die drei anderen mich zurückrissen; der Klassifizierungsdeputy kam heraus, schüttelte den Kopf und sagte: »Lopez, du dummer Scheißer, was hast du jetzt wieder gemacht? Willkie, Sie bringen Plunkett zur Laderampe; Johnson, Sie bringen Lopez auf die Krankenstation. Einen haben Sie gratis, weil Sie neu sind, Plunkett. Tun Sie's nicht wieder.«

Die Häftlinge ließen mich los, und Willkie gab mir einen sanften Schubs, als er mich in den Gang hinausführte. Mein Gesichtsfeld war rot und schwarz gerändert, und das Pochen in meiner Hand war die Halteschnur, die verhinderte, daß ich explodierte wie ein Schrapnell. Willkie lächelte. »Du bist gut.«

Müll und Transport.

Lauschen.

Schützende Unsichtbarkeit.

Die nächsten sechs Wochen meiner Haftstrafe verbrachte ich damit, diese beiden miteinander zu vereinbaren. Mit der Arbeit bei der M & T-Abteilung hatte ich den härtesten Job im ganzen Knast von L. A. County, und ich genoß die Vorzüge, die dazugehörten: Eine eigene Zelle, drei Mahlzeiten täglich aus der Wärterkantine, an den Wochenenden frei, mit ungehindertem Bewegungsspielraum im ganzen Modul für Vertrauenshäftlinge – vier Etagen mit ultrabreiten Laufgängen, auf denen man würfeln konnte, mit Fernseh- und Kartenspielzimmer und einer Bibliothek voller Paperback-Western und Bildgeschichten über Nazideutschland. Es waren zweifelhafte Vorzüge, aber seltsamerweise begann ich die Arbeit zu lieben.

Jeden Morgen um zwei Uhr weckte uns der Modulwärter einzeln, indem er in die Zelle gepoltert kam und uns mit einer Taschenlampe in die Augen leuchtete. Ich fuhr immer mit einem Gefühl der Erleichterung aus dem Schlaf hoch. Seit ich Lopez zusammengeschlagen hatte, war mein Schlaf zu hundert Prozent traumlos gewesen, aber die Angst vor Alpträumen war immer nur einen halben Schritt weit weg, und einen Viertelschritt dahinter lauerte die Gewißheit, daß die Kombination aus Gefängnis und Alptraum grauenhaft sein würde.

Auf dem untersten Laufsteg wurde abgezählt, und dann bekamen wir in der Wärterkantine unser Frühstück. Ein Ernährungsexperte in County-Diensten vertrat die Theorie, daß große Männer, die Schwerarbeit in Zwölf-Stunden-Schichten leisteten, eine angemessene Treibstoffzufuhr brauchten, und so überhäufte man uns mit mächtigen Tabletts voller Schinken, Eiern, zu lange gebratenen Steaks und Kartoffeln, die mit einer widerlichen, aus Mehl, Wasser und Pökelfleisch hergestellten Soße getränkt waren. Meine Gefährten genossen ihr Spezialmenü; sie schlangen das Essen mit dem verwegenen Draufgängertum von Männern hinunter, die entschlossen waren, jung zu sterben, und weil ich nicht anders erscheinen wollte, schaufelte auch ich es gierig in mich hinein. Und wenn wir um elf Uhr Mittagspause machten, hatte ich Hunger.

Denn die Arbeit bestand aus Heben, Schleppen, Bücken und Schieben, nonstop. Das Gefängnis war die Verteilerstelle für sämtliche Anstalten im Justizsystem des County, und jedes Fädchen Anstaltswäsche kam ins M & T-Dock, bevor es auf die Lastwagen gepackt wurde, die es zu seinem Bestimmungsort bringen würden. Wir mußten be- und entladen, und jeder Wäschesack, den wir bewegten, wog mindestens hundert Pfund. Dieser Teil des Jobs war relativ leicht und sauber. Dann, nach dem Mittagessen, wenn unsere Muskeln brannten und schmerzten und wir von Tausenden neuer Kalorien benommen waren, rollten die Trucks aus dem Schlachthaus an.

Ich arbeitete und ich lauschte hier, und meine schützende Unsichtbarkeit war mir in höchstem Maße von Nutzen.

Die anderen Häftlinge fanden die Fleischtransfers widerlich, und sie dämpften ihren Abscheu, indem sie die ganze Zeit redeten. Es war eine stillschweigende Übereinkunft zwischen ihnen, daß sie sich die besten Geschichten und Verbrechenspläne für die rund zwei Stunden aufhoben, die wir damit zubrachten, Rinder- und Schweinehälften aus den Lastwagen zu wuchten und in die Kühlkammern zu schleppen, die zirka hundertfünfzig Schritt weit vom Ladedock entfernt waren. Das Blut durchtränkte meinen Khaki-Overall, und Fett und Borsten machten mir die Hände glitschig, während ich Geschichten von gutem Sex und umwerfend komischen sexuellen Mißgeschicken in mich aufnahm; ich lernte, wie man Autos kurzschloß und wie man sich die unterschiedlichsten falschen Ausweise beschaffte. Ich nickte und lachte mit den anderen, wenn die Geschichten erzählt wurden, und weil ich mich immer mit den schwersten Stücken abmühte, merkte anscheinend niemand, daß ich keine Geschichten zu erzählen hatte.

Frauen, Betten und schnelle Autos.

Techniken des Ladendiebstahls.

Die Marktpreise für Dope.

Pornographische Details über einst geliebte, später verachtete Frauen.

Wehmütige Seufzer über noch immer geliebte Frauen.

Die erfolgreiche Ausbeutung von Homosexuellen.

Alles dies erfuhr ich, während mein Körper bis an seine Grenzen belastet wurde und das Blut toter Tiere mir in den Hosenbeinen hinunterrann. Ich wußte, daß die Geschichten, die ich hörte, jetzt *meine* Geschichten waren, ein Teil meiner Erinnerung, und daß das Ritual aus Anstrengung/Schmerz/Heben/Blut/Lernen bewirkte, daß sie mir mehr gehörten als den Männern, die sie tatsächlich erlebt hatten. Und wenn der letzte Schlachthauslaster entladen war, blieb ich immer noch ein Weilchen auf der Rampe und ließ den herbstlichen Sonnenschein von Santa Ana den dunkelroten Glanz auf meinem Körper erwärmen.

In gewisser Weise gab Müll & Transport mir meinen Körper.

Das Fitneßtraining war der Anfang gewesen; es hatte meine dürre Gestalt drahtig gemacht. Aber die ersten sechs Wochen bei M & T verliehen meinen Muskeln Masse und Kontur und gaben mir die Symmetrie eines großen Mannes. Das unablässige Werfen mit dreißig Pfund schweren Wäschesäcken ließ meine Unterarmmuskeln auf den doppelten Umfang schwellen; das Bücken und das Heben der Hundertfünfzig-Pfünder baute eine Reihe harter Wölbungen in meinem Kreuz auf. Das Schleppen der Rinderhälften verbreiterte meine Brust und ließ die Sehnenstränge der Schultern hervortreten, und meine Arme, die unablässig ziehen, werfen und heben mußten, wurden so hart, daß eine Nadel nur noch mit Mühe in den Muskel gebohrt werden konnte. Beim Wäscheschleppen musterte ich verstohlen die Körper der anderen, die neben mir arbeiteten. Stark waren sie alle, aber Bierbäuche und häßliche Faßbrüstigkeit herrschten vor. Mein eigener Körper kam der Vollkommenheit am nächsten, und wenn ich entlassen würde, wäre er der Perfektion entsprechend nähergerückt.

Nach der Arbeit und einem langen, einsamen Duschbad hörte ich zu, wie die Männer auf dem Laufgang Karten spielten. Dann zog ich mich in meine Zelle zurück und las die Nazi-Bilderbücher. Ihr Thema interessierte mich nicht, aber die Gegenüberstellung von gedruckten Horrorstories und den Rufen vom Laufsteg draußen gaben mir ein irgendwie beruhigendes Gefühl. Dann, nach Abendbrot und Einschluß, wechselte ich von Beobachtung und Unsichtbarkeit zu Ritualen der Bestätigung.

Wenn die Zellentüren zugeschlagen wurden, zog ich mich nackt aus und stellte mir einen mannshohen Spiegel vor den Gittern vor. Ich befühlte meinen Körper nach Anzeichen für neue Muskeln und stellte im Geiste eine Beziehung zwischen den praktischen Kriminalinformationen und den sexuellen Anekdoten her, die ich an diesem Tage gehört hatte. Nach einigen Minuten ließen sich andere Rituale hören – das Quietschen von Pritschenfedern zu beiden Seiten meiner Zelle verriet mir, daß Fantasien und Berührungen stattfanden. Jetzt begab ich mich geradewegs in die Geschichten vom Fleischschleppen, und abwechselnd übernahm ich die Rollen beider Geschlechter; wenn ich den Mann spielte, benutzte ich den Namen »Charlie«. Bei diesem Prozeß hatte ich das Gefühl, die Erinnerung anderer zu usurpieren und mich mit Erfahrungen aufzuladen, die ich nie gemacht hatte, um mich damit um so unverwundbarer zu machen, weil ich sie nicht gemacht hatte. Und während das Quietschen der Matratzen ringsumher eskalierte, eskalierte auch meine Erholung. Ohne mich anzufassen, kam ich stets in der Rolle »Charlies«, und ich starrte durch die schwarze Dunkelheit auf mein eigenes Spiegelbild.

Am 2. Dezember erfuhr ich, wer »Charlie« wirklich war, und mein Selbst-Einschluß explodierte in tausend Stücke.

Balkenüberschriften von *Times* und *Examiner* brachten die Neuigkeit: Charles Manson und vier Mitglieder seiner »Family« waren verhaftet und wegen der Tate-LaBianca-Morde angeklagt worden. Manson – der unter seinen Anhängern als »Charlie« bekannt war – regierte eine »Hippie-Kommune« in der fast verlassenen Spahn Movie Ranch im Valley und führte den Vorsitz bei nächtlichen Dope- und Sexorgien. Aussagen der drei weiblichen Mitglieder von Mansons »Todeskader« deuteten darauf hin, daß die Morde aus dem Verlangen nach gesellschaftlichem Umsturz heraus begangen worden waren – aus einer Unrast, die letztendlich zu dem Armaggedon führen würde, das Charlie »Helter Skelter« nannte.

Ich machte gerade Pause auf der Wäscherampe, als ich die ersten Berichte las, und ich zitterte vom Kopf bis zu den Füßen, als Erinnerungen an meine eigene jüngste Vergangenheit über die Zeilen der Zeitung blinkten. Ich *sah* die beiden Clowns in dem Restaurant, und ich *hörte* den einen von ihnen sagen: »Die arbeiten als Werberinnen für diese Guru-Type, Charlie, und sie sagen, die Fickknete ist für die ›Family‹, und du sollst doch mal zu dieser Ranch rauskommen, wo sie alle wohnen.« Flower kreischte: »Helter Skelter fängt an!« Season schilderte den Mann, den der *Examiner* als »vorbestraften Svengali mit magnetischen braunen Augen« beschrieb: »Er ist ein Weiser. Er ist ein Schamane und ein Heiler, und ein Metaphysiker und ein Gitarrist.«

Der M&T-Wärter rief: »Zurück an die Arbeit, Plunkett.« Ich las den letzten Absatz, der Bilder des »Satanskult-Erlösers« für die nächste Ausgabe versprach, und gehorchte. Beim Fleischschleppen an diesem Nachmittag war ich außerstande, Anekdoten zu assimilieren, und in meinem Körper brodelte ein einziger Gedanke: Charlie Manson hatte braune Augen, und die hatte ich auch. Würde die Ähnlichkeit, angesichts dieser einen identischen Eigenschaft, wachsen oder zerbröckeln?

Die Abendausgabe der *Los Angeles Times* enthielt die Antwort. Charles Manson war ein vierunddreißig Jahre alter, schlaffer, flachbrüstiger Schlappschwanz, knapp einen Meter sechzig groß, mit langen, fettig aussehenden Haaren und einem struppigen Bart. Ich fühlte mich erleichtert und enttäuscht, als ich die Fotos von ihm studierte, und ich wußte den Grund für diese Ambivalenz nicht dingfest zu machen. Der Artikel über Mansons Background brachte nur wenig Klarheit in meine Gefühle – er war vorbestraft wegen Zuhälterei. Urkundenfälschung, Besitzes von Rauschgift und Autodiebstahls, und er hatte mehr als die Hälfte seines Lebens in diversen Gefängnissen zugebracht. Dafür empfand ich nichts als Verachtung – eine Haftstrafe, die dazu benutzt wurde, Fertigkeiten zu erlernen, die außerhalb der Gesellschaft lagen, konnte als akzeptabel gelten, aber eine ganze Serie davon deutete doch auf selbstzerstörerische Institutionalisierung. Ich begann mich zu fragen, wohin dieser Mann mich führen würde.

Eine Woche lang führte er mich auf eine Achterbahn von Frustration und Selbstanalyse.

76

Manson wurde zum Gesprächsthema Nummer eins im Gefängnis; die M&T-Gefangenen waren gespalten in ihren Ansichten: Einige hielten ihn für einen »hundertprozentigen Psychopathen«, andere bewunderten seine Macht über Frauen und sein von Dope und Gewalt geprägtes Leben. Ich hielt mich aus diesen Diskussionen heraus; ich hörte mir an, was sie über die Beteiligten sagten, versuchte aber, meinen Manson-Input auf das zu beschränken, was ich den Medien entnehmen konnte. Die Äußerungen der Entrüstung, die alles einklammerten, was über Charlie und seine Family geschrieben wurde, warf ich beiseite, und ich verfaßte eine Abhandlung, die mir sachlich solide erschien:

Charlie war ein straßenerfahrener Manipulator orientierungsloser Jugendlicher, ein guter Dope-Beschaffer, versiert in Rock 'n' Roll, Science Fiction, religiösem Denken und der Vielfalt gesellschaftlicher Bewegungen, für die leicht beeindruckbare Jugendliche empfänglich waren, und sein eigenes Ethos hatte er offensichtlich daraus entwickelt – ein Ethos, das auf haltlose Kids verführerisch wirkte. Das war beeindruckend.

Dennoch – als Verbrecher war er eine absolute Niete, und er vertraute Leuten, die ihn schließlich verpfiffen.

Dennoch – wenn man ihn befragte, machte er den Eindruck eines besinnungslos sprücheklopfenden Psychotikers.

Aber – er hatte ein Lebensreich erschaffen, das sich um seine extremsten Sexualfantasien drehte. *Aber* Menschen hatten auf seinen Befehl gemordet. *Aber* er hatte die Macht gehabt, meine nächtlichen Spiegelrituale zu usurpieren und sie in qualvolle Frage- und Antwortspiele zu verwandeln.

Gab es einen dunklen kosmischen Grund dafür, daß du den Weg dieses Mannes gekreuzt hast?

Seine sexuelle Kraft führte dazu, daß *du* die Paarung störtest und für ein Jahr ins Gefängnis kamst. Liegt darin eine gräßliche Bedeutung?

Intellektuell und körperlich bist du in der Lage, ihn wie einen Zweig zu zerbrechen, aber er war auf dem Titelbild von *Life*, während du hier als kriminelle Nichtexistenz Wäschesäcke schleppst. Was bedeutet diese Tatsache für deine Zukunft?

Ich wußte, diese Fragen waren nicht zu beantworten; dafür sorgte mein fundamentales Gefühl der Machtlosigkeit. Ich knüppelte dieses Gefühl nieder, so gut ich konnte; ich unterdrückte alle Gedanken, in denen ich und Charlie als symbiotische Zwillinge in Ruhm und Versagen vorkamen, indem ich auf der Laderampe immer schwerere Lasten schleppte und dann in meiner Zelle stundenlang kalisthenische Übungen trieb, und schuf mir so meine eigene Welt des Körperprimats und der Erschöpfung. Aber diese Strategie wurde untergraben von Manson-Schlagzeilen, Manson-Stories, Manson-Tratsch und -Spekulationen. Gefangene sprachen an der Rampe von Charlie, und ich wäre vor Schrecken fast aus der Haut gefahren; ein TV-Dokumentarfilm über »The Family« enthielt Interviews mit Season und Flower, und ich hätte am liebsten den Kasten aus der Wand am Laufgang gerissen. Und dann, als die Anklagejury die Prozeßvorbereitungen beendet hatte, wurde der »Hippie-Satan« in den Hochsicherheitstrakt meines Gefängnisses verlegt, und wir lebten unter demselben Dach.

Ich wußte, wir konvergierten: Das Schicksal plante ein Rendezvous, und ich brauchte nichts weiter zu tun, als meinen gegenwärtigen Kurs beizubehalten, und der Spiegelmann selbst würde mir meine Fragen beantworten. So rang ich mit Superlasten auf der Rampe, und ich wußte, es war Angst und Zweifel, was mich vorantrieb; nach der Arbeit lag ich auf der Pritsche und machte mir Sorgen darüber, daß der Körper, den ich hier bekam, meine psychische Unsichtbarkeit zunichtemachen würde, daß ich für den Rest meines Lebens dazu ausersehen sein würde, anderen Männern als die Dampframme zu dienen, an der sie ihre Kräfte erproben könnten. Ich begann, das Dilemma zwischen Sichtbarkeit oder Unsichtbarkeit zu erkennen, zwischen schreiendem Ich-Sein und der subtilen Macht der Anonymität. Plus und Minus beider Seiten wogen einander auf, um so überzeugender, da ich doch wußte, daß meine Bestimmung in einzigartiger Weise anders und kühn war.

Die Straße zu Manson lag an einem regnerischen Mittwochmorgen vor mir, eine Woche nachdem er in den Hochsicherheitstrakt eingeliefert worden war. Ich schleppte Konservenkartons von der Laderampe zu einem Schutzdach, als jemand rief: »Fang auf, Angeber!« Eine Kiste Salat traf mich voll ins Kreuz. Der Stoß betäubte mich, und ich fiel auf die Knie. Ich hörte sie brüllen: »Showgeiler Mutterficker!« und »Na komm doch, Muskelmann!« Während ich auf die Beine kam, hörte ich das ferne Echo aus Flowers und Seasons Fickbude: »Durchladen, zielen und mitten zwischen die Augen feuern.«

Aus den Knien heraus duckte ich mich in eine Sprinterstartstellung, stieß mich ab und rannte mit dem Kopf voran auf die Schmäher zu. Die Männer waren erschrocken und machten keine Anstalten, auseinanderzugehen. Ich traf sie wie eine Dampframme, und als ich einen schlaffen Bizeps vor meinen Augen sah, biß ich hinein, und ich verschluckte das Stückchen Fleisch, das ich herausreißen konnte.

Jetzt stob die Gruppe auseinander, und mein eigener Schwung riß mich erneut zu Boden. Wieder stand ich auf und wirbelte herum; ich sah eine Gruppe überdurchschnittlich großer Männer schreckensstarr und mit staunenden Gesichtern dastehen. Ich blieb stehen und lauschte, und ich fing geflüsterte Wortfetzen auf: »Er hat mich gebissen«, ». . . Scheiß-Dracula«, »Aber nicht ich, Mann!« Dann kam der M&T-Wärter herüber. Ich hatte geklärt, was ich klären wollte, und so ließ ich mir Handschellen anlegen und mich in meine Zelle zurückführen.

Ich bekam fünf Tage Einzelhaft im Besserungsmodul – einer Reihe von Ein-Mann-Zellen ohne Pritschen, in denen es nur einen Eimer zum Urinieren und Defäkieren gab. Lesestoff war nicht zugelassen, und die Nahrung bestand aus sechs Scheiben Brot und drei Tassen Wasser pro Tag. Wenn die Wärter die spartanische Unterbringung für eine Strapaze hielten, so irrten sie sich; die verminderte Kalorienzufuhr läuterte meinen Körper, und die dunkle, zweieinhalb mal anderthalb Meter messende Höhle war die vollkommene Wohnstatt für einen vollkommen leeren Geist, wie er mich kraft meines Willens während meines gesamten Aufenthaltes hier erfüllte. Als meine Zelle aufgeschlossen und ich hinausgeführt und in mein neues »Zuhause«, das Aufsichtsmodul, gebracht wurde, fühlte ich mich entspannt und ruhig. Man wies mir eine Zelle mit drei anderen Männern zu und sagte mir, was ich zu tun hätte: Ich mußte die Laufstege im Gefängnis fegen, zehn Stunden pro Tag, sechs Tage in der Woche. Ich hatte nur eine Frage: »Fege ich auch im Hochsicherheitstrakt?«

»Früher oder später«, antwortete der Modulwärter.

Es geschah irgendwo dazwischen, Hunderte von endlosen Stunden, Tausende von Laufgängen und Korridoren später; mir war, als hätte ich meinen Besen Millionen Meilen weit vor mir hergeschoben – stets mit leerem Geist, die Fragen des Spiegelmannes eingekapselt, aber jederzeit bereit, in Sekundenschnelle abgefeuert zu werden. Ich weiß nicht einmal mehr, welcher Tag es war, aber als der Aufsichtswärter sagte: »Plunkett in die Hochsicherheit«, packte ich meinen Besen und meine Kehrschaufel und ging, wie von einem Autopiloten gelenkt, und ich blieb nur stehen, um das Insassenverzeichnis am Eingang zum Modul zu lesen.

Da stand es, schwarz auf weiß: Manson, Charles, Zelle A-11, und die Nummer des kalifornischen Strafgesetzparagraphen für Mord ersten Grades – 187 P. C. – neben dem Namen, in Rot.

Der Wärter ließ die Tür ratternd aufgleiten. Ich betrat den Laufsteg der A-Ebene, schaute hinunter und sah die mit engen Gittern verschlossenen Nischen der Ein-Mann-Sicherheitszellen. Aus ihnen kam kein Geräusch, und ich zählte bis zur Nummer 11 und markierte die Stelle in meinem Kopf. Dann schob ich, als hätte ich alle Zeit der Welt, meinen Besen über den Laufsteg, drehte mich um und sagte zu den Gitterstäben von A-11: »Hallo, Charlie.«

Dunkelheit schien in der Zelle zu pulsieren; einen Augenblick lang dachte ich, der Spiegelmann sei fort. Ich wollte die Stäbe packen und angestrengt hineinspähen, als eine leise Tenorstimme anfing zu singen. *»You tell me it's the in-sti-tu-tion, we-e-ell, you know, you better free your mind instead.«* * Eine Pause folgte; dann sagte die Stimme: »Ich kann dich sehen, aber du kannst mich nicht sehen. Glaubst du, was dieser Song verkündet, Kapo?«

Ich lehnte meinen Besen an das Gitter und spähte in die Zelle hinein. Ich sah nichts als eine Gestalt auf der Pritsche. »Ja, und ich habe es lange vor den Beatles herausgefunden.«

Charles Manson schnaubte. »Das glaubst du bloß. St. John und St. Paul haben es von mir, du hast es von ihnen. Ursache und Wirkung, das Karma kehrt in sein Nest zurück. Jetzt sind wir beide hier. Spürst du die Energie?«

Ich erwiderte das Schnauben. »Das ist eine handliche Interpretation. Erzähl mir vom ›Helter Skelter‹.«

»Hör das Weiße Album und lies in deiner Bibel. Es ist alles drin.«

Die Umrisse auf der Pritsche nahmen Gestalt an; Charlie sah gebrechlich und alt aus. *»Erzähl mir vom ›Helter Skelter‹!«*

Manson lachte. Es klang wäßrig, als sondere der Hippie-Satan Sabber ab. »Du, ich, Gottes Ausgestoßene, auf Harleys und Buggys. Die Nigger erheben sich. Das Land kehrt zu mir zurück.«

»Zu dir in deine Gummizelle?«

Ein Kichern, trocken diesmal. »O ihr Kleingläubigen. Wenn du die Message der Beatles verstanden hättest, wärest du nicht hier.«

»Du bist auch hier.«

---

* »Du sagst, es ist das System – na ja, weißt du, du solltest lieber deinen Geist befreien.« (The Beatles, *Revolution*)

»Mein Karma, Kapo. Meine Energie führt mich zu den Leuten, die meine Message am nötigsten haben.«

Aus einem Winkel in den Tiefen meines Frage & Antwort-Gewölbes erhob sich eine Frage, und bevor ich auf verbale Scheingefechte zurückgreifen konnte, hatte ich sie gestellt: »Wie ist es, jemanden umzubringen?«

Manson stand auf und kam an das Gitter. Ich sah, daß er mir knapp bis unter die Schultern reichte und daß seine »hypnotischen« braunen Augen den Glanz einer weit durchgeschlagenen Psychose hatten. Es wäre leicht gewesen, sie herauszureißen und auf dem Boden des Laufsteges zu Schleim zu zertreten. »Ich habe niemanden umgebracht«, sagte Charlie. »Das Establishment hat mich geleimt.«

»Das System? ›The Institution‹?«

»So ist es.«

»Dann benutze deinen freien Geist, um hier rauszukommen.«

Manson lachte. »Das Gefängnis ist mein Karma. Unwissende Knast-Zyniker zu lehren, ist meine Energie. Sag mir, Ungläubiger, was weißt du?«

Ich ging in die Knie, so daß meine Augen und die Augen des abgesägten Satans auf einer Höhe waren. Shroud Shifter sprang mir in den Kopf und buchstabierte mir mit pantomimischen Bewegungen: ERGREIFE DIESEN AUGENBLICK. Mit einer Stimme, so quintessentiell cool, wie ich sie durch Willenskraft nur je zustandegebracht hatte, sagte ich: »Ich weiß, daß Menschen töten und sich nehmen, was sie wollen, und nicht gefaßt werden; und wenn sie doch gefaßt werden, versuchen sie nicht, mit mystischer Sprücheklopferei eine rationale Begründung für ihr Versagen zu finden und großartig zu erscheinen; und sie geben nicht der Gesellschaft die Schuld, denn sie haben am Eingang einen freien Willen mitbekommen. Und ich weiß, daß es Leute gibt, die selber töten, statt bekiffte Hippie-Mädchen loszuschicken, die dann tun, wovor sie selbst Angst haben. Ich weiß, daß die wahre Freiheit darin besteht, daß man alles selbst tut, und das ist so gut, daß man nie jemandem davon zu erzählen braucht.«

Charlie zischte »Schwein!« und spuckte mir ins Gesicht. Ich ließ den Speichel da, erstaunt über meine eigene Beredsamkeit, die anscheinend aus eigenem Antrieb von nirgendwo gekommen war – als ob es diese Rede, nicht Mansons Antwort auf meine Fragen, gewesen sei, worauf ich in den vergangenen paar Wochen mit leerem Geist gewartet hatte.

Während ich regungslos stehenblieb und der Speichel mir vom

Kinn tropfte, fing Charlie an zu singen: »*Hey Jude, don't make it bad, let Helter Skelter make it be-etter. Remember, make the pigs get out of your mind –*« *

Shroud Shifter unterbrach die Musik, indem er Charlie die Worte KASTRIERE IHN auf die Stirn projizierte. Ich nahm einen tiefen Zug Coolness und sagte: »Ich habe Flower und Season gefickt, in deiner Bude am Strip. Sie haben miserabel gefickt, und als Werberinnen waren sie noch mieser, und sie haben immer gelacht über deinen kleinen, einzölligen Grillenpimmel.«

Manson warf sich gegen das Gitter und fing an zu kreischen; ich nahm meinen Besen und fegte weiter den Laufgang hinunter. Auf der Ebene über mir klatschte jemand. Ich blickte hoch und sah ein paar Deputies, die meiner Vorstellung applaudierten.

Eine angenehme Schwere umfing mich in den darauffolgenden Wochen. Ich wußte, sie kam von meinen Konfrontationen mit den Häftlingen auf der Laderampe und dem Discount-Satan, und es war, als sei die alte Unsichtbarkeit wieder aufgelebt. Mein besessenes Bodybuilding kam mir allmählich unreif vor; Gehirnfilme erblaßten vor dem schlichten Studium dessen, was um mich her vorging. Immer noch schlief ich traumlos, und als das Datum meiner Entlassung herannahte, freute ich mich darauf, Bewährungshelfer, Arbeitgeber und die tagtägliche Parade der Arbeitskollegen an der Nase herumzuführen. Eine machtvolle Vorstellung siedete auf dem hintersten Brenner meines Gehirns: Ich konnte anonym und billig leben, ohne Alpträume und gefährliche Triebe, und ich konnte selber magnetische Macht mein eigen nennen.

Charlie Mansons Macht über mich schwand. Sie verbrutzelte, bis sein Knastruhm schließlich nur noch lästig war, wie das Sirren eines Moskitos, der geschickt ausweicht, wenn man ihn zerklatschen will. Auch die Eloquenz meiner Attacke gegen ihn verblaßte – bis man sich, drei Wochen vor meinem Rausschmiß, auf mein fiktives Magisterexamen besann und mich in die Bibliothek abordnete, mit einer speziellen Aufgabe: Ich sollte vierzig große Kartons mit Illustrierten, die den Strafvollzugsbehörden von L. A. County neulich geschenkt worden waren, chronologisch ordnen.

Die Kartons enthielten Ausgaben von *Time*, *Life* und *Newsweek*,

---

* »Hey Jude, mach es nicht schlecht, laß Helter Skelter es besser machen. Denk dran, die Schweine aus deinem Kopf zu vertreiben.« (frei nach The Beatles, *Hey Jude*)

die bis in die vierziger Jahre zurückdatierten. Man ließ mich in einem Lagerkeller mit ihnen allein, jeden Tag acht Stunden lang, mit einer Tüte Sandwiches, einer Thermoskanne Kaffee und einem Schweizer Armeemesser zum Zerschneiden von Pappe und Schnur. Es war eine friedlich methodische Aufgabe, bis ich auf einen Stapel neuer Nummern mit Artikeln über den Satan Charlie stieß und nüchterne Prosa las, die ihn als furchterregend charakterisierte.

Ich legte die Hefte zur Seite, empört darüber, daß hochbezahlte Autoren sich von einem pseudo-mystischen Sabberer über den Tisch ziehen ließen. Ich versteckte die Manson-Geschichten in einem schimmeligen Winkel des Kellers und vernachlässigte meine Sortierarbeit fünf Tage lang. Meine Arbeitszeit verbrachte ich damit, die alten Magazine nach Berichten über dumme Killer zu durchforsten, die schließlich erwischt, überführt und wie Wanzen zerquetscht worden waren. Ich las nur die Stories über Mörder aus der Umgebung von L. A.; und während ich Straßennamen und Stadtviertel wiedererkannte, fühlte ich, wie der pathologische Selbstzerstörungstrieb der Mörder in mich eindrang und sich in eine absolute Verachtung für das Rampenlicht verwandelte. Und als ich die Historie törichter Gewalt bis in das Jahr 1941 zurück studiert hatte, griff ich zu meinem Messer.

Juanita »Duchess« Spinelli, die mörderische Anführerin einer Räuberbande, gehängt in San Quentin am 21. 11. 41 – schlitz, schlitz. Otto Stephen Wilson, dreifacher Frauenmörder, vergast in San Quentin am 18. 10. 46 – schlitz, schlitz, schlitz, einmal für jedes Opfer. Jack Santo, Emmett Perkins und Barbara Graham, unsterblich verewigt in dem Film »Laßt mich leben«, tatsächlich wegen verpatzter Raubmorde am 3. 6. 55 auf dem elektrischen Stuhl verschmort – vielfach zerschlitzt. Donald Keith Bashor – Einbrecher und Totschläger, der seinem Handwerk unmittelbar östlich meiner alten Nachbarschaft nachgegangen war, hingerichtet am 14. 10. 57 – zerstechen, zerreißen, zerfetzen dafür, daß er so dicht bei mir so dumm gewesen war. Harvey Murray Glatman, der sadistische Fernsehmechaniker, der drei Frauen »abgemurkst« hatte, nachdem er sie gefesselt und geknebelt in ihrer Qual fotografiert hatte – am 18. 8. 59 durch den Staat »ausgeknipst« – Messerhiebe der Verachtung für sein Gewimmer auf dem Weg zur Gaskammer. Stephen Nash, der zahnlose Landstreicher und selbsternannte »König der Killer«, eine Woche nach Glatman am 25. 8. 59 abgefertigt – sanfte Messerstiche, weil er den Kaplan angespuckt und das Zyangas grinsend aufgesogen hatte. Elizabeth Duncan, die die beiden Penner Augustine Baldonado und Luis Moya beauftragt hatte, die Frau ihres Sohnes umzubringen, was allen dreien am 11. 5. 62 den Weg in die grüne Kammer in San Quentin eingebracht hatte – Seite um Seite zerfetzen, weil sie ihren Job mit so betrunkener und knauseriger Unprofessionalität ausgeführt hatten.

Und so weiter, und so weiter, bis herauf zu Charles Manson, dessen Schicksal noch unbestimmt, indes aber auf zwei Möglichkeiten beschränkt war: Die Gaskammer, oder die Gummizelle in Atascadero – stechen, schlitzen, reißen, fetzen, auf sein Gesicht urinieren, das vom *Newsweek*-Titel zu mir heraufstrahlte.

Als der Papierberg zu Konfetti geworden war, vergrub ich alles hinter einigen vergessenen Milchkartons und dachte daran, wie süß und friedlich mein anonymes Leben sein würde.

12

Im Laufe der nächsten vier Jahre verwandelte ich mich in ein Objekt.

Ich wurde zu einem Gefäß für Bilder, zu einer Erinnerungsbank. Im Grunde verwandte ich die Jahre 1970–74 darauf, die menschliche Szene rings um mich her zu interpretieren, ohne sie in meiner Fantasie zu sexuell befriedigenden Variationen abzuwandeln. Heute weiß ich, daß es jene höllisch stringente Zurückhaltung war, was mich schließlich bersten ließ.

Am 14. Juli 1970 wurde ich aus dem Gefängnis entlassen, und ich begab mich geradewegs zu Onkel Walt Borchards Apartmenthaus, um mein Sparbuch und die Tresorschlüssel abzuholen. Die Frau, bei der Borchard meine Sachen gelassen hatte, wollte mir ein großes Bündel alter Kleider mitgeben, aber sie rochen nach der Niederlage, die an ihnen klebte, und ich sagte: »Nein.«

Mit den Zinsen befanden sich auf meinem Sparkonto 6 318,59 Dollar, und die Sore in den Bankfächern hatte niemand angerührt. Ich hob dreitausend Dollar ab und leerte alle drei Fächer. Von da waren es drei Katzensprünge zu Cosmo Veitchs Bude in der Gegend des Boulevard. Ich verkaufte Cosmo meinen gesamten Vorrat an Uhren, Schmuck und Kreditkarten für anderthalbtausend Dollar. Von da war es ein einziger Katzensprung zu einem Ford-Händler am Cahuenga mit einem Sommerschlußverkauf für gebrauchte Kleinbusse. Ich kaufte einen '68er Econoline-Van, stahlgrau, bezahlte dreitausendzweihundert Dollar in bar und fuhr nach West L. A., um mir eine sichere, unauffällige Wohnung zu suchen.

Ich fand ein Apartment in einer stillen Seitenstraße südlich von Westwood Village und bezahlte sechs Monatsmieten im voraus. Im Haus wohnten hauptsächlich ältere Leute, und meine Drei-Zimmer-Wohnung war kühl und in einem ruhigen Grau gestrichen, das dem meines Wagens ähnelte. Um meine Rückkehr in die Gesellschaft zu vollenden, mußte ich mich jetzt nur noch bei meinem Bewährungs-helfer melden und mir eine Arbeit suchen.

Der Bewährungshelfer war eine Frau; sie hieß Elizabeth Trent. Sie war ausgesucht, liberal und überschüttete mich augenblicklich mit Verständnis, während sie mir meine Bewährungsauflagen darlegte: Stiehl nicht, pflege keinen Umgang mit Kriminellen, nimm kein Rauschgift, arbeite in fester Stellung und melde dich einmal im Mo-nat persönlich. Davon abgesehen, ermunterte sie mich, sollte ich se-hen, daß ich »gut drauf« blieb, ich sollte »gutes Karma reifen las-sen« und »anrufen, wenn du was brauchst«. Als ich nach unserer ersten Zusammenkunft ihr Büro hinter mir gelassen hatte, war mir klar, daß die Frau ein Post-Hippie mit Männerproblemen war, ein Mensch, der sich gutherzig in die Angelegenheiten anderer ein-mischte, um sich das eigene Chaos erträglicher zu machen. Die Be-währung würde kein Problem werden.

Die Arbeit gestaltete sich noch müheloser als meine allmonatliche Stunde mit Elizabeth Trent. Zwischen '70 und '74 hatte ich eine Reihe von Hilfsstellen inne, denen ein Kriterium gemeinsam war: das Potential, mich ohne Fantasie-Ausschmückungen geistig erregt zu halten. Nacheinander war ich:

Lieferbursche für »Pizza Soopreem« in einer Gegend von West Hollywood, die überquoll von arbeitslosen Malern, Schriftstellern und Schauspielern, die sich rund um die Uhr Pizza und Bier ins Haus bringen ließen; Nachtkassierer einer Pornobuchhandlung, dem berüchtigten, vierundzwanzig Stunden durchgehend geöffneten »Hollywood Ranch Market« gegenüber; Tellerwäscher in einer Re-staurant-Bar für Singles in Manhattan Beach; Expedient in einem auf SadoMaso-Bedarf spezialisierten Versandhaus.

Alle diese Jobs gestatteten mir, unverhofft ertappte Menschenle-ben in kurzen Augenblicken des Fließens zu beobachten. Als ich für »Pizza Soopreem« arbeitete, kamen Kunden beiderlei Geschlechts nackt an die Tür, und wer völlig pleite war, bot sich mir gelegentlich selbst als Bezahlung für die Rechnung an. Die Arbeit im »Porno Villa« war ein Promotionsstudium in den Ränken sexuellen Schuldgefühls und Selbsthasses – die Männer, die sich Bücher mit Fotzen- und Fick & Leck-Bildern kauften, waren bemitleidenswerte Negativbeispiele dafür, welche Kraft man aus totaler Abstinenz gewinnen konnte.

»Big Daddy's Disco« war »Vorsicht Kamera« in einer tragikomischen Erwachsenenversion. Der Küchenboss hatte ein Loch in die Wand zwischen Tellerkammer und Damentoilette gebohrt; und wenn man den *Playboy*-Kalender, der davorhing, hochhob, konnte man, ein Auge zugekniffen, den Schminkspiegel und eine Toilettenkabine sehen. Die gesamte Küchenbesatzung spähte abwechselnd hindurch und kicherte; aber ich wartete immer, bis sie nachts um eins nach Hause gingen und ich allein zurückblieb, um sauberzumachen. Dann beobachtete und lauschte ich; dann sah ich ein Sortiment junger Frauen, vibrierend beim Gedanken an kommende Rendezvous oder weinend vor dem Spiegel nach einer langen Nacht voller Zurückweisungen an der Bar. Frauen erörterten Männer in expliziter Sprache, und ich eignete mir ihren lexikalischen Stil an; sie schnupften Kokain, um sich Mut zu machen, und dann glätteten sie die Höhlungen im Gesicht, die es verursachte, mit Puder. Mit dem Auge an der Wand wurde ich zum geistigen Chronisten der Verzweiflung im kleinen Maßstab, und es war, als klopfte ich meinen Selbst-Einschluß mit einem samtenen Hammer fest.

Ich war ein Objekt von Assimilation und Interpretation, und ich sehnte mich nach der Berührung mit anderen glatten Objekten. Ich lauschte zurück zu Shroud Shifter und meiner Jugend, und so füllte ich mein Apartment mit gebürstetem Stahl – Bleistiftspitzer, Zeichenschablonen, Kochgeschirr und Schweizer Armeemesser mit scharfen Klingen, die ich mit industrieller Stahlwolle eigenhändig bürstete. Im Laufe der Jahre wuchs meine Messersammlung, bis der gesamte Katalog der Schweizer Armeemesser in meinem Besitz war; die Messer hingen an meiner Wohnzimmerwand in Winkeln, die ich nach Lust und Laune veränderte. Dann fing ich an, mich für Schußwaffen zu interessieren.

Aber was ich haben wollte, waren *Pistolen*, und als Vorbestraftem war es mir gesetzlich verboten, welche zu besitzen. Außerdem waren sie teuer – um so teurer, wenn man sie illegal beschaffte –, und die Vorstellung, meine kostbare Unsichtbarkeit zu verletzen, um mir eine zu besorgen, war beängstigend: eine potentielle Apostasie, die mich, das wußte ich, zurück zu all meinen gefährlichen Trieben führen würde.

Ich hatte meine Stellung bei »Leather'n'Lace« gerade angetreten, dem SadoMaso-Versand, als die Pistolenbesessenheit über mich hereinbrach. Mein Job war es, die eingehenden Briefe zu öffnen, die Schecks und Bestellungen enthielten – Peitschen, Ketten, Hundehalsbänder, Dildos, Kerkerausstattungen etc. –, die Bestellungen zu registrieren, während die Schecks bestätigt wurden, und die Ware zu versenden, wenn das Büro vorn sein Okay gab. Der Versandraum war bis unter die Deckenbalken vollgestopft mit entzückenden Dingen, *Made in Tijuana*, größtenteils aus billigem schwarzen Leder und minderwertigen Metallegierungen. Von morgens bis abends blitzten die häßlichen Objekte mich an, und um die Fantasien im Zaum zu halten, beschäftigte ich meinen Geist mit der Aufgabe, sie in etwas Nützliches zu verwandeln. Aber keine Idee konnte sich festsetzen, und meine Freizeit verwandte ich darauf, Waffenkataloge zu lesen. Die Sehnsucht, die ich verspürte, wenn ich die Hochglanzbilder von Colts und Smith and Wessons und Lugers betrachtete, war schrecklich, zumal in Anbetracht der Art und Weise, wie die Sexnarren unaufhörlich Geld in ihren Umschlägen mitschickten; das Gewicht der Münzen verriet es jedesmal. Das Geld könnte ich stehlen, und die Diebstähle würde man der Post zuschreiben, und dann könnte ich mir aus kriminellen Quellen falsche Papiere besorgen und mit dem gestohlenen Geld einen großen Magnum oder eine .45er Automatik kaufen; oder ich könnte noch mehr Geld stehlen und mir eine Waffe auf der Straße kaufen. Je mehr ich darüber nachdachte, desto mehr bewegte mich der Gedanke – und desto mehr Angst hatte ich.

Also tat ich nichts, und dieses »nichts« zahlte es mir heim.

Wohin ich auch ging, häßliche Objekte starrten auf mich herab. Nachts, wenn ich lange Spaziergänge machte, kreischten Mülltonnen aus Wellblech: »Feigling!« In Neonschriften blinkten die Paragraphen verlockender Straftaten. Es war, als habe der am heftigsten unterdrückte Bereich meines Gehirns unversehens die Fähigkeit entwickelt, ohne meine Zustimmung Filme laufen zu lassen.

Und so tat ich weiter nichts, und bekam es weiter heimgezahlt.

Ich behielt meinen Job bei »Leather'n'Lace« und widerstand dem Verlangen, zu fantasieren und Bargeld zu stehlen. Im März '74 endete meine Bewährungsfrist, und Liz Trent ließ mich laufen, nicht ohne mich zu ermahnen: »Suche dir etwas, das dir wirklich gefällt, und mach es wirklich gut.« In diesen Worten fand ich ein vorläufiges »etwas«, das aber rasch nach hinten losging.

Am nächsten Tag – ich war dabei, Bestellungen versandfertig zu machen – bemerkte ich das Rohr an »Leather'n'Laces« Katalognummer 114, »Anal-Annies Liebesbank«. Ich sah, daß der Umfang ein wenig größer war als das Mündungsmaß eines S&W-Magnum, der mir besonders gut gefiel, und ich erinnerte mich an ein Knastgespräch über die Konstruktion selbstgemachter Schalldämpfer. Ich wußte, dies war ein quasi-legales Gegenmittel gegen *nichts*, und so kaufte ich das notwendige Werkzeug und »machte es wirklich gut«.

Eine Stahlsäge, ein Knäuel Stahlfaser zur Klimaanlagenisolation, ein Metallgewindeschneider und ein kurzes Stück Eisenrohr gesellten sich zu einigen Zoll von »Anal-Annie« in meinem Wohnzimmer, und mit meinen Schweizer Armeemessern machte ich mich an die Arbeit. Zunächst sägte und schnitt ich die Teile zu und fügte sie zusammen; dann schnitt ich, mit einem »täuschend echten« Spielzeug-Magnum als Muster, die Bohrung für die Mündung. Als ich sah, daß ich einen dichten Sitz erzielt hatte, drückte ich große Flocken Stahlwolle fest der Länge nach in das Rohr und bohrte dann die kleinere, eiserne »Kugelpassage« mitten hindurch. Ein .357er Hohlspitzen-Geschoß würde, so schätzte ich, mit 1/32 Zoll Spielraum durch diesen Lauf gleiten und dadurch auf sein Ziel zu »taumeln«. Als ich den Schalldämpfer zusammengebaut hatte, legte ich ihn auf den Boden und hämmerte das vordere Ende des Rohrs um die Kugelpassage nach innen, bis nur noch das kleine Mündungsloch zu sehen war.

Es war der schönste Gegenstand, den ich je gesehen hatte.

Aber jetzt, da ich dieses »etwas« hinter mir hatte, traf mich »nichts« um so härter und erinnerte mich daran, daß mein Schalldämpfer ohne den Magnum nichts als ein Briefbeschwerer bleiben würde. Auf meinen nächtlichen Spaziergängen trug ich ihn als Talisman bei mir; und wenn jetzt die Mülltonnen mich anblitzten, trat ich sie um, und wenn parkende Autos mich mit ihren grellen Farben beleidigten, benutzte ich den Schalldämpfer, um S. S. auf die Türen zu kratzen. Es war unreife Aufsässigkeit und hohle Wut, aber das handgearbeitete Stück billigen Metalls in der Hand zu halten, war das einzige, was den halluzinogenen Mordparagraphen 187 daran hinderte, mich zu verschlingen.

Allmählich wuchs in mir die Überzeugung, daß mit einem Ortswechsel alles besser werden würde. Die bloße Vertrautheit L. A.s war gefährlich, und wenn ich seinem Netz aus Nostalgie und selbstzerstörerischer Verlockung entrinnen könnte, wäre ich in Sicherheit. Das Leben in einer anderen Stadt würde mir Vorsicht einflößen und die kriminellen Fantasien zerquetschen, die mich vernichten wollten. Ich beschloß, von dort zu verschwinden, und setzte mir eine strenge Frist für die Abreise: Drei Wochen – bis zum 12. April, dem Tag nach meinem sechsundzwanzigsten Geburtstag.

Die Zeit verging rasch. Ich kündigte meine Stellung, löste mein Bankkonto auf, packte Kleider, Toilettenartikel und den Talisman/ Schalldämpfer in meinen Wagen und ließ meine anderen Stahlobjekte zurück, um zu symbolisieren, daß ich alte Bande zerschnitt. Der Verlust meiner Messer tat weh und wärmte mich zugleich – ich wußte, es war ein bewußtes Opfer zur Vermeidung einer Katastrophe.

Am Abend meines Geburtstags unternahm ich einen Abschiedsspaziergang durch mein Viertel. Kein Objekt blitzte mich an, keine unheimlichen Ziffern blinkten vor meinen Augen. Nur ein Gewitterregen schlug auf mich ein und durchnäßte mich bis auf die Knochen. Auf der Suche nach einem trockenen Plätzchen bemerkte ich die Neonwerbung vor dem Nuart Theatre: »Rettet die Seehunde«.

Ich rannte hinüber. Das Kinofoyer lag verlassen da; also ging ich auf die Herrentoilette zu, um mir ein paar Papierhandtücher zu holen. Ich hatte die Hand auf dem Türgriff, als ich aus dem Kino einen hohen, schrillen Laut hörte. Ich vergaß das Abtrocknen und ging geradewegs auf das Geräusch zu.

Auf der Leinwand wurden Seehunde totgeschlagen. Ich hatte ihr Japsen gehört, und jetzt mischte sich Schluchzen aus dem Publikum darunter. Es war ein erregendes Geräusch, aber ein häßlicher, jämmerlicher Anblick; deshalb schloß ich die Augen. Die Abwesenheit des Bildes brachte den Geschmack von Blut in meinen Mund – das Blut jedes Körpers, den ich jemals begehrt hatte. Bald schluchzte ich, und der Geschmack vertiefte sich, bis schließlich Musik an die Stelle der Schreie trat. Ich öffnete die Augen; Menschen drängten sich an mir vorbei und bedachten mich mit verständnisvollen und mitleidigen Blicken. Man klopfte mir auf die Schultern, tätschelte mir die Hände – als wäre ich einer von ihnen gewesen. Keiner dieser Leute wußte, daß der Ursprung meiner Tränen die Freude war.

II

San Francisco

13

Die Stadt, die ich mir erwählte, war San Francisco, und der einzige Grund dafür war der, daß dessen Topographie die Antithese zu der von Los Angeles war. Terrassierte Berghänge und viktorianische Häuser würden nicht pulsieren von verborgenen Botschaften aus meiner Vergangenheit, und daß es in der Stadt relativ wenig Neon gab, bedeutete, daß auch die Strafgesetz-Halluzinationen nachlassen würden. Los Angeles hatte mich geformt und besessen und vertrieben; San Francisco war die Gelegenheit, meine persönliche Geschichte zu annullieren und in erinnerungsfreier Umgebung neue Triebe zu schmieden.

Und so gelangte ich, einfach indem ich 430 Meilen hinter mich brachte, von den immer klarer werdenden Indikatoren meiner Bestimmung zu einer Amnesie, die San Francisco – neu, wie es war – mir leicht machte. Ich mietete mir ein Apartment zwischen der 26th und Geary im Bezirk Richmond und verschleuderte den größten Teil meiner Ersparnisse, indem ich es mit unauffälligen, stahlfreien Möbeln einrichtete und idyllische, gerahmte Drucke an die Wände hängte. Was ich tun mußte, um mich zu benehmen wie ein sogenannter normaler Mensch, gab mir sanfte Befriedigung, und ich fing an zu glauben, daß ich diese Rolle für lange, lange Zeit würde spielen können.

Ich beschloß, mir eine Woche Zeit zu geben, bevor ich anfinge, mir Arbeit zu suchen, und erkundete die Stadt. Anheimelndes, Altes und Hübsches waren mit Händen zu greifen, und die Menschen, die ich auf der Straße sah, schienen von einem Gefühl der Anmut erfüllt zu sein – sie waren im Durchschnitt sehr viel attraktiver als die Bewohner von L. A.; die ethnische Vielfalt war größer, und eine recht beträchtliche Anzahl unter ihnen war so blond, daß die Autos deshalb stehenblieben.

Ich bremste ihretwegen indessen nicht; ein unsichtbares Gewicht drückte meinen Fuß auf das Gaspedal, wenn diese wohlgestalten Erinnerungen an meine Vergangenheit erschienen. Dies war ein handfester Beleg dafür, daß meine gütige Amnesie Bestand hatte. Andere Anzeichen – Träume voller Pastellfarben, ruhige Nachtspaziergänge, das Schwinden meiner Pistolenbesessenheit – fügten sich zu dem magisch einfachen Wort *Glück* zusammen.

Und fortgesetztes Glück erforderte Geld. Die Woche der Ruhe hatte meine Mittel bis auf zweihundert Dollar aufgezehrt, und ich brauchte den raschen Nachschub eines allwöchentlichen Gehaltsschecks. An meinem achten Morgen in San Francisco holte ich das Branchenbuch hervor und suchte nach Stellenvermittlern, die Gelegenheitsjobs anboten. Ich fand ein halbes Dutzend, alle im selben Block an der South Mission. Ich fuhr hin, begierig darauf, meine heitere Gelassenheit zu erweitern.

Es war ein vergammelter Block von der Art, wie ich sie in Los Angeles immer als deprimierend empfunden hatte. Aber hier hatte die Schmuddeligkeit fast so etwas wie Charme, und als ich meinen Wagen abschloß und die Liste der Stellenagenturen konsultierte, hatte ich das Gefühl, hierher zu gehören. Von diesem Gefühl angetrieben, trat ich durch eine Tür mit der Aufschrift: »Mighty-Man Job Shop« und blieb vor einer von Papieren übersäten Theke stehen.

Eine junge Frau mit schulterlangem schwarzen Haar blickte von ihrem Schreibtisch auf und lächelte mir zu. »Sie sind der Mann aus Orinda, der drei Sklaven – ich meine, äh, Männer für Ladearbeiten sucht, nicht wahr?« Sie warf einen Blick auf einige Formulare, die vor ihr lagen. »Eddington, stimmt's? Sie haben gesagt, Sie schicken Ihren Fahrer, um die Penner – äh, die Arbeiter abzuholen.«

Ihre Direktheit traf mich unvorbereitet. »Was?« platzte ich heraus.

Sie lächelte über meine Verwirrung. »Sie meinen, Sie sind nicht Eddington, aber Sie brauchen Sklaven?«

Ich sah ihr in die Augen und erkannte, daß sie wahrscheinlich high war. »Nein, ich –«

»Dann sind Sie gekommen, um sich mit mir zu verabreden?«

Ich begriff, daß sie mit mir flirtete. Ein hohles »nichts«-Gefühl erwachte in mir, und reflexartig suchte ich Shroud Shifters Rat zu ergreifen; doch dann fiel mir jäh ein, daß ich in San Francisco war, nicht in L. A., und daß S. S. überflüssig zu sein hatte. »Ich bin neu hier«, sagte ich. »Ich suche Arbeit, und ich habe Ihren Eintrag in den Gelben Seiten gesehen.«

»Mein Gott, das tut mir leid«, sagte die Frau. »Es ist bloß, weil Sie so ordentlich angezogen sind, und ... na ja ... die meisten Typen, die wir hier kriegen, sind Schnapsdrosseln und Kiffer, wissen Sie, die bloß ein paar Dollar machen wollen, um sich wieder zu bedröhnen. Wohnen Sie etwa hier?«

»Ich habe ein Apartment«, sagte ich.

Sie machte ein überraschtes Gesicht. »Wo?«

»Ecke 26th und Geary.«

Jetzt sah sie verblüfft aus. »Du liebe Güte, mein Freund wohnt in dem Block. Hören Sie, Sie sehen nach Mittelklasse aus; deshalb will ich Ihnen mal was klarmachen: Wir zahlen unseren Kerlen Mindestlöhne für Hilfsarbeiten; sie verteilen Handzettel oder entladen Lastwagen, die nicht zur Gewerkschaft gehören, oder dergleichen mehr. Im Prinzip besteht unser Beschiß darin, daß wir sie am Ende des Tages in bar auszahlen. So können die Sklaven jeden Abend ihr Geld für Wein und Dope verbraten, und am nächsten Morgen müssen sie zurückkommen. Wenn Sie sich leisten können, in Richmond zu wohnen, können Sie sich *nicht* leisten, für uns zu arbeiten.«

Jetzt war ich verblüfft – allmählich gefiel mir die Frau. »Meine Ersparnisse sind für den Einzug draufgegangen; jetzt muß ich Arbeit finden, damit ich die Wohnung behalten kann.«

»Wow! Ein echter Werktätiger in der Klemme.« Die Frau nahm eine Zigarette aus der Packung auf ihrem Schreibtisch, zündete sie an und rauchte eine ganze Weile schweigend. Schließlich schnippte sie mit den Fingern und kam an die Theke. Verschwörerisch beugte sie sich herüber, daß ihr Haar mein Gesicht streifte. »Gehen Sie rüber zum Campus der S. F. State University und sehen Sie sich das Schwarze Brett vor der studentischen Stellenvermittlung an. Die haben da jede Menge Jobs für anständiges Geld. Wenn Sie was interessiert, reißen Sie die Karte ab, rufen Sie da an und sagen Sie, Sie wären ein Postgraduierter, der abends studiert, so daß Sie den ganzen Tag arbeiten können. Sie sind groß und sehen nicht blöd aus; daher wird man Sie wohl nehmen. Verstanden?«

»Verstanden«, sagte ich und löste mich von der Kaskade ihrer Haare. Die Frau richtete sich auf und lächelte, und ich wußte, sie hatte den Kontakt genossen. Sie streckte mir die Hand entgegen. »Ich bin übrigens Jill.«

Ich beabsichtigte, ihr formell die Hand zu schütteln, aber dann ergriff ich sie sanft. »Ich bin Martin.«

»Viel Glück, Martin.«

»D-danke für Ihre Hilfe.«

Bewußt verdrängte ich die zarten Aspekte dieser Unterredung; ich folgte dem Rat der Frau und fuhr zum Campus der San Francisco State. Das Schwarze Brett, von dem sie gesprochen hatte, war von Karten mit Stellenangeboten bedeckt, und ich wich von ihrem Plan nur insofern ab, als ich Jobs und Telefonnummern auswendig lernte, statt die Karten zu klauen. Aus einer Telefonzelle rief ich die Anbieter an; bei den Büro-Jobs bekam ich dreimal »Nein« zur Antwort, aber die Karte mit der manuellen Arbeit brachte mir ein schroffes »Ja« von einer Männerstimme.

»Ich rufe wegen der Stelle an, die Sie am S. F. State anbieten«, sagte ich.

»Sind Sie Fulltime-Student?« fragte die Stimme.

»Ich bin postgraduiert; ich studiere abends.«

»Haben Sie was in den Armen? Verzeihen Sie die groben Worte, aber das ist kein Job für Zuckerärsche.«

»Ich bin eins sechsundneunzig, wiege zweihundert Pfund und bin kräftig. Was genau soll ich tun?«

»Haben Sie einen Wagen?«

»Ja. Was –«

»Ich erschließe Grundstücke in Sausalito. Ich suche einen kräftigen Burschen, der mir die Baumstümpfe von meinem neuen Gelände räumt. Harte Arbeit, aber dafür zahle ich 'n Fünfer die Stunde, schwarz, ohne Abzüge. Wie ist Ihr Name?«

»Martin Plunkett.«

»Okay, Marty. Ich bin Sol Slotnick. Wollen Sie den Job?«

»Ja.«

»Können Sie sich morgen mit meinem Vorarbeiter treffen? In Sausalito?«

»Ja.«

»Okay, dann notieren Sie: Über's Golden Gate, Abfahrt vier vom Highway runter, rechts ab, an der Wolverton Road links. Da sehen Sie 'n großes Feld mit Schildern – ›Sherlock Holmes‹, ein Firmenzeichen mit diesem Detektiv. Morgen früh um acht. Klar?«

»Klar.«

»Okay. Sie werden Werkzeug brauchen, eine Axt und 'ne Sense, aber die gebe –«

Ich fiel meinem neuen Arbeitgeber ins Wort. »Ich bringe mein eigenes Werkzeug mit, Mr. Slotnick.«

»Arbeiten auf eigene Faust, hm? Okay, Kleiner. Viel Glück.«

An diesem Abend verpraßte ich mein letztes Geld. In einem Geschäft für Armeebestände erstand ich Khaki-Arbeitshosen und ein Hemd, ein Paar wasserfeste Wanderstiefel, einen geflochtenen Patronengürtel und die ersten Werkzeuge aus gebürstetem Edelstahl seit dem Einbruchswerkzeug, das ich vor Jahren gehabt hatte: eine kurzstielige Axt, eine langstielige Axt und eine schwere Gärtner-sense. Die Axtklingen waren mit transparentem Teflon beschichtet und garantiert »selbstschärfend« – je mehr man sie benutzte, desto schärfer sollten sie angeblich werden. Das klang zu schön, um wahr zu sein; also kaufte ich einen Wetzstein, um der Behauptung den Rücken zu stärken.

Am Tag darauf fuhr ich über die Golden Gate Bridge zum »Sher-lock Holmes«-Grundstück. Es war eine große, von Buschwerk be-wachsene und von Baumstümpfen übersäte Lichtung, zu allen Seiten von dichtem Kiefernwald umgeben – monatelange Arbeit für einen einzelnen Mann. Der Vormann sagte mir, Mr. Slotnick wolle bis zum 10. September alles erledigt haben, denn dann sollte der Bautrupp die Fundamente legen; wenn ich Glück hätte und die Umweltschüt-zer nicht alles vermasselten, würde ich danach noch einen weiteren Job bekommen: Auf der anderen Seite des Highway, auf dem Ge-lände von Slotnicks geplantem »Singles-Paradies«, wären Bäume zu fällen. Der Mann erklärte mir, ich hätte nichts weiter zu tun, als das gesamte Grundstück zu roden und das Gestrüpp zu zerkleinern, da-mit die Bulldozer es abräumen könnten; er deutete auf das Werk-zeug an meinem Gürtel und meinte: »Du siehst aus wie ein Profi; ich werde deshalb nicht vorbeikommen, um dich zu kontrollieren. Geld gibt's jeden Freitag um fünf, hier.« Er schüttelte mir die Hand und ließ mich allein mit der Natur.

Und obwohl ich mich gegen sie verschworen hatte, schenkte die Natur mir viereinhalb Monate lang ununterbrochen begeisternde Schönheit und segensreich besinnungslose Arbeit.

Ich hieb und hackte mit meinen Äxten und der Sense von April bis August, acht Sunden am Tag, sieben Tage in der Woche, ohne mich um Hitzewellen oder Wolkenbrüche zu bekümmern. Schockwellen pulsierten durch meinen Körper, während ich arbeitete, und ich merkte, daß ich stärker und stärker wurde, aber nie sorgte ich mich darum, daß ich Aufmerksamkeit erregende Muskeln entwickelte, wie ich mich im Gefängnis gesorgt hatte, denn der Duft von Heu und gespaltenem Holz beschützte mich, die Kiefern umfingen mich, und wenn ich mit geschlossenen Augen hackte, sah ich hübsche, weiche Farben, Schattierungen, die um so dunkler wurden, je heftiger ich hackte, aber immer noch freundlich und sanft in meinem Kopf blie-ben. Wenn ich am Ende eines Tages völlig erschöpft nach Hause fuhr, blieben die Farben am Rande meines Gesichtsfeldes, und dann aß ich und versank sofort in einen tiefen Schlaf.

Eines Abends Anfang September parkte ich meinen Wagen vor meinem Wohnhaus, als ich jemanden rufen hörte. »Martin! Hallo!« Zunächst registrierte ich die Worte überhaupt nicht – seit Monaten hatte mich niemand mehr beim Namen gerufen, und ich war erschöpft, denn es war ein besonders langer Tag gewesen, und ich hungerte nach Essen und Schlaf. Die Stimme wiederholte ihren Ruf – »Hallo, Martin!« –, und ich schaute über die Straße und sah eine hübsche Frau mit langem schwarzem Haar. Eine Straßenlaterne überstrahlte ihr Haar von hinten; es zog mich an wie ein Magnet, und ich ging zu ihr hinüber.

Sie stand mit einem Mann auf dem Gehweg, und sie schwankten kaum merklich, als hätten sie einen Schwips. Es dauerte ein paar Sekunden, aber dann brachte mir das Bild ihrer Haare, wie sie mein Gesicht berührten, ihren Namen zurück. Shroud Shifter erschien aus dem Nichts und zischte: SEI NETT. »Hallo, Jill«, sagte ich. »Nett, dich zu sehen.«

Jill kicherte und langte nach dem Arm ihres Begleiters. »Wir sind echt zu. Hast du einen Job gefunden? Wahrscheinlich – du hast ja die Wohnung noch.«

Shroud Shifter schwenkte einen Taktstock und wisperte etwas, das ich nicht hören konnte. »Ja, ich hab getan, was du mir geraten hast. Hat geklappt, und seitdem arbeite ich.«

»Klasse«, sagte Jill. »Steve, das ist Martin. Martin, das ist Steve.«

Ich wandte meine Aufmerksamkeit ihrem Freund zu, einem mürrisch aussehenden Typen mit lachhaften Koteletten. S. S. sagte immer wieder SEI NETT SEI NETT SEI NETT. »Hey, Steve, alles klar?« sagte ich und streckte ihm meine Hand im Hippie-Stil entgegen. »Alles klar, Mann«, sagte Steve und verpaßte mir einen subkulturellen Knochenmalmer. Ich verzog in gespieltem Schmerz das Gesicht, und Jill lachte. »Steve ist Flugzeugmechaniker, und er ist echt stark. Kommst du mit rauf auf'n Drink oder so was?«

Bei »oder so was« wackelte S. S. mit den Augenbrauen. »Bin dabei«, sagte ich; Jill schob sich zwischen ihren Boyfriend und mich, faßte uns bei den Armen und erklärte in theatralischem Flüsterton: »Ich bin ja so was von stoned.« Ihre Hand an meinem Ellbogen war abwechselnd heiß und kalt und weich und hart, aber die Berührung war nicht im mindesten furchteinflößend. Nebeneinander gingen wir die Straße hinunter bis in die Mitte des Blocks und die Treppe zu einem viktorianischen Apartmenthaus mit vier Wohnungen hinauf. Steve schloß die Tür auf und knipste das Licht an. Jill ließ meinen

Arm los. »Da gibt's was, das Steve schon lange von mir will, und jetzt bin ich high genug, es zu machen.« Sie hüpfte durch das Wohnzimmer, und mein Blick wanderte automatisch über die vier Wände.

Airline-Poster hingen da, mit Klebstreifen schief angebracht, und von allen abgebildeten Ländern sprangen mir Japan und Tahiti ins Auge, als wäre ich dort schon gewesen. Steve schloß die Tür. »Da bin ich überall schon mindestens zweimal gewesen«, sagte er. »Wenn du bei Pan-Am arbeitest, kriegst du zwei Freiflüge im Jahr, und deine Braut kannst du mitnehmen, wenn du willst.« Er deutete auf die Axt, die an meinem Gürtel hing. »Bist du Zimmermann?«

»Ich bin Baumchirurg«, antwortete ich; wieder musterte ich das Zimmer, und ich fragte mich, weshalb mir Orte, die ich noch nie gesehen hatte, so vertraut erschienen. Steve warf mir einen seltsamen Blick zu, und um ihn zu beruhigen, fügte ich hinzu: »Jill hat mir den Job besorgt. Ich war pleite, als ich in die Stadt kam, und ich kam zu ›Mighty-Man‹, weil ich einen Job suchte. Jill schickte mich zur Studentenvermittlung an der S. F. State.«

»Jill ist 'ne freundliche Type«, meinte Steve, und S. S. schickte mir eine Serie von Schnappschüssen: Jill, wie sie mit anderen Männern flirtete und schlief, aber immer zu Steve zurückkehrte, der dankbar war, sie wiederzuhaben, und der dann mit ihr auf lange Versöhnungsreisen zu exotischen Orten flog – auf Kosten seines Arbeitgebers; Steve, wie er darüber brütete, daß sie ihn behandelte wie eine Fußmatte, und wie er sich mit seinen Mechanikerkollegen betrank und über Jill herzog, sie aber stets aus der Kneipe anrief, um ihr zu sagen, daß er später käme.

»Was trinkst du, Mann?«

Steves Stimme riß mich aus dem Film, in dem er mitgespielt hatte. »Hast du Bier?« fragte ich.

»Scheißt ein Bär in den Wald? Komm mit zum Kühlschrank.«

Ich folgte Steve in die kleine Küche. Auch hier hingen Airline-Poster an den Wänden, aber die fettbeschichteten Bilder von Paris und den bayerischen Alpen rührten meine Erinnerung nicht an. Steve sah meinen Blick. »Du starrst die Bilder an wie einer, der 'n Urlaub nötig hat.« Er machte den Kühlschrank auf und nahm zwei Dosen Bier heraus. Er reichte mir eine, und ich sagte: »Yeah. Tahiti oder Japan vielleicht.«

Steve riß seine Dose auf, daß es zischte. »Da ist es beschissen. Das Fressen ist beschissen, und die Japse sehen aus wie die Schlitzaugen in Vietnam.« Er ließ sich das Bier in die Kehle gluckern und rülpste dann. »›Coors, das Frühstück der Champions‹«, erklärte er. »Letztes Jahr auf der Arbeit hatten wir die ›Coors-Olympiade‹. Der Typ, der gewann, trank vier Sechserpacks, hielt zwei Stunden ein und pißte dann einen Gallonen-Kanister voll. Das war das Triathlon. Verstehst du? Drei Disziplinen, wie bei der echten Olympiade. Warst du in Vietnam?«

Ich lehnte mich an die fettbespritzte Wand und tat, als nähme ich einen Schluck Bier. Shroud Shifter schrieb SEI SMART SEI SMART SEI SMART auf Stevens Gesicht. »Ich war untauglich. 'ne alte Football-Verletzung.«

Steve rülpste. »Hast nicht viel versäumt. Hast du End gespielt?«

»Was?«

»Wie, was? Beim Football. Du bist groß, du mußt wenigstens versucht haben, End zu spielen.«

»Nein. Quarterback, dritte Reihe«, sagte ich bescheiden.

Steve lächelte über mein kalkuliertes Bedauern. »Dritte Reihe – die Geschichte meines Lebens. Ich frag mich, was Jill da macht. Normalerweise ist sie ganz heiß drauf, mit Gästen rumzualbern.«

»Hat da jemand von mir gesprochen?«

Ich wandte den Kopf nach der Stimme um. Jill stand in der Küchentür; sie trug einen Bademantel und hatte sich ein Handtuch wie einen Turban um den Kopf geschlungen. »Erinnert ihr euch noch an die alte Clairol-Reklame? ›Wenn ich nur einmal lebe, will ich's als Blondine tun‹? Na, schaut her.«

Mit schwungvoller Bewegung riß sie das Tuch herunter und schüttelte den Kopf. Ihr wunderschönes schwarzes Haar war jetzt wasserstoff-gelb, und Shroud Shifter blitzte LASS SIE NICHT LASS SIE NICHT LASS SIE NICHT LASS SIE –

Ich hakte meine selbstschärfende, teflonbeschichtete Axt aus gebürstetem Stahl vom Gürtel und ließ sie auf ihren Hals zusausen. Ihr Kopf wurde glatt abgeschnitten; Blut spritzte aus dem Rumpf; ihre Arme und Beine zuckten spastisch; dann sackte der ganze Körper auf dem Boden zusammen. Der Schwung meines Schlages wirbelte mich im Kreis herum, und für einen Augenblick übersah ich die ganze Szene – blutbespritzte Wände; Blut schoß wie ein Geysir aus einer Halsarterie; das Herz pumpte reflexhaft noch immer; Steve, der dastand wie angewurzelt und katatonisch blau anlief.

Ich wendete mich, flippte den Stiel in der Hand, so daß die Klinge nach außen wies, und ließ die Axt in einem Rückhandschlag mit der Linken zurückschwingen. Sie traf Steve seitlich am Kopf; es klang

100

wie ein zerbrechendes Ei, zehnmillionenfach verstärkt. Die Klinge blieb stecken, und ausgedehnte Sekunds lang hielt ich den bereits Toten damit auf den Beinen. Dann riß ich sie heraus, und der Leichnam kippte vornüber, während meine Axt in die entgegengesetzte Richtung flog, geschmiert von Blut und Hirn.

Dann fiel Steve, und er fing an, gurgelnde Geräusche zu machen.

Dann begannen *seine* Glieder mit *ihrem* Totentanz.

Dann spritzte mir ein Blutstrahl aus seinem Schädel in die Augen.

Dann kam ich, und alle Farben, die ich bei der Arbeit gesehen hatte, vereinigten sich und schleuderten mich auf den Boden, um die Triade zu bilden.

Stunden später wachte ich auf. Ein Telefon klingelte, und ich hatte den Geschmack von Linoleum und Blut im Mund. Ich öffnete die Augen und sah einen Ausschnitt des Fußbodens und zwei liegende Bierdosen. Ich begann zu spüren, was passiert war, und hielt ein Schluchzen zurück; dann schickte ich Gehirnbotschaften an meine Arme und Beine, um zu sehen, ob ich zur Strafe für meine Verbrechen amputiert worden war. Meine Finger kratzten über eine kalte Fläche, und meine Beine zuckten, und ich war dankbar. Das Telefon hörte auf zu klingeln, und ich fragte mich, wem ich wohl dankbar zu sein hatte. Dann waren das Stück Fußboden und die Bierdosen verschwunden; an ihrer Stelle sah ich rote Schrift auf weißem Papier: MIR MIR MIR MIR MIR MIR MIR.

Auf leeren Gehirnfilm schrieb ich JA JA JA JA JA SAG MIR WAS ICH TUN SOLL.

Öffne die Augen, sagte Shroud Shifter. Ich gehorchte, und er und Lucretia waren nackt. Ich prägte mir ihre Körper ein, als S. S. mich im barschesten Ton tadelte, den er je angewendet hatte: Wir sind Fantasie-Eltern, deren du dich seit deiner Kindheit bedienst. Wir geben dir, was du brauchst, damit du tun kannst, was du tun mußt. Du hast etwas durchlebt, was manche Leute als psychotische Episode bezeichnen würden. Tatsächlich hättest du früher oder später mit Vorbedacht getan, was du getan hast.

Shroud Shifter hielt für einen Augenblick inne, damit ich antworten konnte. Ich tippte: *Warum?*

Er sagte: Du bist ein Mörder, Martin.

Es war das erstemal, daß er mich mit meinem Namen anredete.

Ich flehte ihn an, es noch einmal zu sagen, damit ich wüßte, was ich tun sollte. Er war einverstanden.

101

Du bist ein Mörder, Martin.

Du bist ein Mörder, Martin.

Du bist ein Mörder, Martin.

Während meine Bestimmung mir noch in den Ohren klang und der, der sich als mein Fantasie-Vater zu erkennen gegeben hatte, mich Schritt für Schritt anleitete, verdiente ich mir diesen Titel. Als erstes wischte ich gründlich über alle Flächen, die ich vielleicht angefaßt hatte. Dann annullierte ich den gerichtsmedizinischen Nachweis meiner Axthiebe, indem ich die beiden Leichen dort, wo ich sie niedergeschlagen hatte, mit einem Küchenmesser und einem Steakhammer schändete, um Klingenspuren und Schlagmale zu tilgen. Es war eine schmutzige Arbeit, aber ich zwang mein Gehirn mit meiner Willenskraft, sie als öde zu betrachten. Als ich fertig war, wusch ich mir die Hände, zog mein blutgetränktes Khakizeug aus, streifte einen Overall aus Steves Schrank über und wickelte meine Sachen und meine Stiefel in sieben Lagen Plastikmüllsäcke. Als meine Füße bloß und frei von fremdem Material waren, hob ich meine Axt und meinen geflochtenen Gürtel auf und sah auf die Uhr. Es war 3 Uhr 16 in der Frühe. Ich schaltete das Licht aus und verließ die Wohnung. Auf der Straße war niemand. Ich ging nach Hause, und als ich einschlief, sah ich Farben.

Seite eins des SAN FRANCISCO EXAMINER, 4. September 1974:

Liebespaar in Richmond abgeschlachtet

Die gräßlich verstümmelten Leichen eines jungen Mannes und einer Frau wurden gestern abend in der Wohnung des Mannes aufgefunden. Nachbarn hatten wegen eines »merkwürdigen Geruchs« aus einer Parterrewohnung im Hause Nummer 911, 26th Street, die Polizei alarmiert.

»Ich wußte, da war was Totes drin«, sagte Thomas Frischer vom Haus Nr. 914, 26th Street, der Ambulanz.

»Diese Hitze seit einiger Zeit, die läßt den Gestank ziemlich kräftig werden.« Die Beamten brachen die Tür auf und fanden die Leichen des Wohungsmieters Steven Sifakis, 31, Mechaniker am Pan-American Airways Terminal des Flughafens San Francisco, und seiner Freundin Jill Eversall, 29, Einstellungsberaterin in der Stellenvermittlung »Mighty-Man«. In einem Exklusivkommentar für den *Examiner* erklärte der leitende Beamte der wegen der Geruchsbelästigung einschreitenden Einheit, Sergeant W. D. Sternthal vom San Francisco Police Department: »Ich wußte, es waren Tote drinnen, und deshalb hielt ich mir beim Hineingehen ein Taschentuch vor die Nase. Beim Anblick der Leichen dachte ich als erstes an die Sharon-Tate-Morde, die wir vor vier oder fünf Jahren hatten. Es war ein unglaubliches Bild. Die Küche war voll von getrocknetem Blut, und auf dem Boden lag ein toter Mann mit eingeschlagenem Schädel. Aber das war nicht das Schlimmste. Da lag noch eine tote Frau in der Küchentür. Sie war enthauptet worden; ihr Kopf lag auf dem Teppich im Wohnzimmer. Die Mordwaffe – ein Küchenmesser – sah ich auf dem Boden in der Küche neben der Leiche des Mannes liegen. Da schickte ich meinen Partner hinaus zum Streifenwagen, damit er über Funk die Kriminalpolizei und den Arzt rief.«

Wenig später loderte das stille Richmond von den Blinklichtern der Polizeifahrzeuge. In acht Gruppen gingen Streifenpolizisten von Haus zu Haus; der Gerichtsmediziner Willard Willarsohn untersuchte die Leichen und stellte als Todesursache »ein massives Trauma, verursacht durch wiederholte Messerstiche und Blutverlust« fest, und er fügte hinzu, das Paar sei »seit mindestens 48, vielleicht auch seit 52 Stunden tot.«

Während eine umfassende Befragung der Nachbarn durchgeführt wurde, informierte man Freunde, Angehörige und Arbeitgeber der Toten. Nachdem sich die ersten Aufwallungen von Schrecken, Empörung und Schmerz gelegt hatten, ergaben sich folgende Erkenntnisse: Erstens: Sifakis und Miss Eversall waren seit langem befreundet; zuletzt hatte man sie am Montag abend, dem 2. September, um neunzehn Uhr dreißig im »Molinari Délikatessen« in North Beach gesehen, wo sie zusammen gegessen hatten, einundfünfzig Stunden bevor ihre Leichen entdeckt wurden. Zweitens: Beide Opfer waren dafür bekannt, daß sie häufig unentschuldigt der Arbeit fernblieben. Deshalb dachte an ihren Arbeitsstellen niemand daran, eine Vermißtenmeldung aufzugeben. Ein anonymer Bekannter des Paares berichtete unseren Reportern: »Stevie und Jill waren Partytypen. Sie waren gern high und machten dann einen drauf, und in ihrem Umgang waren sie nicht wählerisch. Sie nahmen Anhalter mit, und, na ja, Jill zog ganz gern über die Dörfer. Stevie ging gern mit den Motorradtypen drüben in Oakland einen trinken, und ich glaube, es wird schwierig werden, diesen Fall aufzuklären, weil sie so viele flüchtige Bekanntschaften hatten.« Bislang liegen keine brauchbaren Hinweise vor, und die Polizei erweitert ihre Nachforschungen. Ein Sprecher des S. F. P. D. erklärte: »Es handelt sich um ein schweres Verbrechen, und wir werden ihm unsere ganze Aufmerksamkeit widmen. Wir appellieren an die Bürger von San Francisco, unsere Untersuchung mit Informationen zu unterstützen, und wir werden in unseren Anstrengungen nicht nachlassen, bis der oder die Mörder gefaßt sind.

Seite eins des SAN FRANCISCO CHRONICLE, 6. September 1974:

Keine Spuren im Richmonder Doppelmord –
Bekannte der Opfer werden jetzt verhört

Trotz massiver Ermittlungen haben die polizeilichen Bemühungen zur Aufklärung des brutalen Doppelmordes an Jill Eversall und Steven Safakis, die am Mittwoch abend in Safakis' Apartment in der 26th Street erstochen aufgefunden wurden, bislang kaum Fortschritte gemacht. Nach Aussagen des kriminalpolizeilichen Leiters des San Francisco Police Department, Chief of Detectives Douglas Lindsay, hat die 50-Stunden-Frist zwischen dem Verbrechen und der Entdeckung der Leichen dem Mörder oder den Mördern einen Vorsprung verschafft, und der Lebensstil der Opfer stellt die Ermittler vor frustrierende Probleme. Vor der Presse gab Lindsay heute morgen im Rathaus die folgende förmliche Erklärung ab:

»Nachdem die grundlegenden Ermittlungen beendet sind, kann ich Ihnen folgendes sagen: Mr. Sifakis und Miss Eversall wurden am Montag abend in North Beach zuletzt gesehen; sie trafen die Person oder die Personen, von der oder von denen die Tat begangen wurde, irgendwo zwischen dem Restaurant und Mr. Sifakis' Apartment. Trotz weiträumig über den Rundfunk ausgestrahlter Appelle an die Bevölkerung und der Vernehmung buchstäblich jedes Bewohners in einem Umkreis von acht Blocks rings um das Tathaus ist kein Augenzeuge zu finden – niemand hat die beiden Opfer in der Gesellschaft einer oder mehrerer anderer Personen gesehen. Die einzigen Fingerabdrücke, die in der Wohnung gefunden wurden, stammen von den Opfern oder von Bekannten, die aber inzwischen außer Verdacht sind. Die Mordwaffe – ein Steakmesser mit Sägeschliff – wurde am Tatort gefunden, und wir nehmen an, daß der oder die Mörder es benutzten, um Miss Eversall zu enthaupten. Mr. Sifakis, der durch Schläge auf den Schädel getötet wurde, wurde nach dem Tod mit dem Messer im Schädelbereich verstümmelt; für die eigentliche Mordwaffe aber halten wir einen stählernen Steakhammer aus seiner Küche. Techniker der Spurensicherung haben die Wohnung mit peinlicher Sorgfalt untersucht, ohne brauchbare Informationen zu finden; Raub als Motiv haben wir ausschließen können, nachdem wir mit Freunden von Mr. Sifakis in der Wohnung eine Bestandsaufnahme vorgenommen haben. Anscheinend wurde nichts gestohlen. Die Mordtat an sich hat niemand gehört; sie muß aber abrupt geschehen sein, wenn dieses Gemetzel ungehört vonstattengehen konnte.

Die Tatumstände geben uns Anlaß zu der Vermutung, daß der oder die Mörder das Haus in den frühen Morgenstunden verlassen haben, in

104

Mr. Sifakis Kleidern, die eigenen, blutbefleckten Sachen in Plastikmülltüten verpackt, die sich unter der Spüle befunden hatten. Niemand hat beobachtet, wie der oder die Mörder das Haus verließen, und zur Zeit sind wir dabei, Daten über verdächtige Fahrzeuge, die in der fraglichen Nacht in der Nähe gesichtet wurden, zu korrelieren.

Unsere Ermittlungen konzentrieren sich jetzt auf den Lebensstil der Opfer. Jill Eversall arbeitete in einer zwielichtigen Tagelöhnervermittlung für vorbestrafte Nichtseßhafte; sie war drei Jahre bei der Agentur und freundete sich in dieser Zeit mit mehreren Männern von zweifelhaftem Hintergrund an. Die ganze Zeit über wurde sie mit obszönen Telefonanrufen belästigt, und Freunden erzählte sie wiederholt, daß einige der Männer, mit denen sie bei der Arbeit zu tun habe, ihr Angst einjagten. Wir überprüfen die mit der Agentur ›Mighty-Man‹ in Verbindung stehenden Arbeiter jetzt eingehend, desgleichen auch andere in diesem Viertel ansässige Personen.

Steven Sifakis wurde zweimal wegen Handels mit Marihuana bestraft und hatte lose Verbindungen zu mehreren Motorradbanden in Oakland.

Wir halten es derzeit für möglich, daß die Morde mit Rauschgift in Zusammenhang stehen. Das Rauschgiftdezernat ermittelt unter diesem Aspekt, und Beamte aus dem Dezernat für Sexualdelikte überprüfen die Alibis von Sexualstraftätern, die durch Gewalttätigkeit aufgefallen sind. Die Opfer wurden zwar nicht sexuell mißbraucht; aber die an der Untersuchung beteiligten Gerichtspsychiater sind zu dem Schluß gekommen, daß der oder die Mörder aus sexuell motivierter Wut handelten. Sowohl Miss Eversall als auch Mr. Sifakis hatten sich in jüngster Vergangenheit mit anderen Partnern eingelassen, und Eifersucht steht mit an der Spitze in unserer Liste denkbarer Motive. Die erwähnten Partner werden jetzt ebenfalls überprüft.

Um zusammenzufassen: Wir tun, was wir können, um den oder die Mörder zu finden, und wir sind davon überzeugt, daß sich im lockeren Lebensstil der Opfer die Antwort verbirgt. Vorhandenes Beweismaterial und psychologische Macken deuten darauf hin, daß es sich hierbei um ein einmaliges Verbrechen handelt – nicht um die Tat eines psychopathischen Wiederholungstäters.«

Aus dem BERKELEY BARB, 11. September 1974:

Bullen hitzig nach aufgemetztem Mord

Letzten Monat ist Tricky Dicky Nixon zurückgetreten, und man dachte schon, jetzt wird alles besser. Stimmte auch, aber jetzt tritt der andere Schuh zu – oder sollte man besser sagen, Nagelstiefel? Am 2. September wurden Jill Eversall und ihr Haupt-Mann Steve Sifakis in Steves Richmonder Hütte brutal umgebracht. Der Mörder läuft, leider, immer noch herum, obwohl die Polizei sich bemüht – in mancher Hinsicht zu sehr.

Steve und Jill nämlich hatten ein offenes Ding laufen, sie standen auf Gras und dröhnten gern, und was ihren Umgang betraf, so sahen sie alles nicht so eng. Jill hatte einen Job in einem Sklavenmarkt an der South Mission, und – halten Sie sich fest – es machte ihr Spaß, diesen heruntergekommenen Typen in dem Viertel bei der Arbeitssuche zu helfen. Also...

Also kamen die Cops in San Francisco zu dem Schluß, daß Steves und Jills »lockerer Lebensstil« die Todesursache sei, und obwohl sie diesen Lebensstil beklagenswert finden, haben sie sich entschlossen wie die Bulldoggen drangemacht, den oder die Kill-Künstler ausfindig zu machen. (Schließlich haben Steve und Jill ja im netten, sicheren Richmond gewohnt – na, und da hätte es doch glatt jemand... anständigen erwischen können!) Im Verlauf der Ermittlungen haben sie die Bürger-

rechte Dutzender friedlicher Menschen mit »lockerem Lebensstil« mit Füßen getreten.

Beispiel: In einer frühmorgendlichen Razzia trieben die Bullen ein halbes Dutzend langhaariger junger Leute zusammen, die im Golden Gate Park geschlafen hatten, und als sie bei einem von ihnen ein Taschenmesser fanden, drückten sie ihm eine Pistole an den Kopf und schrien: »Erzähl uns, warum du die Leute in Richmond abgeschlachtet hast!«

Beispiel: Arbeiter, die vor der Sklavenagentur »Mighty-Man« Wein tranken, wurden in einen Gefangenentransporter gepackt und zum Stadtgefängnis gekarrt, wo Beamten des Morddezernates sie einer Leibesvisitation unterzogen und anschließend drangsalierten. Ein Bulle in Zivil verlangte von einem alten Mann daß er zugebe, auf Jill Eversall geil gewesen zu sein. Als der alte Mann sich weigerte, zerschlug der Cop eine Weinflasche auf seinem Kopf.

Beispiel: Eine Reihe unschuldiger, wegen Sexualdelikten vorbestrafter Männer wurden von Cops schikaniert, die ihnen damit drohten, Arbeitgeber und Freunde über die Vorstrafe in Kenntnis zu setzen.

Beispiel: Cops störten einen Gesangsgottesdienst im Hare-Krishna-Tempel an der Delores Street und durchsuchten die Sänger nach Dope und Waffen. Als der Oberguru des

Tempels eine Erklärung verlangte, rief ein Officer: »Ich glaube, die Richmond-Morde haben kultischen Hintergrund. Meine Mom wohnt in der 29th Street! Also komm mir bloß nicht komisch! Ich bin hier, um für Recht und Ordnung zu sorgen!«

Wir vom Berkeley *Barb* protestieren gegen die beschriebenen gesetzwidrigen Aktionen und weisen auf ein anderes Gesetz hin, das vielleicht bald Präzedenz einnehmen wird – das Gesetz der angemessenen Gegenreaktion. Das Recht zu brechen, um das Recht zu schützen, ist niemals gerechtfertigt – selbst wenn das Verbrechen ein Mord ist.

14

Während die Ereignisse stattfanden, die in den vorhergegangenen Berichten geschildert wurden, befand ich mich unsichtbar im Zentrum des Sturms, klar und von dankbarer Vorsicht erfüllt, wie ein Lehrling es sein soll, wenn er endlich den Status eines Profis erhält.

Du bist ein Mörder, Martin.

Um halb acht erwachte ich aus meinem Farbenschlaf nach dem Mord; ich rasierte mich mechanisch, duschte, bereitete mich auf die Arbeit vor. Ich wußte genau, was ich getan hatte und was ich tun mußte, und frei von Farben und Gehirnfilmen machte ich mich ans Werk. Zuerst zog ich meine zweite Garnitur Arbeitskleidung an; es war unwahrscheinlich, daß die Leichen schon entdeckt worden waren, und so stopfte ich Stevens Overall zu meinem blutigen Khakizeug, meinem Gürtel und meiner Axt, verschnürte das Plastikbündel fest und trug es hinaus zu meinem Van. Ich fuhr zu der Lichtung, als erwartete ich einen ganz normalen Werktag, und ich vergrub das Todespaket in einem Sumpfgelände am Rande von Sausalito. Als Fluchtschritt Nummer eins vollbracht war, setzte ich mich auf einen Stein und kartographierte die verbleibenden Schritte in geistiger Maschinenschrift, »Business as usual«, das Grundthema meiner Flucht.

Vielleicht haben Nachbarn dich mit der Axt gesehen; du wirst also illegal eine identische Axt beschaffen und die Klinge abnutzen müssen, damit sie blutfrei und gebraucht erscheint, wenn sie kriminaltechnischen Untersuchungen unterzogen wird.

Dein Alibi lautet, du hast zur Mordzeit zu Hause geschlafen. Die anderen Hausbewohner werden bestätigen, daß du ein Frühaufsteher bist, daß du früh heimkehrst und ein ruhiger Mieter bist, und niemand hat gesehen, wie du auf der Straße mit Steve und Jill geredet hast. Im Büro von »Mighty-Man« waren keine Zeugen, als du Jill kennenlerntest, und wenn sie jemandem erzählt hat, daß du da warst, und die Polizei dich danach fragt – dann mußt du es leugnen, denn diese Befragung wird logischerweise auf die erste *routinemäßige* Befragung aller Bewohner der Nachbarschaft folgen. Und wenn du deine Aussage änderst, nachdem du zuerst behauptet hast, sie nicht zu kennen, machst du dich zu einem Hauptverdächtigen.

Die Polizei wird alle Autonummern in der Umgebung registrieren und mit den Kriminalakten des Staates Kalifornien vergleichen. Deine Vorstrafe wegen Einbruchs und die Tatsache, daß deine Bewährungszeit kürzlich abgelaufen ist, wird nicht unentdeckt bleiben, und man wird dich intensiven Vernehmungen und möglicherweise auch körperlichen Mißhandlungen unterziehen. Du darfst in deinen Unschuldsbeteuerungen niemals wankend werden, nicht einmal unter äußerstem Druck, und du mußt es ablehnen, dich mit einem Lügendetektor testen zu lassen.

Du bist ein Mörder, Martin.

Am Ende übertrug sich mein Szenario nahezu vollkommen getreu auf die Wirklichkeit. In einem Werkzeugladen in Sausalito stahl ich eine Axt wie die, die ich gehabt hatte, und verwüstete die Klinge an den letzten paar Baumstämmen, die auf dem Grundstück geblieben waren. Ich arbeitete weiter als Mr. Slotnicks Aufräumer, und der Vorarbeiter kam vorbei und sagte mir, daß ich am 10. September arbeitslos werden würde, weil das Gelände dann planiert werden sollte und weil die »Ökofreaks« Big Sol bei seinem »Single-Paradies« einen Strich durch die Rechnung gemacht hätten. Ich hielt mich weiter an meinen »Business as usual«-Plan, und die Verzögerung bei der Entdeckung der Leichen ließ meine Zuversicht in Quantensprüngen anwachsen.

Dann, fünfzig Stunden und zehn Minuten nach *dem* Augenblick, hörte ich die Sirenen, und ich schaute vorn aus dem Fenster und sah, wie die roten wirbelnden Lichter meinen Namen verkündeten. Ich sah zu, wie mehr und mehr Polizeiwagen das Rotlicht verstärkten, und dann ging ich zu Bett und schlief, und Traumlichter schrieben: »Du bist ein Mörder, Martin.«

Lautes Klopfen an meiner Tür weckte mich im Morgengrauen. Ich zog einen Bademantel über, ging zur Tür und gähnte durchs Guckloch. »Yeah? Was wollen Sie?«

Eine mechanische Stimme antwortete: »Polizei. Aufmachen.«

Innerhalb eines Augenblicks wußte ich, daß sie ihre Fahrzeugüberprüfung bereits gemacht hatten und über meine Vorstrafe Bescheid wußten. Die Wucht meines Schauspiels erwachte, kühn verziert. Ich rieb mir den Schlaf aus den Augen, öffnete die Tür und schlüpfte zurück in meine alte Gefängnispersönlichkeit. »Yeah, was ist los?«

Drei harte Burschen standen vor der Tür. Alle drei waren so groß wie ich, und alle drei trugen einen Bürstenhaarschnitt, einen billigen Sommeranzug und eine finstere Miene. Der mittlere, von den anderen nur durch seine arg bekleckerte Krawatte zu unterscheiden, fragte: »Weißt *du* nicht, was los ist?«

»Sagen Sie's mir«, antwortete ich. »Scheiße, wir haben sechs Uhr früh, und ich lechze danach, zu hören, was Sie mir zu sagen haben.«

»Komiker«, brummte der Cop zur Linken und winkte mir, beiseite zu treten. Ich gehorchte mit gespieltem Widerwillen, und die drei gingen hintereinander an mir vorbei in mein Wohnzimmer, wo der Krawattenmann sofort auf meine Axt und meine Sense deutete, die dort neben der Tür an der Wand lehnten. »Was ist das?« fragte er.

Ich sah ihm pfeilgerade in die Augen. »Eine Axt und eine Sense.«

»Das sehe ich, Plunkett. Wozu brauchst du die?«

Ich tat überrascht, als er mich beim Namen nannte, und zwang mich, drei Sekunden zu zögern; ich beobachtete, wie die beiden anderen ausschwärmten, um meine Wohnung zu durchsuchen. »Zum Nägelschneiden«, sagte ich.

»Komm mir nicht blöd«, sagte er und drückte die Tür ins Schloß.

»Dann sagen Sie mir, was das alles soll.«

»Kommt schon noch. Seit wann bist du in San Francisco?«

»Seit April.«

»Warum hast du dieses Werkzeug?«

»Ich arbeite auf einem Baugelände in Marin; ich brauche das Werkzeug, um Baumwurzeln und Gestrüpp zu roden.«

»Aha. Woher hast du den Job?«

»Vom Schwarzen Brett an der S. F. State.«

»Studierst du da?«

»Nein.«

»Was berechtigt dich dann zu diesem Job?«

»Daß ich pleite war. Was –«

»Klappe. Bist du sicher, daß du den Job nicht in der ›Mighty-Man‹-Agentur gekriegt hast?«

»Aber ganz sicher.«

»Wie viele Einbrüche hast du in San Francisco schon abgezogen?«

»Beim letzten Zählen waren es drei Trillionen. Ich –«

»Ich habe gesagt, du sollst mir nicht blöd kommen!«

Ich zuckte zurück und machte ein ängstliches Gesicht. Ich verlegte mich auf eine andere Tour und sagte: »Ich habe vor fünf Jahren in L. A. einen Einbruch verübt, und dafür habe ich ein Jahr Gefängnis bekommen. Ich bin sauber geblieben, habe meine Bewährungszeit bestanden und bin hierhergezogen. Ich war ein Rotzbengel, als ich den Bruch machte, und seitdem hab ich so was nicht wieder getan. Was wollen Sie also?«

Der Krawatten-Cop hakte die Daumen hinter den Gürtel. Diese Pose gestattete mir einen Blick auf den .38er in seinem Halfter, und wenn ich ihm gerade in die Augen blickte, sah ich das Schwachstromgehirn dahinter funken. »Du weißt, daß es ernst ist«, sagte er.

Ich zog den Gürtel meines Bademantels fest. »Ich weiß, daß es hier nicht bloß um Einbruch geht«, erwiderte ich.

»Schlaues Kerlchen. Hast du gestern abend die Polizeiwagen in dieser Straße gesehen?«

»Ja.«

»Dich gefragt, was da los war?«

»Ja.«

»Versucht, es rauszukriegen?«

»Nein.«

»Warum nicht?«

»Ich hab für den Rest meines Lebens die Nase voll von Cops. Was –«

»Sag ich dir schon noch. Fickst du gern?«

»Ja. Sie nicht?«

»In letzter Zeit was gehabt?«

»Letzte Nacht, im Traum.«

»'zückend. Stehst du mehr auf Blonde oder auf Brünette?«

»Auf beide.«

»Schon mal 'ne Frau dazu gebracht, daß sie sich die Haare für dich färbt?«

Ich lachte, um mein Erschrecken über diese unerwartete Frage zu verbergen. »Die Fotzenhaare, meinen Sie?«

Der Krawatten-Cop kicherte. Dann spähte er über meine Schulter. Ich drehte mich um und sah, wie seine Partner meine Küchenschubladen durchsuchten. Als einer von ihnen verneinend den Kopf schüttelte, sagte Krawatte: »Reden wir von was anderem.«

»Wie wär's mit Baseball?«

»Wie wär's mit Jungs? Bist du bisexuell?«

»Nein?«

»Dreifach?«

»Nein.«

»Nimmst du's in den Arsch?«

»Nein.«

»Ach, dann bist du 'n Lutscher?«

Langsam wurde ich wirklich wütend, und meine Hände zuckten an meiner Seite. Krawatte merkte, daß meine Miene sich veränderte, und sagte: »'n Nerv getroffen, mein cooles Kerlchen? Vielleicht hast du dich im Knast in L. A. ja vögeln lassen? Vielleicht klickt's ja seitdem bei dir, wenn du Jungs siehst, und du haßt dich dafür, daß es dir gefällt? Vielleicht hat's Montag abend gegen neun auch geklickt, als Steve und Jill 'ne kleine Party vorschlugen? Vielleicht hast du die ganze Szene falsch interpretiert, und als Jill dich nicht ranlassen wollte, bist du mit dem Steakhammer auf Steve losgegangen, und dann hast du Jill den Kopf abgehackt, weil dir nicht gefiel, wie sie dich ansah. Wie viele Leute hast du schon umgebracht, Plunkett?«

Innerhalb einer Mikrosekunde geschah etwas Erstaunliches. Noch während ich fühlte, wie mir die Farbe aus dem Gesicht wich, wurde ich selbst zu meinem Schauspiel, und meine wirkliche Wut wurde zu wirklichem Schrecken, und ich war der Unschuldige unter falschem Verdacht. Als ich stammelte: »S-s-ssie m-mmeinen, e-es s-sind Llleute u-umgebracht worden?« wußte ich, daß der Krawatten-Cop mir alles abkaufte. Als er antwortete: »Richtig«, sah ich seine Enttäuschung darüber, daß ich nicht schuldig war, und als er mich fragte: »Wo warst *du* am Montag abend«, wußte ich, daß der Rest der Vernehmung eine reine Formalität war. Die Offenbarung verflog, und als ich wieder das normale, vernünftige Gefühl von Schuldbewußtsein präsentierte, mußte ich jedes Gramm meiner Willenskraft aufwenden, um nicht genußvoll-hämisch zu schmunzeln. »I-ich w-war hier«, stotterte ich.

»Allein?«

»J-j-ja.«

»Was hast du gemacht?«

»I-ich bin gegen halb neun von der Arbeit nach Hause gekommen. Dann hab ich gegessen, vielleicht eine Stunde gelesen, und dann bin ich ins Bett gegangen.«

»Ein toller Abend. Machst du das meistens?«

»Ja.«

»Hängst du nicht mit Freunden rum?«

»Ich hab hier eigentlich noch keine Freunde.«

»Ist das nicht einsam?«

»Doch. Wer, glauben Sie –«

»Ich stelle hier die Fragen. Kennst du eine Frau namens Jill Eversall oder einen Mann namens Steve Sifakis?«

»Sind das die . . .?«

»Genau.«

»Wie sehen – wie sahen die denn aus?«

»Sie war 'ne scharfe Dunkelhaarige, ungefähr eins sechzig, nette Titten. Stehst du auf Titten?«

»Hören Sie auf, Officer.«

»Okay. Wie ist es mit Steve Sifakis? Eins fünfundsiebzig, hundertneunzig Pfund, rötlich-braunes Haar mit Koteletten. Hatte angeblich 'n Schwanz wie 'n Maultier. Hast du was übrig für große Schwänze?«

»Nur für meinen eigenen.« Ich hörte, wie die beiden Cops in der Küche lachten, und drehte mich nach ihnen um. Der eine schüttelte den Kopf und fuhr sich mit dem Zeigefinger quer über die Kehle, eine Geste, die offenbar an Krawatte gerichtet war. Ich drehte mich wieder um und fragte: »Können wir jetzt nicht Schluß machen? Ich muß zur Arbeit.«

»Kann verdammt gut sein, daß wir mit dir Schluß machen, Plunkett«, sagte Krawatte langsam.

Ich setzte zum Todesstoß an; ich wußte, keine Maschine konnte mir das Wasser reichen. »Allmählich wird's langweilig; vielleicht sollte ich Schluß machen. Ich hab schließlich niemanden umgebracht; wieso sausen wir also nicht alle zusammen zum Revier? Ihr hängt mich an den Lügendetektor, ich bestehe den Test, und ihr laßt mich laufen. Was halten Sie davon?«

Krawatte sah an mir vorbei den Obercop an. Ich widerstand dem Drang, ihre Signale zu beobachten, und konzentrierte mich auf den Flecken, der dem Cop zu seinem Stegreifnamen verholfen hatte. Eben war ich zu dem Schluß gekommen, daß es ein Chili-Fleck war, als Krawatte fragte: »Hast du auf der Straße jemanden gesehen, als du Montag abend nach Hause kamst?«

Einen Augenblick lang dachte ich über meine »siegreiche« Frage nach. »Nein«, antwortete ich dann.

»Merkwürdige Geräusche gehört?«

»Nein.«

»Unbekannte Autos bemerkt?«

»Nein.«

»Mal mit Jill Eversall gefickt oder von Steve Sifakis Gras bezogen?«

Ich bedachte Krawatte mit einem verachtungsvollen Blick, der den Papst zerschmettert hätte. »Kommen Sie schon, Mann.«

»Nein, du kommst. Beantworte meine Frage.«

»Also schön: Nein, ich habe nie mit Jill Eversall gefickt oder von Steve Sifakis Gras bezogen.«

Einer der Cops hinter mir räusperte sich. Krawatte reckte die Schultern und sagte: »Kann sein, daß wir noch mal vorbeikommen.« Der Obercop sagte: »Bleib sauber«, als er an mir vorbei zur Tür ging, und der andere zwinkerte mir zu.

Natürlich kamen sie nicht noch mal vorbei, und in den nächsten paar Wochen genoß ich meinen anonymen Ruhm als »Richmond Ripper« – eine Bezeichnung, die ein Reporter des *Examiner* mir verliehen hatte. »Business as usual« war meine Parole; ich sah mich unter vierundzwanzigstündiger Beobachtung, als werde jede meiner Bewegungen von gleichermaßen anonymen Mächten begutachtet, die darauf erpicht waren, mich zur Strecke zu bringen. Die bewußt kultivierte Paranoia sorgte dafür, daß ich abends nach Hause ging, obwohl ich auf der Straße bleiben wollte, um zu hören, wie die Leute über mich redeten; sie sorgte dafür, daß ich zu den Jobtafeln in der Universität ging und mir Arbeit suchte, statt das Geld, das ich gehortet hatte, für Pistolen auszugeben. Sie gestattete nicht, daß ich Zeitungsausschnitte über mein Verbrechen sammelte, und sie erlaubte mir auch nicht, zu tun, was ich am liebsten getan hätte – in andere Städte zu ziehen und zu sehen, welche Wirkung sie auf mich hatten. Diese Lebensordnung resultierte letzten Endes in der Askese statt im Feiern, und das einzige emotional Befriedigende dabei war, daß ich wußte, es machte mich stärker.

Zehn Tage nach den Morden fand ich einen neuen »Schwerarbeits«-Job – ich sollte einen ganzen Berghang am Rande des Campus der Universität Berkeley jäten. Es war eine öde Arbeit – um so mehr, weil ich das Geld nicht brauchte –, und die Gespräche der Studenten, die ich belauschte, machten mich zornig: Ihre Lieblingsthemen waren Watergate und Nixons Rücktritt, und wenn sie doch einmal über mich zu reden beliebten, taten sie mich als »Psycho« oder

113

als »kranken Hund« ab. Ich beschloß, am 2. Oktober, auf den Tag genau einen Monat nach den Morden, zu feiern.

Die Zeit verging langsam.

Ich arbeitete auf dem Hang, hörte den Studenten beim Reden zu und las in der Mittagspause Zeitung. Das Zeitunglesen war, als hänge mein Ego an einer Schnur: Artikel, die mich mit der Manson-Family verglichen – »nur cleverer« –, gaben mir ein Gefühl, als reiße es mich hoch in die Wolken; bei anderen, in denen mein Doppelmord dem »Zodiac-Killer« zugeschrieben wurde – einem mystischen Psychopathen, der grausige Kommuniqués an die Polizei sandte –, war es, als schleudere man mich in den Schmutz. Und als hintereinander acht Tage vergingen, ohne daß etwas über mich gedruckt wurde, fühlte ich die grenzenlose Verlassenheit eines ungewollten Kindes, das die Mutter in die Mülltonne geworfen hat.

Die Nächte vergingen am langsamsten.

Auf dem Heimweg sah ich manchmal, wie die Cops langhaarige Jugendliche zusammentrieben, und irgendwie wußte ich dann, daß ich der Katalysator für dieses kleine Chaos gewesen war. Es war befriedigend, mit meinem Bus eine Straßenschneise durch die Menschen zu schlagen, denn ich wußte, sie wußten, was ich getan hatte. Aber zu Hause in meinem Kokon aus Vorsicht gab es nur mich. Und auch wenn »Du bist ein Mörder, Martin« jetzt meine Identität war, hatte ich noch nicht den Entschluß gefaßt, durch fortgesetztes Töten in den Wolken zu bleiben.

Am 2. Oktober war der Fall des Richmond-Rippers für die Medien Schnee von gestern, und meine Instinkte sagten mir, daß die Polizei sich inzwischen anderen Angelegenheiten von größerer Priorität zugewandt hatte. Die Logik gesellte sich zu meinem Herzen und hieß mich feiern, und ich tat es.

Ich brauchte einen ganzen Tag und eine Nacht, um zu finden, was ich wollte, und das Vierhundert-Dollar-Preisschild war unendlich winzig, verglichen mit der Anstrengung, aus dem Mundwinkel auf eine lange Reihe von Ganoven aus South San Francisco einzureden, über Strafregister und sonstige kriminelle Artigkeiten zu plaudern und ein halbes dutzendmal ins Leere zu laufen, ehe ich einen pensionierten Pfandhausmakler fand, der »heiße Ware« zu liquidieren hatte. Die krönende Transaktion verlief rasch und mühelos, und dann war ich der unrechtmäßige Besitzer eines nagelneuen, nie registrierten, unaufspürbaren .375er Magnum-Revolvers, Marke Colt »Python«.

114

Jetzt hatte ich zwei Talismane – einen selbstgemachten, einen erworbenen. Zu Hause fügte ich sie zusammen – den gebohrten Zylinder und die Mündung. Sie paßten perfekt ineinander und verliehen meiner neuen Identität ein fühlbares Gewicht. Am nächsten Morgen, auf dem Weg zur Arbeit, kaufte ich eine Schachtel Hohlspitzenmunition, und mit der geladenen, schallgedämpften Kanone unter dem Hemd jätete ich bis zum frühen Abend Unkraut aus dem weichen Boden. Und dann, umrahmt von Wohnheimlichtern und dem nächtlichen Sternenhimmel, übte ich.

Mündungsfeuer, das dumpfe Plopp des Schalldämpfers, klatschende Geräusche, mit denen die Kugeln in den vom Spaten zerfurchten Boden schlugen. Kordit und Staub in meiner Nase. Das Scheinwerferlicht vorüberfahrender Autos oben auf der Straße, das die Krater von den einzelnen Schüssen für einen Augenblick beleuchtete. Der Schmerz in meinem rechten Handgelenk, von den internen Explosionen der Magnum; nach jedem sechsten Schuß die leeren Hülsen in meine Tasche fallen lassen; nachgeladen in der Dunkelheit und feuern, feuern, feuern, bis meine Patronenschachtel leer war und der Hang roch wie ein Schlachtfeld ohne Blut. Dann die Heimfahrt, innerlich bebend, darauf brennend, zum Highway zu gelangen und einfach loszugehen.

Aber das Losgehen stand in diesem Augenblick dem »Business as usual« entgegen, denn dies bedeutete »Bleiben«. Also blieb ich; ich brachte meinen Jätejob zu Ende und arbeitete weiter an der Uni Berkeley, als Hilfshausmeister – das heißt, ich fegte und wischte jeweils für diejenigen Festangestellten, die gerade ihren freien Tag hatten. Zum Tag meiner Abreise bestimmte ich Thanksgiving, den 24. November, und ich lebte weiterhin billig und gestattete mir nur einen einzigen Luxus: Munition.

Um nicht dadurch Verdacht zu erregen, daß ich immer wieder einzelne Schachteln kaufte, fuhr ich nach San José und erstand ein ganzes Dutzend, insgesamt 7200 Schuß. Die Kiste versteckte ich in einer dicht bewaldeten Gegend in der Nähe der Bay Bridge, auf der Seite von Berkeley, und jeden Abend nach der Arbeit feuerte ich auf imaginäre Ziele im Wasser. Jeder Mündungsblitz-/Schalldämpferplopp/Rückstoß/Wellenschlag brachte mich dem Losgehen näher, aber noch wußte ich nicht, was das hieß.

Ich erfuhr es am Tag vor meiner Abreise.

Mein selbstgebauter Schalldämpfer war durch die Überbeanspruchung buchstäblich ruiniert, und so fuhr ich nach South San Francisco zu dem Pfandleiher, der mir den Python verkauft hatte, um ihn zu fragen, ob er jemanden kenne, der mir professionellen Ersatz verkaufen könnte. Der Mann lächelte, als ich meinen Wunsch äußerte, nahm ein Bild mit Segelschiffen von der Wand und drehte den Zahlenknopf an einem Safe dahinter. Ein paar Augenblicke später schraubte ich einen C.I.A.-Schalldämpfer vom Typ »Black Beauty« auf die Mündung meines Magnum und reichte die fünfhundert Dollar Bezahlung hinüber. Mehr als zufrieden schob ich die Waffe hinter meinen Hosenbund, zog mein Hemd darüber und ging hinaus zu meinem Wagen. Mein Blick fiel auf einen Münzautomaten voller *Chronicles*, und ich ging hin, um einen zu kaufen; ich hoffte auf eine Erwähnung auf der letzten Seite – »noch immer keine Spur im Fall des ›Richmond-Ripper‹« oder dergleichen. Eben wollte ich meine fünfzehn Cent in den Schlitz werfen, als ich ein Plakat sah, das neben dem Zeitungsautomaten an einen Telefonmast geheftet war.

Blockbuchstaben schrien: »Der Lohn der Sünde!!!« Darunter prangte ein kristallklar reproduziertes Foto mit der Kennummer S.F.P.D. 4. 9. 74 am unteren Rand. Die Worte, die darunter standen, hatten etwas zu tun mit der Errettung durch Jesus, aber das Bild in der Mitte ließ mich so heftig zittern, daß es mir unmöglich war, den Text genau zu lesen.

Jill Eversalls abgetrennter Kopf lag in lebendigem Schwarz-Weiß im Vordergrund. Ihr Körper lag ausgestreckt in der Küchentür. Dahinter waren Steve Sifakis gespreizte Beine, die blutbespritzten Wände und der Fußboden zu sehen. Shroud Shifter schrieb *häßlich häßlich häßlich häß* quer über mein Gesichtsfeld, tilgte die Zeile dann und ersetzte sie durch *falsch Unordnung nicht häßlich Amateur-Unordnung nicht häßlich nicht schlecht amateurhaft nicht häßlich nicht schlecht.*

Ich riß das Plakat von dem Pfahl herunter, knüllte es zu einer Kugel zusammen, warf es in die Gosse und zerrieb das Papier mit beiden Füßen, bis meine Stiefel naß waren, und ich sah die Airline-Plakate von Tahiti und Japan an Steve Sifakis' Wand und auch die ursprüngliche Erinnerung, die mir entfallen war – Seasons Lover, der mich kopfüber in die Nacht hinauswarf, aus der Dunkelheit ins Licht, und ähnliche Poster hingen an der Wand, als er mich prügelte, bis ich gedemütigt war. S. S. nahm Country Joe McDonalds Stimme an und sang: »Ashes to ashes and dust to dust, stormy weather cause your pump to rust.« * Seine Stimme brach mitten in der Zeile, aber ich wußte, er forderte mich auf, loszugehen und mir eine wunderschöne Polaroid-Kamera zu meinem Magnum zu kaufen. Weitere Anweisungen folgten, nicht verbal, nicht schriftlich, sondern telepathisch. Erst im Lauf der nächsten vierzehn Stunden, als ich eine Aufgabe nach der anderen methodisch erfüllte, erwachten sie zu maschinenschriftlichem Leben:

Kaufe Kamera und Film.

Geh nach Hause und lade deine ganze Habe in den Wagen, einschließlich der Möbel, die du eigentlich hattest zurücklassen wollen.

Gib die Schlüssel unten bei der alten Lady ab.

Kauf dir einen Halfter für deinen Revolver und schneide unten ein Loch hinein, damit dein Schalldämpfer Platz hat, und dann hake den Magnum an die Sprungfedern unter dem Fahrersitz des Wagens.

Schlaf gut, und fahre morgen früh auf der U. S. 66 nach Osten zur Grenze nach Nevada.

Entledige dich all deiner Möbel mit Ausnahme der Matratze, wenn du die Gegend von San Francisco hinter dir gelassen hast.

Halte die Polaroid-Kamera griffbereit.

Als ich diese Pflichten ausgeführt hatte, als ich sie professionell erledigt und maschinegeschrieben und nach der Erfüllung abgehakt hatte, fuhr ich ostwärts durch die üppigen Kiefernwälder von Nevada, solo, ohne Shroud Shifter als Kopiloten. Der Verkehr war gleich Null, mein Tank war voll, und im Handschuhfach hatte ich dreitausendsechshundert Dollar. Die Kamera lag eine Armlänge weit neben mir auf dem Beifahrersitz. Berge ragten hinter den hohen Bäumen auf. Mir war sehr friedvoll zumute.

Dann sah ich die Anhalter.

Ein Junge und ein Mädchen, Teenager, beide mit langen Haaren, in Levi's-Jeans und -Jacken und mit Rucksäcken. Ich fuhr an den Straßenrand und hielt an, und ein paar Sekunden später war der Junge an der Beifahrertür, das Mädchen dicht hinter ihm. Mit einer Hand zog ich den Knopf der Verriegelung hoch, mit der anderen langte ich unter meinen Sitz nach dem Halfter mit dem Magnum.

»Danke, Mister!«

Ich feuerte dreimal in Brusthöhe, und an der Art, wie der Junge

---

* »Asche zu Asche, Staub zu Staub, Schlechtwetter läßt die Pumpe rosten.«

und das Mädchen rückwärtskippten, erkannte ich, daß meine Schüsse sie beide zugleich erwischt hatten. Ich zog die Handbremse an, schaltete die Warnblinker ein, rutschte auf den Beifahrersitz hinüber und stieg aus. Die beiden Teenager lagen im Schotter neben der Straße. Ich schaute an den Leichen vorbei, sah, daß der Straßenrand in einer Böschung leicht abfiel, und stieß die Leichen mit dem Fuß hinunter. Dann streute ich lockeren Kies auf das Blut von den Austrittswunden. Eine Stoppuhr mit einem Zehn-Minuten-Timer sprang mir jäh in den Sinn, und ich holte meine Polaroid aus dem Wagen und sprang damit die Böschung hinunter.

Die Anhalter lagen unten auf der weichen Erde, ineinandergefügt wie in einem Puzzle – ihr Kopf ruhte in seiner rechten Kniekehle, und ihre Finger kreuzten sich in divergenten Winkeln. Die Leichen ließen mich an Signalflaggen denken, die das Wort *Unordnung* im Flügelalphabet darstellten, und fast hätte ich in meinem Verlangen, sie vollkommen zu machen, die Vorsicht vergessen.

Aber ich vergaß sie nicht. Zuerst untersuchte ich ihn, dann sie an Brust und Rücken, und als ich auf dem Rücken des Mädchens eine Austrittswunde und an ihrem Rucksack an einer Seite Risse fand, wußte ich, daß die Kugeln im Rucksack steckten. Nach meiner Stoppuhr waren 1:37 Minuten vergangen. Ich riß den Reißverschluß auf und wühlte durch Höschen und Blusen, bis meine Finger heißen Stahl berührten. Ich steckte die Kugeln in meine Hemdtasche und ließ sie dort brennen, und wütend trat ich mit den Stiefeln ein flaches Grab in den Lehm, der uns drei umgab.

6:04 Minuten waren um.

Mit dem Ärmel wischte ich die Fingerabdrücke vom Rucksack des Mädchens. Dann zog ich die beiden Leichen aus und warf ihre Kleider mit den Rucksäcken in das Grab.

7:46 Minuten waren um.

Als das Paar nackt war, legte ich das Mädchen auf den Rücken und spreizte ihre Beine. Den Jungen legte ich auf sie. Als die Beischlafsimulation vollkommen war, machte ich mein erstes Foto; ich sah zu, wie die Kamera das leere Papier ausstieß, und wartete.

9:14 Minuten waren um.

Fotografische Vollkommenheit formte sich auf dem Papier, und unheimlicher-, übernatürlicherweise wußte ich, dieses Bild war ein Schlüssel zu meiner Fixierung auf Blonde, zu Lauri der Hure und zu Dingen, die viel, viel älter waren.

10:00 Minuten waren um, das Signal schrillte. Ich erkannte, daß

118

Shroud Shifter und ich endlich zu einem verschmolzen waren. Ich bedeckte die Leichen mit loser Erde und schob ein paar Äste über die Grabstatt, um sie niederzuhalten.

Tick tick tick tick tick tick tick tick tick.

Ich schenkte mir ein paar Gedenksekunden als Bonus und steckte das Bild ein; ich sah, daß das Blut an meinem Kragen etwa der Menge entsprach, die eine Schnittverletzung beim Rasieren hervorbringen würde; ich begriff, daß ich beim nächstenmal Geld und womöglich Kreditkarten stehlen sollte. Als es Zeit war, zu gehen, verwischte ich meine Fußspuren, indem ich seitwärts in ihnen die Böschung hinaufstieg. Als ich oben war, lag die Landschaft völlig still vor mir. Im Schein der Herbstsonne sah mein Van neu aus, und einem Impuls folgend, taufte ich ihn »Deathmobile«. Dann fuhr ich weiter.

III

Gelegenheitsverbrechen;
Alptraum-Attacken
(1974 – 1978)

Aus dem BOSS DETECTIVE MAGAZINE, 28. Dezember 1974:

Urlauberhund macht grausige Entdeckung
Fahndung nach Sex-Mörder!

Ohne Buford, einen drei Jahre alten Basset, und seine gute Nase wären die Leichen von Karen Roget und Todd Millard, die seit Thanksgiving vermißt wurden, wahrscheinlich nie gefunden worden. Buford gehört Mr. und Mrs. J. Bradley Streep aus Sacramento, Kalifornien; er tollte in der Nähe eines Campingplatzes an der Route 66 kurz hinter Hastings, Nevada, frei herum, als er nach Aussage von Mr. Streep »anfing zu kläffen wie verrückt und den Boden aufscharrte. Als er mit dem ersten Knochen ankam, hätte ich mich um ein Haar übergeben!«

Der Knochen war ein Menschenknochen. Mr. Streep (vor ein paar Jahren war er eine Zeitlang auf einem College für Chiropraktiker) erkannte ihn als solchen und rannte gleich zum Campingplatz und zu seinem CB-Funkgerät. Während Herrchen die Behörden informierte, scharrte Buford weiter, und bald hatte er die Skelettüberreste zweier Menschenleichen freigelegt, zudem ihre Kleider, ihre Rucksäcke mit den Ausweisen, weiterer Garderobe und einem kleinen Zelt. Der Hund mit der guten Nase nagte fröhlich an einem Fußknochen, als Mr. Streep mit dem Deputy Sheriff von Lewis County, J. V. McClain, zurückkehrte. Entgeistert sah der Deputy, in welcher Stellung die beiden Leichen beieinanderlagen.

»Sie lagen in einer . . . äh . . . Position, die an Geschlechtsverkehr denken ließ«, berichtete Deputy McClain dem *Boss Detective*-Korrespondenten Robert Rice. »Obwohl sie völlig verwest waren, konnte man doch sehen, was der Mörder getan hatte.«

Trotz seines Entsetzens rief Deputy McClain über Funk sofort Verstärkung herbei und untersuchte die Kleidung, die unter den Leichen in dem Grab lag. Er fand Führerscheine für Todd Thomas Millard, 17, und Karen Nancy Rogert, 16, beide wohnhaft in Sacramento, und erinnerte sich einer Vermißtenmeldung mit diesen beiden Namen. »Zuletzt hatte man sie am 24. November, am Thanksgiving Day, in Hastings gesehen«, erklärte er. »Das war fast einen Monat her, und an dem Zustand der Leichen konnte ich sehen, daß sie ebenso lange tot waren.«

Bald darauf erschien der Leichenbeschauer von Lewis County und stellte die Todesursache fest. »Risse und Blutflecken an Kleidung und Rucksäcken lassen mit ziemlicher Sicherheit vermuten, daß die beiden erschossen wurden.«

Ein Team von später hinzugekommen Polizisten suchte die Umgebung ab, ohne aber die tödlichen Kugeln zu finden; der Tatort wurde unterdessen abgesperrt, man transportierte die Überreste der Teenager ab, und Spurentechniker suchten nach weiteren Hinweisen. Die Streeps und ihr Buford setzten ihren Urlaub fort, begleitet von den besten Wünschen der Behörden in Lewis County, die unverzüglich mit den Ermittlungen begannen. Drei Tage später berichtete Sheriff Roger D. Norman der Presse:

»Wir haben kaum eine Spur in dem heimtückischen Doppelmord an Todd Millard und Karen Roget. Die Zeitspanne, die zwischen der Tat und der Entdeckung der Leichen liegt, hat die Ermittlungsarbeit ernstlich behindert. Wir haben keine Zeugen finden können, und auch aus dem Bekanntenkreis der Toten haben wir keinerlei Hinweise erhalten. Raub als Motiv haben wir indessen ausschließen können; derzeit konzentrieren sich unsere Nachforschungen darauf, die Akten uns bekannter Perverser durchzukämmen.«

Unterdessen trauern Hinterbliebene und Freunde um Todd und Karen, und sie beten darum, daß die Polizei den Unhold finden möge, der sie ermordet hat.

Aus TRUE LIFE SLEUTH, März 1975:

Ungeheuer sucht Straßen von Nevada/Utah heim! Immer derselbe Täter?

Noch immer ist die Polizei ratlos angesichts einer Woge von teuflisch cleveren, scheinbar planlos ausgeführten Morden in Utah und Nevada. Seit dem Neujahrstag wurden vier junge Männer, allesamt von einem vermögenden Zuhause ausgerissen, ermordet aufgefunden. Gemeinsamer Nenner war in allen Fällen, daß Raub als mutmaßliches Motiv vorlag, daß die Opfer wohlhabend waren, und daß es sich um »Ausreißer« handelte. Von diesen Faktoren abgesehen, weisen die Morde derart markante Unterschiede auf, daß, daß die Ermittlungsbehörden nicht sicher sind, ob zwischen den Verbrechen ein Zusammenhang besteht. Die vier Toten sind:

Randall Hosford, 18 – am 2. Januar in einem Abflußgraben bei Carson City, Nevada, entdeckt. Der junge Mann lebte von den Schecks, die er regelmäßig von seiner wohlhabenden nordkalifornischen Familie bekam. Er war dafür bekannt, daß er die Staaten des Westens per Anhalter durchstreifte, stets mit Kreditkarten und großen Bargeldmengen ausgestattet. Seine Brieftasche war leer, als die Polizei die erwürgte Leiche fand. Gegenwärtiger Ermittlungsstand: keine Spur.

Lee Richard Webb, 20, aus Las Vegas. Webb, Sohn eines Kasinobesitzers, wurde zuletzt am 19. Januar als Anhalter am Stadtrand von Las Vegas gesehen. Seine Leiche wurde eine Woche später entdeckt, vierzig Meilen weit vom Mekka des Glücksspiels entfernt in der Wüste. Der junge Mann war ausgeraubt und erwürgt worden. Ermittlungsstand: keine Spur.

Coleman Loring, 19, und sein Freund Ralph De Santis, 21, Söhne reicher Bergbauunternehmer aus Moab, Utah, wurden am 26. Januar in einer Höhle außerhalb von Moab aneinandergefesselt aufgefunden; sie waren ausgeraubt und durch Schüsse ins Herz getötet worden. Die Kugeln wurden nicht gefunden, obgleich die großen Eintritts- und Austrittswunden auf eine großkalibrige Mordwaffe schließen lassen. Die Jungen waren unterwegs nach Las Vegas, um das Wochenende über im Kasino zu spielen, und man wußte, daß sie über zweitausend

Dollar in bar bei sich getragen hatten. Ermittlungsstand: keine Spur.

Postscriptum: Nach Redaktionsschluß schickt unser Korrespondent aus Carson City uns die folgende Pressemitteilung:

Die Polizei hat die Kreditkarten aus dem Besitz des ermordeten Randall Hosford ausfindig machen können. Ein nicht identifizierter Mann (der als Mordverdächtiger inzwischen ausgeschieden ist) berichtete der Kriminalpolizei von Carson City, er habe »einen großen, unauffälligen Mann von Ende Zwanzig namens Shifter« in einer Bar getroffen, und der Mann habe ihm die Karten für hundert Dollar das Stück verkauft und ihm garantiert, sie seien »eiskalt«. Die Kriminalpolizei von Carson City hat bis jetzt noch keine Spur von »Shifter«; der Mann, dem er die Karten verkauft hat, erwartet ein Gerichtsverfahren wegen Hehlerei.

Aus der Kolumne HABEN SIE DIESE PERSONEN GESEHEN?
des Magazins TRUE LIFE SLEUTH, Juni 1975:

Hinweis der Redaktion: In dieser Rubrik zeigen wir normalerweise die Führerscheinfotos der als vermißt gemeldeten Personen; aber da alle hier aufgeführten entweder das gesetzliche Mindestalter für einen Führerschein noch nicht erreicht haben oder aber aus anderen Gründen keinen besitzen, veröffentlichen wir nur ihre Personenbeschreibung und den letzten bekannten Aufenthalts-

ort. *True Life Sleuth* möchte die zuständigen Behörden darauf hinweisen, daß diese fünf Personen innerhalb von acht Wochen aus zwei benachbarten Staaten verschwunden sind.

Everett Bigelow, weiß, männl., aus Provo, Utah. Zuletzt gesehen in Provo am 4. 3. 75. Alter: 71, Größe: 175, Gewicht: 155 Pfd. Graues Haar, blaue Augen, schmächtige

Gestalt. Verkehrt häufig in Bierkneipen. Unveränderliche Kennzeichen oder Tätowierungen: keine.

Hazel Leffler, weiß, weibl., 67 Jahre, aus Bostang, Utah. Zuletzt gesehen am 11. März vor dem Shopping Center Bostang, im Gespräch mit unbek. weiß., männl. Person. Schwarzgefärbtes Haar, braune Augen. Größe: 165, Gewicht: 170 Pfd., untersetzte Gestalt. Trägt eine Brille, benutzt Gehstock.

Wendy Grace Sanderson, 14, und ihr Nachbar Carl Sudequist, 16, beide wohnh. Putnamville, Nevada. Zuletzt zusammen am 9. 4. 75 auf einem Picknickplatz in der Nähe von Putnamville. Kaukasier. Das Mädchen ist 150 cm groß, wiegt 88 Pfd., hat blondes Haar, grüne Augen. Der Junge ist 174 cm, wiegt 140 Pfd., Augen und Haarfarbe braun. Zuletzt trugen beide Jugend-lichen die marineblaue Uniform der Saint Mary's School, Putnamville.

Gregory Hall, 37, aus South Las Vegas, Nevada. Weiß, männl., 189 cm, 190 Pfd., braunes Haar, blaue Augen. Zuletzt gesehen beim Autostopp nahe der Grenze North Utah/Neavada am 30. April 1975. Kürzlich aus dem Staatsgefängnis Nevada auf Bewährung entlassen; möglicherweise liegt Verstoß gegen die Bewährungsauflagen vor. (Gefängnisfotos erscheinen in der nächsten Nummer von *True Life Sleuth* in der Rubrik *Haben Sie diese Personen gesehen?*)

Hinweis der Red.: Informationen über den gegenwärtigen Aufenthalt der obengenannten Personen bitte an die Utah State Police, die Nevada State Police oder gebührenfrei über die Vermißten-Hotline 1-800-MISSING an *True Life Sleuth*.

Aus True Crime Detective, Juli 1975:

Dämonisches Ende für taubstummen Tellerwäscher!

Salt Lake City, Utah – 16. Juni 1975. Der Leichnam eines taubstummen Jugendlichen aus Salt Lake City wurde heute in den frühen Morgenstunden in der Salzebene am Great Salt Lake entdeckt. Robert Masskie, 18, arbeitete als Tellerwäscher in »Colonial Joe's Restaurant« in Salt Lake City und hatte eben sein Gehalt für die letzten zwei Wochen abgeholt. Bei der Leiche wurde jedoch kein Geld gefunden, und in diesem Frühstadium der Ermittlungen hält die Polizei Raub für das mutmaßliche Mordmotiv. Kollegen des freundlichen behinderten Jungen gaben ihrem Entsetzen über seinen Tod Ausdruck; Bratkoch Martin Plunkett, 27, erklärte: »Bobby war ein eingefleischter Anhalter, und das ist gefährlich. Bitte fordern Sie Ihre Leser auf, vorsichtig zu sein und nicht per Anhalter zu fahren.«

Ein vernünftiger Rat. Spuren gibt es

noch keine, aber in der nächsten Ausgabe des *True Crime Detective* werden wir über den Fortgang der Ermittlungen berichten.

Aus der Rubrik VERMISST!
des Magazins BOSS DETECTIVE, Dezember 1975:

Zodiac-Killer in Colorado?
Besteht Zusammenhang bei Studentenmorden?
Sind rituelle Markierungen Werk eines Comic-Kults?

Aspen, Colorado, ist ein ganzjährig geöffnetes Mekka für junge Leute, die sich amüsieren wollen, und im Winter ist hier die konkurrenzlose »Party-Hauptstadt« der Vereinigten Staaten, berühmt für ihre Skipisten und die behaglichen Wintersport-Hotels. Junge Leute kommen nach Aspen, um ihre Fesseln einmal abzustreifen und aus der Tretmühle von College und Job zu entrinnen. In Aspen kann man gute Laune erwarten, aber seit Januar 1976 haben hier acht College-Studenten mehr gefunden, als sie erwartet hatten: Sie sind vom Angesicht der Erde verschwunden.

Die acht sind:
Cindy Keneally, 22, aus Chicago, Illinois, zuletzt gesehen am 18. 1. 76;
George Keneally, 20, aus Chicago, Illinois, zuletzt gesehen am 18. 1. 76;
Gustavo Torres, 23, aus Sao Paulo, Brasilien, zuletzt gesehen am 26. 1. 76;
Mills Jensen, 24, aus Aspen, zuletzt gesehen am 1. 3. 76;
Craig Richardson, 17, aus Glendwood Springs, Colorado, zuletzt gesehen am 1. 4. 76;

Maria Kaltenborn, 21, aus Akron, Ohio, zuletzt gesehen am 2. 6. 76;
John Kaltenborn, 22, Marias Ehemann, zuletzt gesehen am 2. 6. 76;
Timothy Bay, 16, aus Glenwood Springs, zuletzt gesehen am 18. 8. 76.

Bei der Untersuchung dieser Vermißten war die Polizei (zunächst) rasch bei der Hand mit Hinweisen auf das ständige Kommen und Gehen in einem Vergnügungszentrum wie Aspen, und noch als die Zahl der Vermißten im Frühjahr bei fünf angelangt war, wischte man die Vorstellung, es könnte sich um ein Massenverbrechen handeln, verächtlich beiseite. Aber daß das Frühlingstauwetter '76 die verstümmelten Leichen von Mr. und Mrs. Keneally und Mr. Torres unter den Schneewächten zutage traten, war klar: Hier war ein Ungeheuer auf der Pirsch.
Die Minustemperaturen, die den ganzen Winter über vorherrschend gewesen waren, hatten die Leichen auf grausige Weise konserviert. Mr. und Mrs. Keneally waren nackt und in eindeutig sexueller Stellung arrangiert, und Mr. Torres (der acht Tage

127

nach den Keneallys verschwunden war), lag wenige Schritte weiter. Allen drei Opfern war die Kehle durchgeschnitten worden, und in ihre Oberkörper waren die Buchstaben »S. S.« eingeritzt.

Zunächst vermuteten die Behörden, daß diese Markierungen auf einen Nazi-Killer hinwiesen – »S. S.« war die Abkürzung für Hitlers »Schutzstaffel«. Doch diese Theorie wurde zugunsten des »Zodiac-Killers« verworfen – eines Massenmörders, der zum Ende der 60er und Anfang der 70er Jahre in Nord-Kalifornien aktiv war. Die »S. S.«-Markierungen auf den Leichen waren schräg, so daß sie wie »Z« aussahen; der Zodiac-Killer (der der Polizei im Raum San Francisco Briefe schickte, in denen er behauptete, er hole sich »Sklaven für mein Leben nach dem Tode«) kennzeichnete seine Opfer gelegentlich in dieser Weise.

Eine ganz andere Theorie stammt von Martin Plunkett aus Glenwood Springs, dem Bibliotheksassistenten der dortigen Stadtbücherei. Plunkett, 28, ein Krimi-Narr und in Kindertagen auch Comic-Sammler, vermutete, die Markierung könne ein Hinweis auf »Shroud Shifter« sein, einen populären Comic-Schurken aus den 50er und 60er Jahren. Die Polizei von Aspen dankte Mr. Plunkett für seine telefonisch übermittelte Theorie; man überprüfte einheimische Comic-Sammler, ohne daß ein Verdacht sich erhärten konnte, und damit war der langwierige, frustrierende Mord- und Vermißtenfall wieder auf seinem gegenwärtigen Stand: Es gibt keine Spur.

Im vorigen Monat erklärte der Polizeichef von Aspen, Arthur Whittinghill, auf einer Pressekonferenz: »Der Mord an Keneally/Torres war zweifelsfrei das Werk desselben Täters oder derselben Täter, und die sexuellen Aspekte dieses Verbrechens halte ich für vorgeschützt – sie lassen vermuten, daß der oder die Täter darauf aus waren, ihr Motiv zu verschleiern. Vielleicht hängen die anderen fünf Vermißtenfälle damit zusammen, vielleicht auch nicht; da keine weiteren Leichen aufgetaucht sind, neige ich zu der Theorie, daß es sich um separate Mord- oder Entführungsfälle handelt. Die Zodiac- und Comic-Spekulationen halte ich für Unfug. Es kommt jetzt darauf an, daß alle Einwohner und alle Gäste in Colorado, die unter fünfundzwanzig sind, vor Fremden auf der Hut sind.«

Aus dem BOSS DETECTIVE, November 1978,
Rubrik VERMISST!:

Die neun unten aufgeführten Personen sind zwischen 1977 und dem Redaktionsschluß dieser Ausgabe am 15. Oktober 1978 verschwunden. Alle wurden zuletzt in verschiedenen Gegenden von Kansas und Missouri gesehen, alle sind Kaukasier, alle College-Studenten. Fotos sind erhältlich bei den Vermißtenabteilungen der Kansas und Missouri State Police, an die auch alle Anfragen zu richten sind.

Die Vermißten sind:
Janet Cahill, 21, 162 cm, 116 Pfd., braunes Haar, blaue Augen. Zuletzt gesehen in Holcom, Kan., am 16. 4. 77;
Walker Cahill, 17 (Miss Cahills Bruder), 175 cm, 135 Pfd., Haare braun, Augen blau. Zuletzt gesehen in Holcom, 16. 4. 77;
James Brownmuller, 24, 190 cm, 205 Pfd., blondes Haar, blaue Augen. Zuletzt gesehen Nähe Wichita Falls, Kan., am 9. 6. 77;
Mary Kilpatrick, 20, 158 cm, 95 Pfd., blond, blauäugig, zuletzt gesehen in Wichita Falls am 11. 6. 77;
Thomas Briscoe, 22, 177 cm, 175 Pfd., Augen braun, Haare braun. Zuletzt gesehen in Wichita Falls am 7. 7. 77;
Karsten Hanala, 26, 188 cm, 200 Pfd., braunes Haar, nußbraune Augen. Zuletzt gesehen am 6. 8. 77

in der Gegend von Thompsonville, Kan., »im Gespräch mit einem großen Weißen, der einen Lieferwagen fuhr«.
Christine Muldowney, 19, 170 cm, 135 Pfd., blond, blauäugig. Zuletzt gesehen in Joplin am Montag, dem 1. 3. 78;
Lawrence Muldowney, 17, 189 cm, 185 Pfd., blondes Haar, braune Augen. Zuletzt gesehen in Joplin am Montag, dem 13. 3. 78;
Nancy De Fazio, 20, 165 cm, 125 Pfd., Haare schwarz, Augen braun. Zuletzt gesehen bei Blue Lake am Montag, dem 1. 10. 78.

Abschließender Hinweis: Davon abgesehen, daß mit dem Tod dieser Personen zu rechnen ist, sind Kreditkarten aus dem Besitz mehrerer der Obengenannten bei sogenannten »heißen« Transaktionen überall im Lande aufgetaucht; zwei der bislang gefaßten Kartenbetrüger haben wasserdichte Alibis für den Zeitpunkt des Verschwindens der Kartenbesitzer. Nach Vernehmung am Lügendetektor sind diese beiden Männer nun außer Verdacht; der eine der beiden gab (während der polygraphischen Vernehmung) an, er habe »die Karte von einem Typen gekauft, der sie von 'nem anderen Typen hatte – von einem mit 'nem komischen Namen, Stick Shifter oder so«.

15

Ich habe sie alle getötet, und die Mord- und Vermißtenfälle, die in den vorhergehenden Artikeln aufgeführt sind, bilden annähernd zwei Drittel meines Leichenkontos zwischen 1974 und 1978.

Bei einigen Fällen handelte es sich um Gelegenheitsverbrechen, die sich günstig ergeben hatten; andere waren Attacken gegen Alpträume im Wachen und im Schlafen und gegen den gelegentlich wiederkehrenden Drang, in Kindheitsfantasien zu leben. Alle aber wurden perfekt ausgeführt.

Mein Hauptwerkzeug war das Deathmobile, und meine Hauptmethode zur Vermeidung des Gefaßtwerdens bestand darin, daß ich von kriminellen Verhaltensmustern ganz und gar abwich. Ich sprach niemals von meinen Taten. Ich nahm niemals Drogen und trank keinen Alkohol; ich kaufte nie etwas mit den Kreditkarten, die ich stahl, und verkaufte sie nur an Betrunkene und durch Rauschgiftkonsum heruntergekommene miese Existenzen, die ich in Bars treffen konnte – an Männer, die mich später als »groß«, »lang«, »jung« und »Shifter« identifizierten, die aber niemals in der Lage sein würden, mich bei einer polizeilichen Gegenüberstellung herauszupicken. Ich tötete niemals, wenn auch nur die geringste Möglichkeit bestand, daß Augenzeugen in der Nähe waren, und die wenigen Halbzeugen, die mich sahen, wenn ich mit Leuten redete, die ich auf der Straße kennengelernt hatte und die ich später töten würde, würden *niemals* in der Lage sein, mich später zu identifizieren, denn ich achtete stets darauf, daß ich der Straße den Rücken zuwandte. »Groß«, »lang«, »weiß« – sicher. Martin Michael Plunkett – nein.

Vorsicht.

Der Bruttoertrag aus den Raubmorden, die ich zwischen 1974 und 1978 beging, belief sich auf 11 147 Dollar. Selbstverständlich trug ich eine solche Summe Bargeld nicht bei mir – ich bewahrte es in Bankschließfächern auf, in Banken, die über die westliche Hälfte der Vereinigten Staaten verteilt waren; die Miete für die Fächer war für zehn Jahre vorausbezahlt, und die Schlüssel waren in nahe gelegenen Waldgebieten sicher versteckt, so daß der eigentliche Schlüssel meine Erinnerung war.

Ultra-Vorsicht.

Deathmobile II kaufte ich in Denver mit dem Ertrag aus den Morden in Aspen als Ersatz für Deathmobile I, als mir klar wurde, wie unvernünftig es war, mit einer illegalen Schußwaffe unter dem Sitz durch die Gegend zu fahren. Der .357er, die Kriminalzeitschriften, die ich als Erinnerung an meine Taten aufbewahrte, das Marihuana, das ich gewohnheitsmäßig bei mir hatte, um Hippie-Typen zu ködern – das alles würde, wenn die Polizei es zu Gesicht bekäme, Argwohn der schlimmsten Sorte wecken. Ich mußte es so aufbewahren, daß ich es innerhalb von Augenblicken erreichen konnte; gleichzeitig aber durfte es der Polizei auch bei der massivsten Durchsuchung nicht in die Hände fallen. Deathmobile I hatte keine geeigneten Verstecke zu bieten, aber das Studium der Handbücher verschiedener Lieferwagen-Fabrikate ergab, daß das Chassis des neuen Dodge aus stählernen »Fächern« bestand, die rechteckig geformt und seitlich offen waren. Ich vermutete, daß zwei oder drei dieser »Fächer« ausreichen würden, um meine Konterbande aufzunehmen. Um ein einheitliches Aussehen zu erzielen, würde ich sämtliche Öffnungen mit Draht oder Blech verschließen müssen, aber der Seelenfrieden, den ich damit erringen würde, wäre Lohn genug für diesen Aufwand.

Und so kaufte ich im März '77 einen Van vom Typ Dodge 300 und nahm eine umfangreiche Operation am Chassis vor: Ich verschloß alle zwanzig Fächer mit Maschendraht. In vieren bewahrte ich meinen .357er Magnum, meine Magazine und meinen Dope-Vorrat. Hinter den Sitzen, bei meiner legalen Habe, verstaute ich einen Vorrat von Werkzeug und Leuchtspurgeschossen, die mir bei meiner Rolle als Guter Samariter der Straße helfen sollten, und meine Polaroid war immer vorn bei mir, geladen.

Vorsicht.

Ultra-Vorsicht.

Bereitsein.

Diese drei Parolen verschmolzen miteinander und bildeten kursiv, gerahmt und unterstrichen das Wort *Methodologie*. Innerhalb dieses Wortes fügten sich Konjugationen der drei vorigen zu Regeln zusammen:

Wische alle Flächen am Van ab, die die Opfer vielleicht berührt haben.

Töte mit dem Magnum nur, wenn es nicht anders geht, und versuche, die verschossenen Kugeln einzusammeln.

Begrabe alle Opfer so tief, wie es die Zehn-Minuten-Stoppuhr gestattet.

Sex-morde nur, wenn die Alpträume und Fantasien anfangen, weh zu tun, und zerreiße die Fotos innerhalb von vier Stunden, nachdem du sie dir bis ins winzigste Detail eingeprägt und im Geiste katalogisiert hast.

Zwischen '74 und '78 sollte es insgesamt nur viermal vorkommen, daß ich sex-mordete/entkleidete/positionierte/fotografierte. Beim erstenmal – ich hatte San Francisco gerade verlassen – handelte ich aus dem Bedürfnis heraus, die Eversall/Sifakis-Unordnung zu korrigieren; bei den folgenden Gelegenheiten wurde ich von Alpträumen und der Wucht sexuellen Verlangens getrieben. Dennoch wußte ich instinktiv, daß das, was ich suchte, jenseits von Erlösung und Orgasmus lag, und ich hatte genug Geistesgegenwart, meine Opfer sorgfältig auszuwählen – ihre Auswahl basierte auf der instinktiven Ahnung, wie ihre Körper zusammen aussehen würden.

Die Keneallys, nackt im Schnee von Colorado, töteten meine Alpträume und ließen mich kommen, aber meine Neugier stillten sie nicht, und so legte ich Gustavo Torres acht Tage später neben sie, und ich fühlte, wie ein alter Dritter an die Pforte meiner Erinnerung klopfte. Eine verschwommene Angst vor dem, was der Anklopfende sagen würde, zwang mich zum Rückzug, bis die Alpträume grauenhaft wurden und meine Lenden sich anfühlten, als hielte ich eine Bombenexplosion zurück; dann fand ich die Kaltenborns beim Wandern in der Nähe von Glenwood Springs; ich verbrachte Stunden damit, sie zu arrangieren und Fotos zu machen, und ich selbst war nackt als der Dritte. Wieder fand ich augenblickliche Befreiung und wochenlangen Trost, aber die Erinnerung drang nicht durch.

Ich spürte, daß die Erinnerung in meiner Kindheit wurzelte und mit meinem alten Dämon der Blondheit zusammenhing, und ich wartete zwei Jahre, bis ich ein potentielles Liebespaar gefunden hatte, das vollkommener als vollkommen war – die Geschwister Muldowney aus Joplin, Missouri: blond, blauäugig und reizend. Ich versprach ihnen Haschisch und lockte sie so in ein einsames Hügelgelände, und ich erwürgte sie und zog sie aus und fotografierte sie und berührte sie und berührte mich und setzte sogar meine eigene Sicherheit aufs Spiel, indem ich bis nach Einbruch der Dunkelheit bei ihren Leichen blieb.

Die Anstrengung erleuchtete mich nicht.

Die Anstrengung erleuchtete mich nicht, weil ich im Grunde aus finanzieller Laune tötete, zur biologischen Befriedigung und um den Schmerz zu vertreiben. Die neun Monate nach den Muldowneys verstrichen wie im Nebel, und dann wurde sogar die Erforschung meiner Erinnerung zu einer Laune, denn ein Alptraum nahm die Gestalt eines lebendigen Menschen an, und ich mußte töten, um zu überleben.

IV

Zweimal der Blitz

16

4. Januar 1979.

Ich fuhr durch einen Schneesturm auf der U. S. 5 nach Norden; mein Ziel war die Ganzjahres-Ferienstadt Lake Geneva in Wisconsin. Das Reisegeld wurde mir knapp; ich hatte Deathmobile II winterfest gemacht – erstklassige Winterreifen, gänsedaunengefüllte Steppdecken und eine teure Innenraumisolation. Mein nächstgelegenes Bankfach war mitten in Colorado. Als ich über die Grenze von Illinois nach Wisconsin fuhr, sah ich die großen Schneewehen, die sich ansammelten, und ich wußte, für den, der das Unglück hätte, meinen Weg zu kreuzen, würde es ein langer, langer Frost werden.

Als der Entschluß gefaßt war, ließ ich einen Brainstorm aus *Vorsicht* und *Bereitsein* folgen. Ich dachte an die Highway-Streife, die nach liegengebliebenen Autos Ausschau hielt, an alte Morde in Aspen und daran, wie schwierig es war, jemanden zu erschlagen oder zu erwürgen, wenn man im tiefen Schnee watete. Massive Mauern aus kahlen Rottannenwäldern, die die Straße zu beiden Seiten flankierten, umfingen die Peripherie meines Gesichtsfeldes, und ich sah sie als Auffangwände für blutige Hohlspitzengeschosse. Die Antwort »schießen/ausrauben/einsammeln/vergraben« kam mir in den Sinn, und ich hielt an und nahm den Magnum aus seinem Versteck im Chassis.

Es schneite immer heftiger, und gegen Mittag begann ich mich zu fragen, ob ich mir eine Unterkunft suchen oder einfach parken und abwarten sollte, bis der Schneesturm nachließe. Der Entscheidungsprozeß war noch nicht beendet, als ich einen Cadillac erblickte, der quer auf der linken Seite des Highway stand; der Kühler ragte zur Straßenmitte, und es bestand unmittelbar die Gefahr, daß man seitwärts dagegenprallte.

Ich hielt am Straßenrand, schob den .375er hinten in meinen Hosenbund und vergewisserte mich, daß meine Jacke den Kolben verdeckte. Auf dem Highway war kein Verkehr, und ich lief hinüber zu dem Cadillac.

Es war niemand drin, aber ich sah eine einzelne schwache Spur von schneeüberstäubten Fußabdrücken, die zum rechten Straßenrand und nach Norden führte. Jetzt war ich auf der Jagd; ich kehrte zum Deathmobile zurück und fuhr langsam weiter; halb konzentrierte ich mich auf das Guckloch, das mir der linke Scheibenwischer freifegte, halb auf den Straßenrand.

Eine halbe Stunde später sah ich ihn; er stapfte durch knöcheltiefe Schneewehen. Als er meinen Motor hörte, drehte er sich um, und etwas an dem Schnee auf seinem Kopf ließ mich nach der Polaroid greifen.

Ich hupte und bremste. Der Mann winkte seinem mutmaßlichen Erretter hektisch zu. Ich zog die Handbremse an, schaltete die Warnblinkanlage ein und zwängte mich zur Beifahrertür hinaus, um meinem Opfer entgegenzutreten.

Er war in mittleren Jahren und füllig; eine Aura von Wohlstand in Not unterhöhlte die hübsche Krone aus Schnee auf seinem Kopf. Keuchend begann er: »Meine Frau redet mir dauernd zu, ich solle mir CB-Funk anschaffen. Jetzt begreife ich, wieso.« Er deutete auf meine Polaroid. »'n Fotofreak, hm? Hab schon gehört, daß ihr Burschen überall hingeht, wenn's was zu fotografieren gibt. Jetzt glaube ich's.«

Ich zog den .357er heraus und legte dem Mann den Schalldämpfer an die Nase. »He, was –« fing er an. Ich lächelte. »Ich will nur Ihr Geld.«

Zitternd – mehr vor Angst als vor Kälte – sagte er: »Geld hab ich«, und ich hörte seine Zähne klappern. Ich deutete zu den Tannen, die etwa zehn Schritt weit entfernt waren, und ließ ihn vorgehen; dann, als er noch drei Schritt weit von der massiven Baumwand entfernt war, schoß ich ihm zweimal in den Rücken.

Der Schalldämpfer macht pfff-tud; der dicke Mann flog vornüber; splitterndes Holz hallte. Ich stellte meine Stoppuhr, ultra-vorsichtig, auf acht Minuten und zählte dann langsam bis zwanzig, um meinem Opfer Zeit zum Sterben zu geben. Als ich sicher war, daß er mich nicht mehr mit Zuckreflexen oder Blutfontänen stören würde, packte ich ihn bei den Fersen und schleifte ihn hinüber zu den Bäumen, die höchstwahrscheinlich die tödlichen Geschosse aufgefangen hatten. Ich sah die Enden der Hohlspitzengeschosse; sie steckten nebeneinander in einem jungen Sprößling. Ich grub sie mit den Fingern heraus und steckte sie in meine Jackentasche. Dann zerrte ich den Mann zwischen zwei Bäumen hindurch und zu einer Schneewehe hinüber, die schon jetzt einen Meter tief war. Ich zog die Ärmel über meine unbehandschuhten Hände, angelte ihm die Brieftasche aus der inneren Jackentasche und nahm ein Bündel Hunderter,

Zwanziger und Zehner und eine Sammlung Kreditkarten heraus. Ich stopfte alles in meine Gesäßtaschen, trat zurück, atmete tief und nahm die Polaroid von der Schulter.

4:16 Minuten waren um.

Ich nahm eine Inventur an mir selbst vor: Ich berührte den Magnum, die abgeschossenen Kugeln, das gestohlene Geld und Plastik. Fußspuren und Blut waren *fait accomplis*; frischer Schnee würde bald alles zudecken. Ich blickte auf den Toten hinab und fand, daß seine Schneekrone ihm etwas Romantisches gab – er sah aus wie ein Stutzer zu Beethovens Zeit, der seine Häßlichkeit mit einer gepuderten Perücke tarnte. Dieser Gedanke ließ mich zusammenfahren, und ich beugte mich vor und machte eine Nahaufnahme von seinem Hinterkopf. Die Kamera spie leeres Papier aus, und als das Schneekronenbild durchkam, schob ich es in die Brusttasche, drehte den Mann auf den Rücken und fotografierte die Totenmaske mit den hervorquellenden Augen und dem blutgefüllten Mund. Wieder funkte es in meiner Erinnerung; sechs Minuten waren verstrichen, als ich Schnee über den Leichnam häufte, bis nur noch ein ursprünglicher, weißer Hügel zu sehen war. Als ich fertig war, kehrte ich zum Deathmobile zurück, und auf dem Weg studierte ich das Gesichtsfoto.

Ich verbarg den .357er wieder in seinem Sicherheitsfach und setzte meine Reise fort; die Fotos lagen auf dem Armaturenbrett, wo ich sie vor dem Hintergrund des Puderperücken-Schnees betrachten konnte. Ich fuhr langsam, hielt mich rechts und stellte mir vor, wie Mutter Natur dort hinten am Todesschauplatz meine Spuren verwischte. Der Schneesturm wuchs sich allmählich zu einem Blizzard aus; ich wußte, Lake Geneva vor Einbruch der Nacht zu erreichen, wäre unmöglich – ich würde mir bald irgendwo einen Unterschlupf suchen müssen. Meine Scheibenwischer wurden des Puders, das gegen meine Windschutzscheibe wehte, nicht mehr Herr; in einer langen S-Kurve mußte ich aussteigen und die Scheibe mit den Händen freiräumen.

Dabei sah ich die Straßensperre.

Sie war sechzig Meter weiter, und ich wußte, sie konnte nicht meinetwegen da sein – es war anderthalb Stunden her, daß ich den fetten Mann sauber getötet hatte, und wenn man mich als Mörder identifiziert hätte, wäre die Polizei auf mich zugekommen. Ich spannte mich innerlich wie ein Trommelfell, rieb mit dem Ärmel die Frontscheibe ab und stieg wieder ein. Ich zerriß die Todesbilder und warf die Fetzen zur Beifahrertür hinaus in den Schnee. Die Kugeln und die Kreditkarten in meiner Tasche fielen mir ein; ich warf sie hinaus, ließ das Deathmobile anrollen und fuhr langsam auf die Barrikade zu.

Staatspolizisten mit Schrotflinten standen in einer Reihe vor den mit Seilen verbundenen Sägeböcken; dahinter sah ich ein halbes Dutzend blauweiße Streifenwagen. Als ich bremste, kamen zwei Cops flankierend auf das Deathmobile zu; die Mündungen ihrer Schrotgewehre waren geradewegs auf mich gerichtet. Hinter der Straßensperre bellte eine elektrisch verstärkte Stimme: »Der Fahrer des silbernen Lieferwagens! Öffnen Sie die Wagentür, steigen Sie aus, heben Sie die Hände über den Kopf und gehen Sie in die Mitte der Straße! Langsam!«

Ich gehorchte, sehr langsam, der Schnee regnete auf mich herab, die beiden Polizisten zielten weiter auf mich, die Zwölfer-Mündungen wie große, schwarze Augen vor dem Schneetreiben. Als ich die Mitte der Straße erreicht hatte, packte mich ein dritter Cop von hinten meine Arme, riß sie mir auf den Rücken und legte mir Handschellen an. Als ich mich nicht mehr bewegen konnte, sprang ein Dutzend Cops über die Sägeböcke und fiel über das Deathmobile her. Die beiden Schrotflinten-Cops ließen ihre Waffen sinken und kamen heran. Der Handschellen-Cop tastete mich von hinten ab und erklärte: »Clean.« Die zwei anderen winkten mich zu meinem Van. Deathmobile II wimmelte von Bullen, oben, unten und innen; es machte mich wütend, und ich fühlte, meine erste harte Vernehmung seit der Eversall/Sifakis-Geschichte vier Jahre zuvor war mit Empörung zu spielen. »Verdammt, was soll das?« fragte ich.

Die Schrotflinten-Cops drückten mich an die Seite meines Wagens und lehnten sich selbst dort an. So hatten wir alle drei ein wenig Schutz vor dem Wind und dem Schnee. Der ältere Cop, der einen Lieutenants-Streifen an der Mütze hatte, fragte: »Ihr Name?«

»Martin Plunkett.«

»Adresse?«

»Ich habe keine Adresse. Ich will nach Lake Geneva, um mir Arbeit zu suchen.«

»Was für Arbeit?«

Ich seufzte erbost. »Als Liftführer oder Barkeeper im Winter, in der Golfsaison vielleicht als Caddy.«

Der andere Cop übernahm. »Bist du berufsmäßiger Nichtseßhafter, Plunkey?«

»Reden Sie mich mit meinem richtigen Namen an«, erwiderte ich.

Der Lieutenant zupfte mir meine Brieftasche aus der Hose und reichte sie einem Polizisten in der Fahrerkabine des Deathmobile. »Feststellen, ob gefahndet wird«, befahl er. Dann wandte er sich zu mir. »Mr. Plunkett, Sie haben das Recht, die Aussage zu verweigern. Sie haben das Recht auf die Anwesenheit eines Anwalts während der Vernehmung. Wenn Sie kein Geld für einen Anwalt haben, wird man Ihnen kostenfrei einen solchen zur Verfügung stellen.«

Ich atmete den Spruch ein. Im Hintergrund hörte ich, wie mein Name und die Daten meines Führerscheins in ein Funkmikrofon gesprochen wurden, und die Durchsuchung des Wagens war anscheinend so gut wie beendet. Der Schlauberger-Cop fragte: »Hast du 'ne Aussage zu machen, Plunkey?«

Ich grinste àla Bogart. »Lutschst du Schwänze? Du stinkst nach Pimmel.« Der Bulle ballte die Fäuste, und der Lieutenant packte mich und führte mich ein paar Schritte weit beiseite. »Das Fahrzeug scheint sauber zu sein, Skipper!« hörte ich jemanden rufen. »Blasen Sie sich nicht auf, junger Mann. Das hier ist weder die Zeit noch der Ort dafür.«

Ich machte ein gekränktes Gesicht. »Ich mag diesen Razzia-Stil nicht.«

»Razzia, hm? Schon mal in 'ner Razzia gewesen?«

»Ich bin vor ungefähr zehn Jahren wegen Einbruchs verhaftet worden. Seitdem hab ich keinen Ärger mehr gehabt.«

Der Lieutenant lächelte und wischte sich Schnee von den Lippen. »Das ist 'ne Geschichte, wie ich sie gern höre, vor allem, wenn sie durch die Fahndungskontrolle, die gerade läuft, bestätigt wird.«

»Wird sie.«

»Das hoffe ich aufrichtig. Hier in der Gegend sind nämlich in letzter Zeit drei junge Damen vergewaltigt und ermordet worden – eine noch heute morgen, drüben an der Grenze nach Illinois –, und das ist der Grund für all das hier. Was für eine Blutgruppe haben Sie, Martin?«

Ich wußte nicht, wie ich auf diesen Zufall reagieren sollte; mein erschrockener Gesichtsausdruck muß sehr überzeugend gewesen sein, denn der Lieutenant schüttelte den Kopf. »Kann man sich was Schlimmeres vorstellen? Was für eine Blutgruppe haben Sie also, mein Junge?«

»Null negativ«, sagte ich.

»Das ist prächtig. Ich sag Ihnen, was wir jetzt machen. Erstens: Vorausgesetzt, es wird nirgends nach Ihnen gefahndet, werden Sie mit Ihrem Wagen in die nächste Stadt, nach Huyserville, fahren. Da warten Sie in einer netten, sauberen Zelle im Gefängnis, während wir Ihr Blut untersuchen lassen. Wenn sich herausstellt, daß es Null negativ ist, sind Sie ein freier Mann, denn wir haben die Blutgruppe des Vergewaltigerschweins nach seinem Sperma bestimmt, und er hat Null positiv. Danken Sie Mom und Dad für ihre Gene, mein Junge, denn jeder Fremde mit Null positiv in meiner Gegend von Süd-Wisconsin kann sich auf was gefaßt machen.«

Ein Polizist streckte den Kopf aus dem Fenster an der Fahrerseite meines Wagens. »Der Schlitten quietscht. Aber gesucht wird der Bursche nicht. Das heißt, eine Verurteilung wegen Einbruchs hat er, von '69.«

Der Lieutenant schloß meine Handschellen auf und nahm sie mir ab. »Greer, Sie fahren in Mr. Plunketts Wagen mit ihm nach Huyserville, besorgen ihm eine gemütliche Zelle und holen Doc Hirsh, damit er eine Blutprobe nimmt. Martin, fahren Sie vorsichtig, und finden Sie sich damit ab, eine Nacht in einem Hinterwäldlerkaff zu verbringen, denn auf diese Straßen kann man keinen Hund mehr jagen. Und jetzt ab mit Ihnen.«

Ich stieg ins Deathmobile und nickte meinem Kopiloten zu, der seinen Dienstrevolver im Schoß hielt, den Zeigefinger in den Abzugbügel geschoben. Die Straßensperre wurde auseinandergezogen, und ich beschleunigte in eine blendende Wand aus Schnee hinein. Die Konzentration auf das Fahren sorgte dafür, daß ich einigermaßen ruhig blieb, aber ich fühlte mich wie jemand, der mitten durchgeschnitten worden war: Zur Hälfte war ich stolz auf meine schauspielerische Darbietung, und zur Hälfte hatte ich Angst, der Cadillac des Toten könnte gefunden werden, während ich in Huyserville festsaß – oder man könnte sich, wenn ich fort wäre und die Leiche gefunden würde, an meine Anwesenheit erinnern, und ich könnte so unter Mordverdacht geraten. Diese Befürchtungen schienen unauflösbar zu sein, und es war fruchtlos, darüber zu spekulieren. Ich räusperte mich und fragte den Polizisten: »Gibt es ein Hotel in Huyserville?«

Er kicherte. »Ein Kakerlakenpalast. Wenn Sie übernachten müssen, halten Sie sich ans Gefängnis. Sie sind ohne festen Wohnsitz, stimmt's? Drei warme Mahlzeiten und 'ne Koje, mehr wollt ihr Typen doch nicht, und das kriegen Sie im Knast – *falls* Sie unschuldig sind und wir Sie laufen lassen.«

Ich nickte. Der Polizist hatte eine unangenehme Art, zu plaudern, und so schwieg ich und ließ ihn seinen Revolver befummeln. Der

Sturm tobte jetzt, und ich brauchte eine Stunde für die zehn Meilen bis Huyserville. Die Kleinstadt bestand aus einem Geschäftsblock und dem Revier der Wisconsin State Police, wo man mich unterbringen würde. Als ich auf den Parkplatz des Polizeireviers einbog, meinte der Cop: »Ich hoffe wirklich, Sie sind unschuldig, Freundchen. Zwei der toten Mädchen waren von hier.«

Das Innere der Polizeiwache war fleckenlos sauber und überraschend modern, und ich bekam eine Zelle ganz für mich allein. Nur wenige Augenblicke vergingen, und ein alter Mann mit einer archetypischen schwarzen Ledertasche erschien. Ferngesteuert öffnete sich die Zellentür. Mechanisch rollte ich meinen Ärmel auf, und der Arzt nahm Tupfer und eine Injektionsspritze aus Plastik aus seiner Tasche. »Machen Sie eine Faust«, befahl er, und als ich gehorchte, betupfte er meine rechte Armbeuge und stach die Nadel hinein. Als die Plastikspritze sich mit Blut gefüllt hatte, erklärte er: »Ergebnis in einer Stunde«, und ließ mich allein. Als die Zellentür zuglitt, bekam ich große Angst.

Die Stunde des Arztes zog sich unendlich in die Länge, ebenso wie meine Angst; dabei war es nicht die Angst, als langfristig aktiver Massenmörder überführt zu werden – sondern die Angst davor, eingeschlossen zu werden, nicht im Gefängnis, sondern in den Fesseln all der kleinen Augenblicke meiner vergangenen vier Jahre – der langen, kleinen Augenblicke, in denen ich nicht gejagt, gestohlen, getötet und gedacht, sondern in öden Jobs gearbeitet, meine Unsichtbarkeit kultiviert hatte und vorsichtig gewesen war, wo ich gern kühn gehandelt hätte. Ich hatte Angst, diese Provinzbullen könnten unerklärlicherweise wissen, wer ich war, und sie könnten überdies – auf unerklärliche und übernatürlicher Weise – wissen, daß die bösartigste Strafe für mich darin bestehen würde, mich laufenzulassen, ohne daß ich je wieder planen/jagen/stehlen/töten könnte, verurteilt zu einem Leben aus all den langen, kleinen Zwischen-Augenblicken, die mir meine Freiheit immer ermöglicht hatten.

Die Stunde dehnte sich in die Länge, und ich wußte, die sechzig Minuten hatten sich verdoppelt und verdreifacht, und wenn ich zur Bestätigung auf die Uhr sähe, würde ich jedes Bißchen meines Dreißig-Jahre-Vorrats an Beherrschung verlieren. Ich erwog, nach Shroud Shifter als separatem Wesen zu tasten, und verwarf den Gedanken als blanke Regression. Ich begann zu fürchten, das Töten und das Sex-Einhalten bis zum Punkt der Explosion könnte irgendwie meine Blutgruppe verändert haben, und jetzt würde man mich für die Verbrechen eines anderen kastrieren. Bei der Vorstellung, fremdes Blut in meinem Körper zu haben, war ich dicht davor, zu schreien, und ich fing an, lange, kleine Zwischen-Augenblicke zu katalogisieren, um mir zu beweisen, daß ich nicht wahnsinnig wurde. Ich dachte an jedes Wanzenapartment, das ich seit meiner Abreise aus San Francisco bewohnt hatte; an jedes Stück trostloser Straße, wo ich nie jemanden gefunden hatte; an jeden Menschen, den ich gesehen hatte und der zu häßlich, zu arm, zu gutsituiert und zu uninteressant gewesen war, als daß ich ihn hätte töten mögen. Diese Litanei hatte einen heilsamen Effekt, und als ich auf die Uhr sah, war es vierzehn Minuten nach sechs – mein Hirntrip hatte vier Stunden verzehrt. Dann hallte eine sanfte Stimme draußen vor der Zelle. »Mr. Plunkett, ich bin Sergeant Anderson.«

Bevor ich nachdenken konnte, platzte ich heraus: »War mein Blut okay?«

»Rot und gesund«, sagte die Stimme, und der Mann, dem sie gehörte, trat auf der anderen Seite des Gitter in meinen Gesichtskreis. Mein erster Eindruck war, die vollkommenste Werbefigur für Autorität zu sehen, die mir je unter die Augen gekommen war. Der Mann trug die Uniform der Wisconsin State Police – olivgrüne Köperhose, hellbraunes Gabardinehemd und Koppel, und er war eine perfekte Komposition aus muskulöser Geschmeidigkeit, sanftem guten Aussehen und etwas anderem, das ich nicht zu benennen wußte. Als ich aufstand, sah ich, daß er gut eins fünfundachtzig groß war; sein glattes, rötlichbraunes Haar und der Zahnbürstenschnurrbart gaben ihm eine jugendliche Aura, gegen die seine kalten blauen Augen ankämpften – und verloren. Die makellos geschneiderte Uniform transformierte sein gutes Aussehen wiederum in etwas anderes, das ich nicht entziffern konnte, doch als wir einander von Angesicht zu Angesicht gegenüberstanden, nur noch die Gitterstäbe zwischen uns, da überkam es mich: Ich sah mich in der Gegenwart eines außergewöhnlich starken Willens. Ich sammelte mich und sagte: »Rot, gesund und Null negativ, richtig, Sergeant?«

Der Mann lächelte und tätschelte eine Papiertüte, die er in der Hand hielt. »Richtig. Null negativ. Ich selbst bin Null positiv. Hat mir nie mehr als einen Fünfer eingebracht, wenn ich auf dem College mal pleite war.« Er nahm einen Schlüssel von seinem Gürtel und schloß die Tür auf, und als ich einen Schritt vorwärts tat, versperrte er mir den Weg. Einen Moment lang loderten die kalten blauen Augen auf, doch dann ließ ein schiefes Grinsen das Feuer erlöschen, und

144

Anderson sagte: »Schon mal erlebt, wie zwei Leute einander kennenlernen, indem sie übers Wetter reden, Martin?«

Das sanft ausgesprochene »Martin« entsetzte mich. Ich wich zurück. »Ja.«

Anderson streichelte die Tüte. »Nun, wir haben da ja richtiges Wetter, über das wir plaudern können – fünfundsechzig Zentimeter Schnee, die bis morgen früh erwartet werden, Sturmwarnung für drei Staaten, die Straßen im Radius von fünfhundert Meilen dicht. Hören Sie, ich hoffe, es war nicht anmaßend von mir, aber Lieutenant Havermeyer wurde nach Eau Claire raufgerufen, und so bin ich diensthabender Chef der Wache, und ich habe mir die Freiheit genommen, das allerletzte verfügbare Zimmer in Huyserville für Sie zu buchen.« Er zog einen Schlüssel aus seiner Gesäßtasche und reichte ihn mir, und als unsere Finger sich berührten, wußte ich, daß er es wußte.

»Martin? Ist Ihnen ein bißchen mulmig?«

Die sanften, fürsorglichen Worte durchdrangen mich wie ein Messer, und ich fing an zu schwanken. Anderson selbst sah ich nur noch verschwommen, aber seine Hand auf meiner Schulter war wie eine Baumwurzel, die mich aufrechthielt, und seine Stimme war vollkommen klar. »Böööses Wetter. Ich fuhr heute morgen Streife, südlich von hier, und da parkte dieser '79er Caddy Eldo auf dem Highway. Sah nicht gut aus; deshalb habe ich ihn von der Straße geschoben. Ist inzwischen wahrscheinlich schon unterm Schnee verschwunden. Ich frage mich bloß, was aus dem Fahrer geworden ist. Landet wahrscheinlich bei irgendeinem Wolf im Henkelmann – ein leckerer, saftiger Humanburger. Wollen Sie nicht wissen, was ich in der Tüte habe?«

Shroud Shifter schickte mir blinkende Zeilen von Asterisken, Fragezeichen und Ziffern, und als die Ziffern sich zu »1948–1979« zusammenfügten, versuchte ich, Anderson die Hände um den Hals zu legen. Aber ich konnte es nicht; er hielt meine zweihundertfünf kräftigen Pfund still, mit einer festen Hand auf meiner Schulter und mit einem mahnenden: »Ssssch, sssssch, sssssch.«

Und ich schwankte unter der Hand des Polizisten;

und ich fügte mich in den Rhythmus, und irgendwie gefiel es mir;

und die Zelle wollte sich auf den Kopf stellen, aber im letzten Augenblick rettete mich eine Chorknabenstimme. »Ich glaube, du bist nicht imstande, es zu sehen. Deshalb sag ich's dir. Ich habe einen wunderschönen Colt Python mit einem professionellen Schalldämpfer, und ein paar Kreditkarten, und ein paar *True Detective*-Hefte, und ein paar zerrissene Polaroid-Fotos, alle wieder zusammengeklebt und mit Fingerabdruckpulver bestäubt, was – du hast es erraten – zwei brauchbare Abdrücke erkennen läßt: von Martin Michael Plunkett, weiß, männlich, geboren am 11. 4. 48 in Los Angeles, Kalifornien. Schneit es je in Kalifornien, Michael?«

Hand und Stimme ließen mich los, und ich prallte mit dem Rükken gegen die Metallkante der oberen Pritsche. Der Stoß erschütterte mich, und Anderson wurde deutlich sichtbar – als Gegner. Ich richtete mich auf und begann, in verschwommenen Umrissen zu ahnen, was für ein Spiel er spielte. Ich konnte seine Hand und seine Stimme noch fühlen, aber es gelang mir, den Rest ihrer Wärme von mir abzuschütteln, und ich sagte: »Was wollen Sie –«

Ich brach ab, als meine Stimme wie eine Anderson-Imitation klang – Bedrohlichkeit, von Sanftheit umhüllt. Anderson lächelte. »Die aufrichtigste Form der Schmeichelei – also vielen Dank. Was will ich? Ich weiß nicht. Du bist der Junge aus Hollywood, also schreibst du das Drehbuch.«

Ich ließ meine Stimme schneidend klingen – lauter harte Baritonkanten. »Angenommen, ich spaziere einfach hier raus, setze mich in meinen Wagen und fahre los?«

»Und wenn? Du bist frei. Aber du kommst nicht weit. Der Sturm da draußen ist ein Killer.«

»Krieg ich meine –«

Anderson schüttelte die Papiertüte. »Nein, kriegst du nicht. Und frage mich nicht noch mal danach.«

Die Konturen seines Spiels wurden ein bißchen klarer. Es lief offenbar auf eine Erpressung hinaus. »Was fängst du an mit den Sachen in der Tüte?«

»Ich behalte sie.«

»Weshalb?«

»Weil mir dein Stil gefällt.«

»Und wenn der Sturm sich l–«

Anderson wandte sich ab, und seine Stimme war schneidend. »– sich legt, kannst du gehen.«

Ich befingerte den Schlüssel in meiner Tasche. »Das Hotel«, sagte Anderson, »ist gleich auf der anderen Straßenseite, zwei Häuser weiter unten. Die Rechnung übernimmt die Wisconsin State Police, weil wir einem unschuldigen Mann Unannehmlichkeiten bereitet haben.«

Ich verließ die Zelle, ging durch das Revier und hinaus in den

Schnee. Er hüllte mich ein, und als ich zum Hotel hinüberging, sah ich, daß mein Van am Straßenrand parkte; er war nicht mehr silbern, sondern pulvrig weiß. Ich dachte daran, in den Sturm hinauszufahren, das Deathmobile als Selbstmordvehikel zu benutzen; ich dachte daran, einfach fortzufahren, aber vorsichtig, *in Bewegung bleibend*. Panik kroch heran, nackt, häßlich und mies – und dann erinnerte ich mich daran, wie Andersons Hand auf meiner Schulter sich angefühlt hatte, und ich wußte, wenn ich wegliefe, würde er nie erfahren, daß ich genauso gefährlich war wie er.

Bleiben war der einzige Ausweg.

Ich rannte zum Hotel und betrat den heruntergekommenen Coffeeshop just in dem Augenblick, da er geschlossen werden sollte. Ich hatte rasenden Hunger, bestellte mir Roast-Beef, heiße Brötchen und Kartoffeln, schlang alles hinunter. Dann ging ich in die Lobby und setzte mich in einen großen Sessel vor den Kamin, um Mut zu sammeln.

Diesmals vergingen die Stunden des Wartens rasch; meine Angst war nicht von Jammer getränkt – sie war nervös, maskulin, etwa so, wie ein Stierkämpfer sie verspüren mußte, bevor er in die Arena trat. Um zehn Uhr nahm ich meinen Schlüssel, sah die eingeprägte 311, ging zum Zimmer hinauf und schloß die Tür auf.

Eine Deckenlampe brannte, und sie beleuchtete ein Zimmer aus den 20er Jahren – verschlissener Teppich, großes, schwammiges Bett, ramponierter Schreibtisch, Kommode. Die öde Schlichtheit trieb mich zurück, statt mich hineinzuziehen, und ich wußte, was ich erwartet hatte, war ein nackter Mann. Das Wunschbild verschwand nach einer Sekunde; ich betrat die von vier Wänden umschlossene Zeitspalte und schloß und verriegelte die Tür.

Der Wind rüttelte an den eisumränderten Fenstern, und ein übelkeitserregender heißer Schwall drang aus den Belüftungsschlitzen. Ein Stuhl war nicht da, und so ging ich zu Bett. Ich wollte mich darauflegen, als ich sah, daß die Decke nicht mehr frei war.

Polaroid-Fotos waren auf dem weißen Chenille ausgebreitet, drei Reihen mit jeweils vier Farbfotos, so gleichmäßig arrangiert, daß sie das ganze Bett bedeckten. Ich beugte mich vor, um sie zu betrachten, und sah eine Vivisektion in fortschreitenden Stadien: vier nackte Teenager, alle brünett und hübsch, auf den oberen Fotos intakt, dann stückweise verstümmelt, je näher die Bilder dem Fußende kamen.

Die Klimaschlitze erbebten unter einem neuen Hitzeschwall, und meine Augen suchten in hilflosen Schwenks nach einem Waschbekken. Ich entdeckte eines neben einer Seitentür, stürzte darauf zu und erbrach mein Essen. Ich spritzte mir kaltes Wasser ins Gesicht, als ich ein Klicken hörte und Anderson durch die Zwischentür hereinkommen sah.

Ich riß ein Handtuch von der Stange neben dem Waschbecken und trocknete mir das Gesicht ab. Anderson lehnte sich seitlich an die Wand, nahm seine Pose mit der Anmut eines begabten Dressmans ein. In diesem Moment fiel mir auf, daß jeder kleine Augenblick im Leben dieses Mannes von Beredsamkeit durchtränkt war. »Sag mir nicht, du hättest es nicht schon gewußt«, sagte er.

Ich unterdrückte den Drang, seine Pose mit bloßen Händen in Stücke zu reißen. »Ich hab's gewußt«, sagte ich. *»Warum?«*

Anderson strich sich über den Schnurrbart und sah mich mit einem Grinsen an, mit dem er aussah wie ein argloser Siebzehnjähriger. »Warum? Weil *ich* es wußte. Parallel zum Highway verläuft eine zweispurige Landstraße südlich zur Grenze nach Illinois, und drüben in der Gegend von Beloit liegt sie höher als der Highway. Ich habe gesehen, wie du dir den Cadillac angeschaut hast, und ich habe gesehen, wie du den Fahrer gesucht hast, und, Sweetie, ich wußte, du hattest nichts Gutes im Sinn. Ich habe dir einen kleinen Vorsprung gegeben und dich dann per Radar verfolgt. Du bist stehengeblieben, ich habe fünf Minuten gewartet, bin dann bis auf ungefähr fünfhundert Meter von hinten herangefahren und habe geparkt. Ich konnte deinen Van durchs Fernglas sehen und beobachten, wie du deinen Magnum in seinem kleinen Versteck unterbrachtest. In diesem Augenblick wußte ich, daß mir dein Stil wirklich gefiel.«

Neunzehnhundertneunundsechzig trat an die Stelle von 1979, und ich dachte: »Laden, zielen und feuern.« Ich nahm Andersons Hals aufs Korn, und fast hatte ich den Mut aufgebracht, es zu tun, als er lächelte. »Keine gute Idee, Martin.« Ich wußte, es waren volle Lippen und ein gekräuselter Schnurrbart, was mich abhielt – nicht seine Warnung. Meine Augen unternahmen eine Ganzkörper-Musterung, und etwas Externes zwang mich, zu sagen: »Färb dir das Haar blond.«

Anderson schnaubte und zeigte auf das Bett: »Blonde sind was für Waschlappen. Ich steh auf Brünette.«

Ich sah ein goldgerahmtes Bild von meinem Vater und einer nackten Frau, und beide trugen weißgepuderte Perücken. Entsetzt darüber, daß ich mich noch immer an das Gesicht des Mannes erinnern konnte, und voller Angst davor, wohin das Bild mich bringen würde, verdunkelte ich es, indem ich an mein schneehaariges Opfer siebzig Meilen weit südlich dachte. Andersons stilvolle Perfektion ragte unverrückbar vor mir, zwang mich, die Augen offenzuhalten, und behinderte die Arbeit meines Gehirns, und endlich fand ich den Mut, zu feuern, und mit einem Schwinger zielte ich auf seine perfekte Nase.

Mit makelloser Sicherheit wich er dem Schlag aus, packte mein Handgelenk, drehte es mir auf den Rücken und hielt mich, einen Arm um meine Brust geschlungen, fest. Umhüllt von perfekter Kraft, hörte ich eine perfekte Stimme, die meine Angst linderte. »Hooo, Sweetie, hoo. Du bist größer und stärker als ich, aber ich bin trainiert. Ich kann dir nicht verdenken, daß du wütend bist, aber du brauchst dir keine Sorgen zu machen. Hier, ich beweise es dir.«

Andersons Griff löste sich, und er drehte mich um, so daß ich ihn ansah. Der nachlassende Druck hinterließ ein hohles Gefühl, und ich konzentrierte mich auf die Bewegungen des Polizisten, um dem Vakuum die Schärfe zu nehmen. Seine Hände schoben sich in Hosen- und Gesäßtaschen und förderten Bargeldbündel zutage. »Siehst du? Dein Geld. Als ich deinen Wagen durchsuchte, sah ich, daß das Handschuhfach aufgebrochen worden war. In deinen Verstecken war kein Geld, und ich wußte, ein helles Bürschchen wie du würde nicht ohne ein ordentliches Polster auf Reisen gehen. Deshalb dachte ich mir, daß einer von Wisconsins Besten dich wahrscheinlich beklaut hatte. Ich kenne meine Polizeikollegen, und daher wußte ich genau, an wen ich mich zu wenden hatte. Ich ließ ihn mit einer Abmahnung davonkommen – mehr, als du kriegst, und das für verdammt viel weniger.«

Ich nahm das Geld und stopfte es in die Tasche. »Warum?«

Anderson lächelte. »Dein Stil gefällt mir.«

»Und was willst du?«

»Den Python und den Schalldämpfer – zur Erinnerung, weißt du. Ein bißchen plaudern, ein paar Antworten auf ein paar Fragen.«

»Zum Beispiel?«

»Zum Beispiel: Wie viele Leute hast du getötet?«

Ich sah mich im Zimmer um; ich wußte, es mußte einen Haken geben, die rissige Vase auf der Kommode mußte ein Lauschgerät, das Fenster hinter dem Vorhang ein Zielpunkt für Scharfschützen sein, die Gewehre mit Röntgen-Visier hatten – Provinz-Killer, die auf mein erstes Mordgeständnis hin feuern würden. Einen Augenblick später wußte ich, daß ich kindische Shroud-Shifter-Gedanken dachte, und ich wandte meinen Blick wieder Anderson zu und musterte die straffen Konturen seiner Uniform nach verborgenen Tonbandgeräten. Der Polizist lachte darüber. »Ich habe den deutlichen Eindruck, du suchst mehr als eine Körperwanze – aber ich will deine Paranoia ein bißchen abkühlen, okay? Zunächst mal erkläre ich hiermit, daß ich Sergeant Ross Anderson von der Wisconsin State Police sowie der Mörder bin, der in der Presse von Milwaukee als ›Wisconsin Whipsaw‹* bezeichnet wird. So. Fühlst du dich jetzt wohler?«

Ja, ich fühlte mich wohler, denn trotz seines Stils und der Aura von Gefahr, die ihn umgab, wußte ich, daß er hinsichtlich dessen, was uns beide am wichtigsten war, nicht in meiner Liga spielte. Mit dem kühnen Gefühl, der Vollkommenheit ebenbürtig geworden zu sein, antwortete ich: »Ungefähr vierzig. Und du?«

Andersons Kinn klappte herunter. Ich hatte seine Perfektion in den Schatten gestellt. »Du lieber Gott. Fünf. Willst du mir davon erzählen?«

Ich erinnerte mich an seine Worte, als ich ihn um meinen Magnum gebeten hatte. »Nein. Und frage mich nicht noch mal danach.«

»Touché. Warum nicht?«

»Weil sie mir gehören.«

Ross Anderson reckte sich. »Dann sind wir, schätze ich, in einer Sackgasse gelandet.« Er trat ans Bett und raffte seine Todesfotos zusammen, und als er auf die Verbindungstür zuging, trat ich ihm in den Weg. »Erzähl du mir von deinen.«

Anderson lächelte, schob die Bilder in die Hemdtaschen und knöpfte die Klappen zu. Er hob die Brauen in der Parodie eines »Na Süßer?«-Blicks, ging zum Bett zurück und setzte sich auf die Kante. Ich sah mich im Zimmer um und fand keinen Stuhl. Ich wußte, daß Ross es so eingerichtet hatte, und ich spielte mit und setzte mich neben ihm aufs Bett. Unsere Blicke waren einander abgewandt, aber unsere Knie berührten sich, als er begann: »Offen gesagt, ich habe mich danach gesehnt, jemandem davon zu erzählen – jemandem, der etwas Besonderes ist und keine Bedrohung. Ich schätze, einseitig ist immer noch besser als gar nicht.

Als ich auf die zwanzig zuging, hatte ich einen Kumpel, mit dem ich immer auf Fasanenjagd ging, drüben in der Gegend von Prairie Du Chien. Er war ein Kiffer und ein bißchen schmierig, aber er ließ

---

* whipsaw = »Säge, Fuchsschwanz«

mich bestimmen und machte so gut wie alles mit. Wir redeten oft über die Nazis und die Konzentrationslager, und er hatte eine Sammlung von Dolchen und Armbinden. Er nahm das ganze Zeug tatsächlich ernst – Herrenrasse und Juden und Kommunisten und all das. Ich war davon fasziniert – aber er glaubte dran.

Einmal, 1970, kurz nach Thanksgiving, waren wir oben bei P. D., um Ringeltauben zu schießen, mit Zwölfer-Flinten und Doppel-Null-Rehposten; wenn du was vom Taubenschießen verstehst, weißt du, daß das ein viel zu schweres Kaliber für Vögel ist. Du siehst, wir waren weder Jäger noch Wildbretliebhaber – es machte uns einfach Spaß, etwas abzuknallen.

Es war fast null Grad, und Jäger waren keine unterwegs. Wir hatten keinen Hund, um die Vögel aufzustöbern; im Grunde suchten wir nur irgendwas zu tun. Wir hatten Pumpguns, keine doppelläufigen Jagdflinten, und deshalb waren wir froh, daß niemand unterwegs war – wir waren Jungs, und jeder echte Sportsfreund hätte an unseren Waffen erkannt, daß wir keine seriösen Jäger waren.

Als es dunkel wird, machen wir uns auf den Weg zurück zum Auto, und da erscheint doch dieser alte Furzknoten aus dem Nichts vor uns. Ein großer, alter, rotgesichtiger Kerl mit einem Tausend-Dollar-Browning, auf dem Rücken noch mal für 'n Tausender Munitionsgurte. Er fängt an, uns wegen unserer Gewehre anzumachen, wir achteten die Jagdtraditionen nicht, und wo überhaupt unsere Jagdlizenz wäre – und da: zapp! Ich sehe meinen Kumpel an, und es ist ein telepathischer Augenblick, und wir ballern den alten Furzknoten ins ewige Himmelreich, blam, blam, blam, blam, blam – fünf Schuß von jedem – und der Schwanzlutscher zerspritzt.«

Ich starrte die Wand an und umklammerte mit beiden Händen die Matratze; ich fühlte, wie Ross neben mir rasch und stoßweise atmete. Schließlich holte er tief Luft und fuhr fort:

»Versteht sich von selbst, daß man uns nicht erwischte, aber wir hatten eine Scheißangst, bis die Sache zwei Niggern angehängt wurde, die in Milwaukee ein Waffengeschäft überfallen und ein halbes Dutzend Mossberg-Schrotpumpen abgeräumt hatten – das gleiche Modell, das mein Kumpel und ich hatten. Aufgrund der Indizien wurden die Bimbos verurteilt, und mein Kumpel und ich gingen unserer Wege, jeder für sich, denn wir hatten Angst vor dem, was wir beide zusammen bedeuteten.

So vergehen fünf Jahre; ich vergesse die Sache und gehe zur Wisconsin State Police. Ich bin gern dabei; ich bin jetzt Bulle und über

151

jeden Verdacht erhaben. Um die Sache noch besser zu machen, zieht mein Kumpel nach Chikago und heiratet. Aus den Augen, aus dem Sinn – wir haben einander nicht mehr gesehen seit dem Tag, an dem die beiden Nigger ihr Lebenslänglich verpaßt kriegten und wir das mit zwei Kästen Bier feierten und Au revoir sagten. Alles ist in bester Ordnung, und ich bereite mich gerade auf eine erstklassige Sergeantenprüfung vor, als plötzlich – blam, blam, blam, blam, blam!

Was war passiert? Mein Kumpelchen war wieder in Wisconsin; er hatte ein Marihuanagärtchen außerhalb von Beloit und bewohnte ein billiges möbliertes Zimmer in Janesville. Freunde von Freunden erzählten mir davon; also fuhr ich hin. Ich sah mir seine Bude an: Bilder von Hitler an den Wänden, Tüten mit Gras, versandfertig abgepackt. Haßliteratur auf der Kommode. Total inakzeptabel. Ich fand heraus, daß er ungefähr an jedem dritten Tag auf der I-5 nach Lake Geneva fuhr, um Urlaubern sein Gras zu verkaufen, und von der Kraftfahrzeugbehörde Illinois ließ ich mir seine Autonummer durchgeben. Das Straßenstück gehörte zu meinem Streifenbezirk, ich wußte, früher oder später würde ich ihn sehen, und, Sweetie, ich war vorbereitet.

Am nächsten Tag parke ich an der Straße, mache Radarkontrollen, und Kumpelchens alte Schrottmühle donnert vorbei. Ich schalte Blinklicht und Sirene ein und lasse ihn anhalten, und er brüllt: »Hey, Ross!« und ich brülle: »Hey, Billy!« und wir quatschen ein Weilchen durchs Fenster, und dann sage ich, ich muß zu meinem Streifenwagen und mich ums Funkgerät kümmern.

Als ich bei meinem Wagen bin, hyperventiliere ich, damit es klingt, als wäre ich in Panik, und dann gebe ich einen 415-Alarm durch – bewaffnete Verdachtsperson. Officer braucht Hilfe. Position I-5, nördlich der Ausfahrt 16. Ich gehe zurück zu Kumpelchens Wagen und schieße ihm zweimal ins Gesicht, und dann ziehe ich eine ›Saturday Night Special‹ aus der Tasche, wische sie ab und drücke sie ihm in die rechte Hand. Ich schiebe seinen Arm aus dem Fenster und drücke mit seinem Zeigefinger auf den Abzug: Blam! ins Kohlfeld. Als die anderen Einheiten ankommen, weine ich, weil ich meinen alten Kumpel Billy Gretzler erschießen mußte, mit dem ich doch immer auf Fasanenjagd gegangen bin. Natürlich sprechen alle Indizien für mich, und die zivilen Beamten, die immer ermitteln, wenn ein Officer an einer Schießerei beteiligt ist, durchsuchen Billys Zimmer und finden den Führer und das Gras und kommen zu dem Schluß, daß meine retroaktive Geburtenkontrolle, alles in allem genommen, gerechtfertigt war. Vor der Schießerei hatte ich den Ruf, cool zu sein, danach galt ich als sensibel. Dieser Ross Anderson, Junge, junge. Knallt in Ausübung seiner Pflicht einen alten Kumpel ab, das hat ihn fertiggemacht, aber er hat sich nicht beirren lassen und es doch noch zum Sergeant gebracht. Ross der Boss – was für ein Kerl!«

Ich nahm meine Hände von der Matratze; sie waren gefühllos, so sehr hatte ich sie während Ross' Monolog gequetscht. Ich wollte mich von ihm distanzieren und rückte zum Fußende des Bettes, so daß körperlicher Kontakt nicht mehr möglich war, und ich starrte weiter an die Wand. Der Nachgeschmack seiner Geschichte brandete in Wellen gegen mich an – ein Dreifachhieb von Unreife, Verwegenheit und Stil. Ich wußte, es fehlte da etwas Wesentliches, aber ich schob den Gedanken daran beiseite, und als Ross meinen Arm anstieß und sagte: »Na?«, begann ich, von meiner eigenen Todesreise zu berichten.

Aber vom Töten selber erzählte ich nichts.

Es waren die langen, kleinen Zwischen-Augenblicke, von denen ich sprach, die Zeit der Gesetzestreue, die ich im Herzen als inkriminierend empfand, das selbstauferlegte Urteil, ständig in Bewegung zu sein, immer wieder in einer anderen Stadt, Hotelzimmer und Apartments zu mieten, um normal zu erscheinen, wenn es genügt hätte, im Deathmobile zu schlafen; der zweifelhafte Ruhm einer Erwähnung in Krimi-Magazinen, die für halbe Analphabeten geschrieben wurden; die belastenden Hinweise, mit denen ich die Polizei aufzog – fünftklassiger Ersatz für »Martin Plunkett« in weltweitem Neon; die schwachsinnigen Alliterationsnamen, die zu ertragen ich verurteilt war: »Richmond Ripper«, »Aspen Assassin« oder »Vegas Vulture«* ; die Alpträume, die hinter der Erregung immer da waren und die ich spürte, flammend in dem Neon, in dem mein Name geschrieben sein sollte.

Ich brach ab, als mein Diskurs anfing, wie eine gigantische Kniebeuge vor Ross Andersons männlichem Dressman-Stil zu wirken. Ich wandte mich ihm zu und sah ihn an, und ich unterdrückte den Drang, seine Schönheit zu verstümmeln, meinen Namen in seinen Körper zu ritzen, wo alle Welt ihn sehen könnte. Da lächelte er, und ich erkannte die Stoßrichtung unserer jeweiligen Macht – ich entmannte mit Revolvern, Messern und meinen Händen; er war fähig,

---

* Ripper = »Fetzer«, Assassin = »Mörder«, Vulture = »Geier«

es mit einem Zwinkern oder einem Grinsen zu tun. Der fehlende Teil seiner Geschichte kam mir in den Sinn. »Was ist mit den Mädchen? Mit den Brünetten? Davon hast du nichts erzählt.«

Ross zuckte die Achseln. »Da gibt's nichts zu erzählen. Als ich Billy umgebracht hatte, war mir klar, wie sehr ich diesen Blutsport liebe. Auf geile junge Brünette habe ich immer gestanden, und Sport ist Sport.«

»Aber warum?«

»Ich weiß nicht. Irgendwann ist der Würfel gefallen, und es langweilt mich, darüber nachzudenken. Jacke wie Hose. Du stehst auf blond, ich auf brünett; der Typ, den sie letztes Jahr gefaßt haben, der ›Pittsburgh Pistolwhipper‹, der stand auf Rothaarige. Wie pflegte man in den Sechzigern zu sagen? ›Mach dein Ding.‹ «

Ich rückte näher an Ross heran; meine Arbeitsschuhe berührten seine blitzblanken Fallschirmjägerstiefel. »Könntest du was –«

Mit einem Zwinkern schnitt er mir das Wort ab. »Könnte ich was dran ändern? Klar könnte ich. Wenn du's mit Blonden willst, mach ich's dir mit Blonden. Ich muß demnächst auf Dienstreise. Soll an der Ostküste Auslieferungsverfügungen zustellen, in einem Monat.«

»Was?«

Wieder dieses Zwinkern – ein samtener Handschuh, der alle denkbaren Fragen erstickte. »Genug geredet. Hör zu, Martin. Das hier ist in Wirklichkeit mein Zimmer; ich halte es mir für alle Fälle – wenn ich Spätdienst habe oder wenn die Straßen zugeschneit sind. Du kannst hierbleiben, wenn du willst, aber es gibt nur dieses eine Bett.«

Der Ausdruck in seinen Augen verriet mir, daß Kameradschaft und Stil hinter seinen Worten standen, nicht etwa die Standardbedeutungen. Ich zog mir die Schuhe aus und legte mich hin, und Ross schnallte seinen Revolvergurt ab und schlang ihn wenige Handbreit neben meinem Kopf um den Bettpfosten. Er legte sich neben mich, knipste den Lichtschalter an der Wand aus und schien mit dem abrupten Einfall der Dunkelheit einzuschlafen. Die Erschöpfung überrollte mich, und als der unglaublichste Tag meines Lebens verflackerte, bekam ich Angst, und ich streichelte den Kolben des .38ers und gewann Trost aus dem Wissen, daß ich den Mörder, der neben mir lag, ermorden konnte.

So beruhigt, schlief ich ein.

Sonnenstrahlen und das Dröhnen schwerer Maschinen weckten mich traumlose Stunden später. Sofort tastete ich nach Ross, fand die andere Hälfte des Bettes leer und sprang auf. Ich war auf dem Weg zum Waschbecken, um mich mit kaltem Wasser zu stärken, als er durch die Zwischentür hereinkam, einen kleinen Revolver in der Hand.

Ich klammerte mich an die Kante des Waschbeckens und dachte an Verrat, und Ross sah mich mit seinem frechen Teenagergrinsen an, warf den Revolver hoch und fing ihn so wieder auf, daß der Kolben zu mir deutete. Er reichte mir die Waffe. »Smith and Wesson 38er Detective's Special. Eine zuverlässige, praktische Waffe, und eiskalt. Du hast doch nicht gedacht, ich lasse dich ohne Waffe hinausspazieren, oder? Ross der Boss – was für ein Kerl.«

Ich ließ die Trommel herausschnappen, sah, daß die Waffe geladen war, und steckte sie in meine Gesäßtasche. »Danke« konnte ich nicht sagen – es hätte ergeben geklungen –, und so fragte ich: »Sind die Straßen frei?«

»Die Pflüge sind unterwegs«, antwortete Ross. »Heute mittag dürfte man wieder fahren können.«

Ich stand da und dachte an die zusammengeklebten Polaroids und an meinen Magnum und wußte nicht, was ich sagen sollte. Ross schien meine Gedanken zu lesen. »Deine Sachen sind bei mir sicher«, sagte er. »Ich werde dich nie verpfeifen, aber vielleicht werde ich dich eines Tages brauchen, und da ist das Material wie eine Versicherung.«

Die Implikationen dieses »dich brauchen« hallten dröhnend in mir wider, als Ross sich vorbeugte und mich auf den Mund küßte. Ich lehnte mich ihm entgegen und schmeckte Wachs auf seinem Schnurrbart und bitteren Kaffee auf seiner Zunge, und als er den Kontakt abbrach, kehrtmachte und hinausging, war ich erhitzt und hungrig nach mehr. Ich wußte noch nicht, daß dieser Kuß mich stoßen und plagen und verletzen und vorantreiben würde, und zwar für die nächsten zweieinhalb Jahre meines Lebens.

V

Blitzschlag

Aus dem MILWAUKEE TRIBUNE, 19. Februar 1979:

»Wisconsin Whipsaw« – Ermittlungen auf kleiner Flamme
War Toter der Killer?

Es ist jetzt mehr als sechs Wochen her, daß der als »Wisconsin Whipsaw« bekannte Vergewaltiger und Mörder, der im Dezember und Januar die Gegend um Beloit und Janesville terrorisierte, sein letztes Opfer forderte.

Am verschneiten Morgen des 4. Januar wurde in einem Kohlfeld nahe der Grenze nach Illinois der verstümmelte Leichnam der 17jährigen Claire Kozol aus Huyserville gefunden. Sie war vergewaltigt, erschlagen und zerstückelt worden – auf die gleiche Weise wie Gretchen Weymouth, 16, deren Leichnam am 16. Dezember wenige Meilen weit entfernt gefunden worden war, und wie Mary Coontz, 18, ebenfalls aus Huyserville, die am Weihnachtstag in einem Vorort von Beloit in einem Ententeich entdeckt worden war. Bei allen drei jungen Frauen handelte es sich um attraktive, schlanke Brünette; nach Überzeugung der Polizeipsychiater im Hauptquartier der Wisconsin State Police in Madison operiert ein hochmotivierter, extrem bösartig veranlagter psychopathischer Mörder im südlichen Wisconsin. Das Psychoprofil (basierend auf früheren Fallgeschichten und den Umständen der drei Mordtaten) ließ darauf schließen, daß der Mörder fortfahren würde, Opfer desselben Typs auf dieselbe Art und Weise zu töten, bis er selber getötet oder verhaftet würde.

Eine Taskforce, bestehend aus zwanzig Kriminalisten der Wisconsin State Police, wurde beauftragt, sich ausschließlich mit der Aufklärung dieser Mordserie zu befassen; Polizisten aus Janesville und Beloit standen ihnen zur Seite. Man stellte dem Killer raffinierte Fallen in der Erwartung weiterer Mordversuche in naher Zukunft. Das Netz zog sich zusammen, und die Polizeibehörden waren sicher, daß der blutbesessene Mörder ihnen bald hineingehen werde.

Aber er tat es nicht; es wurden keine weiteren Morde verübt, die der Vorgehensweise des »Wisconsin Whipsaw«-Mörders entsprochen hätten, seit am 4. Januar Miss Kozols Leichnam entdeckt wurde. Sergeant Ross Anderson von der Wisconsin State Police, der das Lockunternehmen zu leiten hatte, hat eine Theorie für das Geschehene.

»Die Theorie basiert auf einem Psychologie-Kurs, den ich am College absolviert habe, und den bisherigen Indizien«, erklärte der 29jährige Polizeibeamte gegenüber der Presse. »Aber ich finde sie instinktiv überzeugend.

Am 5. Januar, einen Tag nachdem Miss Kozols Leiche gefunden worden war, hatte ich die Schneeräumarbeiten auf der I-5 südlich von Huyserville zu beaufsichtigen, als

159

ich am Straßenrand das Heck eines teilweise vom Schnee bedeckten Wagens entdeckte. Ich schaufelte den Wagen frei und stellte fest, daß es sich um einen '79er Cadillac mit Illinois-Kennzeichen handelte. Im Wagen war niemand. Im Handschuhfach fand ich die Ausweispapiere eines Mannes namens Saul Malvin, 51, aus Lake Forest. Als ich einen Blutspenderpaß mit dem Eintrag 0 + fand, bekam ich eine Gänsehaut. Wir hatten den Vergewaltiger/Killer nach seinem Sperma klassifiziert – und er hatte Blutgruppe 0 +.

Per Funk wandte ich mich an das Lake Forest Police Department, und dort erfuhr ich, daß Malvins Frau ihn an diesem Morgen als vermißt gemeldet hatte – er war am Morgen des vorherigen Tages nach Lake Geneva gefahren, um dort Freunde zu besuchen. Ich nahm eine Jacke, die ich auf dem Rücksitz fand, fuhr nach Huyserville, um ein Hundeteam zu holen, fuhr zu der Stelle zurück und leitete eine Suche ein. Acht Stunden später hatten die Hunde und ich Glück.

Wölfe hatten den Oberkörper des Mannes zum größten Teil zerrissen, aber man konnte immer noch erkennen, was geschehen war. Malvin lag tot ungefähr zehn Schritte weit abseits der Straße. Er hielt einen .357er Magnum in der Hand. Seine Brieftasche war intakt und voll mit Bargeld. Ich lief zu meinem Streifenwagen zurück, um die Ambulanz zu rufen, und dann fing ich an zu denken.«

Sergeant Andersons Theorie – bei dem toten Saul Malvin handele es sich um den als »Wisconsin Whipsaw« bekannten Killer, und er habe

in einem Augenblick der Gewissenspein angesichts seiner Verbrechen Selbstmord begangen – hat bei seinen Kollegen der W. S. P. einigen Wirbel ausgelöst, und die Meinungen über die Schuld des ehemaligen Versicherungsangestellten sind geteilt. Auf einer Pressekonferenz faßte Lieutenant W. S. Havermeyer, Chef des Reviers Huyserville, die Pros und Kontras letzte Woche zusammen: »Im Augenblick gehen wir davon aus, daß der Killer, wenn es nicht Mr. Malvin war, entweder im Gefängnis oder in der Klapsmühle ist, oder daß er weggezogen ist. Die Psychospezialisten in Madison sagen, daß diese psychopathischen Wiederholungstäter manchmal einen Augenblick der Klarheit kriegen und sich umbringen, vor allem nach einem besonders brutalen Verbrechen; indizienhalber paßt das, und Malvin hatte tatsächlich Blutgruppe 0 positiv. Wir haben überprüft, wo er sich zur Tatzeit der drei Morde aufgehalten hat. Sein Wagen wurde wenige Meilen weit von der Stelle aufgefunden, wo die Leiche der kleinen Kozol entdeckt wurde; zur Zeit der beiden vorhergehenden Morde, am 16. Dezember und an Weihnachten, hat er angeblich zu Hause gearbeitet und auf seine Frau gewartet, die das Fest mit ihrer invaliden Schwester feierte. Den Umständen nach kommt Malvin also als Täter in Frage, aber er benahm sich nicht wie so einer. Er war nicht vorbestraft, führte eine glückliche Ehe, hatte erwachsene Kinder, er war erfolgreich und beliebt bei Freunden und Verwandten. Das spricht für ihn.

Aber – er hat Selbstmord begangen,

und zwar mit einer Waffe, die nicht registriert ist, und Verwandte und Freunde haben uns gesagt, daß er keinen logischen Grund hatte, sich das Leben zu nehmen. Unglücklicherweise hatten sich Wölfe über Marvins Leichnam hergemacht, kurz bevor Sergeant Anderson ihn entdeckte, und wenn es handfeste Beweise an seiner Person gab, die ihn mit Miss Kozol in Verbindung gebracht hätte, so haben die Wölfe die vermutlich vernichtet. Alles in allem bin ich dankbar, daß es keine weiteren Morde gegeben hat.«

Sergeant Anderson, der nach Ansicht vieler seiner Kollegen den Fall »geknackt« hat, übernimmt jetzt andere Aufgaben – er befördert Auslieferungsbefehle in die Städte des Mittelwestens und der Ostküste und wird dann Straftäter, die von den Behörden in Wisconsin gesucht werden, hierher zurückeskortieren. Er ist dankbar für diese Abwechslung, und vor der Presse erklärte er: »Der Whipsaw-Fall hat mich ganz schön beansprucht. Es wird schön sein, mal was anderes zu sehen und meinem Geschäft an anderen Orten nachzugehen.«

Aus dem HERALD, Louisville, Kentucky, 18. April 1979:

Frau im Pornoviertel ermordet aufgefunden

Die Leiche einer 20jährigen, als Nackttänzerin beschäftigten Frau wurde heute morgen von ihrem Freund entdeckt, der in Tränen ausbrach, als er die zerfleischten Überreste sah, und sofort die Polizei alarmierte. Das Opfer, Kristine Pasquale, arbeitete in der nahe gelegenen »Swinger's Rendezvous Bar«; sie war erstochen und zerstückelt worden, und die Polizisten, die die Überreste der attraktiven Blondine zu begutachten hatten, waren schockiert und entsetzt. Sergeant James Ruley, einer der ersten Beamten, die Miss Pasquales blutbespritztes Apartment betraten, sagte vor der Presse: »Ohne Ausnahme ist dies das schlimmste Verbrechen an einer Frau, das ich je gesehen habe, und das können Sie so zitieren. Entweder werden wir diesen Fall sofort lösen, oder es wird eine harte Nuß werden, denn Miss Pasquale war, wenn Sie verstehen, was ich meine, nicht gerade ein errötendes Mauerblümchen. Ich selbst habe sie wegen Prostitution hochgenommen, als ich noch bei der Sitte war, und das ›Swinger's Rendezvous‹, der Laden, in dem sie gearbeitet hat, ist ein notorischer Kriminellentreff. Aus dem hohlen Bauch heraus würde ich sagen, der Mörder war ein alter Bekannter, denn sonst hätte sie ihn nicht in ihre Wohnung gelassen. Sie hatte Straßenerfahrung, und in punkto Freier war sie wählerisch.«

Miss Pasquales Leichnam wurde abtransportiert, die Wohnung versiegelt. Die Spurensicherung nahm ihre Arbeit auf, und Miss Pasquales Freund, David Komondy, 27, Rausschmeißer im »Swinger's Rendezvous«, wurde vernommen und freigelassen. Im Apartment wurden keine Hinweise auf den Täter gefunden, und acht Stunden später gab Dr. Winton Walker, Assistent der gerichtsmedizinischen Behörde der Stadt Louisville, seine Untersu-

chungsergebnisse bekannt:
»Miss Pasquale wurde vergewaltigt und dann ermordet. Die Todesursache ist ein massives Trauma und der aus einem Halsschnitt resultierende Blutverlust. Weitere Einzelheiten werden wir später veröffentlichen.« Unterdessen streifte die Polizei von Louisville durch das Pornoviertel, auf der Suche nach einem, wie Sergeant Ruley sich ausdrückte, »sehr wütenden Mann«.

Ergänzungsbericht über Mordfall Louisville Nr. 116–79, 18. 4. 79, eingereicht am 27. 4. 79 von Det. Sergeant J. M. Ruley, Dienstnr. 212, Louisville Police Department, Morddezernat. Titel: »Bericht zum Ermittlungsstand, Vergewaltigung/Mord – Pasquale, Kristine Michelle«. Verteiler: sämtliche kriminalpolizeil. Abteilungen Louisville, 28. 4. 79

Bericht zum Ermittlungsstand

Vergewaltigung/Mord – Pasquale, Kristine Michelle, tot aufgef. am 18. 4. 88.

Hinweis: Dieser Report ergänzt den bereits vorgelegten Tatortbericht, den gerichtsmedizinischen Report, die Berichte zu Nachbarschaftsbefragungen und Einzelvernehmungen, den Sexualtäter-Report, den Diebstahlsbericht und die kriminalpolizeil. Tagesberichte. (Siehe Fallakte Nr. 116–79 unter diesen Rubriken.) Dies ist mein erster zusammenfassender Bericht, den ich als zuständiger Beamter vorlege.

Gentlemen:

Ergänzung zu Nr. 116–79, inzwischen zehn Tage alt. Das Opfer wurde vergewaltigt, die Kehle des Opfers durchschnitten, während der Täter dem Opfer ein Kissen aufs Gesicht drückte. Er schnitt ihr Arme und Beine ab, und zwar nicht mit dem Messer, von dem die Halswunde stammt, sondern mit einem anderen Instrument (Einzelh. siehe Tatortbericht Nr. 116–79). Weder am Tatort noch in der näheren Umgebung wurden Waffen gefunden. Wir suchen: 1.

scharfgeschliffenes Jagdmesser, Klinge 18 cm, möglicherw. Marke »Buck« (sämtl. Messer dieses Typs, die bei Festgenommenen beschlagnahmt oder im Rahmen von Außenbefragungen bei Verdachtspersonen gefunden werden, sind chemischen Tests auf Blutspuren zu unterziehen; Verdachtspersonen sind in Gewahrsam zu nehmen). 2. Schrotsäge, Zahnlänge etwa $1/32$ Zoll, ebenfalls scharf. Schneidedruck deutet auf kräftigen Mann. Kürzl. verkaufte Objekte der beschriebenen Art werden derzeit überprüft. Täter hat *vielleicht* Blutgruppe 0+ (ich sage *vielleicht*, weil in Vagina nachgewiesenes Sperma zu Gruppe 0+ gehört; Rißwunden deuten auf gewaltsames Eindringen. Aber: Opfer war bekannt als Prostituierte, und in Anbetracht der Vorsicht des Killers in anderer Hinsicht war er vielleicht so schlau, ein Kondom zu tragen). (Anmerkung: Zuhälter-Lover gibt an, Opfer habe Pille genommen, habe manchmal aber Freier aufgefordert, Kondom zu benutzen. Im Scheideninneren kein anderes Sperma gefunden; Schlußfolgerung muß deshalb nicht zwingend sein.)

Befragung der Bekannten – bisher ergebnislos (siehe Nr. 116–79 Vernehmungsprotokolle, Nr. 116–79 Tagesberichte).

Befragung der Nachbarn – dito – siehe Bericht 116–79, Nachbarschaft.

Diebstahl – Inventur mit Hilfe des Freundes ergibt keinen Hinweis auf Diebstahl. Rauschmittel (Kokain, Haschisch) konfisziert.

Beweismittel, Täterspuren – interessant, da Hinweis auf gerissenen Killer. Fingerabdrücke durch Überprüfung der Bekannten eliminiert – Herkunft in allen Fällen geklärt. Keine Blutspuren zur Straße, keine Fingerabdrücke auf Klingelknopf, den Killer vermutlich benutzte, um Einlaß in Apartm. zu finden. Fehlen des Genannten führt zu meiner persönl. Rekonstruktion:

Das Opfer, *neunmal* festgenommen wegen Prostitution und als äußerst vorsichtig bekannt, hätte nur für drei Typen von Männern den Türöffner betätigt: Polizisten, Zuhälter und Freunde oder Kunden. Wenn man die beiden ersten eliminiert (Zuhälter und alte Freunde kommen nicht in Frage, siehe Vernehmungsprotokolle Nr. 116–79), bleiben *Kunden*. Meiner Rekonstruktion nach wurde der Mord von einem früheren Freier begangen, der einen alten Groll hegte. Er muß Ersatzkleidung mitgebracht und Handschuhe getragen haben. Da die meisten Abartigen im Raum Louisville bereits befragt wurden oder jetzt befragt werden, und da keine vergleichbaren Morde aktenkundig sind, konzentriere ich meine Bemühungen jetzt auf die Vernehmung lokaler Prostituierter und solcher Männer, die wegen Vermittlung unsittlicher Handlungen verhaftet oder verurteilt worden sind. Streifenpolizisten und andere Officers, denen potentielle Verdachtspersonen bekannt sind, nehmen bitte mit mir Verbindung auf: Div. Hauptquartier, App. 409.

Packen wir ihn!

Sgt. J. M. Ruley.

Aus dem EAGLE, Evanstown, Illinois, 8. Mai 1979:

Unbekannte Männerleiche auf Müllkippe entdeckt

Eine grausige Entdeckung machte heute früh eine Gruppe von Mülltransporteuren, als sie ihre Fracht zu einer freien Stelle der städtischen Müllkippe an der Kingsbury Road transportieren wollten. Ein toter Mann lag ausgestreckt auf dem Boden. Geronnenes Blut hatte die Erde rings um seinen Kopf durchtränkt. Mrs. Katherine Daniel, die einzige Frau in der Gruppe, fiel in Ohnmacht, und ihr Mann, Mr. Daniel Daniel aus der Muirfield Road in Evanston, mußte sie wiederbeleben, während ein Nachbar, Mr. Jason Granger, eilends die Polizei alarmierte.

Wenig später trafen die Beamten ein und stellten fest, daß der Tote in den Kopf geschossen worden war. Seine Taschen waren nach außen gewendet, und zu diesem frühen Zeitpunkt in den Ermittlungen nimmt man an, daß es sich um einen Raubmord handeln dürfte.

Das drängendste Problem indessen ist derzeit die Identifizierung des Toten. Es handelt sich um einen Kaukasier, etwa dreißig Jahre alt, einen Meter fünfundachtzig groß, hundertneunzig Pfund schwer. Hinweise auf vermißte Personen, auf die diese Beschreibung paßt, sind an das Evanston Police Department zu richten.

Memorandum von Captain William Silbersack, Leiter der Kriminalpolizei, Evanston Police Department, an Thomas Thyssen, Polizeichef. Datum: 11. 5. 79

Memo:

Sir, hier der gewünschte Ergänzungsreport zum Mordfall Kingsbury Road. Erstens: Der Getötete ist identifiziert. Es handelt sich um Robert Willard Borgie, weiß, männl., geb. 30. 6. 51, 185 cm, 193 Pfd., Haar u. Augen braun. Adresse: Pflegeheim 814 Kingsbury (vier Blocks weit von der Müllkippe entfernt).

Borgie war geistig behindert. Er wäre mit jedem überallhin gegangen und verschwand des öfteren für mehrere Tage – daher die Verzögerung bei der Identifizierung (die Heimleiterin meldete sich nach einem Fernsehspot über den Mordfall). Sie berichtete den Sgts. Lane und Vecchio, daß Borgie sich mit Homosexuellen einzulassen pflegte und ihnen gegen Bezahlung oralen Sex lieferte. Angeblich vertraute er *jedem*.

Nach dem Bericht des Leichenbeschauers wurde Borgie mit einem 38er *in den Mund* geschossen. Der eine Schuß führte zum Tode. Wir haben das Projektil, das der Mediziner aus dem Schädel operiert hat, untersucht; es ist extrem gerieft und kann eigentlich nur aus einem kurzläufigen 38er stammen, bei dem Trommelkammern und Lauf mangelhaft ausgerichtet sind. Selbstverständlich werde ich staatsweit einen ballistischen Steckbrief ausgeben.

Zum Motiv: Raub scheint mir weit hergeholt zu sein, auch wenn Borgies Taschen nach außen gekehrt waren. Täuschung? Möglich, denn Borgie hatte nie mehr als ein paar Dollar. Was mich stört, ist der *Schuß in den Mund*. Borgie wurde *auf* der Müllkippe erschossen (zwei Fußspuren führen zur Leichenfundstelle, eine zurück, und diese deutet darauf hin, daß der Mörder Arbeitsstiefel Größe 11½ getragen hat), und der Killer befahl ihm offensichtlich, den Mund zu öffnen, bevor er die Waffe hineinschob. All diese Faktoren (Borgies niedrige Intelligenz, seine vertrauensselige Natur, sein bekannter homosexueller Umgang) und die offensichtlich perverse Natur des Mordes deuten auf einen homosexuellen Killer.

Bisher haben Sgts. Lane und Vecchio routinemäßige Ermittlungen durchgeführt (Details siehe Fallakte Nr. 79–008–H). Hinweise haben sich nicht ergeben, und ich weise die Beamten jetzt an, sich stärker auf den homosexuellen Aspekt der Tat zu konzentrieren.

Hochachtungsvoll, Bill Silbersack.

Aus dem REGISTER, des Moines, Iowa, 2. Oktober 1979

Sex-Schlächter schockiert Stadt

In einem ehemaligen Getreidesilo außerhalb von Des Moines wurde gestern abend ein weiblicher Teenager vergewaltigt und mit einem Messer brutal zerhackt aufgefunden. Zwei Jugendliche, die in den Silo eingebrochen waren, um ihn zu verwüsten, entdeckten die Tote. Im Bewußtsein ihrer Bürgerpflicht alarmierten die Jungen die Polizei und gestanden ihr eigenes Vergehen, um dann den grausigen Anblick zu schildern. Als die Polizei von Des Moines/eintraf, war der Einbruch angesichts der Überreste von Wilma Grace Thurmann, 19, wohnhaft Brewster Street, Des Moines, rasch vergessen.

»Man hatte dem Mädchen die Kehle von einem Ohr zum anderen durchgeschnitten, Arme und Beine amputiert und auf dem Boden des Silos verteilt«, berichtete Officer John Belton der Presse. »Die Identi-fikation der Toten war kein Problem, denn ich kannte Wilma – nicht persönlich, aber vom Sehen.«

Über seine Bekanntschaft mit der toten Miss Thurmann näher befragt, verweigerte Officer Belton jeden weiteren Kommentar. Unsere Reporter erfuhren jedoch später, daß die Tote eine »Nutte« gewesen sei, die in einem Imbiß zwei Meilen südlich des Silos den Lastwagenfahrern zu Diensten war. Es war bekannt, daß sie einen Schlüssel zu dem Silo hatte, und man wußte auch, daß sie ihre Freier dorthin mitnahm.

»Der Beruf des Opfers könnte die Ermittlungen erschweren«, schrieb denn auch ein ungenannter Polizeisprecher in einer Pressemitteilung, die heute früh herausgegeben wurde. »Aber Sie könne sich darauf verlassen, daß Miss Thurmanns Mörder mit aller Energie verfolgt werden wird.«

Zusammenfassung der Fakten in Mordfall-Ermittlung. Verteiler: Sämtliche Mitarbeiter aller Dienststellen des Des Moines Police Department. Datum: 4. 10. 79

Straftat – Mord (1. Grad), schwere Vergewltgg.

Tatort – Getreidesilo Nr. 71-A (Nähe Abfahrt Sagamore Truckstop) East Des Moines.

Opfer – Thurmann, Wilma Grace, weiß, weibl., blond, blauäug., 158 cm, 105 Pfd., geb. 3. 7. 60.

Tatzeit – gegen 21:00 h am 1. 10. 79.

Zustand des Opfers bei Entdeckung – aufgefunden von jugendl. Einbrechern. Ermittelnder Beamter erklärt in Tatortbericht Nr. 79–14–H: »Ich betrat den Silo mit einer Fünfer-Stablampe aus meinem Streifenwagen und sah eine junge weiße Frau mit abgehackten Armen und Beinen und durchgeschnittener Kehle. Ich betrachtete die Leiche aus der Nähe und stellte fest, daß es sich um Wilma Thurmann handelte, eine ortsansässige Hure. Ich untersuchte den Silo weiter und fand ihre Arme und Beine auf einem Heuhaufen.«

Gerichtsmed. Untersuchung – vor Eintritt des Todes vergewaltigt. Schnittwunden hinter dem rechten Ohr deuten darauf hin, daß Vergewaltiger/Mörder das Messer während des Geschlechtsverkehrs dort anlegte. Bei Autopsie in Vagina gefundenes Sperma (Gruppe 0+) entspricht nicht Sperma-Resten im Magen des Opfers (AB und 0–). Polizeilicher Akte zufolge fünf Festnahmen wegen Prostitution. Opfer verwendete notorisch den Silo für orale Sexualhandl. an Kunden; daher ist Blutgr. 0+ vermutl. Blutgr. des Vergew./Mörders.

Genaue Todesursache – Ersticken am Blut aus der Halswunde.

Beweismaterial am Tatort – keines. Fußspuren auf der Erde vor und in dem Silo weggefegt. Fingerabdrücke am Tatort – keine (Grund: Fehlen geeigneter Flächen zur Aufnahme von Fingerabdrücken).

Augenzeugen – keine.

Vorkommen gleichartiger Straftaten in der Umgebung – keine seit 1947. Zusammenhang wird ausgeschlossen.

Tatwaffe – bei der Spurensicherung nicht gefunden; lokale Verkäufer werden zur Zeit befragt. *Achtung, alle Einheiten:* Gesucht wird einschneidiges Messer, Klinge 18 cm, und Bogensäge aus Kadmium-Stahl, Zahngröße $1/32$ Zoll. Alle männl. Verdachtspersonen, die im Besitz solcher Werkzeuge sind oder sein könnten, sind in Gewahrsam zu nehmen.

Derzeitiger Stand der Ermittlungen – ungeklärt, keine eindeutigen Verdachtspersonen. Acht Detectives für die Ermittlungsarbeit abgestellt. Jeder Officer, der Wilma Grace Thurmann oder jemanden, der mit ihr bekannt war, früher einmal festgenommen oder in anderem Zusammenhang verhört hat, ist aufgefordert, sachdienliche Hinweise telefonisch zu übermitteln an Detective Lieutenant H. V. Miller, Einsatzleiter, Revier East Des Moines.

Weitere Informationen über den Ermittlungsstand siehe Fallakte Nr. 79–14–H. Sämtliche Berichte unter diesem Sachtitel stehen allen Mitarbeitern des Des Moines Police Department zur Verfügung, so fern sie sich mit diesem Mord/Vergewaltigungsfall vertraut machen möchten.

Aus dem PLAINS-ADVOCATE, Lincoln, Nebraska,
10. Dezember 1979:

Schießerei im Weizenfeld
Polizei beunruhigt

Inzwischen ist eine Woche vergangen, seit Russel Luxxlor durch einen Kopfschuß getötet in einem Weizenfeld außerhalb von Lincoln aufgefunden wurde. Spuren sind rar, und die Polizei ist ratlos.

Zunächst hielten die Behörden den Mord für einen gescheiterten Raubüberfall. Luxxlors Brieftasche steckte in seiner Hosentasche, Ausweise und Kreditkarten waren entwendet, aber in einem »Geheimfach« im Parka des Opfers fanden sich noch dreihundert Dollar in bar. Diese Theorie wurde jedoch verworfen, als sich herausstellte, daß Luxxlor homosexuell und seit langem Angehöriger der »Gay Scene« von Lincoln gewesen war.

Polizeisprecher Lt. Mills Putnam erklärte den Reportern des *Plains-Advocate*: »Die Homosexuellen-Theorie basiert auf einem Umstand im Zusammenhang mit der Art, wie Mr. Luxxlor erschossen wurde. Auf diesen Umstand werden wir aber nicht weiter eingehen, denn sonst könnten wir ihn bei eventuellen Vernehmungen nicht mehr nutzen.«

In einer später herausgegebenen Presseerklärung gab Lt. Putnam an: »Wir haben unsere Homosexuellen-Hypothese inzwischen leicht korrigiert. Wir vermuten jetzt, daß Mr. Luxxlor wegen seiner Ausweispapiere ermordet wurde. Diese Annahme basiert auf der Tatsache, daß alle seine Ausweise fehlten, als die Leiche gefunden wurde, und daß er zuletzt in einer Bar in Lincoln in Gesellschaft eines Mannes gesehen wurde, der ihm selbst ähnelte. Wir suchen jetzt einen weißen Mann, Anfang Dreißig, 185–190 cm, 190–210 Pfund, Haar und Augen dunkel, kräftig gebaut.«

Mr. Luxxlor wurde gestern mit einem Methodistengottesdienst beigesetzt; der Vater des Opfers, Reverend Maddox Luxxlor aus Cheyenne, Wyoming, sagte zu einer in der Begräbnishalle versammelten Gruppe von Reportern und Polizisten: »Ihr habt nicht das Recht, meinen Sohn zu diffamieren! Eure Aufgabe ist es, den Mörder meines Sohnes zu finden; ihr seid nicht seine Richter!«

Die Bestrebungen zur Ergreifung des Mörders werden fortgesetzt.

Zusatzbericht von Detective Sergeant Joseph Stinson an Detective Lieutenant Mills Putnam, beide im Morddezernat Sektor drei, Lincoln Police Department. 18. 10. 79

Lt.

Hier noch mal eine Zusammenfassung zum Fall Luxxlor.

1. – Haben den Gästen aus der Schwulenkneipe Albumfotos vorgelegt. Der Kerl, mit dem Luxxlor gesehen worden ist, wurde nicht identifiziert.

2. – Freunde, Verwandte, Bekannte – Schuß in den Ofen. Staatsweiter Steckbrief mit dem sonderbar gerieften .38er-Projektil – dito. Aber wenn sich da nicht bald was ergibt, lasse ich ein Rundschreiben auf nationaler Ebene los. Was Tötungsart (Lauf in den Mund geschoben) angeht, desgleichen: Ich werde »dringend« drüberschreiben und die Nachbarstaaten sowie das FBI damit füttern.

******!!!!!! – Ein Mann, auf den die Beschreibung von Luxxlor und dem Verdächtigen paßt, wurde gestern abend gesehen – wollte in ›Henderson's Hot Spot Bar« (11819 Cornhusker Road) »kalte« Kreditkarten verkaufen. Informant gab telefonisch anonymen Tip: Verdachtsperson sei einsneunzig groß, 200 Pfund schwer, braune Augen, dunkles Haar – »groß und mit intensivem Blick«. Der Verdächtige roch Lunte und verschwand, als Informant sich nach den Namen auf den Karten erkundigte. Informant meint, der Mann habe vielleicht einen metallic-blauen Van gefahren. Ich habe Mann und Wagen im County zur Fahndung ausgeschrieben und die Leute in der Abteilung aufgefordert, ihre Informanten auszuquetschen.

Das wär's vorläufig.

Joe.

Aus dem CLARION, Charleston, South Carolina, 2. Juni 1980:

Keine Spur in barbarischem Hostessenmord
Zusammenhang mit ähnlichen Bluttaten nicht auszuschließen

Ergebnislos verlief bislang die Ermittlung in dem scheußlichen Mord an Candice Tucker, 18, der hübschen, blonden Barhostess, die letzte Woche in ihrem Apartment in der Magnolia Street vergewaltigt und abgeschlachtet aufgefunden wurde, und so wendet die Polizei von Charleston ihre Aufmerksamkeit jetzt zwei gleichartigen Mordfällen zu, die innerhalb der letzten vierzehn Monate in anderen Staaten zu verzeichnen waren.

Am 18. April des vergangenen Jahres wurde Kristine Pasquale, eine Go-Go-Tänzerin, vergewaltigt und zerstückelt in ihrer Wohnung in Louisville, Kentucky, aufgefunden. Wilma Thurmann, eine Prostituierte aus Des Moines, Iowa, wurde am 1. Oktober 1979 in gleicher Weise verstümmelt in einem Futtersilo außerhalb von Des Moines entdeckt. Die Tatumstände, so die Polizei Charleston vor der Presse, waren in allen drei Fällen identisch. Der Bezirksanwalt von Charleston, Timothy Kleist, stellte gestern auf einer Pressekonferenz fest: »Im Interesse der öffentlichen Sicherheit und der Wirksamkeit unserer Arbeit zur Verbrechensbekämpfung werden wir unsere gemeinsame Ermittlungstätigkeit mit den Police Departments von Des Moines und Louisville vertraulich behandeln. Aber soviel kann ich den Medien doch sagen: Es ist ein dickes Ding. Alle drei Morde sind höchstwahrscheinlich das Werk eines einzigen Täters, und wir gedenken dieses Ungeheuer zu fassen!«

In einer im Zusammenhang damit herausgegebenen Pressemitteilung bezichtigte Stadtrat Michael Cleary den Bezirksanwalt Kleist, er benutze den Fall Tucker als politischen Football: »Wir alle wissen, daß Tim sich darauf vorbereitet, für den Senat zu kandidieren, und eine hübsche, saftige Mordfallaufklärung würde sich in seiner Akte gut machen. Hoffen wir nur, daß er den Fall in seiner Hast, nach Washington zu kommen, nicht allzusehr überstürzt. Für so was ist seine Partei berühmt, und ich fände es scheußlich, wenn dabei unschuldige Männer dran glauben müßten.«

Zusatzmemorandum, verfaßt am 6. 6. 80 als Bestandteil der Fallakte Nr. 80–64–Vergewalt./Mord, Unterakten Nachbarschaftsbefragung *und* Spurensicherung.

An: Alle Ermittlungsbeamten.
   Von: Det. Sgt. W. W. Brown, 19. Revier
   Bei einer wiederholten Überprüfung des Bereiches Magnolia Street hatte ich einen männl. Schwarzen namens Steven »Sterno Steve« Washington zu vernehmen, einen Mann ohne festen Wohnsitz und ohne ersichtliche Einkommensquellen. Er erzählte mir, er habe in der Nacht des Tucker-Mordes unter der Veranda auf der anderen Straßenseite gesessen und Wein getrunken, und »gegen Mitternacht« habe er »einen Weißen, der nach Cop aussah«, das Treppenhaus betreten sehen; der Mann habe *Handschuhe getragen* und einen *vollgestopften Plastikmüllsack bei sich gehabt*. Washington verließ seinen Platz unter der Veranda, als der Mann *auf einen Klingelknopf drückte und nach oben ging*. (Washington gab an, er habe gefürchtet, daß der Mann ihm seinen Wein wegnehmen könnte, wenn er wieder herunterkäme.)
   Da Plastikfetzen unter den am Tatort gefundenen Materialspuren erwähnt wurden, denke ich, daß wir es hier mit einer wichtigen Spur zu tun haben. (Washington befindet sich in der Ausnüchterungszelle im 19. Revier – für den Fall, daß weitere Vernehmungen für notwendig gehalten werden.)
   W. W. Brown, Sgt., 19. Revier.

Aus dem STANDARD LEADER, Kalamazoo, Michigan,
10. September 1980:

Mann aus Kalamazoo tot im Lake Michigan
»Neffe« gesucht

Der Leichnam eines wegen seiner exzentrischen Lebensweise bekannten Einwohners von Kalamazoo wurde vor drei Tagen im seichten Wasser des Lake Michigan in der Nähe des Benton Heights Pier gefunden. Obgleich er fast vollständig verwest war, wiesen doch Kugeln, die im Schädelknochen saßen, darauf hin, daß der Mann erschossen

171

wurde; die fernschriftliche Bekanntgabe seiner einzigartigen Zahnbrücken an örtliche Dentallabors erbrachte eine schnelle Identifizierung, das Opfer war Rheinhardt Wildebrand, 72, aus Kalamazoo.

Wildebrand, der sein Leben lang in Kalamazoo ansässig gewesen ist, war ein Erfinder, und lebte von den Tantiemen gewisser Putz- und Färbegeräte, die er in den dreißiger Jahren entwickelt hatte. Er war ein lokales »Original« und bewohnte ein großes pseudogotisches Haus, Nr. 8493 S. Kenilworth; an Feiertagen hißte er die Flagge seiner Ahnenheimat Österreich. Seinen Block verließ er nur selten, und in seiner Einfahrt stand ein 1953er Packard – den er aber niemals fuhr. Man vermutete, daß er keine lebenden Verwandten mehr habe (seine Eltern und seine Schwester waren in den 40er Jahren gestorben), aber in letzter Zeit wohnte ein Mann bei ihm, sein »Neffe«, wie er Nachbarn gegenüber erklärte – und die Polizei von Benton Heights und Kalamazoo sucht nun diesen Mann, Wildebrands mutmaßlichen Mörder.

Die Nachbarn des pensionierten Erfinders gaben der Polizei gegenüber an, der Neffe sei irgendwann Anfang August gekommen, und sie hätten ihn häufig mit Wildebrand auf dessen Veranda sitzen sehen; aber der Mann sei, genau wie sein angeblicher Onkel, sehr zurückgezogen gewesen. Die Nachbarn beschrieben ihn als »groß und kräftig, Anfang

Dreißig, dunkelhaarig, dunkeläugig, vollbärtig«.

Lieutenant Loren Kelleher, der das Benton Heights P. D. bei den Ermittlungen unterstützt, sagte dem Reporter des *Standard-Leader*, Bob Shaeffer: »Wir haben die Unterlagen der Familie Wildebrand geprüft. Der alte Mann hatte eine Schwester, unverheiratet, die 1941 starb – höchstwahrscheinlich also vor der Geburt unseres Verdächtigen. Darum wissen wir, daß diese ›Neffen‹-Geschichte Unfug ist. Wir halten Raub für das Tatmotiv. Aller Wahrscheinlichkeit nach verschaffte der sogenannte Neffe sich Wildebrands Vertrauen, stahl ihm sein Geld und brachte ihn dann um. Gerüchten zufolge hatte der Alte große Summen Bargeld in seinem Keller versteckt. Derzeit untersuchen wir das Haus auf irgendwelche Spuren, und wir legen den Nachbarn Verbrecherfotos aus Michigan, Illinois und Ohio vor, um den ›Neffen‹ so vielleicht zu identifizieren.«

Was die Nachbarn selbst angeht, so betrauern sie den Umstand, daß anscheinend niemand um den toten Erfinder trauert. »Rheinhardt war ein komischer alter Vogel«, meinte ein Anwohner der Kenilworth Avenue unserem Reporter gegenüber. »Aber niemand – nicht einmal eine so merkwürdige Type wie er – verdient, daß man ihn erschießt und in den Bach kippt.«

Einzelheiten über die Ermittlungen werden folgen.

Kooperations-Memo an das Morddezernat, Benton Heights Police Department, von Lt. Loren Kelleher, Kalamazoo Police Department. 15. 9. 80

Officers,

aus Kalamazoo zum Fall Wildebrand, Rheinhardt J. – ein großes Minus und ein paar interessante Kleinigkeiten.

A. – Konten des Opfers wurden nicht angerührt – Saldo Sparkonto $ 41 000, Saldo Girokonto $ 12 000 (R. W. schickte hohe Schecks an Kreditkartenfirmen, bevor er verschwand).

B. – Keine Erkenntnisse über gestohlenen oder verkauften .38er mit defekten Teilen und keine Identifikation der Projektile (staatsweit nachgefragt).

»Neffe« nicht identifiziert, und niemand hat Verdachtsperson mit Fahrzeug gesehen.

C. – Befragung der Anwohner – negativ.

D. – Haus des Opfers durchsucht, aber keine Brieftasche und kein Ausweis gefunden (schwimmen wahrscheinlich im Lake Mich.). Kein Geld gefunden, was Raub als Motiv bestätigt.

E. – »Neffe« ist eindeutig unser Mann: Sämtliche 3 Etagen, 12 Zimmer gründlich von Fingerabdrücken gereinigt; Putzlappenspuren allenthalben. Neffe kennt sich aus.

F. – Erfahre ich bald, was es bei euch Neues gibt? –

Lt. L. Kelleher.

Aus dem SUN, Baltimore, Maryland, 19. Mai 1981:

Prostituiertenmörder beging noch drei weitere Sex-Morde

Der entsetzliche Mord an Carol Neilton, die letzte Woche vergewaltigt und brutal zerhackt in ihrer Wohnung aufgefunden wurde, ist anscheinend der vierte in einer Serie von Morden, die vor über zwei Jahren in Louisville, Kentucky, begann.

Im April 1979 wurde die Nackttänzerin Kristine Pasquale in ihrem Apartment in Louisville entdeckt – auf gleiche Weise abgeschlachtet wie Ms. Neilton; Wilma Thurmann wurde am 1. Oktober jenes Jahres ebenso getötet; am 27. Mai vorigen Jahres ereilte Candice Tucker aus

Charleston, South Caroline, ein ähnlich grausiges Schicksal. Die Umstände bei allen vier Mordtaten sind identisch – und das Fehlen jeglichen Hinweises ist es auch. Die vier mit den Ermittlungen befaßten Polizeibehörden sind ratlos; derzeit erwägen sie, ihre Informationen zusammenzulegen, um so einen fünften Mord zu vermeiden.

Die Zeit arbeitet indessen gegen sie. Captain Reynolds Conklin, stellvertretender Chef des Morddezernats beim Baltimore P. D., erklärte gestern abend vor der versammelten Presse: »Diese vier Morde sind in einem Zeitraum von zwei Jahren begangen worden; die offiziellen Ermittlungen in den ersten drei Fällen sind, wie man bei der Polizei sagt, inzwischen ›kalt‹. In all den bis heute zusammengetragenen Unterlagen ist kein Verdächtiger in mehr als einer Stadt namentlich aufgetaucht. Aus den Reservierungslisten für Flugzeuge, Busse und Züge geht nicht hervor, daß zu den fraglichen Daten ein und dieselbe Person in den vier Städten gewesen wäre; zur Zeit sind wir einfach mit Papierkram beschäftigt und schießen hypothetische Fußbälle ins Blaue. Und so wird dieser Fall auch gelöst werden.«

Aber wie viele Opfer wird es noch geben, Captain?

Interne Aktennotiz, »Diverse Reports« Baltimore Police Department, Fallakte Nr. 199–5/81

Skipper,

Sie haben gesagt, ich soll offen sein – also bitte: nichts. Nur ein paar ordentliche Theorien nach Lektüre der Kopien aus Fallakten Louisville/Des Moines/Charleston und Telefonaten mit zwei Officers, die schon mit der Sache zu tun hatten (Sgt. Ruley, Louisville, Sgt. Brown, Charleston).

Beide Officers (clever) denken an einen Polizistendarsteller, der sich an die Opfer heranmacht, indem er ihnen Durchsuchung oder Festnahme androht, wenn sie nicht sexuell rüberkommen. Das würde erklären, wie der Mörder in die Wohnung von Opfer 1, 3 und 4 gekommen ist. Außerdem scheint das Cop-Imitieren unter den Psychopathen zur Zeit große Mode zu sein – Beispiel: Dieser Wichser in L. A., der »Würger von Hillside«.

Ich würde die Rekonstruktion einen Schritt weiter treiben – angenommen, der Killer *ist* ein Cop? Da die Morde in Louisville anfingen, wäre es vielleicht angebracht, Airline/Zug/Bus-Unterlagen der fraglichen Daten mit den Dienstplänen des Louisville Police Depart ment zu vergleichen (unentschuldigtes oder ungewöhnliches Fernbleiben vom Dienst nicht zu vergessen). Das heißt, die Nadel im Heuhaufen suchen, aber es gibt uns was zu tun.

Unter uns: Ich finde, wir sollten pro forma das Nötigste tun und diese Geschichte dann begraben. Die Neilton war eine Nutte, der Killer wird in unserem Zuständigkeitsbereich nicht noch mal zuschlagen, und das Dezernat ist bei acht großen Fällen von Bandenmord/Raubmord auf heißer Spur – da sollten wir unsere Priorität sehen. Wie ich höre, will das FBI eine größere Sache aufziehen, eine sogenannte Serienmörder-Taskforce (sie wollen Daten über alte, ungeklärte Fälle von Stadt- und Staatspolizeibehörden sammeln, mit ihrem Computer überprüfen etc.). Vielleicht ist das noch das Beste für uns.

Bis nächsten Dienstag beim Baseball – Jack.

Aus dem TELEGRAM, Columbus, Ohio, 30. Mai 1981:

Landstreicherleiche auf Bauplatz aufgegraben

Sunbury, Ohio, 29. Mai – Bei Ausschachtungsarbeiten mit schweren Baggern entdeckten Tiefbauarbeiter gestern morgen den vergrabenen Leichnam eines vorbestraften Nichtseßhaften. Der Mann war seit über einem Monat tot, berichtete der Leichenbeschauer von Columbus County, Robert Diskant, der Presse, und »obwohl er zu 90% verwest war«, konnte er anhand seiner Fingerabdrücke identifiziert werden. Es handelte sich um William Rohrsfield, 33, einen wegen Einbruchs und homosexueller Unzucht vorbestraften Landstreicher. Der Befund lautete auf »Tod durch Erschießen«, und die Ohio State Police hat die Ermittlungen aufgenommen.

Abschlußbericht in Mordsache, verfaßt von Lieutenant D. D. Bucklin, Sheriff's Department Sunbury, Ohio, 1. Juni 1981

Chief,

hier die Daten des Toten bei Parzelle 7–11 an der Route 3:
Name: Rohrsfield, William Walter
Rasse: Kaukasier
Geb.: 4. 5. 48
Größe: 185 cm, Gewicht: 210 Pfd., Haar u. Augen brn., Statur kräftig.
Leiche (ungewöhnliche Riefen) (siehe dazu auch beilieg. ballistischen Untersuchungsbericht der State Police). Leichnam dreieinhalb Meter tief eingegraben (merkwürdig).

Vorermittlungen – *durch staatl. Kriminalpolizei.* Technisch gesehen ist es zwar unser Fall, aber der Leichenfundbericht wurde von der State-Einheit verfaßt, die den Notruf aufgenommen hatte, und da Rohrsfield vorbestraft und nicht in Sunbury ansässig war, würde ich sagen, sie sollen die Arbeit ruhig machen. Hier ist Rohrfields Register:

Jugendstrafen: Einbruch 12. 12. 65 – Sozialberatung. Besitz von Marihuana 8. 1. 66 – (sechs Monate Jugendstrafanstalt Chillicothe).

Volljährig: Einbruch und Hehlerei 2. 8. 67 (ein Jahr Gefängnis Chillicothe, drei Jahre Bewährung). Schwerer Einbruch (2 Verurteilungen), 20. 4. 69 4 (3 Jahre Staatsgefängnis Ohio) und 2. 7. 74, diesmal auch wegen Zuhälterei im Zusammenh. mit männl. Prostitution, wegen Herumtreiberei in der Nähe öffentl. Toiletten und wegen Erregung öffentl. Ärgernisses durch unschickl. Entblößg. (5 Jahre Staatsgefängn., Bewährung abgelehnt, Urteil abgesessen). Entlassung am 14. 7. 79, seither ein Dutzend Festnahmen wegen Trunkenheit.

Die State Police kann ihn von mir aus behalten – ich würde sagen, weg mit Schaden.

D. D. Bucklin, Lieutenant, Wachdienstleiter.

VI

Auf der Flucht:
Ergänzung der Landkarte
(Januar 1979–September 1981)

17

Und so machte der Kuß mich zu einem Flüchtling und schenkte dem Mann, der ihn mir gab, die Freiheit, mit jener eleganten Leichtigkeit zu töten, die ich immer besessen hatte.

Damals ahnte ich natürlich nicht, was Ross trieb. Panik und namenlose Sehnsüchte hielten ihn draußen, doch in meiner Nähe – er war wie ein heißer Wind in meinem Rücken, der mich blenden würde, wenn ich ihm entgegenstarren wollte. Heute, da Manuskriptseiten und Polizeiunterlagen sich auf meinem Tisch türmen und Stecknadeln meine Reise auf der Landkarte an der Zellenwand markieren, lassen die Linien, die unsere jeweiligen Morde miteinander verbinden, die Dichotomie in fetten Lettern hervortreten: Ross, wie er diskret seine Opfer auswählte, verhüllt von seiner Marke und seinen Auslieferungsanträgen, und stets zurückkehrte in die Sicherheit des ländlichen Wisconsin; Martin, wie er quer durch das Land hetzte, immer auf der Flucht vor realem Sex, auf der Suche nach dem perfekten Nicht-Martin, der er werden könnte, brennend wie eine Ameise, gefangen im Sonnenlicht unter einem Vergrößerungsglas in der Hand eines sadistischen Kindes.

Wie ich mir den Weg zurück in meine Kindheit brannte.

Wie ich Opferfeuer nährte, mit einem Großvater und drei Brüdern.

Wie ich meine alte Vorsicht sabotierte, indem ich am Rande der Flammen tanzte ...

Ich verließ Huyserville wie ein Sturm und fuhr auf matschigen zweispurigen Straßen ostwärts nach Lake Geneva. Der Ferienort wimmelte von athletischen Jugendlichen in leuchtend bunter Sportkleidung, und in Ross' Kielwasser fühlte ich mich der Aufgabe, unter ihnen zu arbeiten, nicht gewachsen. Der stumpfnasige .38er, der geladen in seinem Fach im Fahrgestell ruhte, schien mir ein kläglicher Ersatz für meinen Magnum zu sein; und ich wußte, wenn ich Hand an ein Opfer legen würde – Mann oder Frau, alt, häßlich oder attraktiv –, würde es sich anfühlen wie Ross, und ich würde die Arbeit nicht zu Ende führen können. Meine einzige Rettung bestand darin, daß ich mich zwang, den Mann zu vergessen – wie er aussah, wie er sich anfühlte, und seinen Stil.

179

In dieser Nacht tat ich etwas Außergewöhnliches und Uncharakteristisches.

Ich mietete eine Suite im Lake Geneva Playboy Club und verbrachte den Abend damit, einen nicht weiter beschriebenen Glücksfall zu feiern; ich zwang mich, auszusehen wie jemand, der genußvoll Dampf abließ. Ich aß eine überteuerte Mahlzeit im »Sultan's Steakhouse«, gab reichlich Trinkgeld und sah mir die Show in der »Jet Setter's Lounge« an. Junge Hostessen in tief ausgeschnittenen Häschen-Kostümen sahen mißbilligend auf meine unpassende Kleidung, pfiffen aber ein anderes Lied, als ich ihnen meinen Häschenohren-Schlüsselanhänger zeigte, auf dessen Rückseite zu lesen war, daß ich die »Königskammern« bewohnte. *Jetzt* nahmen sie meine stilvoll dargereichten Zwanzig-Dollar-Scheine mit der gebotenen Demut entgegen und führten mich zu einem Tisch in der vorderen Reihe des VIP-Bereichs. Ich bestellte »Dom Perignon« für mich und meine VIP-Kollegen und erntete dafür ringsumher Beifall. Gleich darauf reichte der Mann neben mir Kokain, und im Geiste meines nicht näher bezeichneten Glücksfalles nahm ich eine Prise und trank gierig aus der Flasche auf meinem Tisch.

Die Show präsentierte einen vulgären Clown namens Professor Irwin Corey. Sein Vortrag bestand aus spontanen Zweideutigkeiten und Wortverdrehungen auf Kosten der Leute, die an den Tischen rings um die Bühne saßen; zuerst fand ich ihn öde, aber als ich eine Weile geschnupft und getrunken hatte, wurde er zur komischsten Figur, die ich je gesehen hatte. Alte Beherrschungsideen sorgten dafür, daß mein Lachen innerlich blieb, bis Corey auf einen betrunkenen Fettwanst deutete, der den Kopf auf den Tisch gelegt hatte und schnarchte. Mit der Stimme eines weisen Asiaten fragte er: »Du trinkst, um zu vergessen, Papa san?« und reflexartig dachte ich an Ross, durchwühlte meinen Geist nach einem Porträt und förderte statt dessen das Gesicht eines hübschen Jungen aus einer Calvin-Klein-Anzeige ans Licht. Und dann lachte ich doch noch laut auf und sprühte Speichel und Tränen über meinen Tisch, bis Corey mich bemerkte, herüberkam und mir auf den Rücken klopfte: »Na na, Großer. Ein Methedrin, zwei Bunnies und vier Excedrin – und morgen rufst du deinen Makler an. Sooo.«

Ich weiß nicht, wie ich in meine Suite zurückfand; das letzte, was ich im wachen Zustand sah, waren Bunnies, die fürsorglich eine Tür in eiskalte Luft öffneten. Als ich wieder erwachte, pochte es in meinem Kopf, und ich lag voll bekleidet ausgestreckt auf einem mit rotem Satin bezogenen, herzförmigen Bett. Ich dachte an Ross und sah nur wieder ein inhaltlos hübsches Fotomodell, und dann blitzte eine Rückblende meiner abendlichen Sause auf, umringt von Fragezeichen und Dollarzeichen. Dies führte zu einer Serie von vierstelligen Berechnungen, gefolgt von ???, und ich tröstete mich mit dem Gedanken, daß dieser Abend ein einmaliger Ausrutscher gewesen sei. Ich ließ im Geiste die Litanei meiner Schließfachsalden und Schlüsselverstecke ablaufen – und es fehlten drei.

Jetzt erschien Ross in allen Details, strich sich grenzenlos cool über den Schnurrbart und murmelte: »Martin, du dummes Stück Scheiße.«

Mit Fäusten und Knien hieb ich auf das Bett ein, während Ross weiterredete: »Dachtest du, ich lasse dich so leicht davonkommen? Sweetie, wer könnte ein Gesicht wie meines je vergessen? Ross der Boss – was für ein Kerl.«

Ich sprang auf und hetzte in der Suite umher, bis ich auf einem Tisch neben dem Telefon Papier und Stift gefunden hatte. Mit zitternden Händen schrieb ich Banknamen, Zahlen und Verstecke auf; am Ende hatte ich fünf Fächer und $ 6214,–. Eine einfache Subtraktionsrechnung offenbarte mir, was mich die prosaische Ausschweifung des vorigen Abends noch kosten würde: $ 11 470,– minus $ 6214,– gleich $ 5265,–.

»Ein Partylöwe wirst du nie, Martin«, meinte Ross. »Aber wenn du die Zeche prellst, hast du noch ein paar Kröten übrig. Deinen Wagen haben sie nicht gesehen, als du dich eingetragen hast; also haben sie nur deinen Namen . . . UND DEN KANNST DU ÄNDERN.«

Innerhalb von zehn Minuten war ich unterwegs, und Ross, gesichtslos, aber riesig, war hinter mir wie der Santa-Ana-Wind.

Das im Geiste verlorene Geld fand ich nie wieder, und einen ganzen Monat lang reiste ich durch den Westen und leerte meine restlichen Bankfächer. Wild ist das einzige, was mir zu diesem Monat einfällt. In Städte zu fahren, in denen ich schon getötet hatte, gab mir das Gefühl wilder Dummheit; das Geld im Handschuhfach des Deathmobile aufzubewahren, erschien mir notwendig, aber wild riskant. Ross war überall – gesichtslos wie ein Berater, aber von wilder Schönheit und Bedrohlichkeit, wenn ich nicht auf ihn hörte.

Auch andere Gesichter waren da, immer am Straßenrand. Männer, Frauen, alt, jung, hübsch, häßlich – und alle hatten große, weit offene Münder, die schrien: »Liebe mich, fick mich, töte mich.«

Ross – gesichtslos, nur eine Stimme – verhinderte, daß ich sie ab-
knallte, und er hielt die Idee von einer neuen Identität in meinem
Kopf. In der Ratgeberrolle, die früher Shroud Shifter gespielt hatte,
ermahnte er mich, mir Zeit zu lassen und das Morden zu vermeiden,
bis ich eine völlig entbehrlichen Mann gefunden hätte, der ich werden könnte, einen Mann, der genauso aussah wie ich und den man
niemals vermissen würde. Ich wußte, daß Ross nur dann ge-
schlechtslos bleiben würde, wenn ich ihm gehorchte, und so wartete
ich.

Als ich mein letztes Geldfach ausgehoben hatte, machte ich kehrt
und fuhr wieder ostwärts; ich fuhr von morgens bis abends und
schlief in billigen Motels. Ross' Gegenwart begleitete mich allenthalben, und *seine* Obsession, mich für eine Nicht-Martin-Plunkett-Per-
son töten zu lassen, wuchs in *meinem* Gehirn, ummauert von wilden
Fragen:

Was, wenn der Tote und sein Auto in Wisconsin gefunden werden?

Was, wenn der Polizei einfällt, daß du genau zur Zeit seines Verschwindens festgenommen wurdest?

Was, wenn sie diese beiden Fakten in Zusammenhang bringen?

Was, wenn die Kugeln gefunden werden, die du vor der Straßensperre weggeworfen hast?

Was, wenn die Direktion des Playboy Club dich wegen Zechprel-
lerei anzeigt und diese Tatsache mit den anderen in Zusammenhang
gebracht wird und sie dann nach dir fahnden?

Diese Fragen verliehen mir den Mut, unabhängig von Ross, dem
gesichtslosen Berater, zu handeln, und zu meiner Überraschung
brach die Schönheit, die ich erwartet hatte, nicht über mich herein.

Aber auf mich selbst gestellt, versagte ich.

Ich verbrachte eine Woche in Chikago, streifte durch die Halb-
weltkaschemmen und versuchte, falsche Papiere zu kaufen. Niemand wollte ein Geschäft mit mir machen, und nach einem halben
Dutzend Versuchen wußte ich, daß mein altes kriminelles Geschick
von Angst durchlöchert war – daß ich wirkte wie ein Informant und
ein Trottel. Ich verließ die Windy City, verfolgt von Ross' spötti-
schem Gelächter und seinem »Hab ich's nicht gesagt?«

Ich fuhr am Lake Michigan entlang, als mir unversehens ein Kom-
promißplan einfiel: Ich würde mich für einen runden Monat nieder-
lassen, das Aussehen des Deathmobile verändern, es neu registrieren
lassen und die Nummernschilder aus Colorado durch solche aus Illi-

nois ersetzen. Ich suchte nach Haken, fand ein entscheidendes Risiko und beschloß, es trotzdem so zu machen. Die Kühnheit dieser Maßnahme schien Ross zu gefallen; er meinte: »Tu, was du willst«, und als ich mich ans Werk machte, wurde er gesichtslos.

Zuerst fuhr ich nach Evanston, nahm mir ein möbliertes Zimmer und bezahlte die Miete für zwei Monate im voraus. Dann fuhr ich zum örtlichen Verkehrsamt, legte kühn meinen Führerschein und die Wagenpapiere aus Colorado vor und erklärte, ich wolle eine Illinois-Nummer für meinen Bus. Nachdem ich die Formulare ausgefüllt hatte, tat der Schalterangestellte genau das, was ich erwartet hatte – er ging zu einem Fernschreiber und gab meinen Namen und meine Autonummer durch, um festzustellen, ob auf nationaler Ebene nach mir gefahndet wurde. Während der Mann auf die Antwort des Computers wartete, umklammerte ich den stumpfnasigen .38er in meiner Tasche und beobachtete sein Gesicht. Wenn sich zeigen sollte, daß ich in Wisconsin oder sonstwo gesucht wurde, würde er reagieren, und dann würde ich ihn und die beiden anderen bei der Kaffeemaschine erschießen, einen von ihren Wagen stehlen und *verschwinden*.

Aber ich brauchte nicht zu so melodramatischen Mitteln zu greifen. Der Mann kehrte lächelnd zu mir zurück, ich bezahlte meine Gebühr und hörte ihm zu, als er mir mitteilte, die vorläufigen Nummernaufkleber würden in einer Woche fertig sein, die Nummernschilder in sechs. Ich bedankte mich und machte mich auf die Suche nach einer Autolackiererei.

Ich fand eine in der Nähe der städtischen Müllkippe an der Kingsbury Road; ich wartete und las Illustrierte, während Deathmobile II eine Schönheitsoperation durchmachte – von Silber zu Blau-Metallic. Als der Van aus der Halle rollte, nagelneu und anders, meinte ein Latino-Bengel, der neben mir saß: »Scheiße, Mann, ein scharfer Schlitten. Wie nennst du ihn?«

»Was?«

»Du weißt schon, Mann. Der Name. Wie ›Dragon Wagon‹ oder ›Pussy Pit‹ oder ›Fuck Truck‹. So 'n cooler Schlitten braucht doch 'n Namen.«

Die Kühnheit von meinem Showdown in der Kraftfahrzeugbehörde war noch spürbar, und ich sagte: »Ich nenne ihn ›Killer's Kajak‹.«

Der Junge schlug sich auf die Schenkel. »Sagenhaft!«

Ich ließ mich in Evanston nieder. Es war eine reiche Stadt, mehr oder weniger ein Vorort von Chikago – und es gab kleine Colleges im Überfluß, die mir die schützende Färbung des ewigen Examenstudenten verleihen konnten. Als ich zeitweilige Wurzeln geschlagen hatte, dachte ich immer weniger an Ross, und allmählich erkannte ich, daß seine akustische und physische Gegenwart nicht mehr als eine Spiegelform der Selbstliebe war – ich war in den Mann vernarrt, weil wir beide im selben Beruf Herausragendes leisteten und in anderen Aspekten unseres Lebens spartanisch waren – ich ständig unterwegs, er in einem Beruf, der offenkundig lange Stunden der Langeweile mit sich brachte. In Augenblicken der Panik kam er mir zu Hilfe, wie Shroud Shifter es getan hatte, wenn mein Reservoir der Selbstliebe von den Erfordernissen des Lebens auf der Straße erschöpft war. Wenn ich ihm symbiotisch auf gleiche Weise zu Diensten sein konnte – okay. Wenn nicht, war es mir auch egal. Es gab auch ander Gesichter zu betrachten; auf jedem College-Campus von Evanston wimmelte es von ihnen. Nachdem ich den Ross'schen Gesichts-/Stimmen-Symbolismus etikettiert hatte, gewann ich mehr und mehr die Überzeugung, daß es zwingend geboten sei, Martin Plunkett, den wegen Einbruchs vorbestraften Nichtseßhaften, gegen eine andere Identität auszuwechseln – und ich fing an, nach einem Zwillingsbruder zu suchen, den ich töten könnte.

Die stille Klarheit der Idee, geboren im Grauen, aber im Laufe der Zeit in verschiedenen emotionalen Zuständen getestet, gestattete mir, mich methodisch meinem ersten Brudermord entgegenzubewegen. Aus einem Stück Metallrohr und Draht machte ich mir einen Schalldämpfer, und ich testete den .38er an den Bojen auf dem Lake Michigan; nach Einbruch der Dunkelheit streifte ich zwischen den College-Gebäuden umher, den Revolver in der Tasche. mein Jagdplan war es, mein Opfer auf einem stillen Fußweg niederzuschießen, ihm die Breiftasche zu stehlen und leise davonzugehen. Vier Männer hatte ich entdeckt, die mir ähnlich sahen, und ich war dabei, sie auszusortieren, als ich den Idioten zum erstenmal erblickte.

Ich wußte sofort zweierlei: Er war schwachsinnig, und seine physische Ähnlichkeit mit mir, so beträchtlich sie war, reichte tiefer. Ich wußte, wir waren hypothetisch miteinander verbunden: Wäre ich unschuldig aufgewachsen, statt unabänderlich angeödet zu sein, dann wäre ich jetzt gewesen wir er.

Ohne die Absicht, dem Mann jemals etwas anzutun, sah ich ihm eine ganze Woche lang täglich zu, wie er auf der Müllkippe spielte.

Die Pension, in der ich wohnte, lag drei Straßen weiter auf einer An-höhe, und mit dem Fernglas sah ich, wie mein Bastardbruder mit Steinen auf Schrottautos warf und nach verrosteten Autoteilen suchte, um damit zu spielen. Wenn es Abend wurde, kam eine Wär-terin aus dem »Heim«, um ihn von seinem Spielplatz wegzuholen, und sie war es, der ich etwas antun wollte.

Ich hatte meine schwarze Liste auf zwei verringert, und war unter-wegs zum Campus des Evanston Junior College, um die endgültige Entscheidung zu treffen, als ich dem Beinahe-Martin von Angesicht zu Angesicht gegenüberstand. Es war früh am Abend, und erst eine Stunde zuvor hatte ich amüsiert beobachtet, wie der Mann sich im Un-kraut versteckt und der unangenehm aussehenden altjüngferlichen Frau, die gekommen war, um ihn von seinem Vergnügen fortzu-schleifen, einen Strich durch die Rechnung gemacht hatte. Jetzt, als ich langsam am Müllplatz vorüberfuhr, trat er aus dem Halbdunkel und winkte den Van heran.

Ich hielt an und knipste das Licht in der Fahrerkabine an. Der Mann kam heran und schob den Kopf durch das Beifahrerfenster herein; aus der extremen Nähe sah ich, daß seine Gesichtszüge eine widerlich schlaffe Abart der meinen waren. »Ich bin Bobby«, sagte er mit einer quäkenden Tenorstimme. »Willst du mein Spielhaus gucken?«

Ich konnte mich nicht weigern; ebensogut hätte ich meine Kind-heit verleugnen können. Ich nickte, stieg aus und ging mit Bobby über die Müllkippe. Seine Schulter berührte die meine, und sie fühlte sich weich und kraftlos an. Unversehens wünschte ich, jemand würde ihm helfen, seinen Körper aufzubauen, und war im Begriff, ihm diesbezüglich einen brüderlichen Rat zu erteilen, als Bobby auf einen flackernden Lichtschimmer vor uns deutete. »Mein Haus«, sagte er. »Siehst du?«

Das Haus bestand aus zwei verrotteten Autositzen, die er einander gegenübergestellt hatte, und einer Bergmannslampe dazwischen, de-ren Licht senkrecht in den Himmel strahlte und einen Tunnel formte, der Bobbys Kopf beleuchtete, wie er lose von den Schultern nach vorn hing, als könne er sich nicht ohne Hilfe aufrechthalten. »Mein Haus«, sagte er.

Ich legte ihm die Hände auf die Schultern; er nahm ruckartig eine militärische Haltung ein und sagte: »Jawohl, Sir«, aber sein Kopf baumelte immer noch schief auf den Schultern. Ich blickte zu Boden und dann wieder in das schiefe Idiotengesicht, das jetzt wie ein Spielzeugtier im Rückfenster eines aufgemotzten Autos nickte. Ich verstärkte meinen Griff. »Du brauchst mich nicht so zu nennen«, sagte ich. »Du brauchst niemanden so zu nennen.«

Bobby grinste, und ich fühlte, wie sein schwammiger Körper unter meinen Händen zitterte. Sein Grinsen wurde breiter und verzerrter, und ich sah, daß er in eine Art von idiotischer Ekstase geriet. Schließlich brachte er Zunge und Gaumen und Lippen in Einklang. »Willst du mein Freund sein?« stieß er hervor.

Jetzt war ich es, der anfing zu zittern, und meine Hände auf Bobbys Schultern zitterten, und das Leuchten der Laterne verbrannte die Tränen, die mir über die Wangen liefen. Ich wandte den Kopf ab, damit mein idiotischer Bruder mich nicht für schwach hielt, und ich hörte, wie er feuchte Geräusche von sich gab, als weine er. Aber als ich mich umdrehte, sah ich, daß die Geräusche aus der Obszönität des großen runden O kamen, das er mit seinem Mund formte, und daß er einen Dollarschein wie eine Fahne vor meiner Brust schwenkte.

Ich nahm meine Hände von seinen Schultern und machte Anstalten, davonzugehen. Als ich gepreßtes Schluchzen und »Bi-bi-bi«-Gestammel hörte, drehte ich mich noch einmal um und sah, wie Bobby mir den Dollar entgegenstreckte und versuchte, gleichzeitig um meine Freundschaft zu betteln und mir sein widerliches Angebot zu machen. Ich legte ihm die linke Hand auf die Schulter; ich nahm den .38er aus der Tasche meines Parkas. Bobby versuchte zu lächeln, als er die Lippen um den Schalldämpfer schmiegte. Ich drückte auf den Abzug, und mein Bastardbruder flog in den Dreck, und seine Brieftasche stahl ich nur als Erinnerung an meinen ersten Gnadenmord.

Robert Willard Borgie verdarb mir Evanston, und einen Monat nach meiner ersten und einzigen polizeilichen Routinevernehmung verschwand ich von dort. Ich fuhr nach Westen, mit einer Illinois-Nummer an meinem blauen Deathmobile, ohne Ross oder Shroud Shifter, die mich beraten hätten, und nur ein scheußlicher, krankhaft–süßlicher Geruch klebte an meiner Person. Ich verspürte eine gefährliche Nähe zu selbst–annullierenden Offenbarungen, und während ich über brutal lange und flache und heiße Farmlandstriche raste, schmiedete ich Pläne und Tagträume und ließ sogar alte Gehirnfilme laufen, um dagegen anzukämpfen. Trotzdem brachen verstörende Gedanken hervor:

Borgie war von subhumaner Intelligenz, und *so* wollte er dich –

Du hast ihn als Bruder anvisiert, und du hattest nicht vor, ihn zu töten, obwohl er aussah wie du –

Er hat dich zum Weinen gebracht –

Wenn er dich aus Empathie hat weinen lassen, dann läßt deine Willenskraft nach –

Wenn er dich um dich selbst hat weinen lassen, dann bist du erledigt.

Ich beendete den langen und heißen und flachen Teil meiner Reise in Lincoln, Nebraska, und mietete mir ein schachtelförmiges, beengtes, heißes Junggesellenapartment am Nordrand der Stadt. Ich fand einen Job als Nachtwächter; von Mitternacht bis acht Uhr früh mußte ich im Foyer eines Bürogebäudes in der Stadt sitzen und eine Uniform mit goldenen Tressen, eine Gaspistole und Handschellen in einem Plastikfutteral tragen. Einmal stündlich mußte ich einen Rundgang durch die Gänge machen, aber davon abgesehen konnte ich mit meiner Zeit anfangen, was ich wollte. Der vorige Nachtwächter hatte ein Dutzend Kartons mit Illustrierten zurückgelassen, und statt vor lauter Brüten über tote Schwachsinnige, und was sie zu bedeuten hatten, verrückt zu werden, verschlang ich lieber alte Nummern von *Time* und *People* und *Us*.

Es war eine komplette neue Ausbildung mit einunddreißig Jahren. Es war Jahre her, daß ich zuletzt das geschriebene Wort erkundet hatte, und die Kultur, durch die ich gefahren war, hatte sich drastisch verändert – Veränderungen, von denen ich bei meinem tunnelsichtigen Manövrieren nichts gemerkt hatte. Von Juni bis Ende November '79 las ich Hunderte von Illustrierten von vorn bis hinten durch. Obgleich die Informationsschnippel, die ich aufsog, von disparaten Ereignissen handelten, dominierte doch ein Thema.

Familie.

Sie war wieder da, sie war stark, sie war »in«, sie war nie fortgewesen. Sie war das Serum gegen neue Varianten sexuell übertragener Viren, gegen den Kommunismus, gegen das Saufen und gegen die Rauschgiftsucht, gegen Langeweile, gegen Katzenjammer und gegen Einsamkeit. Androgyne Musiker und faschistische Prediger und muskelbepackte schwarze Clowns mit Irokesenschnitt und Goldkettchen verkündeten, daß man ohne sie am Arsch sei. Pop-Philosophen erklärten, die Jahre der Wurzellosigkeit in Amerika seien vorüber, und die Kernfamilie sei das neue/alte Grundelement der Gesellschaft, Punktum. Nach der Familie sehnte man sich, für sie

187

arbeitete, blutete, opferte man sich auf. Zur Familie kehrte man heim. Die Familie hatte man, während gewisse Abschaumgestalten durch das Land streiften und Alpträume hatten und Menschen umbrachten und weinten, wenn Spiegelbild-Idioten sich erboten, ihnen für einen Dollar den Schwanz zu lutschen. Der Mangel an Familie war die Wurzel allen Schmerzes, allen Übels, allen Todes.

Mein Zorn siedete, brutzelte, blubberte und kochte in diesen Monaten meines Lesens, und immer wieder tauchte Ross auf und gab seine Kommentare zum besten – wie der Chor im griechischen Theater:

»Martin, wenn ich fände, daß es dir helfen könnte, wäre ich deine Familie . . . aber du weißt ja . . . Blut ist wirklich dicker als Wasser.«

»Der Haken bei der Familie ist bloß, daß man sie sich nicht aussuchen kann.«

›Das Tolle daran, allein zu sein wie du, besteht darin, daß man sich von jedem nehmen kann, was man haben will.«

»Ooooch, die Mami vom armen Marty hat Pillen eingepfiffen, und sein Daddy hat sich verdrückt, und der böse Trottel hat Marty zum Weinen gebracht. Ooooch.«

»Hab ich dir nicht schon im Januar gesagt, du sollst dir neue Papiere besorgen?«

Ich fing an, einen Stammbaum zu suchen, den ich usurpieren könnte. In *People* stand, Bars seien »der neue Treffpunkt für Singles, die Duos werden möchten«, und weil ich einen Mann kennenlernen wollte, den ich töten könnte, war es nur passend, in Bars zu gehen, in denen einzelne Männer versuchten, mit anderen Männern zu Duos zu werden. *Christian Times* nannte solche Orte »Höhlen sexueller Verlotterung, die durch die Verfassung verboten werden sollten«, und irgendwo zwischen diesen beiden Sätzen versteckte sich vermutlich die Wahrheit. Mir war es egal, und die Vorstellung, durch die Schwulenbars zu streifen und neue Papiere zu suchen, war ein Heilmittel gegen den nachlassenden Willen zum Mord. Und so las ich Männermodezeitschriften, kaufte mir eine schicke neue Garderobe und sprang mit dem Willen zuerst in die Scene . . .

– die im Bibelgürtel Lincoln aus zwei Bars bestand, nebeneinander am Ostrand des Gewerbebezirks gelegen. Ich verpaßte mir einen strikten Zeitplan: Vier Abende lang nur suchen, an den ersten drei Abenden um 23 Uhr 30 die Bars verlassen und um 24 Uhr bei der Arbeit sein, späteres Pirschen nur in der vierten Nacht erlaubt – am Freitag, meinem arbeitsfreien Tag. Wenn sich in den vier Nächten niemand Geeignetes finden sollte, würde ich den Plan aufgeben. In einem Zeitungsartikel, den ich gelesen hatte, war davon die Rede gewesen, daß College-Studenten manchmal durch die »Tuntengasse« kreuzten und die Autos der Kneipengäste beschmierten; ich würde Deathmobile II also eine halbe Meile weiter abstellen und zu Fuß herüberkommen. Keine Fingerabdrücke auf Tresen oder Gläsern hinterlassen, und stets das Gesicht abwenden, außer bei potentiellen Zielpersonen.

Ich war auf Vorsicht und Beherrschung programmiert, aber auf die Ablenkungen, die ich antraf, war ich nicht vorbereitet – nicht auf die Variationen auf Ross und Blondheit. »Tommy's« und »The Place« waren schlichte, schmuddelige Kneipen mit langen Eichenholztresen, winzigen schmiedeeisernen Tischchen und Musikboxen – diskolärmende Spelunken, in denen ein Gespräch fast unmöglich war. Aber sie wimmelten von blonden Klonen im Ross-Anderson-Stil: Kompakte Muskeln, die nur in harter Arbeit entwickelt worden sein konnten, kurzgeschnittenes Haar, Bürstenschnurrbärte und enge »He-Man«-Kleidung – Pendleton-Hemden, ausgebleichte Levi's und Arbeitsstiefel. Ich mußte zwei Abende lang an der Bar sitzen, Club-Soda trinken und nach großen, dunkelhaarigen Männern wie mir Ausschau halten, bis ich es herausgefunden hatte: Ich hockte mitten zwischen homosexuellen Arbeitern beim Spiel – Mörtelträger, Fleischpacker, Lastwagenfahrer, und die Blonden unter ihnen gehörten zumeist zum osteuropäischen Typus mit ihren hohen Wangenknochen und eisblauen Augen. Es war eine Subkultur, auf die weder meine Reisen noch mein jüngster Leseanfall mich vorbereitet hatte, und als dunkelhaariger, weißer, angelsächsisch-protestantischer Amerikaner in Polohemd und Pulli kam ich mir hier ganz und gar anomal vor. Ich hatte hüftschwenkende Typen erwartet, die mich umschwirren würden wie Motten das Licht und ebenso leicht zu zerklatschen wären, aber gefunden hatte ich Männer mit beinharten Fäusten, die sich *mano a mano* als äußerst zäh erweisen würden.

Und so trank ich zwei Abende lang Club-Soda, das geschlechtslose Mauerblümchen auf dem Ball der Homosexuellen. Die großen Dunkelhaarigen, die ich entdeckte, waren entweder zu schlank oder zu jung für mich; meine beständig umherschweifenden Blicke stießen auf Zurückweisung, wenn sie Kontakt mit anderen fanden; die blonden Ross-Klone ließen meine Nervosität nicht verfliegen, und ich befingerte mein Glas, um meinen Händen etwas zu tun zu geben. Ich war darauf vorbereitet gewesen. Angst, Wut und womöglich Versuchung zu empfinden, aber jetzt senkte sich etwas anderes auf mich herab – ein unterschwelliger Strom in der unablässig stampfenden Musik. Es war eine Last, die sich anfühlte wie Reue. Umgeben von diesen Männern ringsum, frivol, aber maskulin, fühlte ich mich alt und betäubt von den brutalen Erfahrungen meiner Vergangenheit.

Zu Beginn des dritten Abends meiner Mission erfuhr ich endlich, weshalb man mich mied. Ich war im »Tommy's« auf der Toilette und wusch mir die Hände, als ich draußen vor der Tür Stimmen hörte.

». . . ich sag dir, er ist ein Cop. Seit zwei Abenden hängt er hier und nebenan rum und gibt sich Mühe, o so cool auszusehen. Man merkt's ihm einfach an.«

»Du bist bloß paranoid, weil du noch Bewährung hast.«

»Nein, bin ich gar nicht! Meine Güte, Gabardine-Hose und Pulli – wie poplig! Der ist von der Sitte, Baby. Den kannst du auf eigene Gefahr anquatschen.«

Jemand kicherte. »Glaubst du, er hat Handschellen und eine große Pistole?«

»Ja, Baby, das glaube ich. Und eine Frau und drei Kinderchen und eine Festnahmequote.«

Die beiden Stimmen lachten und verzogen sich dann. Ich dachte an Ross und fragte mich, wie er auf dieses Gespräch reagiert hätte, als ich zu meinem Platz an der Bar zurückkehrte. Ich überlegte, ob es Sinn hatte, meine Mission fortzusetzen, als ich eine zögerliche Hand an meinem Ellbogen fühlte. Ich drehte mich um, und da stand ich.

»Hallo.«

Es war die Stimme meines Bewunderers. Ich stieg vom Hocker und sah, daß er fast genau meine Größe und mein Gewicht hatte und nicht mehr als zwei Jahre jünger oder älter als ich sein konnte. Ich blinzelte und erkannte braune Augen. Ich drehte mich um, wischte den Tresen und mein Glas mit dem Ärmel ab und wandte mich ihm, anmutig wie ein Dressman, wieder zu. »Hallo«, antwortete ich.

»Du bewegst dich hübsch«, brüllte der Mann durch die Musik. Ross blitzte mir durch den Kopf und sagte: »Töte ihn für mich«, und ich legte eine Hand hinter mein Ohr und deutete zur Tür. Der Mann verstand und ging vor mir her; als wir hinaustraten, sah ich mich nach Zeugen um. Als ich nichts als die kalte, verlassene Straße sah, installierte ich mich im Geiste als L. P. D. Sergeant Ross Anderson und sagte: »Ich bin Polizist. Du kannst jetzt mit mir hinaus in die Felder fahren oder aufs Revier. Such's dir aus.«

Der Fast-Martin lachte. »Ist das eine Provokation oder ein Angebot?«

Ich lachte à la Ross. »Beides, Sweetie.«

Der Mann knuffte meinen Arm. »Hart. Ich bin Russ.«

»Ross.«

»Russ und Ross, das ist niedlich. Dein Wagen oder meiner?«

Ich deutete die Straße hinunter, wo Deathmobile II wartete. »Meiner.«

Russ lehnte sich schüchtern an mich, wich wieder zurück und ging los. Ich hielt Schritt mit ihm, blieb im Schatten der Häuser, dachte an nächtliche Beerdigungen und fragte mich, ob meine alte Schaufel die von Weizenwurzeln durchsetzte, gefrorene Erde aufbrechen konnte. Russ schwieg, und ich stellte mir vor, er stellte sich vor, mich nackt zu sehen. Als wir Deathmobile II erreicht hatten, öffnete ich die Tür und drückte seinen Arm, als ich ihm bedeutete, einzusteigen; er grunzte leise und lustvoll. Erwartungsvolle Erregung brandete über mich hinweg, und als ich hinter dem Steuer saß, explodierte ich vor Begierde, Russ/Martins Geschichte kennenzulernen.

»Erzähl mir von deiner Familie«, sagte ich.

Diesmal klang sein Lachen grob, und das Tröten des Mittelwestens färbte seine Stimme. »Höchst romantisch, mein schwuler Officer.«

Das »schwul« ärgerte mich; ich schaltete die Zündung ein, gab Gas und erwiderte: »Ich bin Sergeant.«

»Gehört das zum typischen Vorspiel eines schwulen Sergeanten?«

Das zweite »schwul« akzentuierte den Druck des .38ers in meinem Hosenbund und verhinderte, daß ich zuschlug. »So ist es, Sweetie.«

»Jeder Mann, der ›Sweetie‹ zu mir sagt, kann meine Leidensgeschichte hören.« Russ blies auf einer imaginären Trompete einen Fanfarenstoß, dann lachte er und verkündete: » ›Das war Ihr Leben: Russell Maddox Luxxlor‹!«

Der volle Name senkte sich auf mich herab wie eine Freiheitserklärung. Der Industriebezirk verschwand, flache Prärie und ein mächtiger Sternenhimmel dehnten sich vor uns, und mein ganzer Körper fing an zu summen. »Erzähl's mir, Sweetie.«

Das Mittelwest-Genäsel kam scherzhaft, theatralisch daher. »Wellll, ich bin aus Cheyenne, Wyoming, und daß ich schwul bin, wußte ich schon mit null Jahren, und ich habe drei entzückende Schwestern, die mir die Härten ein bißchen abgepolstert haben. Du weißt schon – wenn die anderen auf mir rumhackten, und das alles. Und Daddy ist Pfarrer, und er sieht das alles ziemlich verkniffen, wenn auch nicht so wütend wie die Wiedergeborenen Christen etwa. Und Momma ist wie eine große Schwester; sie hat mich richtig akzeptiert –«

Die Sextendenz seines Monologs ließ das Summen in meinem Körper häßlich werden; es juckte. »Erzähl mir von anderen Sachen«, unterbrach ich ihn, bemüht, nicht laut zu werden. »Cheyenne. Deine Schwestern. Wie es ist, wenn man einen Pfarrer zum Vater hat.«

Russ zog einen Schmollmund. »Vermutlich kennst du das andere selber. Okay. In Cheyenne war es langweilig, und meine Lieblingsschwester ist Molly. Sie ist jetzt vierunddreißig, drei Jahre älter als ich. Die nächstliebste ist Laurie; sie ist neunundzwanzig und mit 'nem schrecklichen Farmerkerl verheiratet, der sie schlägt. Susan ist die jüngste, siebenundzwanzig. Sie hatte ein Alkoholproblem und ist dann zu den Anonymen gegangen. Daddy ist in Ordnung; er verurteilt mich nicht, und Momma hat vor ein paar Monaten mit dem Rauchen aufgehört. Und o Gott, das ist so langweilig.«

Ich umspannte das Lenkrad so fest, daß ich glaubte, die Knöchel würden mir bersten. »Erzähl mir mehr, Sweetie.«

Das schlaffe Genäsel des toten Mannes ratterte in der Fahrerkabine. »Du mußt es wissen; meine Familie würde den lieben Jesus zu Tode langweilen. Okay, Susan ist die hübscheste, und sie ist Zahntechnikerin; Laurie ist fett, und sie hat drei kleine Teppichratten mit ihrem gräßlichen Mann, und ich bin der cleverste und der kultivierteste und der sensib –«

Ich sprach die Worte im selben Augenblick aus, da die Idee mir kam: »Laß mich die Bilder in deiner Brieftasche sehen.«

»Sweetie«, sagte Martin/Russ, »findest du nicht, daß das jetzt ein bißchen zu weit führt? Ich bin kein Spielverderber, aber allmählich wird's doch komisch.«

Ich warf einen Blick in den Rückspiegel, sah nichts als dunkle Prärie, nahm den Fuß vom Gas und fuhr an den rechten Fahrbahnrand. Der tote Mann sah mich verblüfft an, und ich zog den .38er aus meinem Hosenbund und richtete ihn auf ihn. »Gib mir deine Brieftasche oder ich bringe dich um.«

Mit ruckartigen Bewegungen riß er die Brieftasche heraus und legte sie auf das Armaturenbrett. Mit ruhigen Händen, eines Ross Anderson würdig, legte ich den Revolver in den Schoß und blätterte

192

durch Foto- und Kreditkartenfächer. Als ich drei junge Frauen in Examensroben und ein Ehepaar in Hochzeitskleidung im Stil der 40er Jahre erblickte, verzog ich schmerzlich das Gesicht; als ich einen fotolosen Führerschein des Staates Nebraska, einen gültigen Wehrpaß und *Visa-*, *American-Espress-* und *Diners Club*-Karten erblickte, lächelte ich. »Aussteigen.«

Martin stieg aus und blieb an der Tür stehen, zitternd und Gebete murmelnd. Ich steckte die Brieftasche ein und ging zu ihm an den Straßenrand; genußvoll betrachtete ich im Geiste die Bilder meiner drei neuen Schwestern, bis ihr demnächst exkommunizierter Bruder anfing zu weinen. Aus meinen Gedanken gerissen, stieß ich ihm den Schalldämpfer meines Revolvers ins Kreuz und befahl: »Geh.«

Ich ließ ihn genau zweiundsechzig Schritte weit gehen, einen Schritt für jedes Jahr unserer beiden Leben, und sagte dann: »Dreh dich um und mach den Mund auf.« Mit klappernden Zähnen gehorchte er, und ich schob ihm den Lauf in den Mund und drückte ab. Er flog rückwärts, daß es mir fast die Waffe aus der Hand gerissen hätte, aber es gelang mir, sie festzuhalten.

Die kalte Prärieluft versengte mir die Lunge, während ich mich im Geiste neu formierte. Ich erwog, nach dem Projektil zu suchen, verwarf diesen Gedanken aber – ich hatte bis jetzt nur ein einziges Mal mit Ross' Waffe getötet, sieben Monate zuvor in Illinois; es war ausgeschlossen, daß man die beiden Morde miteinander in Zusammenhang bringen würde.

Ich war auf dem Rückweg zum Deathmobile II und meiner Schaufel, als ich aus Richtung Lincoln Scheinwerfer herankommen sah – so unvermittelt, daß es mich verblüffte; ich stieg in den Wagen, wendete und fuhr zur Arbeit. Ich kam zu früh, und ich brachte die ganze Schicht damit zu, mir die Fotos meiner neuen Familie einzuprägen. Als der Morgen kam, verbrannte ich sie auf dem Männerklo im Erdgeschoß zu Asche, und als ich die rußigen Überreste hinunterspülte, wußte ich, daß die Gesichter für alle Zeit in meinen Datenspeicher eingeprägt waren.

18

Alle Zeit waren elf Tage.

Es waren glückliche, friedliche Tage. Ich hatte mir eine Familie verdient, die die leeren Räume in meiner Vergangenheit ausfüllte, und obwohl Russell Luxxlors Leiche entdeckt wurde und mein Bestreben, seine Identität zu stehlen, damit zuschanden war, hatte ich als Trostpreis immer noch Dad und Mom und Molly und Laurie und Susan. Veräußerbare Kreditkarten waren ein weiterer Bonus, und ich beschloß, sie abzustoßen, wenn ich Lincoln endgültig verließe – planmäßig zwei Wochen nach dem Mord.

Luxxlors Tod füllte die Spalten der Lokalpresse, und in einem Zeitungsartikel wurde ein Polizist zitiert, der zutreffend spekulierte, Luxxlor sei wegen seiner Ausweispapiere getötet worden; es wurde sogar erwähnt, daß ich mit ihm im »Tommy's« gesehen worden war. Aber ich wurde nicht verhört, und ich machte mir auch keine Sorgen – die Homosexuellengemeinde würde die volle Wucht der Ermittlungen zu tragen haben.

Und so existierte ich elf Tage lang in einer realistischen Fantasiewelt ohne Gewalt oder sexuelle Bedürfnisse. Ich lachte mit meiner Lieblingsschwester Molly und tröstete Laurie, wenn ihr Mann ihr Ärger machte; ich ermutigte Schwester Susan, nüchtern zu bleiben und neckte Mom und Dad wegen ihres religiösen Eifers. Ich lief auf einer Brennstoffmischung aus 80% Fantasie; 20% waren das distanzierte Wissen um das Spiel, das der Rest meines Ichs spielte. Diese Punkteverteilung existierte harmonisch in mir, und meine neue Familie wehte durch meine Schlafträume in einem Durcheinander, das sie alt und abgegriffen erscheinen ließ.

An meinem zwölften Morgen nach dem Mord wachte ich auf und konnte mich nicht an Mollys Gesicht erinnern. So sehr ich mir das Gedächtnis zermarterte, es wollte mir nicht einfallen; kleine Arbeiten, die mich ablenken sollten, halfen nicht. Das Fantasieren mit anderen Familienmitgliedern ließ die 20% Distanz auf 90% anschwellen, und gegen Abend war es soweit, daß mir immer, wenn ich meine Erinnerung nach Molly durchsuchte, die blutigen Gesichter alter weiblicher Opfer zutage förderte.

In dieser Nacht verfiel ich in Panik.

Schwester Laurie war im Begriff, im Nichts zu versinken; und ich belud Deathmobile II mit meiner ganzen Habe und verließ Lincoln auf dem Cornhusker Highway. Ich entsann mich eines Zeitungsartikels über die lokale Ganovenszene und ihre Treffpunkte und hielt an einer Raststätte namens »Hendersons's Hot Spot«, wo ich versuchte, Russel Luxxlors Kreditkarten an zwei Männer zu verkaufen, die dort Billiard spielten. Nervös und zapplig redete ich lauter falsches Zeug, und sie reagierten verwundert. Als ihre harten Fischaugen zu mir heranzoomten, rannte ich zum Deathmobile und floh, zehn Meilen schneller als erlaubt, aus Nebraska.

Dieses Ereignis brachte mich ins Trudeln, und während ich früher kühn getötet hätte, um meinem Gefühl von Machtlosigkeit entgegenzuwirken, suchte ich jetzt Trost, kreatürliche Sicherheit, ich suchte eine außergewöhnliche Neugier zu stillen, die mich trieb, herauszufinden, wie andere Menschen lebten.

Acht Monate lang reiste ich langsam nach Nordosten; manchmal blieb ich wochenlang in teuren Motels und erkundete das lokale Terrain. Ich schlief in großen weichen Betten und sah mir das Kabelfernsehprogramm an; ich aß in teuren Restaurants, die mein Geld verschlangen. Die übrigen Mitglieder meiner adoptierten Familie verschwanden nacheinander aus meinem Gedächtnis, während ich Meile um Meile ostwärts abspulte; um sie zu ersetzen, nahm ich Anhalter auf, versorgte sie mit Marihuana und brachte sie dazu, von sich und ihren Familien zu erzählen. Wenn ich sie unversehrt aussteigen ließ, nachdem ihre Vergangenheit in einer 80/20%-Aufteilung die meine geworden war, verspürte ich stets ein wenig mehr Sicherheit, mehr Geborgenheit. Ross wurde allmählich zu einer fernen Erscheinung.

Dann aber revoltierten 80/20 gegen mich und verwandelten sich zu 100% Alptraum.

Es kam ganz plötzlich. Ich schlief in einem großen, weichen Bett im »Howard Johnson's« in Clear Lake, Iowa. Anhalter der letzten Zeit spazierten durch meinen Schlummer, und ihre Gesichter wurden immer deutlicher. Meine bange Erwartung nahm zu, als ich spürte, daß sie alle blond waren; ich bewegte mich auf sie zu. Dann sah ich, daß sie weißgepuderte Perücken trugen; dann sah ich, daß sie allesamt Kinderversionen der Leute waren, die ich getötet hatte; dann entblößten sie alle ihre langen spitzen Zähne und stürzten sich auf meine Genitalien.

Schreiend wachte ich auf, und weniger als zwei Minuten später war ich unterwegs.

Schon wieder aus einer Stadt vertrieben, kämpfte ich wiederum gegen diese uncharakteristische Angst.

Ich blieb 106 Stunden lang ununterbrochen wach; ich ließ mir einen Bart wachsen; ich änderte meine Frisur. Ich rauchte mein eigenes Marihuana in dicken Pfeifen und erlebte zum zweitenmal, wie es wirkte; ich lachte benommen und fraß wie ein Schwein unter seinem Einfluß. Als ich schließlich wußte, daß ich nicht länger wach bleiben konnte, fuhr ich von der Straße herunter – nur um Ross Anderson zu spüren, der sich in meinen Träumen an mich schmiegte.

»Du wirst weich, weich, immer weicher«;

»Du kriegst ein Herz für Menschen«;

»Du kriegst ein Herz für Menschen, damit du sie nicht mehr zu töten brauchst«;

»Wenn du aufhörst zu töten, wirst du sterben.«

»TÖTE JEMANDEN NETTES FÜR MICH«;

»TÖTE JEMANDEN NETTES FÜR MICH«;

»TÖTE JEMANDEN NETTES FÜR MICH«;

«TÖTE JEMANDEN NETTES FÜR MICH«;

»TÖTE JEMANDEN NETTES FÜR MICH«;

»TÖTE JEMANDEN NETTES FÜR MICH«.

19

Eine Alptraumwoche später lernte ich Rheinhardt Wildebrand kennen, und am Ende, prachtvoll neugestärkt, tötete ich ihn, ohne zu zögern – obgleich ich bewunderte, wie prachtvoll wenig »nett« er war.

Der Prolog zu meinem symbolischen Großvater bestand aus sieben Tagen unruhigen Schlafes, wimmelnd von opfergesichtigen Tieren, die nach mir schnappten, und unablässigem Tötungsdrängen von Ross. Mein Trudeln näherte sich dem Tiefpunkt – das Geld ging mir aus, mein Bart wuchs ungleichmäßig und untypisch hell, und Deathmobile II bekam Motorprobleme, und sein Klappern und Rasseln reflektierte die innere/äußere Flut in mir. Als wir die Stadtgrenze von Benton Heights, Michigan, überquerten, verabschiedete sich ein Zylinder, und ich schob den Van in eine nahe gelegene

Werkstatt und legte die Hälfte meines restlichen Geldes als Anzahlung für neue Kolbenringe und eine komplette Motorüberholung auf den Tisch. Der Chefmechaniker legte mir eine Punkteliste mit den Leiden des Wagens vor und meinte: »Hast ihn ordentlich geprügelt, Junge. Schon mal was von Ölwechsel und Hydraulikflüssigkeit gehört? Hast 'n Scheißglück gehabt, daß dir die Kiste nicht um die Ohren geflogen ist.«

Wenn er nur wüßte.

Jetzt kam es darauf an, einen Platz zum Schlafen und einen Job zu finden, um das Geld für die Instandsetzung des Deathmobile zu verdienen. Mit dem .38er in der Tasche spazierte ich durch Benton Heights. Es lag auf einer Anhöhe oberhalb des Lake Michigan, und der beständige Blick auf das schlammige Wasser erinnerte mich an Bobby Borgie, der ein paar hundert Meilen weit auf der anderen Seite tot in Evanston lag. Ich wußte, seine Gegenwart würde mich an diesem Ort verfolgen, und so nahm ich den Bus in die nächste größere Stadt: Kalamazoo.

Wo ich, als ich ziellos durch die Straßen schlenderte, Rheinhardt begegnete. Ich kam mit einer Milchtüte aus einem Laden, als er mich sah und den ersten seiner vielen denkwürdigen Einzeiler vom Stapel ließ: »Was macht ein Subversiver wie du in einem langweiligen Viertel wie meinem?«

Die Schmeichelei und der poppige Stil des alten Knackers gefielen mir. »Ich suche nach Opfern.«

Der Alte lachte. »Wirst du finden. Ist das ein Colt oder ein Smith and Wesson da in deiner Hose?«

Ich sah auf meinen Hosenbund und stellte fest, daß der Griff meines .38ers hervorschaute. Ich korrigierte die Angelegenheit und antwortete: »Ein S & W. Detective's Special.«

»Mit so 'nem langen Lauf?«

Ich zögerte und sagte dann: »Schalldämpfer.«

»Selbstgemacht?«

»Ja.«

»Bist du Werkzeugmacher?«

»Nein.«

»Auf Reisen?«

»Ja.«

»Ich bin Werkzeugmacher. Komm mit zu mir; wir trinken einen und plaudern.«

Wieder zögerte ich. Aber als der Alte sagte: »Ich hab keine Angst

vor dir, also brauchst du auch keine Angst vor mir zu haben«, folgte
ich ihm die Straße hinunter zu seinem muffigen Haus voller Erinnerungen.

Und ich blieb dort.

Jahre zuvor hatte »Onkel« Walt Borchard mich mit seinen Geschichten gelangweilt. Jetzt bezauberte »Grandpa« Rheinhardt Wildebrand mich mit seinen, und eine simple Dynamik war Dreh- und
Angelpunkt des Erzählens/Zuhörens: Borchards Bedürfnis nach
Zuhörerschaft war wahllos gewesen, Rheinhardts war spezifisch – er
starb an einem schleichenden Herzinfarkt, und er wollte, daß jemand, der ein ebensolcher Einzelgänger und Sonderling war wie er,
wußte, was er getan hatte.

So wurde ich sein Neffe, angeblich motiviert durch Rheinhardts
indirekte Bemerkungen über seinen Reichtum, den er mir hinterlassen wolle. In Wirklichkeit bot die Dynamik mir Schutz: Solange ich
in diesem Spitzgiebelhaus schlief und zuhörte, hatte ich keine Alpträume zu ertragen.

Rheinhardt Wildebrand war während der Prohibition Alko-
holschmuggler gewesen und hatte mit einem Frachtkahn Whiskey
über die Großen Seen heruntergeschippert. Er hatte Geräte zur Her-
stellung von Gießformen an Hitler-Agenten in Kanada verkauft und
das Geld eingestrichen, und dann hatte er dieselben Geräte der US
Army angedreht. Er hatte Dillinger in seinem Hexenhaus versteckt,
nachdem der Staatsfeind in die Schießerei beim Little Bohemia
Lodge in Minnesota verwickelt gewesen war, und der nagelneue
1953er Packard Caribbean, der jungfräulich in seiner Einfahrt
hockte, war ein Geschenk des früheren kubanischen Diktators Ful-
gencio Batista zum Dank für Blaupausen von Gefängnisgitterkon-
struktionen und Einbauplänen, und Meyer Lansky persönlich hatte
den Wagen von Miami heraufgefahren.

Ich schenkte den Erzählungen bedingungslosen Glauben, und
Rheinhardt glaubte die meinen – daß ich wegen bewaffneten Raub-
überfalls verurteilt sei, mich während meiner Bewährungszeit abge-
setzt und in Wisconsin einen Überfall auf einen Lohngeldtransport
verpatzt hätte. Deshalb teilte ich so bereitwillig seine einsiedlerhafte
Lebensweise; deshalb ertrug ich meinen unebenmäßigen Bart und
verbarg mein Gesicht vor neugierigen Nachbarsaugen, wenn wir auf
der Veranda saßen und plauderten. Meine einzige weitere Lüge bestand in der Antwort auf eine direkte Frage; Rheinhardt kippte ein

Glas Canadian Club hinunter und erkundigte sich: »Hast du schon mal eine umgebracht?«

»Nein«, antwortete ich.

Nach zwei Wochen in seinem Haus kannte ich die Gewohnheiten des Alten, und ich wußte, daß ich ihn um des Vorteils willen, den ich erringen könnte, indem ich sie mir zunutze machte, töten würde. In seinem Keller hatte er ein paar tausend Dollar versteckt – die würde ich stehlen. Er kaufte all seine Kleidung, seine Haushaltsgeräte und Bücher bei Versandhäusern und bezahlte mit exklusiven *Visa-*, mit *American-Express-Gold-* und mit *Diner's-Club-*Karten. Einmal jährlich schickte er einen Scheck mit den 19,8 % Jahreszinsen, wie die Kreditkartenfirmen es liebten. Da diese Firmen an seine exzentrische Art gewöhnt waren, würde ich sein Girokonto annullieren, indem ich hohe gefälschte Schecks für ein Jahr *zukünftiger* Kreditkartentransaktionen einschickte, begleitet von gefälschten Briefen, in denen ich in Rheinhardts unnachahmlichem Stil erklärte, ich wolle »mich noch ein bißchen auf die Socken machen, ehe ich abkratze, und dieser Scheck soll alle etwaigen Kartenbelastungen abdecken, damit Sie mich nicht mahnen müssen«. Ich würde das Haus von meinen Fingerabdrücken säubern, Rheinhardt ein Beruhigungsmittel eingeben, ihn zum Lake Michigan hinausfahren, erschießen und, mit dem nötigen Gewicht beschwert, ins Wasser werfen. Vermissen würde man ihn erst nach Wochen, und bis dahin wäre ich längst über alle Berge.

Der Plan war brillant, aber seine Formulierung zerstörte meine Liebe zu Rheinhardts Geschichten, und meine Alpträume kehrten zurück.

Jetzt waren es die Nachbarn des Alten, die mich attackierten, perückentragende Monster mit telepathischen Kräften. Sie wußten, daß ich Rheinhardt ermorden wollte, und sie sagten, sie würden mich nur entkommen lassen, wenn ich ihnen das Geld des alten Piraten gäbe. Als ich mich weigerte, nahmen sie die Gesichter meiner Opfer aus Aspen an und verhöhnten mich mit dem Refrain eines alten Big-Band-Schlagers – »I've got a Kraut in Kalamazoo! Kalamazoo! Kalamazoo! Kala-ma-zoo-zoo-zoo!«

Neunmal hintereinander erwachte ich morgens schreiend und tretend und um mich schlagend. Auf den Beinen, aber immer noch träumend, schlug ich auf die Möbel in meinem Schlafzimmer ein, warf Nachtschränke und Stühle um. Beim erstenmal kam Rheinhardt besorgt hereingestürzt. Und seine Beunruhigung wuchs von

Tag zu Tag. Als die morgendlichen Alpträume immer weitergingen, überschatteten sie die Stunden des Geschichtenerzählens, und ich sah, wie die Sorge des Alten sich in Abneigung verwandelte. Ich war nicht der harte Bursche, für den er mich gehalten hatte; Lansky und Dillinger hätten mich für einen Schlappschwanz gehalten; er war selber ein Schlappschwanz, weil er seine Geheimnisse mit einer solchen Lusche geteilt hatte.

Jetzt erzählte Rheinhardt seine Geschichten nur noch oberflächlich, flüchtig, und Ross übernahm die vielen Gesichter seiner Figuren. Ich wußte, es war Zeit, den Alten umzubringen oder von hier zu verschwinden.

Noch eine Episode des Schreiens/Taumelns/Schlagens, und Rheinhardt würde mir befehlen, zu verschwinden – das wußte ich, und so vereitelte ich potentielle Alpträume, indem ich wach blieb, um zu planen. Nach einer schlaflosen Nacht hatte ich die Handschrift des Alten intus, nach zweiten hatte ich die Briefe an *Visa*, *Diner's Club* und *American Express* geschrieben. In der dritten Nacht unternahm ich einen Ausflug in die South Side von Kalamazoo, wo ich mir ein halbes Dutzend Seconal beschaffte. In der vierten Nacht – zerknittert, gerädert, erschlagen und fertig nach 108 Stunden beständigen Bewußtseins – schlug ich zu.

Zunächst löste ich das Seconal in Rheinhardts Schlaftrunk aus Milch und Canadian Club. Er vertilgte seinen Drink wie gewöhnlich, und eine halbe Stunde später fand ich ihn schlafend auf dem Fußboden in seinem Schlafzimmer, nur halb im Pyjama. Ich ließ ihn dort liegen und hetzte mit einem nassen Putzlappen durch das Haus, und ich wischte jede Wand und jedes Möbelstück in allen Zimmern, in denen ich gewesen war, sauber ab. Nach dieser elementaren Spurenvernichtung plünderte ich Rheinhardts Geldversteck im Keller, stopfte mir dicke Bündel von Scheinen in die Taschen, rannte bergauf eine Meile bis zum Busdepot von Kalamazoo und erwischte den Nachtbus nach Benton Heights Sekunden vor der Abfahrt. Eine Stunde später und um achthundert Wildebrand-Dollar ärmer, saß ich am Steuer des wieder samtig schnurrenden Deathmobile II und fuhr zurück zu Wildebrands Haus.

Als ich es wieder betrat, fühlten meine Nervenenden sich an, als würden sie mit Glaspapier geschmirgelt, und mein Herz pochte so heftig, daß ich wußte, es würde bersten, ehe ich den Mord vollbracht hätte. Meine Kehle schnürte sich zusammen, und die Hände zitterten mir, und der Schweiß summte auf meiner Haut wie auf einem elektrischen Draht. Nur die Konzentration darauf, keine Gegenstände anzufassen, verhinderte, daß ich implodierte, und ich jagte die Treppe hinauf in Rheinhardts Schlafzimmer.

Er lag immer noch auf dem Boden, und eine kleine pulsierende Ader an seinem Hals verriet mir, daß er noch lebte. Wieder ließ ich ihn liegen; ich lief in mein Zimmer und holte die drei Kreditkartenbriefe; dann rannte ich zurück, um seinen Schreibtisch und die Kommode nach Scheckbüchern zu durchsuchen. Ich legte die Hand auf einen ganzen Stapel, als ich seine Stimme hörte: »Hochstapler!« Ich drehte mich um und sah, wie Rheinhardt eine doppelläufige Schrotflinte auf mich richtete.

»Hochstapler!«

Es war ein Showdown. Ich blieb mit der Mündung meines .38ers hängen, als ich die Waffe aus der Hose reißen wollte. Rheinhardt drückte auf beide Abzüge. Die Schlagbolzen klickten auf leeren Kammern; und der alte Mann lächelte mich an und fiel mir tot vor die Füße. Eine Stunde später, auf einem flachen Felsen über dem Lake Michigan, gewährte ich ihm, seiner Würde entsprechend, eine formelle Exekution – zwei Schüsse in den Kopf, und ab ins feuchte Grab. Mit seinem großväterlichen Erbe in meinem Handschuhfach fuhr ich sodann mit gesetzestreuen 35 Meilen pro Stunde davon; all meine Erschöpfung war verflogen. Ich dachte an Ross; »Schau, Dad, keine Angst«, sagte ich, und dann machte ich mich auf die Suche nach jemandem mit den geeigneten Ausweispapieren, um ihn zu töten.

20

Die folgenden Maximen bilden eine Zusammenfassung der nächsten Monate, und epigrammatisch beschreiben sie gewisse Gefahren, die damit verbunden sind, in Amerika umherzufahren und Menschen zu töten:

> Suche, und du wirst finden.
> Es ist die Reise, nicht das Ziel.
> Hüte dich vor dem, was du suchst.
> Du kannst weglaufen,
> doch du kannst dich nicht verstecken.

Mr. Perfect wankte mir auf einem verlassenen Abschnitt der U.S. 6, östlich von Columbus, Ohio, vor die Frontscheibe; es war an einem frühen Abend im April, und zehn Meilen weiter kannte ich seine ganze Lebensgeschichte – familiäres Unverständnis, Ladendiebstähle, Einbruch, Erziehungsanstalt, Gefängnis, Bewährung und die Suche nach der »ganz großen Chance«. Als es dunkel wurde, bogen wir von der Straße ab, um zusammen eine Flasche zu trinken, die ich zu haben vorgab, und ein paar Augenblicke später schoß ich den Mann zweimal in den Kopf. In seinen Taschen fanden sich Ausweispapiere auf den Namen William Robert Rohrsfield; ein knapper Monat lag zwischen seinem und meinem Geburtstag; sieben Pfund, die er mehr wog, waren der einzige physische Unterschied zwischen uns beiden. Ich begrub Martin Plunkett tief in der harten Erde neben dem Interstate Highway und wurde zu Billy Rohrsfield. Die Ironie, die darin lag, daß ich mich in einen Einbrecherkollegen verwandelte und mit Grandpa Rheinhardts narrensicheren Kreditkarten ausstattete, machte mich locker, keck, stilvoll. Ich glitt hinüber in eine wortlose, schlaflose Euphorie; es war ein Gefühl, als hätte ich einen Einfachfahrschein nach Allheilstadt, Fat City, in der Großen Zufriedenheit. Wäre ich in der Lage gewesen, meine Trance in Worte zu fassen, hätte ich mir gesagt, daß ich mit dreiunddreißig alles hatte, was ich brauchte, meine Ziele waren erreicht, meine Neugierden und Wünsche erfüllt. Statt die verschlagenen spirituellen Epigramme vorzutragen, die am Anfang dieses Kapitels stehen, hätte ich das Ethos eines Spielers in Vegas bei einer Glückssträhne verkündet: Ich hab's geschafft!

Aber es passierte etwas.

Ich hatte eben die Grenze von Ohio nach Pennsylvania überquert, als ich aus der Fahrerkabine des Deathmobile geschleudert wurde. Hals über Kopf flog ich durch die Luft: ich sah blauen Himmel, die U. S. 6 und meinen Van, der ohne mich weiterfuhr. Dann war ich wieder im Wagen und schlängelte mich an der gelben gepunkteten Linie entlang; dann streifte ich einen Maschendrahtzaun am rechten Straßenrand; dann bremste ich und prallte mit dem Kopf auf das Armaturenbrett.

Als der Schock vorbei war, weinte ich. Zu viele Tage lang zuwenig geschlafen, sagte ich mir unter Tränen. Sei gut zu dir, fügte eine zweite Stimme hinzu. Mit dem deutschen Akzent, den ich imitierte, wenn ich Rheinhardt Wildebrands Kreditkarten benutzte, stimmte ich zu, und sehr langsam fuhr ich zu einem Motel und schlief.

Das erste, was ich am nächsten Morgen beim Erwachen sah, war das makellose geistige Bild meiner »Schwester« Molly Luxxlor, die seit Dezember '79 verloren gewesen war. Ich weinte vor Dankbarkeit, doch dann fiel mir ein, daß ich Billy Rohrsfield war, nicht Russ Luxxlor, und daß Billys Schwester Janet eine zänkische Hexe war, die ihre Kinder prügelte. Molly verschwand, und ein Faksimile von Janet nahm ihren Platz ein. Lockenwickler auf dem Kopf, eine Haarnadel in der Hand. Ich lachte meine Tränen fort, rasierte mich, duschte und ging hinaus zum Empfang des Motels, um meinen Schlüssel abzugeben. Der Portier sagte auf Deutsch: »Auf Wiedersehen, Herr Wildebrand!« und vor dem Gruß rannte ich davon, geradewegs zu Deathmobile II, geradewegs in einen neuerlichen Halsüber-Kopf-Flug in den Himmel.

Im Fliegen sah ich Plakate und Posters von den »Jook Savages« und »Marmalade«; als ich auf dem Fahrersitz landete, sah ich Sheriffs von Los Angeles County, wie sie einen verängstigten jungen Mann abtasteten. Zuerst sah er aus wie Billy Rohrsfield, dann sah er aus wie Russ Luxxlor. Dann verfiel ich automatisch in mein altes 80/20%-Fantasie-Distanz-Spiel und sah, was passierte.

Du kannst weglaufen, doch du kannst dich nicht verstecken.

Mein erster klarer Impuls war, Wildebrands Kreditkarten und Rohrfields Ausweispapiere zu vernichten. Ein zweiter, klarerer Gedanke verhinderte dies: Mit dem Verzicht auf so wertvolles Werkzeug würde ich zugeben, daß ich mein eigenes Selbst nicht beherrschte. Der dritte und überzeugendste Gedanke führte von dort weiter: Du bist Martin Plunkett. Als ich wegfuhr, türmten sich Farben hinter der Litanei, die mir erlaubte, das Lenkrad ruhigzuhalten und Deathmobile II mit gleichmäßigen 55 Meilen pro Stunde dahingleiten zu lassen. Ihre Worte waren *Du bist Martin Plunkett*, und die Farben sagten mir exakt das gleiche wie damals, 1974 in San Francisco.

Nach der Landung in Sharon, Pennsylvania, wurde ich über meine Litanei hinaus verbal und nahm mein Schicksal fest in die Hand. Die Tage der Farben hatten meinen Geist geklärt und mir den Mut zu bestimmten Eingeständnissen und Schlußfolgerungen bezüglich der wiederherzustellenden Ordnung in meinem Leben gegeben. Ich wollte die prosaischen Erfordernisse des Niederlassens aus dem Weg räumen, ehe ich die Worte formell in die Sommerluft spräche, und so kaufte ich mit Rheinhardt Wildebrands *Visa*-Karte drei Zimmer voll Möbel der mittleren Preisklasse und mietete mir auf den Namen William Rohrsfield eine Dreizimmerwohnung am Westrand der Stadt. Das Jonglieren mit den beiden falschen Identitäten rief keine Augenblicke von Schizophrenie oder beunruhigender Euphorie hervor, und als ich in meinem neuen Heim allein war, gab ich meine Erklärung ab:

Seit Wisconsin bist du auf der Flucht vor deiner eigenen, einzigartigen Abart der Sexualität, du Krieger in der Natur; du läufst vor alten Ängsten und alter Schmach davon und erlebst infolgedessen nahezu psychotische Halluzinationen; du hast den Willen, kalt, brutal und mit deinen Händen zu töten, verloren; das einfache, anonyme Töten hat dich zu einer Nicht-Existenz gemacht, ohne jeden Stolz, schlampig in deinen Angewohnheiten. Du bist zu einem Trostsuchenden der verächtlichsten Sorte geworden, und die einzige Möglichkeit, das eben Beschriebene umzukehren, besteht darin, eine perfekte, methodische, symbolisch exakte Serie von Sexualmorden zu planen und zu begehen.

Du kannst weglaufen, doch du kannst dich nicht verstecken.

Tränen der Freude rannen mir über das Gesicht, als ich mit meiner Selbstkonfrontation fertig war, und ich weinte am nächsten erreichbaren Gegenstand, den ich umschlingen konnte – einem Pappkarton mit Tellern und Kochtöpfen.

In den nächsten vier Monaten besorgte ich die symbolische Ausrüstung: Airline-Plakate und Rock-Poster wie die, welche '69 die Wände von Charlie Mansons Fickbude geziert hatten, ein Satz Einbrecherwerkzeug, ein Theater-Schminkkoffer wurde beschafft. Die Schlössertechnologie war seit meinen Einbrechertagen verfeinert worden; also kaufte ich mir Türschlösser für den Selbsteinbau, die das neue technologische Spektrum repräsentierten, und übte zu Hause, sie außer Gefecht zu setzen. In stundenlangen Schminkübungen vor meinem Badezimmerspiegel lernte ich, mir mit Latex und falschen Nasen zu einem Nicht-Martin-Plunkett-Gesicht zu verhelfen, und als mein Sommer in Steel Town zu Ende ging, brauchte ich nur noch die perfekten Opfer zu finden.

Leichter gesagt als getan.

Sharon war eine grobschlächtige Industriestadt. Ihre ethnische Grundströmung war polnisch/russisch, und ihr Lebensstil war kaschemmenhaft. Auf der Straße gab es jede Menge Blondköpfe mit »Töte mich«-Aura, aber ich hatte den ganzen Sommer über nach einen attraktiven Blond-Blond-Paar Ausschau gehalten und dabei nichts als Augenschmerzen bekommen. Um die Frustration zu bekämpfen und dabei die Realität nicht zu verlassen, warf ich mich auf eine neue Welle der Popkultur, vermittel durch *People* und *Cosmopolitan.*

»Familie« wurde immer noch großgeschrieben, ebenso wie Religion, Rauschgift und rechte Politik, aber körperliche Fitneß schien auf dem Weg zur Nummer eins unter den amerikanischen Moden zu sein. Gesundheitsclubs waren die neueren »neuen Treffpunkte« für Singles; Körperbewußtsein hatte den »neuen Narzißmus« hervorgebracht; Bodybuilding-Geräte und -Techniken waren zu einem Punkt vorgedrungen, wo ein gewisser Guru der »neuen Fitneß« schlankweg erklärte, Schlankheits-Workouts seien die neuen »Gottesdienste«, und die Muskelaufbaumaschinen selbst seien die »neuen Totems der Anbetung, denn sie entfesseln die göttliche Körperperfektion, die in uns allen wohnt«. Die ganze Spinnerei stank nach einer Tiefstkategorie von Leuten, die gern gut aussehen wollten, damit sie höherklassige Partner zum Ficken fänden, aber wenn sich die Attraktiven dort versammelten ...

In Sharon gab es drei solcher Fitneßclubs – »Now & Wow Fitness«, »The Co-Ed Connection«, und das »Jack La Lanne European Health Spa«. Eine Salve von Telefonaten verschaffte mir eine Übersicht über ihre jeweiligen Vorzüge: Jack »La Strain« war für die ernsthaften Eisenpumper, und die »Co-Ed Connection« und »Now & Wow« waren Aufreißschuppen, in denen Männer und Frauen an Nautilus-Geräten arbeiteten und zusammen in die Sauna gingen. Die drei Telefonistinnen mit den strahlenden Stimmen luden mich ein, zu einem »Gratis-Einführungs-Workout« herüberzukommen, und das Angebot der beiden letzteren nahm ich an.

»Now & Wow Fitness« war, um mit den Worten des gelangweilten Schwarzen zu sprechen, der mir am Eingang ein Handtuch und ein »Sport-Kit« verpaßte, »'ne Fettfarm. Lauter Polacken-Trullas, die dünn werden wollen, damit sie sich 'n Stahlarbeiter untern Nagel reißen können, um sich dann wieder fettzufressen, wenn sie verheiratet sind.« Die zwei Räume voller pummeliger Frauen in pastellfarbenen Trikots bestätigten seine Einschätzung, und ich ging sofort wieder hinaus und gab mein Handtuch und das »Sport-Kit« frisch und ungebraucht zurück. »Sag ich doch«, meinte der Mann.

In der »Co-Ed Connection«, eine Straße weiter, hatte ich augenblicklich das Gefühl, ins Schwarze getroffen zu haben. Die Autos auf dem Parkplatz waren allesamt geschmeidige, neue Modelle, ebenso wie die Trainer beiderlei Geschlechts, die im Foyer warteten, um potentielle neue Mitglieder zu begrüßen. Wieder bekam ich Handtuch und »Workout-Kit«, und dann führte man mich in eine Halle, so groß wie ein Fußballplatz und angefüllt mit schimmernden Metallgeräten. Nur wenige Männer und Frauen plagten sich unter Stangen und Flaschenzügen. Die Trainerin bemerkte meinen Blick und sagte: »Der Feierabendsturm kommt in etwa einer Stunde. Da wird's wild.«

Ich nickte, und die geschmeidige junge Frau lächelte und ließ mich im Eingang zum Männer-Umkleideraum stehen. Der geschmeidige junge Mitarbeiter drinnen wies mir einen Spind zu, und ich zog Shorts und ein ärmelloses T-Shirt mit dem »Co-Ed Connection«-Logo an – einer geschmeidigen maskulinen Silhouette und einer geschmeidigen femininen Silhouette, die sich bei der Hand hielten. Ich überprüfte mein Aussehen in einem der vielen mannshohen Spiegel im Umkleideraum und stellte fest, daß ich eher groß als geschmeidig und eher plump als stilvoll wirkte. Zufrieden trat ich durch die Tür und fing an, Eisen zu pumpen.

Es war ein gutes Gefühl, und ich war erfreut, festzustellen, daß ich zweihundertfünfzig Pfund auf dem Rücken liegend immer noch zwanzigmal stemmen konnte. Ich ging von Gerät zu Gerät, fühlte angenehmen Schmerz und fand meinen Rhythmus mit reißendem Stahl, zischenden Flaschenzügen, dem Geruch meines eigenen Schweißes. Die Halle begann sich zu füllen, und bald bildeten sich Schlangen vor den einzelnen Maschinen. Herzhafte Macho-Männer spendierten Ermutigung für ziehende, drückende, hockende, hebende Macho-Frauen ringsumher, und ich kam mir vor wie ein Besucher von einem anderen Planeten, der die Erdlinge bei ihren wunderlichen Paarungsritualen beobachtete. Dann sah ich SIE, und ich ließ die Gewichte von meiner Schulter gleiten und sagte bei mir: »Tot.«

Sie waren offensichtlich Bruder und Schwester. Beide in der Traineruniform aus purpurrotem Satin, beide blond und nach klassischer, männlich/weiblicher Art herrlich geformt, beide etwas mehr als inhaltsleer hübsch, atmeten sie eine lange Geschichte familiärer Vertrautheit. Als ich zusah, wie sie einem dürren Teenagerbengel die Stemmaschine erläuterten, bemerkte ich, wie ihre Gesten sich ineinanderfügten. Als er seinen Worten mit einem Handkantenhieb durch die Luft Nachdruck verlieh, wiederholte sie die Bewegung, nur sanfter. Als er die flachen Hände hob, um zu demonstrieren, wie die Flaschenzüge funktionierten, tat sie es auch, nur ein wenig langsamer. Ich blickte sie starr an und wußte, daß sie schon sehr früh Inzest getrieben hatten, und daß dies das einzige war, worüber sie niemals sprachen.

Ich stieg von der Schulterdruckmaschine herunter und ging zum Umkleideraum. Jetzt schwitzte ich vor freudiger Erregung; ich streifte meine Sportsachen ab und zog meine Straßenkleidung an, und dann ging ich noch einmal durch die Workout-Halle. Die Geschwister standen vor einer Gruppe bei der Jogging-Tretmühle und erklärten, was es mit dem Muskelaufbau auf sich hatte, zeigten aneinander, wo Lateral- und Pektoralmuskeln lagen und berührten die Stellen mit den Fingern. Als ich die gleichen Stellen an mir berührte, fühlte ich in meinen schmerzenden Muskeln ein Pochen, dann ein Stampfen im Takt des Wortes »Tot«. Im vorderen Teil der Halle hing ein Trainerplan mit Bildern. Obenan lächelten George Kurzinski und Paula Kurzinski Seite an Seite. Ich datierte ihr Todesurteil neun Monate in die Zukunft – auf den 5. Juni 1982, auf den Tag genau vierzehn Jahre, nachdem ich das erstemal gesehen hatte, wie ein Paar miteinander schlief. Als ich die »Co-Ed Connection« verließ, schaltete ich meine geistige Stoppuhr ein. Ihre federgetriebene Bewegung gefiel mir, und ich ließ sie weiterlaufen, während ich meinen Plan, Schritt für Schritt, aktivierte.

Tick tick tick tick tick tick tick tick tick.

September 1981:

Ich erfahre, daß die Kurzinskis zusammen wohnen, aber in getrennten Schlafzimmern schlafen, und daß sie ihre verwitwete Mutter jeden Sonntag im Sanatorium besuchen. Tick tick tick.

November 1981:

Beobachtungen ergeben, daß Paula Kurzinski mittwochs und samstags bei ihrem Freund übernachtet; in diesen Nächten schläft George Kurzinskis Freundin bei ihm im Apartment der Geschwister. Tick tick tick tick tick.

Januar 1982:

Ich beschaffe den Grundriß der Kurzinski-Wohnung vom städtischen Planungsamt Sharon. Tick tick tick tick tick tick.

Februar 1982:

Ich werde ein Experte im Öffnen von Schlössern, die mit dem glanzlosen »Security King«-Schloß in der Wohnungstür der Kurzinskis identisch sind. Tick tick tick tick.

April 1982:

Verkleidung, Drogen und Waffen sind besorgt, Fluchtweg und vier Alternativen ausgearbeitet. Tick tick tick tick tick tick tick tick.

15. Mai 1982:

Apartment der Kurzinskis erfolgreich vorbereitet: Ersatzmesser unter den Teppichen in Wohn- und Schlafzimmer versteckt; in der obersten Schublade von Paulas Kommode eine geladene .25er Beretta gefunden, unter Georges Matratze einen geladenen Revolver, einen .32er S & W. Tick tick tick tick tick.

28. Mai 1982:

Zweiter Besuch im Apartment; beide Waffen mit leeren Patronenhülsen geladen und als zusätzliche Vorsichtmaßnahme bei beiden Waffen den Schlagbolzen um einen Achtelzoll zur Seite gebogen, um zu garantieren, daß sie nicht losgingen.

Tick

Tick

Tick

Tick

Tick

Tick

Tick

Tick ...

Aus dem LAW ENFORCEMENT JOURNAL, 30. Mai 1982:

**Taskforce der Bundespolizei »attackiert« Serienkiller
mit gefächerter Strategie**

Quantico, Virginia, 15. Mai: Die Existenz krimineller Phänomene, so alt sie auch sein mögen, ist doch immer erst bestätigt, wenn man ihnen einen Namen gegeben hat. »Massenmörder« und »Spaßkiller« sind alte Etiketten aus dem Jargon der Öffentlichkeit und der Justiz; man benutzt sie, um damit jemanden, der in einem einmaligen Anfall von Ra-serei mehr als einen Menschen tötet, beziehungsweise jemanden (fast immer einen Mann), der aus keinem erkennbaren Grund tötet, zu bezeichnen. Enthüllungen unserer Zeit, vor allem der Fall Ted Bundy (siehe dazu das *LEJ* vom 9.10.81), haben eine neue Bezeichnung, ein Schlagwort, hervorgebracht, welches wohl ohne Zweifel die Fantasie des Publikums gefangennehmen wird. Das FBI, dem das Phänomen schon seit einiger Zeit geläufig ist, wird wahrscheinlich für die Popularität des Wortes sorgen, denn es ist die erste US-Polizeibehörde, die den Typus des damit bezeichneten Verbrechers in einer konzertierten Aktion »attakkiert« – den Serien-Killer.

Nach Auskunft von FBI-Inspector Thomas Dusenberry definiert man den Serienkiller als »Straftäter, der wiederholt mordet, jeweils ein Opfer oder eine Gruppe von Opfern. Der statistische Prototyp unseres Serienkillers ist weiß, männlich überdurchschnittlich intelligent und zwischen fünfundzwanzig und fünfundvierzig Jahren alt. Dies ist konstant, alles andere an diesem Typus des Straftäters ist es nicht, und das macht seine Ergreifung so schwierig.

Zum einen ändern Serienkiller oft ihre Vorgehensweise und passen sie dem aktuellen Opfer an. Den einen ermorden sie vielleicht zu ihrer sexuellen Befriedigung, den anderen für Geld. Das eine Opfer erwürgen sie, das nächste erschießen sie. Man kennt Serienkiller, die ein halbes Dutzend weibliche Opfer vergewaltigten und das nächste halbe Dutzend sexuell ignorierten.

Überdies neigen solche Männer zum Reisen, und sie beseitigen ihre Opfer zumeist so, daß man die Leichen nicht findet. Abgesehen von der komplexen Psyche und der regellosen Vorgehensweise ist es vor allem ihr unstetes Leben, das sie so schwer faßbar macht – sie setzen auf die inadäquaten Kommunikationssysteme der amerikanischen Polizeibehörden.

Unser Land hat fünfzig Staaten und ungezählte Polizeibehörden. Die Kommunikation zwischen den einzelnen Behörden innerhalb des jeweiligen Staates ist auf der Identifikationsebene seit Jahren hinreichend, aber der Informationsaustausch zwischen den Staaten ist ein Witz und Störfaktor Nummer eins bei der Aufklärung möglicherweise zusammenhängender Mord- und Vermißtenfälle.«

Wie gedenkt dann die Serienkiller-Taskforce des FBI dieses Problem anzugehen?

Inspector Dusenberry: »Wenn ein Mörder, nachdem er einen Mord begangen hat, eine Staatsgrenze überschreitet, verstößt er gegen Bundesgesetz. Wir werden daher die Computerstatistik der ungelösten Mord- und Vermißtenfälle aus allen fünfzig Staaten abgleichen, und zwar über die letzten zehn Jahre. Wenn zwischenstaatliche Verbindungen hergestellt sind, werden wir von den zuständigen Behörden die vollständigen Fallakten anfordern, und wir werden uns telefonisch mit den ermittelnden Beamten in Verbindung setzen. Wir werden verschiedene Tatmethoden abchecken, wir werden Tatumstände und Indizienmaterial vergleichen, und wir werden die Reports der zur Taskforce gehörigen Gerichtspsychologen zusammenfassen. Aus all diesen Informationen werden sich höchstwahrscheinlich gewisse Muster ergeben, wir werden Hypothesen konstruieren und erfahrene Kriminalbeamte mit Nachfolge-Ermittlungen beauftragen können.«

Ein ganzer Flügel der FBI-Akademie in Quantico wurde von der Taskforce in Beschlag genommen. In den Büros türmen sich Berge von weißem Papier und Computerterminals, und zu allem gehört ein gigantischer Computer mit polizeilichen Informationen aus fünfzig Staaten. Diese Hirnmaschine, unter den Agenten der Taskforce als »Serien-Sally« bekannt, wird Ausgangspunkt aller potentiellen Ermittlungsarbeit sein. Die Daten aus siebenundzwanzig aufgeklärten Serienkiller-Fällen sind bereits eingespeichert; »Serien-Sallys« Assistenten sind ein halbes Dutzend erstklassige Gerichtspsychologen mit ausgedehnter praktischer Erfahrung, drei mordprozeßerfahrene Gerichtsmediziner und vier Kriminalbeamte – Männer, die seit fünfzehn oder mehr Jahren beim FBI sind, »Papier-Jokkeys«, die Verbindungen, Zusammenhänge und Hinweise aufspüren sollen.

»Ich brenne darauf, loszulegen«, verriet Inspector Dusenberry, 47, leitender Agent der Taskforce, dem *L.E.J.* »Ich habe über das Thema gelesen, was das Zeug hält. Es ist eine deprimierende Lektüre, und die Zahlen sind schwindelerregend. Ein Mann in Alabama hat in zwei Jahren neunundzwanzig Frauen ermordet, Gacy in Chikago hat dreiunddreißig auf dem Gewissen. Dann ist da natürlich unser Freund Ted Bundy, und wir haben Fälle von vermißten

und vermutlich ermordeten Kindern. Das ist mehr als schwindelerregend. Die Polizei in Anchorage, Alaska, hat einen Mann im Verdacht, innerhalb von achtzehn Monaten einundsechzig Morde begangen zu haben. Der Schmerz, der sich hinter all dem verbirgt, ist schwindelerregend, und meiner Meinung nach gebührt dem Problem des Serienkillers oberste Priorität bei den Strafverfolgungsbehörden in Amerika.«

Inspector Dusenberry, der 1961 zum FBI kam, hat an der Notre Dame Law School ein Jurastudium absolviert und kann auf sechzehn Jahre kriminalpolizeilicher Erfahrung zurückblicken, hauptsächlich als leitender Ermittler in Bankraubfällen. Er ist verheiratet, und Sohn und Tochter gehen aufs College, und er ist froh darüber, daß der Taskforce-Auftrag jetzt kommt, da seine Kinder erwachsen sind und seine Frau ihr altes Studium der Kunstgeschichte fortsetzt. »Es wird 'ne ganze Menge lange Überstunden geben«, vertraute er uns an. »Daß die Kinder und meine Frau zur Schule gehen und daß der Job größtenteils aus Schreibtischarbeit bestehen wird, macht es mir leichter, mich hineinzufinden. Wenn ich so viel Zeit auf der Straße verbringen und in Raubüberfällen ermitteln müßte, würde es mir Sorgen machen, daß sie sich um mich Sorgen machen.«

VII

Implosion

21

Tick
Tick
Tick
Tick
Tick
Tick
Tick
Tick
Stopp.
12:16 Uhr. 5. Juni 1982.

Ich schob meinen Dietrich in das Schlüsselloch in der Wohnungstür der Kurzinskis. Das Schloß gab leise nach, und ich drückte die Tür nach innen, bis kurz vor die Stelle, wo die vorgelegte Kette sie, wie ich wußte, aufhalten würde. Mit schnappendem Klirren bewegte sich die Kette, und ich zog die Tür ein und wenig zu mir heran. Mit dem Griff des Dietrichs hebelte ich die Kette auf und ließ sie abspringen. Ihr loses Ende fiel gegen den Türrahmen, und ich hörte ein unverwechselbares Geräusch aus Kurzinskis Schlafzimmer: Der Schlagbolzen seines .32ers wurde zurückgezogen.

Leise drückte ich die Tür ins Schloß und tappte durch das dunkle Wohnzimmer; dann lehnte ich mich eng an die hintere Wand, neben dem Durchgang nach nebenan, neben dem Lichtschalter. Ich hakte die Axt los, die an meinem geflochtenen Gürtel hing, und wartete darauf, daß knarrende Schritte sich näherten. Als der erste mir ins Ohr drang, fing ich an zu vibrieren. Es waren genau neun Schritte von George Kurzinskis Schlafzimmer bis hierher; aus ebenso vielen Sekunden würde der Rest seines Lebens bestehen.

Das Knarren kam näher, und beim neunten Schritt knipste ich das Licht an und schwang die Axt blind in Richtung Gang. Der Aufprall und das sprühende Blut verrieten mir, daß ich mein Ziel getroffen hatte, noch bevor ich den Toten sah. Als ich vortrat, hörte ich nasses Gurgeln, und ich fühlte, wie eine starke Hand die Klinge beiseiteriß. Ich schaute in den Gang: George Kurzinski stand aufrecht an der Wand und versuchte, mit einer Hand eine Kompresse zu bilden, die das Blut stoppen sollte, das aus der Wunde quer durch seine Kehle quoll. Gleichzeitig versuchte er zu schreien, doch sein zerteilter Kehlkopf machte ihm dies unmöglich.

Blut spritzte von meinen schwarzen Plastikoverall; ein feiner Strahl traf mich im Gesicht. George rutschte auf den Boden, hob seinen Revolver und schoß sechsmal auf mich. Beim sechsten Klicken kam ein leises »Georgie? Georgie?« aus Paulas Schlafzimmer, und dann hörte ich, wie sie ihre Kommode nach der Beretta durchwühlte. Ich ließ George im Gang liegen und sterben und näherte mich dem entzückenden metallischen Echo einer leeren Patronenhülse, die in ihre Kammer glitt, wo sie niemals mit einem Schlagbolzen zusammentreffen würde.

Paula begrüßte mich vom Bett aus. Stolz und Feuer loderten in ihren Augen, als sie mir eine fernsehgemäße Warnung entgegenspie: »Stopp, Penner!« Ungehorsam ging ich langsam weiter, und ich bleckte die Zähne wie Shroud Shifter und Lucretia auf der Jagd nach Treibstoff. Sie drückte ab; nichts geschah. Sie zog den Schlitten zurück und feuerte noch einmal; es klickte wieder. Ich beobachtete, wie ihre Halsmuskeln den Schrei vorbereiteten, der kommen mußte, und ich sagte: »Ich bin unverwundbar«, und stürzte mich auf sie.

Sie wehrte sich heftig mit Ellbogen und Knien, aber ich schaffte es, ihr die Hände um die Kehle zu legen, als sie endlich die erste Silbe des Wortes »Mutter« hervorpreßte. Als ich mit aller Kraft zudrückte, sah ich Farben; als ich ihr mit aller Kraft in den Hals biß, kam ich. Als sie schlaff wurde, packte ich sie bei einem Fußknöchel und wirbelte sie in perfekten Kreisen im Zimmer herum, ohne daß ihre Gliedmaßen je die Wände berührten. Als ich ihre schlaffe Gestalt auf dem Bett arrangierte, fühlte ich, wie meine Schmach in ihren Körper überging, eins-zwei-drei, so geschäftsmäßig wie ein Händedruck.

Ich stellte meine Gehirnuhr auf 3:00, zog die Airline- und Rockposter aus der Innentasche meines Overalls und betrachtete mich im Spiegel an der Wand. Shroud Shifters strenges Habichtgesicht starrte mir entgegen. Meine Maskenbildnerkunst war super, und dabei hatte ich nicht einmal »Cougarman Comix« als visuelle Hilfe hinzuzuziehen können. Ich-transformiert und blutgehärtet, endlich das einzige Alter Ego, das zählte, suchte ich in der Küche nach Heftzwecken und pinnte die Plakate im Wohnzimmer an die Wände. Dann tauchte ich die von Chirurgengummi umhüllten Hände in George Kurzinskis Blut und schrieb »Shroud Shifter siegt« über seiner Leiche an die Wand. Als ich das Apartment zehn Minuten zuvor betreten hatte, war ich ein vierunddreißigjähriger Kind-Mann gewe-

214

sen, der eine Identitätskrise zu bewältigen hoffte. Als ich ging, war ich ein Terrorist.

SCHLAGZEILEN SCHLAGZEILEN

Aus dem PHILADELPHIA ENQUIRER, 7. Juni 1982:

Bruder und Schwester zu Hause in Sharon brutal ermordet

Aus dem SHARON NEWS REGISTER, 7. Juni 1982:

**Brutaler Doppelmord erschüttert Stadt!
Freunde und Familie in Trauer**

Aus der PHILADELPHIA POST, 10. Juni 1982:

**Brutaler Mord in Sharon ohne Spur
»Mysteriöser Hinweis«: Polizei hält »Blutnachricht« geheim**

Aus dem SHARON NEWS REGISTER, 13. Juni 1982:

**Zahlreiche Trauergäste bei Kurzinski-Bestattung
Fitneß-Clubs geschlossen**

Aus dem PHILADELPHIA ENQUIRER, 17. Juni 1982:

**Noch immer keine Spur in Doppelmord:
Angst und Empörung in Steel Town**

Aus der PHILADELPHIA POST, 19. Juni 1982:

**Motiv im Mordfall Kurzinski: Polizei ratlos
Massenhaft falsche Geständnisse**

Aus dem SHARON NEWS REGISTER, 14. Juli 1982:

Bürgermilizen auf der Jagd nach Kurzinski-Killer

Aus dem SHARON NEWS REGISTER, 8. Dezember 1982:

Noch immer keine Spur im Mordfall Kurzinski

Aus dem SHARON NEWS REGISTER, 6. Januar 1983:

Fall Kurzinski: Polizei ratlos

Aus dem SHARON NEWS REGISTER, 11. März 1983:

**Neun Monate danach: Fall Kurzinski immer noch offen
Sharon trauert**

Aus dem SHARON NEWS REGISTER, 14. Mai 1983:

Polizeichef gibt zu: Spuren im Fall Kurzinski »eiskalt«

Aus dem SHARON NEWS REGISTER, 20. Mai 1983:

**Polizei hält »Blutspur« im Fall Kurzinski weiterhin geheim
Polizeichef: »Wir hoffen wider alle Hoffnung«**

*Aus dem Tagebuch des Inspector Thomas Dusenberry,
Serienkiller-Taskforce des FBI:*

22.5.83

Typischerweise fange ich wieder mal ein Jahr zu spät mit diesem
Tagebuch an. Wenn Carol nicht aus dem Hause wäre, um mit
College-Kids, die halb so alt sind wie sie, diese zierlichen
Renaissance-Kerlchen zu studieren, dann würde sie mir jetzt beim
Schreiben über die Schulter gucken. Sie würde lesen, wie ich dieses
Tagebuch beginne, und sie würde sagen: »Wie alles in deinem
*Priva*tleben.« Und typischerweise würde ich dann wieder nicht
wissen, ob das ein Seitenhieb oder eine Liebesäußerung ist, denn
Carol ist ein kleines bißchen klüger als ich und ein großes bißchen
besser in allem außer im Jagen von Straftätern und im
Geldverdienen. Und wenn sie je ihren (mit 44 immer noch
wohlgeformten) Arsch bewegen und das Angebot dieses
Grundstücksmaklers annehmen sollte, wird sie mich in letzterem
auch noch schlagen. Und wenn Mark und Susan plötzlich vom
College abgehen und die Verbrecherlaufbahn einschlagen sollten –
aber lassen wir das.

Wenn ich so zurückdenke, vor ungefähr zehn Jahren, gleich nach
Hoovers Tod, fing jeder Agent weit und breit an, seine Memoiren zu

schreiben. Ein paar wurden sogar gedruckt. Alle waren Selbstbeweihräucherungen, voll von Fantasien und Anekdoten über den Alten aus zweiter Hand. Ich beneidete die Kerle, die Verleger fanden, aber es machte mich wütend, daß sie sich selbst als so sensible Liberale darstellten, während die meisten in Wirklichkeit noch rechts vom Diktator einer typischen Bananenrepublik standen, antikommunistische Slogans brüllten und nebenher Kokain verdealten. Ich sah sie (zehn- bis zwanzigtausend Dollar Honorarvorschuß vom Verlag, Tantiemen, Filmrechte und Ruhm, weil sie etwas taten, was ich eigentlich auch immer ziemlich gut zu können glaubte), und ich sah mich – wie ich über meine Verhältnisse lebte, meiner Familie auf die Nerven ging, weil wir wegen der dauernden Versetzungen immer wieder umziehen mußten, wie ich zu Carol sagte: »Such dir keinen Job, Baby – ich kann doch noch einen Abendkurs unterrichten«, und ich dachte: »Scheiße, jetzt habe ich jahrelang Bankräuber hochgenommen: Ich schreibe ein Buch, und ich werde J. Edgar nicht mal erwähnen.«

Aber die Wahrheit ist: Ein Bankraub ist langweilig, wenn es einem nicht persönliche Befriedigung verschafft, Bankräuber von der Straße zu bringen. Mir verschafft's die, und das ist der springende Punkt. Entweder werden die Halunken von der örtlichen Polizei an Ort und Stelle geschnappt, und wir übernehmen die rechtliche Seite, wenn das Verfahren eröffnet ist, oder – berechenbare Kreaturen mit längst festgelegten kriminellen Verhaltensmustern, die sie nun mal sind – sie gehen dahin, wo wir wissen, daß sie hingehen werden, und da finden wir sie dann. Persönlich befriedigend, gelegentlich aufregend – aber meistens bestand die Arbeit darin, im Büro zu sitzen, Berichte zu lesen und mir auszudenken, wo die Blödmänner hingehen würden, wenn sie plötzlich reich waren. Also wird's nichts mit dem Bestseller über den heißen Raubaufklärer vom FBI. Joe Blow drüben bei Betrug – du hast es mit einer höheren Klasse von Kriminellen zu tun. Schreib du das Buch.

Ich habe gedacht, die Arbeit in der Taskforce würde es mir leichter machen, dieses Tagebuch (und spätere Buch?) zu schreiben. Hat es aber nicht, und jetzt ist die Taskforce schon ein Jahr alt. Ich habe gedacht, Carol würde mich unterstützen und mir bei der redaktionellen Arbeit helfen, aber sie ist in ihr Studium vertieft, und jedesmal, wenn ich etwas von einer womöglich zusammenhängenden Reihe vermißter Kinder sage, friert sie zu, und wir schlafen eine Woche lang nicht miteinander. Wenn ich's auf die

intellektuelle Tour versuchte und ein paar der Monster, die
»Serien-Sally« ausspuckt, mit van Gogh (dem armen Schwein) oder
mit Hieronymus Bosch in Zusammenhang bringe, zeigt sie mir
glibbrige Landschaften aus ihren Büchern, und dann bin ich es, dem
es vor Kälte vergeht. Die verborgene Wahrheit: Sie bereut, daß sie
nie in einem Beruf gearbeitet hat, und sie beneidet mich, weil ich in
dem meinen so sehr aufgehe. Sie hat auch dafür gesorgt, daß Susan
und Mark sich in künstlerischer Richtung orientiert haben, wodurch
sichergestellt sein dürfte, daß ich pleite bin und Abendkurse
unterrichte, bis die beiden dreißig und promoviert sind. Und das ist
okay – obgleich ich den Verdacht habe, daß Mark als Schreiner oder
Bauunternehmer glücklicher wäre und daß Susan sich als
kunstinteressierte Ehefrau wohler fühlen würde.

Aber ich komme vom Kern der Sache ab, und der ist, daß die
Taskforce der *große* Auftrag meines Lebens ist; sie befriedigt und
beruhigt mich mehr als alles andere, und es ist immer noch schwierig,
darüber zu schreiben. Um ehrlich zu sein, es ist Carols Eiseskälte, die
mich soweit hat kommen lassen. Ich komme spät nach Hause, noch
aufgedreht, noch arbeitsheiß, und die Schneekönigin der Kunst
(unfair, Darling, aber gestatte mir einstweilen diese künstlerische
Freiheit) legt noch ein paar neue Schneewehen auf. Die Taskforce
hat mich an meine Familie denken lassen, und so will ich nun Susan
benutzen, um von einem Thema auf ein anderes zu wechseln.

Susan hat gestern abend angerufen (und um Geld gebeten). Wir
flachsen, und ich frage sie, ob sie einen Freund hat und was ihre
allgemeine Einstellung zur Ehe ist. Sie sagt: »Tja, Dad, ich bin
Anhängerin der Serienmonogamie, und ich denke mir, daß es so
bleiben wird.«

Ich wäre fast unter die Decke gegangen und habe Susie angebrüllt,
was ich selten tue. Es lag natürlich an dem Wort »Serie« und seinen
Konnotationen. Ich argumentierte nicht eben schlüssig, als Susie
und ich stritten, und ein paar Minuten später verabschiedeten wir
uns, aber heute morgen habe ich alles wieder in Ordnung gebracht.
Es war der Mangel an romantischer Illusion gewesen, den sie gezeigt
hatte. Sie ist 22, und sie schläft mit ihren Freunden; das ist mir
ziemlich egal. Es ist nur, daß sie weiß: Früher oder später wird
Schluß sein. Sie hat nicht dieses jugendliche »Ewigkeits«-Gefühl,
das man sowieso früher oder später verliert. Lieber hätte ich sie so
wie Gretchen, die Chefsekretärin der Force, als so, wie dieses
schreckliche Wort es impliziert. Gretch ist 31, hat zwei Kinder aus

einer beschissenen Ehe, von der sie mal glaubte, daß sie ewig währen würde; sie hat Affären mit den falschen Typen, die sich schließlich immer verdrücken, weil sie Schiß wegen der Kinder kriegen. Sie ist clever, sie ist witzig, sie ist eine großartige Mutter, sie hat ein paar schwule Freunde, die komischer sind als Bob Hope, Jackie Gleason und Richard Pryor zusammen, und sie hat immer noch Hoffnung. Ab und zu umarmen wir uns, und wenn ich nicht ein so treuer Knochen wäre, würde ich wohl tun, was Gretch nach diesen Umarmungen anscheinend gern täte.

Bei einer »Serie« geht man einfach über zum nächsten. Geliebter oder Mordopfer, man macht einfach weiter. Heute morgen, als ich meinen Mut zusammennahm, um mit diesem Tagebuch anzufangen, wollte ich meinen Namen gedruckt sehen, und so blätterte ich in einer Ausgabe des *Law Enforcement Journal* vom vorigen Jahr. Und da war ich: Inspector Thomas Dusenberry, mit meinem beim FBI erlernten Sprachstil, gespickt mit Wörtern wie »Straftäter«, »Identifikationsebene« und »Indizienmaterial«. »Schwindelerregend« habe ich ebenfalls oft benutzt – und damit springe ich zum eigentlichen Zweck dieses Tagebuches:

Es ist mehr als schwindelerregend. Als Kriminalpolizist bin ich ein Veteran, und um der Wirklichkeit willen wünschte ich mir, es gäbe Adjektive, die stärker wären als »schwindelerregend«, »unfaßbar«, »unglaublich« etc. Noch vor sechzehn Monaten hätte ich Ihnen gesagt, das einzige, was derartig überzogene Bezeichnungen verdient, sei die Hochnäsigkeit meiner Frau auf Cocktailpartys des FBI. Heute würde ich Carol um Entschuldigung bitten und sagen: »Sorry, Baby, aber da draußen gibt es Menschen mit College-Ausbildung und in leitender Position, die jemanden totschlagen, ihm als Andenken die Manschettenknöpfe stehlen und dann nach Hause fahren, die Kinder zusammentreiben und sie zum Baseballtraining bringen, und die nachher der ganzen Mannschaft bei ›Haagen Dazs‹ ein Eis spendieren, bevor sie heim zur Frau und sanftem Sex fahren.« Wenn sie mir nicht glaubte, würde ich ihr einen der drei Serienkiller vorstellen, die unsere Taskforce in ihrem einjährigen Dasein bis heute gefaßt hat: Bundes-Fallakte 086–83 – Wahlen, William Edmund, alias der »Chappaqua Chopper«.*

Willy, ein leitender Angestellter einer New Yorker Werbeagentur, schlug in New Yorker Vororten und in New Jersey zwischen 1976

---

* Chopper = »Zerhacker«

und 1982 insgesamt vierzehn Menschen tot. Er pflegte die Parkgebiete am Hudson River zu durchstöbern und einsame Naturliebhaber zu suchen (alt, jung, männlich, weiblich, schwarz, weiß – Willy war ein Killer, der an Gleichberechtigung glaubte), und er schlug sie mit einem Stein tot, stahl ihnen irgend etwas als Andenken und warf sie in den Fluß. Ich habe ihn eher zufällig gefaßt. Mir fiel auf, daß in den Seitenstraßen, die zu den Parks führen, in denen er umherzustreifen pflegte, das Parken nur auf einer Straße erlaubt war, und so fragte ich den Computer nach Strafzetteln für Falschparker, die dort in zeitlicher Nähe zu den Tagen ausgestellt worden waren, an denen man die Leichen aufgefunden hatte. Und siehe! der alte Willy hatte in drei von vierzehn Fällen nicht aufgepaßt.

Er wohnte in Chappaqua, in einem hübschen dreistöckigen Haus im Kolonialstil, sein vorjähriges Bruttoeinkommen hatte 275 000 Dollar und eine Reihe von Aktienoptionen betragen. Als ich an seine Tür klopfte, war ich von seiner Schuld nicht hundertprozentig überzeugt, und deshalb fragte ich ihn geradeheraus: »Mr. Whalen, sind Sie der ›Chappaqua Chopper‹?«

Seine Antwort: »Ja. Ich komme friedlich mit, Officer, aber könnten Sie vorher noch einen Martini mit mir trinken? Meine Frau und die Kinder gehen gleich ins Theater, und ich möchte ihnen den Spaß nicht verderben. Ich sage ihnen, Sie wären von der Agentur.«

Jetzt sitzt Willy in Lewisburg und trägt Bundesdrillich statt Paul-Stuart-Anzügen. Ich habe manchen ehrfurchtsvollen Lacher erzielt, wenn ich Leuten erzählte, daß ich ein paar Beefeaters mit ihm gekippt habe, und tatsächlich mochte ich das verrückte Arschloch irgendwie. Aber dann war ich deshalb auf mich selber sauer, und ich wühlte die Opferfotos des Leichenbeschauers hervor. Jetzt mag ich Willy nicht mehr.

Ich verstehe ihn auch nicht.

Die beiden anderen Festnahmen gehen auf das Konto meines Kollegen Jim Schwartzwalder aus Houston. Er ist ein Hexenmeister der Spurensicherung, und er *bat* darum, die Fälle vermißter Kinder bearbeiten zu dürfen (niemand sonst wollte das tun). Jim bekam ein paar Angaben über vermißte Kinder im nördlichen Louisiana sowie über zwei tote (vergewaltigt und mit Bißwunden bedeckt) unten in der Nähe von Baton Rouge in die Finger. Er vermutete einen reisenden Mörder, möglicherweise einen Autodieb, und so ließ er sich die Autodiebstahlfälle aus der Gegend um Shreveport kommen und stieß auf einen Fall, der nach »Panik« aussah; er kombinierte den Dentalreport über die Bißspuren an den toten Kindern mit einer Rundfrage nach Wiederholungstätern, die wegen schweren Autodiebstahls einsaßen. Zweifacher Gong aus dem Staatsgefängnis in Brownsville, Texas: Die Zahnspuren paßten zu einem Gebiß, das dort im Knast seinerzeit für den ehemaligen Insassen Leonard Carl Strohner angefertigt worden war, der gegen Ende der '70er Jahre eine dreijährige Haftstrafe wegen schweren Autodiebstahls verbüßt hatte. Die Fahndung wurde eingeleitet, und ein paar Monate später ging Strohner in New Mexico ins Netz. Er gestand, im Süden und Südwesten zweiundzwanzig Kinder gebissen, vergewaltigt und ermordet zu haben, und zwar unterstützt von seinem zeitweiligen Partner Charles Sidney Hoyt. Bei einer routinemäßigen Razzia unter Nichtseßhaften wurde Hoyt eine Woche später in Tucson, Arizona, verhaftet. Er lachte, als er seine Verbrechen gestand, und als einer der Polizisten ihn fragte, weshalb es ihm Spaß mache, Kinder zu beißen, antwortete Hoyt: »Je näher am Knochen, desto zarter das Fleisch.«

Ich schweife wieder ab; ich will mir noch ein wenig die Zügel schleifen lassen, und dann komme ich wieder zur Sache. Exkurs eins: Für einen Cop bin ich so was wie liberal. Armut ist die Ursache Nummer eins für Verbrechen. Punkt. All dieses Zeugs über den Niedergang der Moral und den Verfall der Familie ist Blödsinn. Abgesehen von der Armut und dem damit unmittelbar zusammenhängenden Drogenmißbrauch gibt es eine individuelle psychologische Motivation, die weitgehend unergründlich ist, obwohl die Gerichtspsychologen, die mit der Taskforce zusammenarbeiten, ein ziemliches Geschick haben, aus Berichten und Beweismaterial ihre Schlußfolgerungen zu ziehen. Mich als Cop hat die psychologische Motivation immer besonders interessiert. Willie Roosevelt Washington, ein schwarzer Heroinsüchtiger aus der South Side von Philadelphia, ist Bankräuber geworden. Willies Dad und Mom waren brave Leute, die ihn niemals schlugen. Der Nachbarsjunge, mit dem Willie aufgewachsen ist, wurde von seinen sadistischen, versoffenen Eltern regelmäßig windelweich geprügelt, und er ist heute ein brillanter junger Chemiker in der Spurensicherungstechnik beim FBI. Was ist da passiert?

Großstadt-Cops haben dafür eine Standardantwort parat. Im Laufe meiner jahrelangen Zusammenarbeit mit ihnen habe ich sie oft gehört: Das Böse. Ursache und Wirkung und traumatische Episoden bedeuten Nullkommanichts. Was ist, *ist*. Suche nach

Ursache und Wirkung, und was du kriegst, ist das, was *ist*: Gut und Böse, grau schattiert. Ich bin ein logisch denkender, methodischer Mensch und glaube nur dem Namen nach an Gott, und ich habe diese Antwort immer als anstößig empfunden.

Exkurs zwei: Abgesehen davon, daß ich Carol gegen den Willen meiner Eltern geheiratet habe, bestand der bedeutendste Akt der Rebellion in meinem Leben darin, daß ich dem Glauben abschwor, in dem ich aufgewachsen war. Ich war siebzehn, als ich aufhörte, an die Lehren der Holländisch-Reformierten Kirche zu glauben. Die Heiligkeit Jesu Christi, die Existenz des Guten und des Bösen und Gott als Puppenspieler im Himmel, der bei der Geburt jedes Herdenmitglieds die Nummer von der Vorbestimmung spielte – das alles war zu häßlich, zu niederträchtig und zu dumm für einen logisch denkenden, methodischen Bengel, der entweder Rechtsanwalt oder Cop werden wollte. Und so schrieb ich mich in einem Jesuiten-College ein und besuchte die Notre Dame Law School und wurde Jurist und Cop, und mit fast fünfzig Jahren bin ich immer noch logisch denkend und methodisch und besessen davon, herauszufinden, *warum*. Und – Pointe – vielleicht stimmt es ja: Was ist, *ist*, und das Gute und das Böse sind Wirklichkeit, und die Akten der Serienkiller, die ich bearbeite, sind der unangreifbare Beweis dafür.

Hier ein paar erlesene Informatiönchen zur Stützung dieser These:

Bei Serienmorden, in denen Raub (wie die Gerichtspsychologen sagen) das »Motiv des Augenblicks« war, wurden im Jahr 1981 durchschnittlich weniger als zwanzig Dollar pro Opfer erbeutet.

Ein Mann, der des neunfachen Mordes überführt wurde, begangen in einem Zeitraum von fünf Jahren und in drei verschiedenen Staaten, war während des Vietnamkrieges Kriegsdienstverweigerer und saß wegen der Veranstaltung von bundesgesetzlich verbotenen Seminaren zur Praxis der Wehrdienstflucht im Gefängnis. Im Lichte dessen fragte man ihn, wie er kaltblütig neun Menschen habe ermorden können. »Ich habe meine Philosophie dem Verlangen, zu töten, angepaßt«, sagte er.

Ein Mann, der dabei ertappt wurde, daß er eine ältere Frau vergewaltigte, die er wenige Augenblicke zuvor getötet hatte, war, wie sich herausstellte, schon verdächtigt worden, mehrere andere Morde begangen zu haben, und man hatte ihn freigelassen, nachdem man ihn einem Test mit dem Lügendetektor unterzogen hatte. Als man ihn fragte, wie ihm das gelungen sei, antwortete er: »Wißt ihr, ich steh auf Töten. Ich hab da keine Schuldgefühle; wie also soll 'ne Maschine, die darauf programmiert ist, Schuldgefühle zu entdecken, mich verpfeifen?«

Keiner der im Jahr 1981 erfolgreich vor Gericht gebrachten sechs Serienmörder, deren Opfer Kinder waren, wurde als Kind sexuell belästigt.

Serienmörder sind in den meisten Fällen fähig zu normalen, monogamen Sexualbeziehungen.

Und ein letzter Schocker – er stammt von Doc Seidman, dem Chefpsychologen bei der Force: Hartgesottene soziopathische Berufsverbrecher mit Neigung zur Gewalttätigkeit, die aber vor Mord zurückschrecken, übertreffen überführte Serienkiller bei psychologischen Tests zur Aufspürung fehlender moralischer Hemmungen und kriminellen Gewissensmangels. Doc Seidman sagt, während der typische Soziopath einen nach Strich und Faden, mit lächerlichen Kleinigkeiten anfangend, beklauen und ausbeuten wird – unter dem pathologischen Zwang zu absolut selbstsüchtigem Handeln –, werden Serienkiller das nicht tun. Sie sind, sagt er, manchmal zu echter Liebe und Leidenschaft fähig. Dieses »Faktum« hat mich ermutigt, und mir war, als könnte es sowohl ein gutes Jagdinstrument als auch ein Polster gegen die Depression sein. Das Lesen von Berichten über Sodomie, Verstümmelung und Mord, Mord, Mord kann einem an die Nerven gehen. Leidenschaft ist manchmal logisch; fast kann ich, logisch denkend, den Grund dafür aufspießen, daß ich Carol so sehr liebe, obwohl viele Leute sie für ein Biest halten. Aber dann verpatzte ich alles, weil ich logische Bestärkung suchte. »Was macht sie dazu fähig, Doc?«

»Sie haben einen exaltierten Sinn für Stil«, sagte er.

Da ist es also wieder: »Gut gegen Böse«, »das Jauchzen der Jagd gegen die Betrübnis des Geländes«, »Ursache und Wirkung«, und Docs »Leidenschaft und Stil«. Es wird spät; Carol müßte bald kommen, und ich möchte über ihre Sachen reden können; deshalb will ich jetzt die Zusammenhänge niederschreiben, die ich bisher habe ausmachen können, und dazu ein paar reine Cop-Beobachtungen:

1. – Zwei verschiedene Gruppen von Vergewaltigungen/Verstümmelungen. Die erste (drei Teenager, alle drei brünett) begab sich Ende '78 – Anfang '79 im südlichen Wisconsin und ist möglicherweise einem Saul Malvin aus Chikago

zuzuschreiben, der sich unmittelbar nach dem dritten Mord und in der Nähe des Tatortes das Leben genommen hat. Malvin hatte die Blutgruppe 0+ wie der Mörder (nach dem an den Opfern gefundenen Sperma bestimmt), aber es gibt sonst keinen greifbaren Beweis für seine Täterschaft. Die Indizien passen: Er war in der Nähe des dritten Tatortes, und zur Zeit der ersten beiden Morde war er angeblich zu Hause. Malvin war nicht vorbestraft und war nie in psychiatrischer Behandlung gewesen, was aber bei Serienmorden ohne Belang ist. Die Psychologen in der Force sagen, ein Suizid nach einem besonders brutalen Mord sei nichts Ungewöhnliches – er resultiere aus Augenblicken der Klarheit. (Nett, daß sie so was empfinden können, nur kommt es leider so spät, daß es ihrem letzten Opfer nicht mehr hilft.)

2. – Vier Mädchen, Teenager oder Anfang Zwanzig, vergewaltigt und in gleicher Weise zerstückelt, tot aufgef. 18. 4. 79 in Louisville, Kentucky; 1. 10. 79 in des Moines, Iowa; 27. 5. 80 in Charleston, South Carolina; 19. 5. 81 in Baltimore, Maryland. Alle vier Mädchen waren blond, alle vier Huren mit mehrfachen Vorstrafen wegen Prostitution. Der Mörder/Vergewaltiger hatte wiederum Blutgr. 0+ (sehr verbreitet), und die Tatspuren (Messerschnitte und Sägewunden) waren in allen vier Fällen identisch. Notizen in allen vier Fallakten und in der Sammelakte, die die vier beteiligten Polizeibehörden verfaßten, als sie ihre eigene kurzlebige »Taskforce« bildeten, enthalten die Vermutung, bei dem Täter handele es sich entweder um einen echten Polizisten oder um einen Cop-Imitator. Bisher ist dies nur eine Theorie, die auf der Aussage eines alten Saufpenners basiert; der Mann hatte am Abend des Mordes in Charleston jemanden, »der nach Cop aussah«, das Foyer des Opfer-Hauses betreten sehen. Windiges Zeug. Zuerst möchte ich feststellen, ob man nachweisen kann, daß Malvin der Mörder in Wisconsin war oder daß er es nicht war, und wenn er es nicht war, möchte ich das Material der Fälle aus Wisconsin mit dem der anderen vier vergleichen. Vor zwei Wochen habe ich die Akten bei der Wisconsin State Police angefordert und noch keine Antwort erhalten. Die Sache mit den Blonden/Brünetten ist interessant. Serienkiller sind trickreich, und wenn ein Täter für alle sieben Morde verantwortlich ist, hat ihn vielleicht nur der Drang überkommen, seinen »Stil« zu ändern.

3. – Jim Schwartzwalder hat fünf Fälle von vermißten Kindern, alle in Staaten des Westens, Südwestens und Südens. Es gibt

Verbindungen, und einige dieser Verbindungen überschneiden sich; jetzt hat er Mühe, festzustellen, mit wie vielen Tätern er es wirklich zu tun hat. Aber . . . in einem Fall hat er eine Fahrzeugbeschreibung, und jetzt hat er die wirkliche Scheißarbeit zu erledigen, mit der man Fälle wie die seinen löst: den Abgleich von Fahrzeugregistrierungen mit Tatgelegenheit und der Straf- und/oder Psychiatrieakte der Fahrzeughalter. Danke, daß du die Kinder übernommen hast, Jim. Ich schulde dir einen Gefallen.

4. – Ich habe mehrere Morde an Reisenden, die über neun Jahre zurückdatieren. Unterschiedliche Vorgehensweisen, aber die Tatorte reihen sich chronologisch von Westen nach Osten, und bei zweien habe ich einen Zusammenhang feststellen können. Von Anfang an: Dreizehn Morde/Vermißtenfälle am Straßenrand in Nevada und Utah von Ende '74 bis Ende '75. Einige wurden erschossen, andere erschlagen; die meisten der aufgefundenen Opfer waren ihrer Wertsachen beraubt. Die beiden ersten in der Kette, ein junger Mann und eine Frau, die im Dezember '74 im ländlichen Nevada von Campern entdeckt wurden, waren mit einem .357er Magnum erschossen und dann nackt in sexueller Stellung zusammengelegt worden. Danach, im Januar '75, wurden vier wohlhabende junge Anhalter, allesamt männlich, in Nevada und Utah aufgefunden – auf unterschiedliche Weise erschlagen, erschossen (Projektile nicht gefunden) und erwürgt. Alle waren ausgeraubt worden, und die Kreditkarten eines der Opfer tauchten in Salt Lake City auf. Die Person, in deren Besitz sie sich befanden und die als Täter nicht in Frage kam, sagte uns, sie habe die Karten von einem großen, unauffälligen jungen Mann von Anfang Zwanzig namens »Shifter«.

Sprung nach: Ogden, Utah, 30. 10. 75. Zwei solide Bürger und Autofahrer werden gesehen, wie sie am Rande von Ogden mit einem »großen jungen Weißen« reden, und sind – puff! – verschwunden.

Das sind bis jetzt dreizehn Tote oder mutmaßlich Tote. Und jetzt ein großer Sprung, geographisch und was den Lebens-Stil betrifft: Acht junge Leute verschwinden in Aspen, Colorado, von Januar bis Juni 1976. Vier Paare, alle wohlhabend. Nie bringt man ihr Verschwinden wirklich in einen Zusammenhang, obwohl beim Tauwetter im Frühjahr '76 drei der Vermißten konserviert wieder auftauchen – *verstümmelt*, das Ehepaar nackt wie zum Geschlechtsverkehr positioniert, der dritte, ein Mann (der acht Tage nach den beiden ersten zuletzt gesehen wurde!), liegt nackt wenige Schritte weit daneben.

Wenn man die acht zu den dreizehn addiert, erhält man einundzwanzig. Und jetzt noch ein großer Sprung: In die Beine der Opfer sind die Buchstaben »S. S.« eingeschnitten. Zuerst hält die lokale Polizei es für Nazi-Quatsch, und dann behauptet irgendein Comic-Freak, es könne sich auch um einen Hinweis auf »Shroud Shifter« handeln, einen Comic-Schurken, den es vor Jahren gegeben habe. Verbindung: »Shifter«, der Kreditkarten-Verkäufer – »Shroud Shifter«, die Inspiration für die »S. S.« – Kennzeichnung? Ich lasse jetzt beide Namen auf nationaler Ebene überprüfen und warte ab, was sich in den Alias-Akten der lokalen Police Departments findet. Sehr, sehr dürftig, dieses Zeug, aber es sind Anhaltspunkte.

Sprung: Neun weiße College-Studenten machen puff! und verschwinden in verschiedenen Teilen von Kansas und Missouri – April '77 bis Oktober '78. Einer der jungen Männer wurde zuletzt gesehen, wie er mit einem »großen Weißen, möglicherweise dem Eigentümer eines Van«, redete, und seine Kreditkarten wurden bei einem Kreditkartenbetrüger in St. Louis gefunden. Bei der Vernehmung am Polygraphen sagte der Betrüger aus: »Der Typ, von dem ich sie gekauft habe, hat gesagt, er hätte sie von 'nem anderen Typen mit 'nem komischen Namen – Stick Shifter oder so.«

Jetzt sind's dreißig, und es ist nicht mehr ganz so dürftig. Die gelegentlichen Sexualmorde, der immer wieder auftauchende »große«, »kräftige« Weiße und der Kreditkartenhehler namens »Shifter« deuten auf einen einzigen Täter hin. Das Zeug über »Shroud Shifter« ist zweifelhaft, aber ich werde die Cops in Aspen nach dem Comic-Freak fragen, von dem sie den Tip haben – vielleicht weiß der Kerl noch mehr darüber. Und all dieses Material kriegt Serien-Sally, und die Psychologen lesen meine Berichte, wie sie kommen. Die werden ihre eigenen Untersuchungen anstellen und die Gefängnis- und Psychiatrieakten prüfen, die unmittelbar vor den ersten Morden datieren – kann durchaus sein, daß »Shifter« frisch aus dem Gefängnis oder aus der Klinik gekommen war. Beschissen ist, daß all das Zeit in Anspruch nehmen wird. Aber zum Glück ist Shifter seit Ende '78 ein braver Junge gewesen. Jack Mulhearn hat eine Kette von Morden, die er einem reisenden Einzeltäter zuschreibt, aber chronologisch und geographisch passen sie nicht so recht in Shifters Rahmen (Illinois, 8. 5. 79; Nebraska, 3. 12. 79; Michigan,

226

Sept. 80; Ohio, Mai 81): Vier Männer, alle mit derselben billigen Kanone in den Mund geschossen; nach Doc Seidmans Hypothese handelt es sich um einen homosexuellen Killer, und das klingt nicht nach meinem Jungen. Wo bist du, Shifter?

Da ist Carol! Ich werde ihr erzählen, daß ich heute vierzehn Seiten geschrieben habe und daß ich mindestens ebenso viele Male von ihr gesprochen habe.

22

Am 5. Juni 1983, auf den Tag genau ein Jahr nach meinem schönsten Augenblick als Killer, verließ ich Sharon und fuhr nonstop nach Westchester County, New York. Als ich über die Tappan Zee Bridge fuhr, warf ich meine überbenutzten und inzwischen gefährlichen Rheinhardt-Wildebrand-Kreditkarten in den Hudson River unter mir. Auf der Route 22 fuhr ich nach Süden und hielt Ausschau nach Country Clubs und Yachtclubs, die Sommerjobs anboten, und dabei kam ich mir vor wie ein Teenager, der die Party früh verlassen hat, um cool zu wirken, ohne daran zu denken, daß er nun nirgends hinkann.

Die »Party« war mein Status als das tollste, was Sharon, Pennsylvania, je erlebt hatte, und der Grund, weshalb ich es verlassen mußte, war ein langsames, stetes Ticken in meinem Kopf. Unterwegs oder in meinem geplanten sicheren Hafen in einer New Yorker Vorstadt wäre dieses Geräusch nur meine alte Gehirnuhr gewesen; aber in Sharon war es ein Zeitzünder. Früher oder später hätte ich meine Verwandlung in Shround Shifter dort ein zweitesmal vornehmen müssen, nicht aus Blutdurst, sondern um das Ehrfurchtsgedonner der Stadt noch einmal aufbranden zu hören. Und bei der Wachsamkeit, die ich dort geweckt hatte, wäre ein solches Unternehmen vielleicht selbstmörderisch gewesen.

Wie in San Francisco, nach Eversall/Sifakis, hatte ich gelauscht. Aber in Sharon, das zehnmal kleiner und fünfzigmal weniger kultiviert war, hatte das Echo zehntausendmal lauter widergehallt. Die Kurzinskis waren in der ganzen Stadt bekannt, beliebt, beneidet und bewundert; mit ihnen hatte ich einen Teil der Stadt vernichtet. Meine Gegenwart *war* die Stadt, ganz so, wie ein kraftvoller Liebhaber den

Raum um den, der ihn liebt, bald ganz und gar ausfüllt. Ich war alles, was Sharon, Pennsylvania, sah; in dem Jahr nach meinem Mord dort war ich der Herzschrittmacher dieser Stadt.

Am Tag war ich Billy Rohrsfield gewesen, Bibliotheksangestellter und Eisenpumper in der »Co-Ed Connection«, und Shroud Shifter in der Nacht. An 365 Abenden hintereinander vollzog ich die rituelle Identitätsveränderung: Hose, Hemd und Jacke flogen in den Schrank, der schwarze Overall wurde übergestreift und die Habichtsnase aus Maskenkitt geformt und befestigt: Wangenknochen und Augenbrauen wurden schattiert, so daß mein ganzes Gesicht kantig und spitz wurde. Ein Radio mit Polizeifunk, und mein Telefongruppenanschluß, mit dem ich zuhörte, wie SIE über MICH sprachen. Ich fragte mich, wann sie den »mysteriösen Hinweis« offenbarmachen und meinen Nachtnamen vor den Ohren der Welt nennen würden. Ich bekam eine Erektion, wenn alte Tratschen mich mit angstvollen Stimmen verehrten, ich kam, wenn Männer wutentbrannt über mich redeten. Es war das Paradies, bis dieses sss/tick, sss/tick, sss/tick in meinen Ohren anfing und ich erwog, die Sicherheitsstreifen der Bürgerwehr, die ich inspiriert hatte, null und nichtig zu machen, durch ihre Nachbarschaftsnetze zu schlüpfen und eine ganze Familie auszulöschen. Unter dem sss/ tick, sss/tick, sss/tick wußte ich, daß es tollkühn wäre, und so verließ ich diskret die Stadt.

Südlich von White Plains nahm ich einen jungen Anhalter mit, und der erzählte mir, ich könne in jedem x-beliebigen des halben Dutzends von Country Clubs in Westchester als Caddy arbeiten – ich brauchte nichts weiter zu tun, als einen frischen und präsentablen Eindruck zu machen. Er sprach auch von einer Mietagentur in Yonkers, die durchreisenden Sommergästen während der Ferien die Apartments von Studentinnen des Sarah Lawrence College vermittelten. Ich befolgte den Rat des Jungen in beiderlei Hinsicht, und als der Tag zu Ende ging, hatte Billy Rohrsfield Unterschlupf in einem kleinen Junggesellenapartment in Bronxville, nach Yonkers zu, gefunden, und im Siwanoy Country Club hatte er als Caddy neun Löcher absolviert.

Und in dieser Nacht wurde Billy zum erstenmal in New York zu Shroud Shifter.

Ich war keine lokale Berühmtheit mehr, ich hatte kein Polizeiradio und keinen primitiven Gruppenanschluß, den ich abhören konnte, und so hatte ich nichts weiter zu tun, als zuzuhören, wie das tick tick tick tick tick immer lauter wurde, und mich zu fragen, wen und wann und wo. Und so tat ich's – tagsüber Billy auf dem Golfplatz und nachts mein besonderes Ich mit harten Gesichtskanten. Das Ticken lief weiter, und eines heißen Tages Mitte Juli stoppte ich die Uhr im Herzen des Zentrums von Manhattan, indem ich einen Betrunkenen strangulierte, der in einem Betstuhl in der St. Patrick's Cathedral eingeschlafen war.

Post und *Daily News* ließen das Ticken zu einem Wimmern werden, und so – Billy/Shifter, Billy/Shifter, Billy/Shifter – ging es weiter in die Hitze des August und auf einen neuerlichen Ausflug in den »Big Apple«. Diesmal schrillte der Alarm Blaaaaaar, als ich durch den Central Park spazierte und ein Penner mich um Kleingeld anging. Umgeben von anderen Spaziergängern, winkte ich ihn hinter ein Gebüsch und schnitt ihm die Kehle durch. Die Polizeizeichnung auf der Seite zwei der *Post* vom folgenden Tag hatte wenig Ähnlichkeit mit mir, und als Shroud Shifter konzentrierte ich mich an diesem Abend darauf, eine lange Terrorherrschaft ins Leben zu rufen.

Aus Thomas Dusenberrys Tagebuch:

17. 8. 83:

Ich bin wieder da: zum Luftschnappen aufgetaucht, nachdem ich mich drei Monate ohne Unterbrechung durch Papierberge gewühlt und Jim Schwartzwalder bei Außenvernehmungen in Minneapolis geholfen habe, nach Konferenzen mit Psychologen und Konferenzen mit Carol – darauf läuft's praktisch hinaus, so kühl und förmlich ist sie geworden. Ich komme spät nach Hause, erschöpft und nervös von zuviel Kaffee, und sie studiert. Ich schaue mir Wiederholungen der »Honeymooners« oder »Sergeant Bilko« an – ein hübsches, frivoles Gegenmittel gegen Autopsieberichte voller Ausweidungen und abgeschnittener Penisse –, und sie erklärt mir, die hektische Form der 50er-Jahre-Komödie habe eine ganze Generation von Kindern heranwachsen lassen, die zu schnellem Lachen, schneller Befriedigung und schneller Gewalt neigten. Da ihre Vorträge programmiert klingen, nehme ich an, sie hat sie von einem ihrer Professoren. Es entwickelt sich unbestreitbar übel mit ihr; wir werden uns bald ernsthaft unterhalten müssen. Ich hoffe nur, der Grund für Carols Ärger über mich ist klinischer Natur – Klimakterium scheint mir ein logisches, methodisches Wort zu sein, um das Ganze unter Dach und Fach zu bringen. Die alte Carol fehlt mir.

Apropos »unter Dach und Fach bringen«: Schwartzwalders Fahrzeugüberprüfungen haben ihm den Namen eines Mannes erbracht, den er für verdächtig hält, die dreizehn Kinder im Mittelwesten entführt/ermordet zu haben: Anthony Joseph Anzerhaus aus Minneapolis, Reisender in Schreibwaren. Ich bin mit Jim nach Minneapolis gefahren. Von Anzerhaus' Chef erfuhren wir, daß er unterwegs sei und vermutlich am Abend in Sioux Falls, South Dakota, absteigen werde. Wir riefen den Sheriff in Sioux Falls an, nannten ihm den Namen des Motels, in dem Anzerhaus normalerweise abzusteigen pflegte und wiesen ihn an, dort auf ihn zu warten. Dann sahen wir uns Anzerhaus' Apartment an. In einem Eisschrank fanden wir die Skalps von sechs Kindern. Jim rastete völlig aus, verwüstete die Bude, warf die Möbel um, zerbrach Flaschen. Ich konnte ihn schließlich beruhigen, aber dann rief der Sheriff aus Sioux Falls an und meldete, Anzerhaus sei nicht aufgetaucht. Ich vermutete, daß sein Chef ihm einen Tip gegeben hatte, und ich ließ Jim in einer Bar sitzen, damit er sich abkühlen könnte, und stellte den Mann zur Rede. Als er es zugab, fuhr *ich* aus der Haut – ich nahm das Arschloch fest, wegen Behinderung bundespolizeilicher Ermittlungen und wegen Begünstigung und Beihilfe zur Flucht eines Tatverdächtigen. Ich hätte ihm auch noch eine Anklage wegen Beihilfe zum Mord angehängt, wenn ich geglaubt hätte, daß ich damit durchkommen würde.

Als ich in die Bar zurückkam, kochte Jim. Er schwor, wenn Anzerhaus noch ein Kind umbrächte, ehe wir ihn schnappten, werde er seinen Boss umbringen. Ich bin zu vierzig Prozent sicher, daß er es ernst meint. Jim ist weiterhin in Minneapolis, um die Ermittlungen zu leiten, und, Anthony Joseph Anzerhaus, mein fachmännischer Rat an dich ist: begehe Selbstmord, denn man wird dich kriegen, und zwischen Jim Schwartzwalder und den moralistischen Jungs vom organisierten Verbrechen, die in den Bundesknästen das Kommando führen, sitzt du tief, tief in der Scheiße.

Genug davon – Anzerhaus ist kein professioneller Flüchtling; er wird es keine Woche durchstehen. Die große Neuigkeit – der große Sprung – ist, daß meine Rundfragen nach »Shifter« und »Shroud Shifter« soeben glühend heiß geworden sind. Am 5. Juni wurde in Sharon, Pa., ein Geschwisterpaar in der gemeinsamen Wohnung ermordet. Er starb an einer durch einen Axthieb verursachten

230

Halsverletzung, sie wurde erwürgt. Der Mörder schrieb mit dem Blut des männlichen Opfers die Worte »Shroud Shifter siegt« an die Wand, und die Cops in Sharon behielten das für sich, um falsche Bekenner ausschalten zu können. Keiner der Geständigen (es meldeten sich 611) gab zu, die Worte geschrieben zu haben, und die Cops leisteten erstklassige Arbeit, diese Information unter Verschluß zu halten. Ich habe die komplette Fallakte des Sharon Police Department – 1100 Seiten mit allein 784 Außenvernehmungskarten –, und ich werde sie mit den Psychologen und mit Jack Mulhearn durchgehen. Die Namen der Vernommenen decken sich mit keinem der Namen aus den Fallakten der früheren Vermißtenfälle, bei denen wir Shifter für den Täter halten, und ich habe die Cops in Aspen angerufen und sie nach Informationen über den Burschen gelöchert, der mit der »Shroud Shifter«-Idee als erster herübergekommen ist. Keiner erinnert sich an ihn; er steht nicht in den Akten dort, und seit '76 hatten sie einen erheblichen Personalwechsel. In einer etwas angestrengten Schlußfolgerung glaubt Doc Seidman, der Bursche, der angerufen hat, *war* Shifter; er meint, er habe eine überdurchschnittliche Intelligenz und ein übersteigertes Ego, und wahrscheinlich sei er bisexuell mit einer leichten Tendenz zu Männern. Doc hat ein paar alte Hefte von »Cougarman Comix« aufgetrieben – die Comics, in denen »Shroud Shifter« vorkommt. Er sagt, es sei krankhafter Scheiß – sadomasochistisch und nekrophil im Duktus. Von all dem abgesehen, glaubt er, Shifter müsse zwischen 32 und 37 Jahre alt sein und aus einem »Autokultur-Milieu« kommen – aus dem Südwesten oder aus Kalifornien. Doc neigt zu Südkalifornien, weil die »Cougarman Comix« dort am verbreitesten waren und weil er annimmt, daß Shifter aus einer Gegend kommt, in der gutes Aussehen und körperliche Fitneß in hohem Ansehen sehen. Wer immer das männliche Opfer in Sharon erschlagen hat, muß ungeheuer stark gewesen sein, und das Opfer und seine Schwester waren Bodybuilder; insofern paßt seine Theorie mit den vorhandenen harten Fakten zusammen.

Wo bist du, Shifter?

Ich habe ein Agententeam aus Denver angewiesen, nach Aspen zu fahren und den Ort auf den Kopf zu stellen, bis sie herausgefunden haben, wer den telefonischen Shifter-Hinweis gegeben hat, und ein Team vom Büro Philadelphia fährt morgen nach Sharon, um dort unterstützende Vernehmungen durchzuführen. Auf Docs Rat hin habe ich Informationen über ungeklärte Mordfälle in Kalifornien aus der Zeit unmittelbar vor dem ersten mutmaßlichen Shifter-Mord im Dez. '74 angefordert. Wenn aus Aspen nicht innerhalb einer Woche ein Name kommt, werde ich selber hinfahren. Möchtest du gern dein übersteigertes Ego poliert kriegen, Shifter? Dann stell dich Onkel Tom – er macht dich zum Star.

Doc liefert den Löwenanteil der Theorien über Shifter, aber was den Fallkomplex angeht, den ich inzwischen »Blond/Brünett« nenne, habe ich auch mein Scherflein beigetragen; es sind weitgehend Mutmaßungen, Theorien und Indizien, aber alles in allem habe ich ein zuversichtliches Gefühl.

Erstens: Ich glaube jetzt, daß der Mörder in allen sieben Fällen in Polizist war. Bei Durchsicht der Fallakten habe ich festgestellt, daß die vier Blondinen allesamt schon wegen Prostitution festgenommen worden waren, wodurch sie leichtes Ziel für polizeiliche oder pseudo-polizeiliche Einschüchterungsversuche waren, was wiederum erklären würde, weshalb Ladies mit solcher Straßenerfahrung einen fremden Mann einfach in ihre Wohnungen ließen. Zweitens: Saul Malvin als Brünetten-Killer kaufe ich nicht. Als Selbstmörder kann ich ihn mir vorstellen (der Bericht des Officers, der den Wagen und später die Leiche fand, war ein Muster an Cop-Schläue und Klarheit, wenn auch ein bißchen eingenommen von den eigenen Theorien), aber die Blutgruppe 0 + ist sehr häufig, und ich habe ein paar diskrete Telefongespräche mit dem Bezirksanwalt in Chikago geführt, der erfahren hatte, daß Malvin mit der Freundin seiner Frau etwas laufen hatte und daß die Freundin Entscheidungen verlangte: Selbstmordgrund für eine bestimmte Art Männer.

Drittens – ein großer Sprung, und ein so verblüffender, daß er mir das richtige Gefühl gibt: Die Wisconsin State Police und die beiden städtischen Polizeibehörden, die an den Ermittlungen in den Brünetten-Morden beteiligt sind, finden ihre Akten zu den drei Mordfällen nicht mehr, und das ist so ungefähr das Unglaublichste, was ich in meinen zweiundzwanzig Jahren als Ermittlungsbeamter gehört habe. Neun Fallakten aus jüngerer Zeit – futsch.

Ich glaube, der Täter ist ein Polizist in Wisconsin, und er hat alle sieben Blonden/Brünetten umgebracht, und ich glaube, er hat die drei Brünetten-Akten vernichtet, damit niemand einen Zusammenhang herstellen kann – aufgrund ähnlicher Tatumstände höchstwahrscheinlich. Und da das Beweismaterial juristisch gesehen vernichtet ist (irgendein Leichenbeschauer oder Pathologe in Wisconsin wird sich wahrscheinlich noch an Klingenmerkmale etc. erinnern, aber vor Gericht reicht das nicht aus), bleibt mir nichts als der Nachweis der Gelegenheit.

Also: Ein Cop aus Süd-Wisconsin, der ausschließlich an den Daten der vier Blondinen-Morde nicht im Dienst war, ist mein Killer. Ich habe bereits vertrauliche Anfragen an das Internal Affairs Department der Wisconsin State Police gerichtet, und die Staatsanwaltschaft in Milwaukee tut das gleiche bei den Personalchefs der Police Departments in Janesville und Beloit. Ich kann jetzt nur abwarten. Jack Mulhearn findet, daß meine Theorie stinkt – er meint, ein Cop habe die Akten an die Presse oder an einen Krimi-Autoren verkauft. Wir haben eine Hundert-Dollar-Wette über das Ergebnis meiner Anfragen laufen. Ich kann mir nicht leisten, sie zu verlieren – die Gebühren für Marks und Susans Herbsttutorien sind bald fällig. Aber ich bin zuversichtlich. Es ist sieben vor halb zwölf. Wo bist du, Carol?

23

Tick
Tick
Tick
Tick
Tick
Tick
Tick
Tick

Abenddämmerung, 7. September 1983. Uhrengeräusche hatte ich im Kopf und eine Tüte mit Pancake Nr. 9 und Maskenkitt in der Hand, als ich vom Golfplatz und vom Einkaufen in Bronxville nach Hause kam. Ich öffnete die Tür und brannte darauf, mit meiner nächtlichen Transformation zu beginnen, und fast hätte ich die Albumblätter, die auf meinem Bett ausgebreitet lagen, übersehen.

Ich fühlte, was passiert sein mußte; ich schnappte nach Luft, und ich schaute zu den Türen des Badezimmers und der Wandschränke – denn nur dort konnte er mich erwarten. Die Dezibel des Adrenalins, das mein Herz durchbrandete, übertönten das tick tick tick tick tick

tick tick tick, und irgendwie gelang es mir, nicht zu diesen Türen zu stürzen, denn ich wußte, mir meinen Eifer anmerken zu lassen, wäre ein Affront gegen mein Shround-Shifter-Ego gewesen. Kurz davor, auf allen Sinnesebenen zu bersten, zwang ich mich, die Wiedersehens-Nachricht zu lesen.

Es war ein Zeitungsartikel vom 19. Februar 1979, in dem detailliert beschrieben wurde, welche brillanten Intrigen Ross Anderson gesponnen hatte, um sicherzustellen, daß wir beide bei unseren letzten Morden nicht entdeckt wurden. Ich las den Bericht und las ihn noch einmal, in schneller Folge, und ein Technicolor-Panorama der Schlüsselstellen verschluckte mich ganz, und ich griff haltsuchend nach dem Bett.

Ross, wie er den Wagen des Toten fand und das 0 + auf der Spenderkarte las und »Heureka!« rief;

Ross, wie er nach Huyserville zurückfuhr, um die Hundestaffel zu holen, obwohl er schon wußte, wo der Leichnam lag;

Ross, wie er dem Toten sein eigenes Geld in die Brieftasche legte und meinen alten .357er – ohne den Schalldämpfer – in die Hand drückte; Ross, wie er den Oberkörper des Mannes verstümmelte, so daß die Pathologen nicht mehr feststellen konnten, daß er an zwei Schüssen gestorben war.

Meine Berstschwelle wich zurück, als ich den Film im Geiste ablaufen ließ; ich ließ ihn rückwärts laufen, dann in Zeitlupe. In allen Varianten zeugte er von purem Genie – und von etwas anderem.

»Und du dachtest, ich wäre bloß eins von diesen hübschen Kerlchen. Ross der Boss – was für ein Kerl.«

Wärme durchströmte mich, sie breitete sich aus und gab mir Haltung. Ich stand vom Bett auf, drehte mich um und lächelte. »Bravo, Sergeant.«

Ross strich sich über den Schnurrbart und streichelte das Alligator-Emblem an seinem blauen Polohemd. Zivilkleidung, viereinhalb Jahre und eintausend Meilen hatten ihn überhaupt nicht verändern können; jede Einzelheit des Mannes trat intakt aus der Zeitspalte. »Lieutenant«, sagte er. »Trotzdem vielen Dank.«

Seine Coolness machte mich cool, und ich hielt das Trommelfeuer von Fragen zurück. »Glückwunsch.«

Ross schloß die Badezimmertür. »Danke. Ich bin übrigens der jüngste Lieutenant der Wisconsin State Police. Du mußt die Albumblätter umdrehen; auf den Rückseiten ist noch einiges, was dir gefallen wird.«

Ich tat es. Weiter Zeitungsberichte waren auf die Rückseiten geklebt, daneben verblichene Polaroids von verstümmelten blonden Mädchen. Während mein Blick über die Lettern wanderte und in meinem Gehirn ein Film lief, in dem Ross reiste und Risiken einging und für mich tötete, sprach der Mann selbst leise, und seine Worte säuselten wie eine Hintergrundmusik.

»Du warst leicht aufzuspüren, Sweetie. Ich bin Weltklasse im Mißbrauchen meiner Polizeimacht und ein noch besserer Spurenleser. Das Peilsignal kam von dem .38er, den ich dir geschenkt habe. Ich habe den Lauf innen verschrammt, ein paar Probeschüsse in einen Ballistiktank abgefeuert und die Projektile behalten. Sehr ausgeprägte Riefungen; ich dachte mir, daß nicht einmal der Schalldämpfer, den du dir basteln würdest, daran etwas ändern könnte. Unnnd – so brauchte ich nichts weiter zu tun, als staatsweit die unter ›Erschossen‹ abgelegten Berichte über Tötungsfälle anzufordern und die Berichte der ballistischen Untersuchungen zu überprüfen, und schon wußte ich, wo mein alter Kumpel Martin sich herumtrieb. Es erforderte 'ne Menge Telefonieren, aber ich bin von der hartnäckigen Sorte. Du hast den Schwachsinnigen in Illinois auf dem Konto, und auch den Schwulen in Nebraska – hast du dein Coming Out schon hinter dir, Sweetie? Sie waren beide groß, dunkelhaarig und ungefähr in deinem Alter, und ich dachte mir: ›Oh-oh, Martin will einen neuen Ausweis, denn er weiß, Ross der Ross hat ihn im Visier.‹ Dann hast du den alten Kraut in Michigan abgemurkst; fast zwei Jahre waren vergangen. Ich dachte mir, wenn du so 'n alten Kerl umbringst, hast du deine Papiere vielleicht schon einem abgenommen, den du nicht erschossen hast, oder einem, den die Cops nie gefunden haben. Außerdem hatte ich das Gefühl, daß du verschlagen und vorsichtig wurdest und daß du den Opa nicht ohne Grund gekillt haben dürftest. Also leierte ich den Cops in Kalamazoo eine Kopie der Akte aus den Rippen.

Und ich will verdammt sein, wenn du nicht einen ziemlich guten Fälscher abgibst. Zwölf Riesen per Scheck an die Kreditkartenfirmen? Die bestußten Cops von Kalamazoo haben sich nicht mal die Mühe gemacht, bei den Kreditkartenfirmen nachzufragen – aber ich. *Zukünftige* Kreditkartenbelastungen? Sweetie, du hast Nerven aus Platin; ich hab dich, dank der Dienste von Telecredit, quer durchs Land verfolgt. Da haben wir Martin in Ohio, und vielleicht hackt er ein wenig in Sharon, Pa., herum. Ich schaue mir den Rohrsfield-Autopsiebericht an, hänge mich an den heißen Draht, den wir Cops haben, damit wir immer wissen, wer sich seinen Bewährungsauflagen entzogen hat, und ich will verdammt sein, wenn ich da nicht sofort auf einen William Rohrsfield stoße, ganz in der Nähe des Familientreffens, an dem ich eigentlich nicht hatte teilnehmen wollen, weil ich dachte, es wird zu langweilig. Gute Arbeit, das mit Rohrsfield, Martin – du hättest ihn bloß nicht unter einem zukünftigen Supermarkt begraben dürfen. Sweetie, willst du diese Bilder nicht mal weglegen und mich ansehen?«

Die Aufforderung löste meinen Blick von den Todesporträts. Ich empfand nur Ehrfurcht vor der Art und Weise, wie Ross mich auf den Leim hatte gehen lassen, und fragte: »Aber wie hast du *das hier* geschafft? Verschiedene Städte? In dieser Anordnung?«

Ross liebkoste den Alligator auf seiner Brust. »Auslieferungsverfügungen. Ich bin zu den jeweiligen Police Departments der Städte gegangen, hab meine Papiere eingereicht, mit den Ermittlungsbeamten gequatscht und dann in den Akten der Sitte herumgeschnüffelt, um eine nette blonde Partie zu finden, die kürzlich wegen Hurerei verknackt worden war. Kein Problem. Ich hole mir die Informationen, klingele an der Tür, sage, hier ist Sergeant Plunkett oder so, ich tue, was ich tue, mache die Fotos und verschwinde. Mal hier, mal da, in verschiedenen Städten. Viermal mußte ich es tun, ehe sie den Zusammenhang sahen, und da habe ich einfach aufgehört. Ein Killer der neuen Sorte, der es unter Kontrolle halten kann. Die Hin- und Rückflüge zu den Auslieferungsstädten habe ich außerdem unter falschem Namen gebucht, und dann habe ich für mich und für den Gefangenen, den ich zurückzubringen hatte, gefälschte Vouchers abgegeben, so daß ich auf keiner Passagierliste stehe. Saul Malvin habe ich die Brünetten angehängt, und die Akten habe ich vernichtet, für den Fall, daß jemand den Zusammenhang zwischen ›Wisconsin Whipsaw‹ und dem ›Four-State Hooker Hacker‹ * erkennt und auf die Idee kommt, die Berichte der Spurensicherung zu vergleichen. Mir ist soeben etwas über uns beide klargeworden, Martin. Am Ende sind wir gleich gut, aber bei dir ist die Quantität überragend, während bei mir die Qualität überragend ist.«

Trotz aller Ehrfurcht und diesem »anderen« schwärte seine Herablassung in mir, und ich sagte: »Wie wär's denn – du und ich?«

Ross lächelte, und ich sah, wie jetzt bei ihm Ehrfurcht aufblitzte. »Ich weiß nicht, Sweetie. Ich weiß es ehrlich und wahrhaftig nicht.

---

* »Vier-Staaten-Huren-Hacker«

Hast du Lust auf eine Spazierfahrt? Vielleicht möchtest du meine Familie kennenlernen?«

Ross war mit dem Taxi gekommen; also fuhren wir mit Deathmobile II zu dem Sommerhaus, in dem die jüngeren Teilnehmer des Familientreffens untergebracht waren. Ihn auf dem Beifahrersitz neben mir zu wissen, erwärmte mich sanft, und er sprach leise, während wir auf dem Saw Mill Parkway nach Norden fuhren.

»Als Junge hab ich den Sommer immer hier verbracht. Diese Sause wird von den Liggetts spendiert, der Familie meiner Mutter. Großes Geld. Sie fanden alle, Mom hätte unter ihre Verhältnisse geheiratet – Lars Anderson, den großen, dummen, gutaussehenden Holzkopf, den Schreiner aus dem Hinterwald von Wisconsin, einen Mann ohne Zukunft. Das ließen sie mich auf subtile Weise spüren, und dabei brachten sie mich mit ihrer Freundlichkeit beinahe um. Jedesmal um diese Zeit im September, bevor sie mich nach Beloit zurückschickten, kauften sie mir eine unglaubliche Masse Herbstgarderobe für die Schule; sie marschierten mit mir zu Brooks Brothers, als wäre ich der kleine Lord Fauntleroy. Die Verkäufer haßten mich, weil sie mich für einen reichen Bengel hielten, der mit 'nem silbernen Löffel im Arsch auf die Welt gekommen war; die Liggetts warfen mit dem Geld um sich, damit mein Vater sich mickrig vorkam; und ich ließ mir alles entweder zu groß oder zu klein geben, damit ich's zu Hause verscherbeln oder wegschmeißen konnte. Erinnerst du dich an meinen Kumpel? Den dahingeschiedenen Billy Gretzler? Du hättest ihn sehen sollen in seinem 500-Dollar-Kaschmir-Überrock, wenn er an seinem Lastwagen arbeitete. Das Ding war schließlich so schwarz und schmierig, daß ich ihm sagte, ein Witz ist ein Witz, aber jetzt schmeiß es weg. Wollte er aber nicht. Er hat die Jacke zerschnitten und die Fetzen zum Gewehrreinigen genommen. Wir sind gleich in Croton. An der nächsten Ausfahrt fährst du ab, und dann hältst du dich links.«

Ich wechselte auf die Abfahrspur und fragte: »Wie war das, eine Familie zu haben?«

Ross streichelte seinen Alligator. »Du hattest keine, Sweetie?«

»Bin früh verwaist.«

»Na, ich sag's dir. Ich habe Andersons und Liggetts und Caffertys bis hierhin, und größtenteils sind's Leute, die man gleich durchschaut als das, was sie eben sind. Meine Mom und meine Schwester sind schwach; mein Dad ist dumm und stolz; Richie Liggett – mein Cousin, den du wahrscheinlich kennenlernen wirst – ist intelligent, aber so sehr versunken in seiner universitären Sicht dessen, was er für das Leben hält, daß man's gar nicht merkt. Eine Cousine, Rosie Cafferty, ist der Prototyp des Teenyboppers in Hotpants mit einem Hang zu italienischen Kerlen und aufgemotzten Autos. Gut, daß sie Kohle hat – sonst wäre sie 'ne Hure. Sie ist –«

Ich verließ den Highway und fiel ihm ins Wort. »Aber wie ist es?«

Ross dachte über die Frage nach, während ich über eine Meile weit an großen weißen Wohnhäusern vorbeifuhr. Kleinbusse voller Leute und Gepäck kamen aus den Zufahrten, und überall auf den Rasenflächen vor den Häusern übergaben Mieter ihre Schlüssel. Das Licht in den Häusern ließ mich ans Einbrechen denken, und ich platzte heraus: »Sag's mir, verdammt.«

Ross lachte. »Du willst eine Definition für ›Familie‹, und ich werde dir eine geben. Familie heißt, Nähe zu Leute zu empfinden, weil du weißt, daß das Blut dich mit ihnen verbindet, und deshalb mußt du sie ertragen, was immer du auch von ihnen halten magst. Und im Laufe des Jahres entwickelt sich eine vertraute Gewöhnung, auf die eine oder andere Weise, und es ist interessant, sie zu beobachten und zu wissen, daß du klüger bist als sie. Außerdem sind sie dir verpflichtet und können dir gefällig sein. An der Ecke links, und dann parken.«

Ich bremste ab, bog um die Ecke und hielt vor einem großen weißen Haus, das aus der Zeit des Revolutionskriegs stammen mußte. »Nette Hütte, was?« meinte Ross und deutete auf die Berge von Spielzeug, die auf dem makellosen Rasen verstreut lagen. »Da hast du Familie und Geld, auf den Punkt gebracht. Haufenweise Kohle in dieser Gegend, und die Gören benehmen sich immer noch wie die Nigger. Komm.«

Wir überquerten den Rasen, gingen über die Veranda und ins Haus. Drinnen waren teure Möbel und Teppiche, die einen Staubsauger nötig hatten, und Sportkleidung, Tennisrackets und einzelne Golfschläger lagen überall verstreut im Foyer und im Wohnzimmer. Ross schob die Finger in den Mund und pfiff; dann flüsterte er: »Was für eine schlampige Bande. Richie und Rosie sind hier mit ihren Verhältnissen untergebracht, und ich habe ein Zimmer von der Größe einer Besenkammer. Das Familientreffen beginnt morgen abend in so 'nem Yachtclub in Mamaroneck, und die unverheirateten Cousins und Cousinen haben dieses Haus gekriegt, damit sie Big Daddy Liggett nicht in Verlegenheit bringen, indem sie in seiner Hütte ihren Schweinkram treiben. Hey! Achtung! Ross der Boss ist hier!«

Ich hörte Schritte oben, und gleich darauf sprangen zwei Paare in

weißen Tennissachen die Treppe herunter. Die jungen Männer waren
die personifizierte gesunde Fitness, der eine ein weißer, angelsächsisch-protestantischer, der andere ein italienischer Typ; die jungen
Frauen waren brünett und rothaarig und schienen den Ralph-Lau-
ren-Anzeigen entstiegen zu sein, die ich bei meinen Leseanfällen gesehen hatte. Alle vier fingen an zu plappern: »Hi!« und »Hi, Ross!«,
und sie warfen mir Seitenblicke zu, als bemerkten sie erst jetzt, daß ich
da war. Ross schüttelte den Männern die Hände und umarmte die
Mädchen, und dann steckte er die Finger in den Mund und stieß
einen Pfiff aus. Der schrille Widerhall ließ das Geplapper verstum-
men, und Ross rief: »Hey, Kinder, wo bleiben unsere Manieren? Das
hier ist mein Freund Billy Rohrsfield. Billy, das ist – von links nach
rechts – Richie Liggett, Mady Behrens, Rosie Cafferty, Dom De Nunzio.«

Stil, dachte ich, und ich schüttelte die Männerhände und küßte die
Frauenhände. Die Jungen brüllten vor Lachen, die Mädchen kicher-
ten, und als ich sah, wie Ross sein Hemd liebkoste, wurde mir wieder
warm. Ross zwinkerte. »Gemischte Doppel, drinnen und draußen?«
Die Kleinen lachten über den witzigen Mann, den sie offensichtlich
anbeteten; dann zerstreuten sie sich und rafften Sporttaschen und
Rackets vom Boden zusammen. In einer Kakophonie aus »Wir sehen
uns!« und »Bye!« und »Nett, euch getroffen zu haben!« stürmten sie
zur Tür hinaus, und die ganze Szene war so abrupt zu Ende, daß ich
blinzeln und die Füße in den Teppich bohren mußte, um mich zu
orientieren.

Ross sah meinen Gesichtsausdruck. »Kulturschock. Komm, ich
zeig dir das Haus. Wir haben es jetzt für uns.« Er streichelte das Em-
blem an seiner Brust, und plötzlich wußte ich, daß er das tat, um mich
nicht berühren zu müssen. »Zeig mir zuerst dein Zimmer«, sagte ich.

Wir wußten beide, was das hieß.

Ross berührte seine Brust. »Alice, der Alligator. Die einzige Frau,
die mich nie im Stich gelassen hat. Deshalb trage ich sie dicht an meinem Herzen.« Er wies zur Treppe und zwinkerte. Ich verneigte mich
aus der Hüfte und sagte: »Vorwärts, Sweetie«, und Ross, ohne es zu
merken, gab zu, daß ich einen Punkt gemacht hatte, indem er laut auflachte und dabei einen winzigen Makel in seiner Beinahe-Perfektion
offenbarte – schlecht überkronte Zähne, die er sonst hinter schmalem
Lächeln und Schnurrbartborsten verbarg. Dann ging er voraus, und
ich zuckte zusammen im Angesicht der Epiphanie des Geliebten.

Ich fühlte meine Schritte nicht, als ich ihm ins Schlafzimmer folgte,

239

und als er drinnen die Hand nach dem Lichtschalter ausstreckte, hörte ich selbst kaum, wie ich sagte: »Nicht.« Ross' »Bye, Alice« dröhnte durch die Dunkelheit, und dann ratschten Reißverschlüsse, und Gürtelschnallen und Schuhe polterten auf den Fußboden. Bettfedern knarrten, und dann waren wir zusammen.

Wir hielten uns, wir rieben uns, wir küßten uns. Wir spürten unser Gewicht, und wir schufen Reibung mit den Händen. Es war mehr Zusammenprall denn Verschmelzen, mehr Kraft als Sanftheit. Unser Fieber eskalierte im Gleichmaß mit dem Druck unserer Muskeln. Angespannt umarmten wir uns, und jeder versuchte, stärker zu sein, und als wir beide spürten, daß wir als Kombattanten ebenbürtig waren, sammelte sich alles in unseren Lenden, und wir stießen dort gegeneinander, bis wir fertig waren, vorüber, vorbei und tot – zusammen.

Wir lagen da, keuchend und schwitzend. Meine Lippen berührten seine Brust, und er rutschte zur Seite, so daß der Kontakt unterbrochen wurde. Ich wollte das Band wieder zusammenschweißen, aber in seinem heftigen Atmen fühlte ich, wie er sich neu formierte, wie er rationalisierte, fortlief vor dem, was es aus ihm, aus *uns*, machte. Ich wußte, gleich würde er etwas quintessentiell Cooles sagen, um die Macht des *wir* aufzulösen, und ich wußte, ich konnte nicht zulassen, daß ich es hörte. Ich kugelte mich wie ein Kind zum Schlafen zusammen, drückte mir die Hände auf die Ohren und preßte die Augen zu, bis ich mich taub anfühlte. Dumpf hörte ich Ross' Herzschlag; sehr dumpf hörte ich, wie er – murmelnd – stilvoll leugnete, was wir eben getan hatten. Seine Worte waren nicht hörbar, und doch zerhackten sie meinen Körper, und ich sperrte sie aus, mit all *meiner* Kraft, *meinen* Muskeln, *meinem* Willen – krümmte mich enger und enger zusammen, bis ich die Gewalt über meine Sinne verlor – und die Gewalt über mich.

Tick/poch, tick/poch, tick/poch, die seltsame Musik trillerte, und ihre Kadenzen sagten mir: »Dies ist ein Traum.« Zu einer festen Kugel zusammengerollt, weiß ich, ich bin ein Kind, vier oder fünf Jahre alt, es ist um 1953 und in einer anderen Welt. Ich bin im Bett, und ein Druck an »dieser Stelle«, wie meine Mutter es nennt, treibt mich ins Badezimmer, um mich zu erleichtern. Schritte, die die Treppe heraufkommen, verhindern, daß ich mich wieder in die Kugel verwandle; ich stehe im Dunkel des Korridors und hoffe, gleich die geheimen »Stellen« meines Vaters und meiner Mutter zu sehen. Als die Schritte den Treppenabsatz erreichen, sehe ich einen Mann und eine

240

Frau in weißgepuderten Perücken und Kostümen wie in meinen Kindergarten-Bilderbüchern – Kleider, wie sie George Washington und der europäische Adel in einer anderen Welt zu tragen pflegten. Ich rieche Schnaps, und ich weiß, der Mann ist mein Vater; aber die Frau ist zu hübsch, als daß sie meine Mutter sein könnte.

Sie gehen ins Elternschlafzimmer und schalten das Licht ein. Mein Vater sagt: »Sie ist bei ihrer Tante in San Berdoo, und der Kleine schläft«; die Frau sagt: »Laß uns zum Spaß die Perücken aufbehalten; ich wollte immer schon blond sein.« Mein Vater streckt die Hand nach dem Lichtschalter aus, und die Frau sagt: »Nicht.«

Schwere Korsetts und Schuhe und Gürtelschnallen fallen dumpf auf den Fußboden, und mein Vater und die Frau sind nackt, und beide haben dunkle Haare an ihren geheimen Stellen. Er hat das gleiche wie ich, nur größer, und sie hat nur Haare. Die hellen Perücken und die dunklen Haare dort, das ist *falsch*, und was *ich* dort fühle, ist falsch, aber auf Zehenspitzen schleiche ich zur Tür und schaue trotzdem zu.

Es sieht häßlich aus und gut. Mein Vater ist fit und stark, breit in Brust und Schultern, schmal in der Taille. Er ist gut, aber die Frau hat fette Beine und dicke Knöchel und große Pferdezähne und eine Narbe auf dem Bauch und abgesprungenen Nagellack. Sie fallen auf das Bett und wälzen sich herum, und die Matratze macht tick tick tick. Sie sagt: »Steck ihn rein«, und mein Vater tut es, und es sieht häßlich aus, und so schließe ich die Augen und lausche dem Tick tick tick. Sie *klingen* beide gut, und ich fühle mich wohl dort, immer wohler, als mein Vater im Takt des TICK TICK TICK zu grunzen anfängt. Er grunzt heftiger und heftiger. TICK TICK TICK TICK TICK TICK TICK – und ich berühre mich auch an der Stelle. Es fühlt sich immer besser an, und ich laufe ins Badezimmer, weil ich weiß, gleich muß da etwas herauskommen. Es kommt nichts, aber *ich* bin groß.

Ich lausche, ob es weiter tickt, damit ich noch größer werde, aber es tickt nicht mehr. Ich gehe zur Schlafzimmertür und sehe, daß mein Vater schläft und schnarcht. Die Frau sieht mich und winkte mich mit gekrümmten Zeigefinger heran. Stolz auf das, was ich habe, gehe ich hin und zeige es ihr.

Sie ist häßlich, und ihr Atem stinkt, aber ihre Perücke ist hübsch, und ihre Hand dort fühlt sich gut an. Ich will, daß mein Vater es sieht, und will über sie hinweg nach ihm greifen. Aber sie hindert mich daran, indem sie es in den Mund nimmt.

Tick tick tick tick tick bewegt sie sich auf dem Bett, mich mit den

Lippen fest umschließend; tick tick tick tick schließe ich die Augen; tick tick tick tick sie beißt mich, und ich öffne die Augen, und meine Mutter ist da, und sie schwingt einen Pfannenwender und eine Bratpfanne aus gebürstetem Stahl, und ich reiße mich los, und die Frau blutet am Mund. Sie stößt meine Mutter zurück und rennt davon, und dabei verliert sie die Perücke; mein Vater schnarcht, und meine Mutter drückt mir die Perücke aufs Gesicht, und ich schlafe ein in erstickendem Schnapsdunst, und der macht tick tick tick tick.

Dann ist es immer noch 1953, aber später. Meine Mutter gibt mir Tabletten, damit ich mich nicht erinnere. Die Tabletten kommen aus einer Flasche mit der Aufschrift Natrium-Phenobarbital, und immer wenn sie mir eine gibt, steckt sie einen Zettel in eine andere Flasche. Auf den Zetteln bittet sie Gott, mir zu vergeben, was ich mit der Perückenfrau getan habe.

Grobe Hände zerrten an meiner Schlafkugel, und eine einst stilvoll perfekte Stimme troff vor Aufregung. »Hey! Hey, Mann! Spielst du hier jetzt die Fotze?«

Weinend kam ich aus dem selbstgemachten Mutterleib, und ich holte aus, traf Ross mit der Rückhand am Kinn und schleuderte ihn vom Bett. Er rappelte sich auf, und ich sah, daß er sich schon angezogen hatte. Nackt fühlte ich mich im Vorteil. Ross strich sich über den Schnurrbart. »So ist es besser. Einen Augenblick lang hast du mir Sorgen gemacht.«

Wir standen einfach da. Ross zog seine Nummer mit dem Alligator ab, und ich stellte mich dem, was mir in der Vergangenheit vor dreißig Jahren passiert war. Die Hitze in dem winzigen Zimmerchen trocknete mir die Tränen, und ich wußte auf der Welt nur eines: Der nächste perfekte Mensch, der mir über den Weg liefe, würde entweder eines unaussprechlich gräßlichen Todes sterben oder davonspazieren, ohne daß ihm ein Haar gekrümmt würde, falls meine Mutter in ihrem Grab und der Mörder, der vor mir stand, das Todesurteil umwandelten. Als ich mich unter Ross' starrem Blick anzog, dachte ich, das einzig Schreckliche an der Wahl zwischen den beiden Entscheidungen würde im Warten auf die Erkenntnis bestehen. Ich starrte Ross an. »Danke.«

Ross schenkte mir sein verschmitztes Patentlächeln. »Nichts zu danken. Spartanische Lustbarkeit ist dann und wann ein netter Sport. Schlecht geträumt?«

»Altes Zeug. Nichts Weltbewegendes.«

»Ich träume nie – wahrscheinlich weil ich ein so abenteuerliches

Leben führe. Wenn ein anderer Mann mich geschlagen hätte, dann hätte ich ihn getötet.«

»Du hättest mich töten können, Lieutenant. Du hättest mich töten können und es aussehen lassen, wie es dir paßte, und du hättest davon noch profitiert.«

Ross lächelte breit und zeigte seine schlechten Zähne, und in diesem Moment liebte ich ihn. »Eben weil du das weißt, werde ich dir niemals etwas tun, Sweetie.«

Ein gnädiger Ausweg aus meinem Dilemma tickte mir durchs Hirn, und ich eröffnete ihn Ross unverzüglich; nur zu gut wußte ich, was dieser Plan implizierte. »Du kennst die Gegend hier genau, nicht wahr?«

»Wie meine Westentasche, Sweetie.«

»Laß es uns einmal zusammen machen. Blonde, Brünette, das ist mir egal – solange sie perfekt sind.«

Ross streichelte Alice. »Hol mich morgen gegen Mittag ab. Wir sehen uns den Sommerbetrieb in Vassar und im Sarah Lawrence College an. Zieh Jackett und Krawatte an, damit du aussiehst wie ein Cop, und ich garantiere dir einen Riesenspaß.«

Ich ging zu ihm und küßte ihn auf die Lippen; ich wußte, wenn ich unseren perfekten Menschen nicht töten könnte, würde ich meine Blutreise beschließen müssen, indem ich den Mann selbst umbrächte – meinen Befreier und einzigen Augenzeugen. Dadurch beruhigt, unterbrach ich den Hand-Schulter-Kontakt und verließ das Zimmer. Lebhaftes Geschnatter erfüllte das Haus, als ich die Treppe hinunterging, und das letzte, was ich hörte, als ich die Haustür öffnete, war ein angeregtes Soprantrillern: »Richie, was glaubst du, ist Ross vielleicht schwul?«

Aus Thomas Dusenberrys Tagebuch:

8. 9. 83
1 Uhr 10 nachts
im Flugzeug
Eastern 228, D. C. nach N. Y. C.

Ich hab einen!

Ich bin jetzt auf dem Weg nach Croton, New York. Ein Team von Agenten aus dem Büro Westchester wird mich in La Guardia abholen, und dann fahren wir zu einem Sommerhaus in Croton, wo wir einen Lieutenant der Wisconsin State Police verhaften werden, und zwar wegen Mordes an allen sieben Blonden/Brünetten und – unglaublich – wegen Mordes an Saul Malvin.

Es kam so: Der Diensthabende des Internal Affairs Department in Wisconsin rief mich vor drei Stunden in Quantico an. Er meinte, der einzig Mögliche sei Lieutenant Ross Anderson, Commander der Tagwache im Unterrevier Huyserville. Als Sergeant stellte Anderson Auslieferungs- und Haftbefehle zu, und in den Städten der vier Blondinenmorde war er jeweils am Mordtag; einen bis drei Tage vor der Tat war er dort eingetroffen. In allen Fällen kehrte er 24 bis 48 Stunden nach dem im Autopsiebericht angegebenen vermutlichen Todeszeitpunkt mit seinem Gefangenen zurück. Darüber hinaus:

1. – Anderson hat Blutgruppe 0 +.

2. – Ende '78, Anfang '79 arbeitete Anderson als Streifensergeant in dem Bezirk, in dem die Leichen der drei Brünetten gefunden wurden.

3. – Anderson leitete den Überwachungseinsatz zur Ergreifung des Brünetten-Mörders.

4. – Am 11. 3. 76 erschoß Anderson in Ausübung seiner Dienstpflicht einen bewaffneten Marihuana-Dealer. Der Mann, William Gretzler, war ein Kinderheitsfreund von ihm.

5. – Die Fallakte der Wisconsin State Police wurde in den Räumen der kriminalpolizeilichen Abteilung im Unterrevier Huyserville aufbewahrt, wo Anderson im Lauf der letzten sechs Jahre in verschiedenen Positionen Dienst getan hat, zuletzt als Commander der Tagwache.

6. – Seit seiner Beförderung zum Lieutenant vor acht Monaten wurde Anderson häufig in den Diensträumen der Police Departments von Beloit und Janesville gesehen, aus denen die Akten der übrigen Brünetten-Fälle verschwunden sind.

7. – Anderson wurde dabei beobachtet, daß er die Akten des Sittendezernats in den P. D. s. von Louisville und Des Moines durchstöberte, und zwar jeweils vierundzwanzig Stunden vor den dort verübten Morden.

8. – Der größte Hammer von allen: Anderson war der Officer, der den Wagen, den Blutspenderausweis und später die Leiche des von der Wisconsin State Police inoffiziell für den Brünetten-Mörder gehaltenen Saul Malvin entdeckte.

Einfach verblüffend. Auf einer früheren Seite dieses Tagebuchs habe ich Andersons Report über den Fund von Malvins Leiche als ein »Muster an Cop-Schläue« bezeichnet. Diese gottverdammte Dreistigkeit!

Den Mord an Malvin rekonstruiere ich folgendermaßen: Anderson hat soeben Claire Kozol ermordet, sein drittes brünettes Opfer. Er nimmt seine Streifenfahrt wieder auf, entdeckt Malvins Caddy am Rande der I-5 und kontrolliert ihn. Malvin sitzt im Wagen, und als er im Handschuhfach nach der Zulassung sucht, sieht Anderson den Spenderpaß Gruppe 0+. Er denkt sich »Na prima« und bietet Malvin an, ihn in die nächste Stadt zu fahren. Er fordert ihn auf, zum Streifenwagen vorauszugehen, und schiebt dann den Caddy irgendwie, so daß es nach einem Unfall aussieht, von der Straße.

Es schneit heftig, und nur wenige Autos sind unterwegs. Vielleicht fragt Anderson behutsam nach, wo Malvin sich zum Zeitpunkt der beiden ersten Morde aufgehalten hat, vielleicht aber auch nicht, vielleicht beschließt er, es darauf ankommen zu lassen und das beste zu hoffen. Jedenfalls hat er den .357er in seinem Streifenwagen (so beging er den – jetzt vermutlich vorbedachten – Mord an William Gretzler), und unter irgendeinem Vorwand hält er an und zwingt Malvin, in den Wald zu gehen. Er schießt ihn in die Brust und drückt ihm den Revolver in die Hand; er weiß ganz genau, daß der Blizzard die beiden Fußspuren zudecken wird und daß Malvin über Nacht im Schnee verschwinden wird.

Am Tag darauf, als es nicht mehr schneit, gibt Anderson vor, Malvins Wagen und den Blutspenderausweis zu entdecken, entwirft seine brillante Stegreiftheorie, fährt mit viel Aufhebens zurück nach Huyserville, um die Hundestaffel zu holen, »findet« Malvins Leiche, und von da an chargiert er als smarter junger Cop bis zum Abwinken. Mit Malvins Alibi für die beiden ersten Morde hat er Glück, und damit hat er's geschafft.

Einfach unglaublich.

Während ich hier schreibe, sind Agenten in Milwaukee dabei, einen Durchsuchungsbeschluß für Andersons Wohnung in Huyserville zu erwirken. Wenn er heute abend gesteht oder wenn die Jungs in Milwaukee in seiner Wohnung Waffen finden, die zu den Ballistikreports der Blondinnen-Morde passen, ist er tot und begraben. Ich habe eigentlich nur eine einzige Frage. Was hat das Schwein in den letzten zwei Jahren seit seinem letzten Mord getrieben? Das macht mir angst.

Zur Krönung des Ganzen habe ich eine Liste mit sechs Namen, die mir die Staatsanwaltschaft in Denver vor weniger als einer Stunde telefonisch durchgegeben hat. Ein Cop in Aspen hat ein paar Notizen von seinem alten Partner aufgestöbert, und der war der Officer, der damals den Anruf entgegennahm, in dem der Tip mit »Shroud Shifter« gegeben wurde. Der Officer selbst ist letztes Jahr gestorben, und die Notizen sind in einer Art Kurzschrift verfaßt, aber in einer Spalte sind sechs Namen zu lesen, und unmittelbar daneben steht »S. S. – Com.-Fig.?« Die Namen – George Magdaleno, Aaron BeauJean, Martin Plunkett, Henry Hernandez, Steven Hartov und Gary Mazmanian – laufen im Moment auf nationaler Ebene durch den Computer, und Jack Mulhearn wird nachher das Büro Westchester anrufen und die Resultate durchgeben.

Ich werde langsam kribbelig. Die Anderson-Verhaftung wird eine reine FBI-Sache werden – nur wir vier Agenten mit Schrotgewehren. Er ist der jüngste Lieutenant in der Geschichte der Wisconsin State Police. Was ist passiert?

Und Stifter kreisen wir ein. Zwei der Namen sind spanisch, und die anderen vier sind ungewöhnlich genug; der nationale Computer dürfte nicht mehr als zwanzig Möglichkeiten pro Mann ausspucken. Rastern wir das Resultat mit »groß, kräftig, dunkelhaarig, Mitte bis Ende Dreißig«, und die Liste wird kürzer; schicken wir – falls vorhanden – Fotos aus dem Verbrecheralbum oder die Führerscheinfotos an die Agenten in den Städten, in denen die Zeugen der Kreditkartenbetrügereien ansässig sind, und ich wette drei zu eins, daß wir eine Bestätigung und keine Absage bekommen. Mit Anderson habe ich einen Hunderter gewonnen, und ich habe das Gefühl, die Glückssträhne ist noch nicht zu Ende. Wer bist du, Shifter? Wo bist du? Komm zu Onkel Tom. Er wird dich verhaften und dafür sorgen, daß du angeklagt und vor Gericht gestellt wirst, und wenn du verurteilt bist, besorgt er dir einen nette Zelle in einem netten Bundesgefängnis. Wenn du wirklich Glück hast, legt man dich vielleicht mit dem ehemaligen Lieutenant Ross Anderson zusammen. Ihr beide habt euch sicher eine Menge zu erzählen.

24

Nervös wie der Kino-Sheriff, der auf High Noon wartet, verbrachte ich den Vormittag damit, mich auf den großen Augenblick vorzubereiten.

Zuerst fuhr ich zu Brooks Brothers nach Scarsdale. Ross wollte, daß ich wie ein Cop aussah, und weil ich weder einen Anzug noch eine sportliche Jackettkombination besaß, beschloß ich, mir ein entsprechendes Outfit für mein Debüt als Polizist zu kaufen. Als ich das Geschäft betrat, wurde mir klar, daß ich seit meiner Kindheit kein Jackett mit Krawatte mehr getragen hatte, und ich konnte die Demütigung, die Ross als Junge empfunden hatte, restlos nachvollziehen, als ich einen Verkäufer bat, mir Sommerblazer in der Größe XL zu zeigen. Herablassend erklärte er mir, Blazergrößen seien numeriert, und er schlug vor, ich solle eine Auswahl der Größe 44, lang, anprobieren. Erbost folgte ich ihm und entschied mich für ein marineblaues Leinenjackett, das aussah, als habe es Klasse genug, um eine Vassar-Studentin zu entwaffnen. Der Verkäufer trommelte angesichts meiner Manieren wie Oliver Hardy mit den Fingerspitzen auf die Garderobenstange, und als ich sagte: »Sporthose, vierunddreißig-vierunddreißig«, deutete er auf die Hosen, die aufgereiht an Stahlstangen hingen, und ging davon. Ich fand eine hellblaue Hose, die zu meinem Blazer paßte, und raffte sie an mich; auf dem Weg zur Kasse nahm ich ein weißes Hemd und die erste Krawatte, die ich sah – kastanienbraun und mit gekreuzten Golfschlägern bedruckt. Der Gesamtpreis meines Showdown-Kostüms betrug $ 311,-, und als ich das Geschäft verließ, war es, als käme ich aus dem Gefängnis.

Hinten im Deathmobile II zog ich mich um, und fluchend stellte ich fest, daß ich vergessen hatte, wie man eine Krawatte knotete. Ich zog sie durch den offenen Kragen, fuhr zu einem Waffengeschäft in Yonkers und gab neunzig Dollar für etwas Nützliches aus – ein schwarzledernes Gürtelhalfter für meinen stumpfnasigen .38er. Ich transferierte die Waffe vom Sicherheitsfach im Deathmobile in das wunderschöne neue Stück und hakte es mir links an den Gürtel, vertrieb mir den Vormittag, und dann fuhr ich nach Croton.

Im Tageslicht sah das große Sommerhaus anders aus, und als ich an die Tür klopfte, spürte ich, weshalb – alles an mir, von meinen

247

Kleidern über meine Vergangenheit bis zu meiner Zukunft, änderte sich mit einer halsbrecherischen Geschwindigkeit, die subtil veränderte, was ich sah.

Mady Behrens öffnete mir, beinahe zur Unkenntlichkeit verändert – die blubbernde Blondine von gestern in ihren weißen Tenniskleidern wirkte heute hochnäsig und mißtrauisch, eine lauernde Xanthippe in einem feuchten Bademantel. »Ross ist gestern abend verhaftet worden«, sagte sie. »Polizisten mit Schrotgewehren haben ihn abgeführt. Richies Dad sagt, es ist wirklich ernst.«

Die Veranda verwandelte sich unter meinen Füßen in Treibsand, und der offene Mund der Xanthippe sah aus wie die Einladung zum leichtesten Entschluß der Welt. Ich griff nach meinem Halfter, aber sie verdarb mir mein Ziel, indem sie anfing zu plärren. »Ich wußte, daß Ross eine miese Ader hat, aber ich kann einfach nicht glauben, daß er –«

Ich rannte zum Deathmobile. Monster tanzten auf der Frontscheibe, als ich wegfuhr, um mich zu verstecken.

Transkript der ersten Vernehmung Ross Anderson, durchgeführt im FBI-Hauptquartier Westchester County, New Rochelle, New York, am 8. 9. 83 um 14.00 Uhr.

Anwesend: Ross Anderson; John Bigelow, sein Anwalt, engagiert von Richard Ligget sen., Lt. Andersons Onkel; Special Agent Inspector Thomas Dusenberry und S. A. John Mulhearn von der Serienmörder-Taskforce des FBI; Sidney Peak, leitender Agent des Büros New Rochelle.

Verdächtiger in Gewahrsam seit 8. 9. 83, 3.40 Uhr, in Anwesenheit des Anwalts am 8. 9. 83 um 12.00 Uhr über seine Rechte informiert; ist nach Beratung mit Mr. Bigelow mit der Vernehmung einverstanden – 13.30 Uhr. Diese Vernehmung wurde auf Band aufgezeichnet und stenografiert von Margaret Wysoski, Stenografin, Division 104, Gericht Westchester County.

Inspector Dusenberry: Mr. Anderson, wir wollen anfangen –
Ross Anderson: Nennen Sie mich Lieutenant.
Dusenberry: Also schön, Lieutenant. Wir wollen anfangen, indem Sie etwas klarstellen, wenn es Ihnen recht ist. Haben Sie seit Ihrer

Festnahme heute früh irgendwelche freiwilligen Aussagen gemacht?

Anderson: Nein. Nur Namen, Rang und Dienstnummer.

Dusenberry: Sind Sie körperlich mißhandelt worden – bei der Festnahme oder im Gewahrsam seither?

Anderson: Sie haben mir in der Zelle Pulverkaffee servieren lassen. Widerlich. Beim nächstenmal ist er frischgemahlen, oder ich ziehe in ein anderes Hotel.

John Bigelow: Seien Sie ernsthaft, Ross.

Anderson: Ich bin ernsthaft. Sie haben ihn nicht probiert, Anwalt. Eine üble Scheiße.

Bigelow: Dies ist eine sehr ernste Sache, Ross.

Anderson: Wem sagen Sie das? Ich bin süchtig nach Boeuf à la mode. Ich kriege bald Entzugserscheinungen. Dann wird's Ihnen leid tun.

Bigelow: Ross –

Dusenberry: Lieutenant, hat Mr. Bigelow Ihnen gesagt, was wir Ihnen zur Last legen?

Anderson: Yeah. Mord.

Dusenberry: Korrekt. Mord an wem – können Sie sich das vorstellen?

Anderson: Was halten Sie von Billy Gretzler? Den habe ich '76 in Ausübung meiner Dienstpflicht weggeputzt. Außer ihm habe ich noch keinen Menschen getötet.

Dusenberry: Kommen Sie, Lieutenant. Seit wann sind Sie Polizist?

Anderson: Seit zehneinhalb Jahren.

Dusenberry: Dann wissen Sie, daß Tötungsdelikte im Zuständigkeitsbereich der Polizeibehörden individueller Gemeinden nicht unter die Zuständigkeit des Bundes fallen.

Anderson: Das weiß ich.

Dusenberry: Dann wissen Sie bestimmt auch, daß man, was das Bundesrecht angeht, entweder einen Angestellten der Bundesregierung töten oder, nachdem man einen normalen Bürger getötet hat, über eine Staatsgrenze flüchten muß, um für uns interessant zu sein.

Anderson: Ich bin allgemein ein interessanter Bursche.

Dusenberry: Das sind Sie in der Tat. Wissen Sie, was meine Aufgabe beim FBI ist?

Anderson: Ach bitte, sagen Sie's mir doch.

Dusenberry: Ich bin der leitende Agent der Serienkiller-Taskforce in Quantico, Virginia. Wissen Sie, was Serienkiller sind?

Anderson: Psychopathen, die unter dem Einfluß von Reis-Crispies Morde begehen?

Bigelow: Ross, verdammt noch mal.

Dusenberry: Schon gut, Mr. Bigelow. Lieutenant, sagen Ihnen diese Namen etwas? Gretchen Weymouth, Mary Coontz, Claire Kozol?

Anderson: Das sind die Namen von Frauen, die Ende '78 und Anfang '79 in Wisconsin ermordet wurden.

Dusenberry: Korrekt. Wer, glauben Sie, hat sie ermordet?

Anderson: Ich glaube, es war ein Mann namens Saul Malvin. Ich habe sein verlassenes Auto und später seine Leiche gefunden. Er hatte Selbstmord begangen.

Dusenberry: Aha. Und was sagen Ihnen diese Namen? Kristine Pasquale, Wilma Thurmann, Cadice Tucker, Carol Neilton?

Anderson: Nichts. Wer sind die?

Dusenberry: Junge Frauen, die auf die gleiche Weise ermordet wurden wie die in Wisconsin.

Anderson: Das ist bedauerlich. Wo wurden sie ermordet?

Dusenberry: In Louisville, Kentucky; in Des Moines, Iowa; in Charleston, South Carolina; in Baltimore, Maryland. Sind Sie in diesen Städten schon mal gewesen?

Anderson: Ja.

Dusenberry: Unter welchen Umständen?

Anderson: Ich habe Auslieferungsverfügungen zugestellt und Gefangene von dort nach Wisconsin und in verschiedene Städte gebracht.

Dusenberry: Aha. Können Sie sich erinnern, wann genau Sie dort waren?

Anderson: Nicht aus dem Kopf. Aber irgendwann in der Zeit zwischen Anfang '79 und Ende '81. In diesem Zeitraum habe ich die Auslieferungsarbeit gemacht. Wenn Sie die genauen Daten wissen wollen, schauen Sie in den Akten des W. P. D. nach.

Dusenberry: Habe ich getan. Sie waren in diesen Städten, als die Frauen ermordet wurden.

Anderson: Wow. Was für ein Zufall.

Dusenberry: Und Sie hatten Streifendienst zu der Zeit und in der Gegend des Mordes an Claire Kozol.

Anderson: Wow.

Dusenberry: Und Sie hatten Streifendienst in der weiteren Umgebung der Stellen, an denen die Leichen der beiden ersten Opfer in Wisconsin gefunden wurden, und Sie haben die Leiche des angeblichen Mörders entdeckt.

Anderson: Inspector, ich halte mir was auf meinen Humor zugute, aber diese Scheiße wird allmählich öde. Wir waren beide auf dem College, und wir sind beide Offiziere der Polizei, und deshalb sage ich Ihnen jetzt meine Expertenmeinung über das, was Sie da haben. Okay?

Dusenberry: Nur zu, Lieutenant.

Anderson: Sie haben chronologische Faktoren mit den beiden Gruppen von Mordfällen abgeglichen und Listen von Verdachtspersonen zusammengestellt, die Gelegenheit gehabt hätten. Ich war an den Ermittlungen im Fall »Wisconsin Whipsaw« beteiligt, und anscheinend habe ich mich in den anderen Städten aufgehalten, als die anderen Mädchen umgebracht wurden. Indizienmäßig passe ich somit in Ihr Raster. Aber Sie müssen schon mit was Besserem ankommen, wenn Sie daraus eine Anklage zimmern wollen. Mit dem, was Sie da haben, wird man Sie bei Gericht auslachen.

Dusenberry: Du oder ich, Jack?

Agent Mulhearn: Du, Tom. Der Junge gehört dir.

Dusenberry: Lieutenant, seit gestern abend ist ein Team von zehn Agenten dabei, Huyserville auf den Kopf zu stellen. Sie haben auch Ihre Wohnung durchsucht –

Anderson: Und nichts Inkriminierendes gefunden, weil ich nichts Kriminelles getan habe.

Dusenberry: Kennen Sie einen Mann namens Thornton Blanchard?

Anderson: Klar, der alte Thorny. Er ist pensionierter Weichensteller bei der Great Lakes Line.

Dusenberry: Korrekt. Davon abgesehen geht er gern spazieren, auf dem Naturlehrpfad am Rande des Orchard Park. Sie kennen die Gegend?

Anderson: Natürlich.

Dusenberry: Gestern abend hat Mr. Blanchard einem der Agenten in Milwaukee erzählt, er habe Sie drei- oder viermal im Wald graben sehen. Gegen drei heute früh hat er dem Team die ungefähre Umgebung dieser Beobachtungen gezeigt, und sie haben Flutlicht aufgestellt und angefangen zu buddeln. Heute vormittag gegen elf haben sie zwei dreifach verpackte Plastiktüten gefunden. In einer

251

war ein Messer der Marke »Buck« und eine Bogensäge. Am Messergriff haben wir einen Daumenabdruck gefunden. Er stammt von Ihnen. An den Zähnen der Säge befand sich bräunliche, verkrustete Materie, die gerade untersucht wird. Es handelt sich offensichtlich um Blut und getrocknetes Gewebe, und wir werden versuchen, die Blutgruppe zu ermitteln und sie mit denen der sieben Mädchen vergleichen. Die Abmessungen von Messer und Sägezähnen passen exakt zu den Messer- und Sägespuren an den Leichen der letzten vier Opfer. Die andere Plastiktüte war vollgestopft mit Fotos dieser vier Mädchen, nackt und zerstückelt. Auf drei der Fotos haben wir getrocknetes Sperma gefunden, das zur Zeit analysiert wird. Insgesamt haben wir fünf brauchbare Abdrücke auf den Fotos gefunden. Sie stammen alle von Ihnen.

Bigelow: Ross? Ross? Verflucht, jemand soll einen Arzt rufen.

Dusenberry: Hol einen, Jack. Vermerken Sie im Protokoll, daß Lieutenant Anderson um 14.24 Uhr einen Übelkeitsanfall erlitt und ohnmächtig wurde. Wir machen vorläufig Schluß. Sprechen Sie mit Ihrem Mandanten, Mr. Bigelow; wir verhaften ihn wegen Staatsflucht mit dem Ziel, sich der Strafverfolgung wegen Mordes zu entziehen. Morgen früh wird die Anklage erhoben werden. Vertreter der Bezirksanwaltschaften Louisville, Des Moines, Charleston und Baltimore sind auf dem Flug hierher, um mit mir die Anklage und das Auslieferungsverfahren zu besprechen; wenn Anderson reden will, brauche ich seine Aussage bis heute abend. Haben Sie verstanden?

Bigelow: Ja, verflucht. Wo bleibt der Arzt? Dieser Mann ist krank.

Dusenberry: Sid, bleib bei Anderson. Der Arzt darf ihm keine Medikamente geben, und wenn du ihn in die Zelle zurückbringst, leg ihm Hand- und Fußfesseln an. Miss Wysoski, beenden Sie das Protokoll um 14.26 Uhr.

Transkript der zweiten Vernehmung und formelle Aussage Ross Anderson, FBI-Hauptquartier Westchester County, New Rochelle, New York, am 8. 9. 83 um 21.30 Uhr.

Anwesend: Ross Anderson; John Bigelow, Lt. Andersons Anwalt; Stanton J. Buckford, leitender Bundesanwalt, Metropolitan District, New York; Inspector Thomas Dusenberry, Special Agent; John Mulhearn, Special Agent; Sidney Peak. Vernehmung und Aussage auf Band aufgezeichnet und stenografiert von Kathryn Giles, Stenografin, Division 104, Gericht Westchester County.

Inspector Dusenberry: Lieutenant Anderson, hat der Arzt Ihnen irgendwelche bewußtseinsverändernden Medikamente verabreicht?

Anderson: Nein.

Dusenberry: Sind Sie seit der ersten Vernehmung heute nachmittag körperlich mißhandelt oder bedroht worden?

Anderson: Nein.

Dusenberry: Haben Sie sich in der Zwischenzeit mit Ihrem Anwalt beraten?

Anderson: Ja.

Dusenberry: Sind Sie bereit, eine Aussage zu machen?

Anderson: Ja.

Dusenberry: Mr. Bigelow, haben Sie über Mr. Andersons Aussage mit Mr. Buckford gesprochen?

John Bigelow: Ja.

Dusenberry: Mit welchem Ziel?

Bigelow: Mit dem Ziel, die Immunität meines Mandanten gegen Mordanklagen aus Kentucky, Iowa, South Carolina und Maryland sicherzustellen.

Dusenberry: Aber nicht gegen eine potentielle Anklage aus Wisconsin?

Bigelow: In Wisconsin gibt es keine Todesstrafe, Inspector. In zwei der anderen Staaten doch.

Dusenberry: Mr. Buckford, haben Sie dazu etwas festzustellen?

Stanton J. Buckford: Ja. Ich möchte diesen Anklagehandel protokollarisch festgehalten und von Bundesagenten bezeugt wissen, falls es später zu Auseinandersetzungen kommen sollte. Ich weiß nur in groben Zügen, was Lieutenant Anderson auszusagen hat, aber wenn er sich in so schwerer Weise belastet, wie Mr. Bigelow mir versichert, und wenn sich dadurch weitere Anklagepunkte ergeben, dann wäre ich bereit, hier nur wegen der Taten in Wisconsin und wegen Flucht über die Staatsgrenze Anklage gegen Lieutenant Anderson zu erheben. Als Beweis für Ihren guten Glauben, Mr. Bigelow, brauche ich zuvor ein Geständnis von Lieutenant Anderson, und sollte er gestehen, und sollte die Justiz in Wisconsin zu einem Urteil von maximal dreimal lebenslänglich ohne Bewährung gelangen, werde ich den bei dem Fluchtverfahren vorsitzenden Richter bitten, es bei diesem Urteil zu belassen. Haben Sie verstanden, Mr. Bigelow?

Bigelow: Ja, Mr. Buckford.

Buckford: Lieutenant Anderson, haben Sie es auch verstanden?

Anderson: Ja.

Bigelow: Beginnen Sie mit Ihrer Aussage, Ross.

Anderson: Am 16. Dezember 1978 habe ich Gretchen Weymouth vergewaltigt und ermordet. Am 24. Dezember 1978 habe ich Mary Coontz vergewaltigt und ermordet. Am 4. Januar 1979 habe ich Claire Kozol vergewaltigt und ermordet. Am 18. April 1979 habe ich Kristine Pasquale vergewaltigt und ermordet. Am 1. Oktober 1979 habe ich Wilma Thurmann vergewaltigt und ermordet. Am 27. Mai 1980 habe ich Candice Tucker vergewaltigt und ermordet. Am 19. Mai 1981 habe ich Carol Neilton vergewaltigt und ermordet. Diese Aussage mache ich aus freien Stücken.

Dusenberry: Jack, bringen Sie ihm einen Schluck Wasser.

Bigelow: Nehmen Sie sich Zeit mit dem Rest, Ross.

Buckford: Sind Sie bereit, fortzufahren, Mr. Anderson?

Anderson: (Lange Pause) Ja.

Buckford: Dann bitte.

Anderson: Saul Malvin habe ich nicht umgebracht, und er hat auch keinen Selbstmord begangen. Gleich nachdem ich Claire Kozol umgebracht hatte, befuhr ich die zweispurige Landstraße, die parallel zur I-5 verläuft. Ich sah, wie ein Mann Malvins verlassenen Cadillac untersuchte und dann in einen Van stieg und langsam in nördlicher Richtung fuhr. Ich verfolgte das Fahrzeug mit meinem Radar und bekam den Eindruck, daß der Mann auf der Suche nach dem Fahrer des Caddy war, um ihn auszurauben. Ich blieb fünfhundert Meter hinter ihm, und als der Van anhielt, hielt ich ebenfalls an; ich kletterte auf ein paar Felsen und beobachtete den Van durch mein Fernglas. Nach ungefähr fünf Minuten sah ich, wie der Mann aus dem Wald kam; er hielt einen Revolver in der Hand. Er deponierte die Waffe irgendwo an der Unterseite seines Wagens und fuhr weiter nach Norden. Ich –

Dusenberry: Nennen Sie uns den Namen dieses Mannes, Anderson.

Buckford: Lassen Sie ihn erzählen, Inspector.

Anderson: Ich erfuhr in diesem Augenblick über Funk, daß die Leiche des Mädchens gefunden worden war und daß auf der I-5 Straßensperren errichtet wurden. Ich blieb auf der Landstraße und sah, wie der Van sich einer Sperre näherte, die hinter einer Kurve lag. Als er ungefähr zweihundert Meter davon war, hielt er an, und der

Mann warf etwas in den Schnee am Straßenrand. Ich wartete die Festnahmeprozedur ab – Sie wissen schon, Wagendurchsuchung, Fahndungskontrolle, Abtransport zum Revier Huyserville zur Blutgruppenuntersuchung und weiterer Befragung, falls er die richtige Gruppe haben sollte. Als es an der Sperre ruhig geworden war, wechselte ich hinüber zur I-5 und suchte nach dem, was der Mann da in den Schnee geworfen hatte. Es waren (Pause) zerrissene Fotos von einem Toten im Schnee. Schauen Sie, ich wußte, ich wollte den Kerl kennenlernen. Ich fuhr nach Huyserville, fand seinen Wagen auf dem Parkplatz vor dem Revier und entdeckte einen .357er Magnum in einem Versteck unter dem Fahrgestell. Ich stellte ihn zur Rede, und wir unterhielten uns; er erzählte mir, er hätte Unmengen von Leuten umgebracht, einfach so, und um ihnen Geld und Kreditkarten abzunehmen –

Dusenberry: Nennen Sie mir seinen Namen, Anderson. Bitte, Mr. Buckford, ich habe einen Grund dafür.

Buckford: Also gut. Wie heißt der Mann, Mr. Anderson?

Anderson: Martin Plunkett. Er ist –

Dusenberry: Gottverflucht. Plunkett ist der Shifter, Jack. Er steht auf der Liste der Verdächtigen in Aspen. Geben Sie ihn in die Fahndung, sofort.

Agent Mulhearn: Heilige Scheiße.

Buckford: Bezähmen Sie sich, meine Herren. Dies ist ein offizielles Dokument. Wovon in Gottes Namen reden Sie überhaupt?

Dusenberry: Ich kann's einfach nicht glauben, verdammte Sch – verflixt. Plunkett ist ein Langzeit-Serienkiller, den wir auf dem Papier schon seit Monaten aufzuspüren versuchen. Es ist zu verzwickt, um jetzt in die Details zu gehen, und ich brauche auch weitere Bestätigung. Beschreiben Sie ihn, Anderson.

Anderson: Weiß, einssechsundneunzig, dunkelbraunes Haar, braune Augen.

Dusenberry: Das ist er. Fahrzeug?

Anderson: Damals hatte er einen silberfarbenen Dodge-Van. Das war '79.

Dusenberry: Wann haben Sie ihn zuletzt gesehen?

Buckford: Lassen Sie ihn auf seine Art zu Ende erzählen, Inspector.

Dusenberry: Ich erzähle zu Ende. Sie taten so, als hätten Sie Malvins Leiche gefunden, und drückten ihm Plunketts Magnum in die Hand, damit Sie einen Sündenbock für Ihre Mädchen hatten und damit man sich nicht Ihres durchreisenden Kumpels erinnern und ihm den Mord an Malvin anhängen würde. Stimmt's?

Anderson: Stimmt.

Buckford: Setzen Sie sich hin, Inspector.

Dusenberry: Warum, Anderson?

Anderson: Was meinen Sie – warum?

Buckford: Setzen Sie sich hin und beruhigen Sie sich. Dies ist ein offizielles Dokument.

Dusenberry: Wo ist er, Anderson?

Anderson. Weiß ich nicht. Das ist lange her.

Dusenberry: Sie sind gerade noch um den elektrischen Stuhl rumgekommen. Sagen Sie's mir, Sie Drecksack.

Buckford: Setzen Sie sich jetzt hin, Dusenberry, oder ich werde Sie von diesem Fall suspendieren. (Pause) So. Schon besser. Ich verstehe diesen Schwenk nicht, Mr. Anderson. Hat der Inspector recht? Haben Sie den Selbstmord dieses Malvin vorgetäuscht, damit Plunkett entkommen konnte?

Anderson: Damit wir beide entkommen konnten.

Buckford: Wieso? Plunkett, meine ich.

Anderson: Weil mir sein Stil gefiel.

Buckford: Haben Sie ihn seither gesehen? Seit 1979?

Anderson: Nein, er fuhr in die untergehende Sonne hinein, wie der Lone Ranger.

Buckford: Haben Sie eine Ahnung, wo er sich jetzt aufhalten könnte?

Anderson: Ich bin müde. Ich möchte schlafen. Plunkett und ich sind uns nur einmal begegnet. Ich weiß nicht, wo er ist. Also lassen Sie mich in Ruhe.

Buckford: Machen wir Schluß, Inspector. Ich muß mit Ihnen darüber reden, das Protokoll ist beendet um 21.15 Uhr am 8. September 1983.

25

Die Nacht verbrachte ich auf einem Campingplatz in Upper West-chester. Zu einer festen Kugel zusammengerollt, schlief ich und träumte von Ross. Jedesmal wenn das harte Bodenblech mich aus dem Schlaf riß, dachte ich in meinen ersten bewußten Augenblicken an ihn, und ich fühlte seinen Körper. Im Morgengrauen erhob ich mich auf schwache Kinderbeine, und meine Muskeln schmerzten von der stundenlangen Embryonalhaltung. Mich fröstelte trotz der Hochofenhitze im Wagen, und ich fragte mich, wie es rings um mich her hatte zu Ende gehen können – ohne daß ich überhaupt dagewesen war.

Mit immer noch verkrampften Muskeln schob ich mich in die Fahrerkabine und drehte den Zündschlüssel halb; dann schaltete ich das Radio ein. Ich stellte einen Nachrichtensender ein und hörte: ». . . unterdessen haben die Ermittlungsbehörden in Wisconsin ein Messer und eine Säge mit Andersons Fingerabdrücken gefunden, die in Plastiktüten gewickelt und in der Nähe seiner Wohnung im Wald vergraben worden waren. FBI-Agenten nehmen an, daß es sich um die Waffen handelt, mit denen er seine sieben Opfer ermordet und zerstückelt hat. Aus New York kommt die Äußerung der siebzehnjährigen Rosemary Cafferty, einer Cousine Andersons:

›Ich . . . ich bin bloß froh, daß Ross im Gefängnis ist, wo er niemandem etwas tun kann außer den anderen Verbrechern. Er . . . er muß einfach böse sein. Ich kann nicht glauben, daß er ein Mitglied unserer Familie ist. Er . . . er hätte ja auch einem von uns etwas antun können. Alle –‹«

Ich schaltete das Radio ab, beendete den Trillersopran, der versucht hatte, Ross und mich in ein billiges Stereotyp zu verweisen: »Richie, was glaubst du, ist Ross vielleicht schwul?« Ich wußte jetzt, daß sie und ihre Freunde im Tennisdress meinen Freund verraten hatten. FAMILIE erschien in Maschinenschrift vor meinem Auge, und ich machte mich daran, am hellichten Tag zu Shroud Shifter zu werden.

In einem Jagdwaffengeschäft in Mt. Kisho kaufte ich ein »Buck«-Messer und eine Lederscheide. Von dort fuhr ich zu einem nahe gelegenen Haushaltswarengeschäft und erstand eine Bogensäge mit ra-

257

siermesserscharfen Zähnen. Die Fahrt zu einer Punkrock-Boutique in Yonkers erbrachte einen Overall aus schwarzem Vinyl, und die grünhaarige Verkäuferin, die mir das Ding einpackte, warf einen Blick auf mein Brooks-Brothers-Outfit und meinte: »Da ändern sie aber wirklich Ihren Stil.« Von Yonkers war es nur ein Katzensprung zu Lord & Taylor in Scarsdale und dem Erwerb eines schwarzseidenen Operncapes für Damen und eines Schminkkastens. In meinem Handschuhfach lag bereits eine Kugel Maskenkitt, und somit hatte ich alles, was ich brauchte.

Als ich bei Lord & Taylor herauskam, stand ein Streifenwagen der Scarsdale Police am Bordstein. Der Cop auf der Beifahrerseite sagte soeben zu dem Fahrer: ». . . der jüngste gottverdammte Lieutenant in der Geschichte seines Departments.« Mit dem Finger klopfte er auf einen Stoß Papier vor ihm auf der Ablage und fügte hinzu: »Und jetzt sucht das FBI noch 'n Kumpel von ihm.«

Ich unternahm den kühnsten Akt meines Lebens, ging auf den Streifenwagen zu, schaute dem Cop auf dem Beifahrersitz pfeilgerade in die Augen und sagte: »Verzeihung, Officer. Sprachen Sie gerade von Ross Anderson, dem Killer?«

Der Cop musterte meine gediegene Ostküsten-Erscheinung mit einem flüchtigen Blick. »Ja, Sir.«

Ich sah, daß die Blätter auf der Ablage Steckbriefe waren; die Druckerschwärze war noch feucht. »Kann ich davon einen bekommen? Mein Sohn sammelt sie.«

Glucksend reichte der Polizist mir das oberste Blatt. »Danke«, sagte ich und trat in den Schatten des Deathmobile II, um dort den Augenblick meines Erscheinens in der Öffentlichkeit zu genießen.

Die große schwarze Schlagzeile lautete: »Gesucht wegen Staatsflucht und Mordes.« Darunter prangten zwei Albumfotos von meiner '69er Einbruchs-Festnahme. Ich sah darauf unreif und sensibel aus. Unter meiner Personenbeschreibung standen polizeiliche Schlagwörter, die meinen Kopf summen ließen: Wahrscheinlich bewaffnet, äußerst gefährlich, Fluchtgefahr; fährt möglicherweise einen silberfarbenen Dodge-Van, Baujahr vor 1980; verdächtig des mehrfachen Mordes in mehreren Staaten.

Nur das »Fluchtgefahr« klang falsch. Es war vorbei; es gab nichts mehr zu fliehen. Ich dachte an Ross und setzte Plastiksäcke auf meine Einkaufsliste, rannte über die Straße in einen Supermarkt und kaufte eine Dutzendpackung. Wieder im Deathmobile sah ich auf die Uhr im Armaturenbrett: Es war fast zwölf Uhr mittags. »Do not

258

forsake me, O my darling, on this our wedding day!« sang ich wieder und wieder, während ich nach Croton fuhr.

Lärmende Bierpartys waren überall auf den Rasenflächen vor den Sommerhäusern im Gange; langsam fuhr ich dort entlang und hielt Ausschau nach Ross' Cousins und Cousinen. Als ich sie nicht fand, fuhr ich in ein Shopping Center, suchte mir eine Telefonzelle und rief die Auskunft an. Man gab mir die Nummer von Richard Liggett sen. in Croton. Ich rief im Sommerhaus an und ließ das Telefon zwanzigmal klingeln. Das Freizeichen war eher ein Klicken als ein Summen; ich hängte ein und fuhr zurück in die Straße.

Ich parkte einen Block weit vom Haus entfernt, kletterte nach hinten in den Wagen und zog meinen feinen Anzug aus. Nackt nahm ich meinen Rasierspiegel in die linke Hand, und mit der Rechten brachte ich mein Shroud-Shifter-Gesicht an; mit dem Kitt formte ich meine Nase zu einem Habichtsschnabel, mit Rouge machte ich meine stumpfen Wangenknochen scharf, und Mascara ließ meine Brauen dunkel und bedrohlich aussehen. Mit Speichel strich ich mir das Haar glatt nach hinten, und dann wickelte ich Messer und Säge in eine Tüte, zog meinen schwarzen Overall an und hängte mir das Cape um. Ein ausgetretenes Paar schwarzer Sportschuhe unter dem Reserverad fiel mir ein; ich holte sie hervor, staubte sie ab und zog sie an. Dann stieg ich, schweißtriefend und nach Vinyl und Puder riechend, aus dem Shroud-Shifter-Versteck und trat vor die Augen der Welt.

Kinder winkten mir aus vorüberfahrenden Autos zu; ein alter Mann, der auf seiner Veranda saß und Bier trank, brüllte: »Hallowe'en ist aber erst nächsten Monat, Freund!« Ich verbeugte mich capewirbelnd vor meinen Fans, und als ich den Zielblock erreichte, zeigten die Leute an den Bierfäßchen mit dem Finger auf mich und beschenkten mich mit kleinen Beifallsstürmen und Lachsalven. Als ich den Rasen vor Liggetts Haus überquerte, rief ein Junge, der auf der Veranda nebenan Hotdogs grillte: »Hey, Alex! Bist du das, Mann?«

»Yeah, Mann!« brüllte ich zurück.

»Willst du in die Delta-Schwesternschaft*, Mann?«

»Yeah!«

»Super, Mann! Richie und Mady sind im Club, aber im Kühlschrank ist Bier!«

Ich brüllte: »Yeah, Mann!« und ließ mein Cape wirbeln; dann ging ich über die Veranda ins Haus. Drinnen war es kühl und still, und

---

* Delta Delta Delta ist eine Elitevereinigung von Studentinnen.

ich ging von Zimmer zu Zimmer und prägte mir die Unordnung ein; ich erinnerte mich, wie sich Ross daran gestört hatte. Überquellende Aschenbecher, ungemachte Betten, Kleider auf dem Fußboden, teure Computerspiele kopfüber auf Sofas und Stühlen – das alles faszinierte und erboste mich, und ich zog meine Kreise, oben und unten, und suchte nach weiteren Anzeichen für den Bankrott, bekannt als GLÜCKLICHES FAMILIENLEBEN.

Wegwerfrasierer, verkrustet von Bartstoppeln und Rasierschaum; eine Zahnpastatube, bis obenhin zerknautscht; ein Pessar in seinem Etui. Stilleben um Stilleben um Stilleben ließ mich stundenlang umherwirbeln, und nur die länger werdenden Schatten im Haus sorgten dafür, daß mir die Zeit dumpf im Bewußtsein blieb. Und dann, als ich eben ein paar Paperback-Romane betrachtete, die aus einem Bücherregal quollen, hörte ich: »Alex, bist du da?«

Es war Richie Liggetts Stimme; sie kam von unten. Ich sah mich nach der Tüte mit meinem Messer und der Säge um, fand sie auf einer Kommode hinten im Schlafzimmer und rief: »Ich bin oben, Richie!« Schritte polterten auf der Treppe, und als sie oben angelangt waren, hatte ich das Messer in der rechten Hand und versteckte es hinter meinem Rücken.

Richie Liggett erschien in der Tür und lachte. »Du lieber Gott, Alex. Delta? Deine Familie war immer Sigma O. Übrigens verläuft deine Schminke.«

Ich verstellte meine Stimme und grollte wie ein Kino-Monster. »Wo ist Mady?«

»In der Küche. Hast du das mit Ross gehört?«

Ich monster-grollte: »Verräter«, packte Richard bei den Haaren, riß das Messer hoch und schnitt ihm die Kehle durch; mit einer einzigen Bewegung durchtrennte ich die Luftröhre. Er griff nach seinem Hals und kippte, ebenfalls in einer einzigen Bewegung, vornüber; ich trat zurück, um nicht von seinem Blut bespritzt zu werden. Krachend schlug er auf dem Boden auf und fing an zu gurgeln, und ich drehte ihn auf den Rücken. Immer wieder versuchte er zu sprechen, und ich nahm ein Kissen vom Bett und warf es ihm aufs Gesicht. Breitbeinig trat ich über den Kopf des Verräters, stellte mich auf die Kanten des Kopfkissens und hielt die Todesmaske mit meinem ganzen Gewicht fest. Als er aufhörte, um sich zu schlagen, und der weiße Bezugsstoff rot durchtränkt war, wischte ich mein Messer ab und ging hinunter in die Küche.

Mady Behrens war dabei, Hamburger zu braten. Als sie mich sah,

260

stieß sie einen damenhaft spitzen Schrei aus und stellte fest: »Sie sind nicht Alex.« – »Richtig«, sagte ich und stach ihr das Messer in den Bauch, dann in die Brust, dann in den Hals. In ihren Todeszuckungen stieß sie die Bratpfanne vom Herd, und das letzte, was sie fühlte, bevor sie die Augen schloß, war das heiße Fett, das über ihre tennis-braunen Beine spritzte.

TICK/POCH TICK/POCH TICK/POCH TICK/POCH TICK/POCH TICK/POCH TICK/POCH.

Ich stolperte die Treppe hinauf und atmete Blut und Vinyl. Richie Liggett war jetzt ein Stück leblose Unordnung, passend zum übrigen Müll des GLÜCKLICHEN FAMILIENLEBENS. Ich schnitt ihm SS in beide Beine, trennte sie dann mit der Säge ab und warf sie auf einen mit Tennisbällen bedeckten, staubigen Sessel. Der Blutgeruch war jetzt stärker als alles andere; ich nahm mein Werkzeug und ging hinunter zu Mady Behrens. Als ich sie in der gleichen Weise markiert und seziert hatte, warf ich ihre Beine zu dem schmutzigen Geschirr in die Spüle.

POCH/TICK.
POCH/TICK.
POCH/TICK
POCH/TICK.
POCH/TICK.

Erschöpft ließ ich den Blick durch die Küche streifen. Die Unordnung, die ich geschaffen hatte, sah sanft und hübsch aus; die schief an der Wand hängenden Kalender und gerahmten Sprüche unterliefen meine Kunst und summten mich an die wütende kleine Biene. Als ich sie geraderückte, mußte ich an Ross denken, und mit seinem Bild kam eine neue Welle von Energie über mich. Ich machte mich daran, das Haus aufzuräumen.

Stundenlang richtete, ordnete und arrangierte ich, und ich brachte das HAUS DER GLÜCKLICHEN FAMILIE in eine Ordnung, die Shroud Shifter und seine Rache wie ein Scheinwerfer bestrahlte. Mit grellem Licht in allen Räumen arbeitete ich, und mit Gewalt nur vermied ich es, an Ross zu denken, indem ich auf die Uhr schaute und mich ermahnte, daß Dom De Nunzio und Rosie Cafferty gleich kommen müssen. Je mehr ich rackerte, desto mehr fand ich, was in Ordnung gebracht werden mußte, und als ich kurz nach Mitternacht Stimmen auf der Veranda hörte, war ich nicht annähernd fertig.

Ich schlug sie im Hausflur nieder – Stechen und Kreischen und mein »Buck«-Messer, das an schützenden Armen vorbeischnellte

261

und Verrätergesichter zerfetzte. Rosie Cafferty war schon tot, und ich hatte meine Waffe erhoben, um die Kehle ihres Freundes vollends zu durchschneiden, als mir einfiel, daß Ross mich ihnen als Billy Rohrsfield vorgestellt hatte – was bedeutete, daß jemand anderes uns beide verraten hatte. Ich zögerte, und für den Bruchteil einer Sekunde sah Dom De Nunzio, hilflos von meinen Knien am Boden gehalten, absolut perfekt aus – und er hatte perfekte Ähnlichkeit mit Ross. »Es tut mir leid«, wisperte ich heiser, und ich hielt ihm die Augen zu, während ich stach und stach und stach, bis sein Leben zu Ende war.

Ich hörte kein Ticken oder Tick/Pochen, als ich »SS« in zwei weitere hübsche Beinpaare in weißen Tennishosen schnitt und sie absägte; ich ging ins Wohnzimmer, drückte einen Satz blutiger Fingerabdrücke an die Wand und malte mit Blut einen Kreis um die Stelle, so daß selbst der dümmste Cop die Spur nicht würde übersehen können. Dann sammelte ich Messer und Säge ein und ging hinaus zum Deathmobile; mein Cape flatterte im nächtlichen Sommerwind. Im Wagen kleidete ich mich wieder in meine Brooks-Brothers-Garderobe, und dann rieb ich mir das Blut von den Händen und Shroud Shifter aus dem Gesicht. Mit ruhigen Händen drückte ich meine Fingerabdrücke auf Messer- und Sägegriff und wickelte die beiden Teile dreifach in Plastiksäcke. Aus dem Werkzeugkasten des Wagens wühlte ich einen Spaten hervor. Ich nahm ihn mit nach vorn und suchte nach einer Stelle, wo ich das Hilfsmittel zu rascher Gerechtigkeit vergraben könnte.

Die Säge vergrub ich am Fuße eines Baumes neben der Bronxville-Bibliothek, das Messer am Ufer des Sees im Huguenot Park in New Rochelle. Ich erinnerte mich an eine Pension, von der mehrere der Caddies gesprochen hatten, und ich fuhr zum 800er Block der South Lockwood und klopfte an der Tür unter dem Schild: »Zimmer wochenweise – fast immer zu vermieten«.

Die alte schwarze Frau, die mir öffnete, tat, als sei sie verärgert über die späte Störung, aber als ich sagte: »Ich möchte ein Zimmer, und ich zahle bar und für zwei Monate im voraus«, überschlug sie sich fast, um mich hineinzulassen und zu einem Schreibtisch zu führen, auf dem ein großes Gästebuch lag. Ich gab ihr ein dickes Bündel Hunderter, die ich jetzt nicht mehr brauchte, und sagte: »Mein Name ist Martin Plunkett. Merken Sie sich das. Martin Plunkett.«

26

Sie brauchten drei Tage, um mich zu finden.

Ich schlief fast die ganze Zeit während dieser zweiundsiebzig Stunden; ich stillte eine Müdigkeit, die eine der längsten Reisen der Geschichte verursacht hatte, und als ich die Hubschrauber direkt über meinem Kopf hörte, war ich erleichtert, weil es vorüber war. Vor dem Fenster sah ich die blitzenden Lichter auf einem Dutzend Polizeiwagen, und innerhalb von Augenblicken verriet mir Gewisper, schlaftrunkenes Grunzen und schlurfende Schritte, daß die Pension evakuiert wurde. Dann hörte ich das bump/tick bump/tick bump/tick schwerer Stiefel ringsumher, und die rituelle Megaphonwarnung ertönte: »Wir haben Sie umstellt, Plunkett! Ergeben Sie sich, oder wir kommen Sie holen!«

Ich ging zur Tür und rief hinaus: »Ich bin unbewaffnet. Ich will mit dem Chef reden, bevor ihr mich hochnehmt.«

Ich wich zurück, darauf vorbereitet, zu Boden zu fliegen, und ich bekam meine Antwort – lautes Streiten. »Sie sind verrückt, Inspector« und »Er gehört mir« konnte ich verstehen; dann wurde die Tür aufgetreten, und ein durchschnittlich aussehender Mann mittleren Alters in einem grauen Anzug richtete einen .38er auf meinen Kopf.

Er sagte nicht: »Flossen hoch, *motherfucker*« oder »An die Wand, Arschloch«. Er sagte: »Mein Name ist Tom Dusenberry«, als wären wir uns soeben auf einer Cocktailparty begegnet. Ich sagte: »Martin Plunkett«, und als er den Hammer an seinem Revolver spannte, lächelte ich.

Er sah nicht aus, als sei er dabei, zu entscheiden, ob er mich erschießen sollte oder nicht; er sah aus wie ein Mann, der tief in sich selbst lebte und sich nun fragte, wie weit er mich hereinlassen sollte. Ich lächelte immer noch, als ich ihn fragte: »Sind Sie von der Polizei New Rochelle?«

»FBI«, sagte er.

»Was wirft man mir vor?«

»Staatsflucht nach dem Mord an Malvin für mich; die vier Kinder in Croton für den Rest.«

Etwas in den Worten dieses Mannes traf mich tief und heftig, aber ich wußte nicht, was. Ich versuchte, Zeit zu schinden, um herauszufinden, was es gewesen war, und musterte Dusenberry derweilen. Langsam kam er mir außergewöhnlich vor – und ich wußte nicht, warum.

Fast eine Minute lang schwiegen wir; ich überlegte, er starrte mich an. Endlich sagte er: »Warum, Plunkett?« und ich wußte es. Der Mann war einfach das personifizierte Maß – in Stimme, Körper, Kleidung, Seele. Es war etwas, das er niemals hätte kultivieren können – er *war* es einfach. »Warum was, Mr. Dusenberry?«

»Warum alles.«

»Die Frage ist unklar.«

»Ich will mich klar ausdrücken. Warum haben Sie so viele Menschen getötet, so viel verfluchten Schmerz bereitet?«

Jetzt spürte ich, daß er angespannt war, daß er darauf brannte, daß schnell etwas passierte. Schweiß färbte seinen Hemdkragen dunkel, und seine sanften blauen Augen wurden schmal. Seine Beine fingen an zu zittern, und das einzige an dem Mann, was noch ruhig war, war sein Finger am Abzug. Er wurde fiebrig in seiner Sehnsucht nach glatten Antworten.

»Ich werde eine formelle Aussage abgeben«, sagte ich. »Dann werden Sie es wissen. Und ich werde diese Aussage nur abgeben, wenn sie veröffentlicht wird, und zwar wörtlich. Haben Sie verstanden?«

»Sie haben sich sehr klar ausgedrückt.«

»Ich habe mich sehr klar ausgedrückt, weil ich weiß, daß Sie es wissen wollen, und wenn Sie mich nicht auf meine Art gestehen lassen, werden Sie es nie erfahren.«

Dusenberry ließ seinen Revolver sinken. »Sie sehnen sich schon lange danach, es zu erzählen«, sagte er. »Seit Jahren lassen Sie Hinweise fallen.«

Wenn er das für eine Trumpfkarte gehalten hatte, irrte er sich; ich wußte, daß meine Sehnsucht nach Ruhm schon vor langer Zeit krebsartig selbstzerstörerisch ausgewuchert war. »Und dadurch haben Sie mich gefunden?«

»Auch«, sagte Dusenberry und lächelte; die Sanftheit seiner perfekt überkronten Zähne ließ mich erstarren und erhellte mir seine rätselhaften Worte. Staatsflucht nach dem Mord an Saul Malvin – davon wußte nur Ross. »*Nur*«, wisperte ich.

Jetzt waren seine Zähne scharf und spitz, und der sanfte FBI-Agent war ein Hai. »Anderson hat Sie verkauft, um der Todesstrafe zu entgehen«, sagte er. »Er hat Sie dem hungrigsten, ehrgeizigsten

Bundesanwalt vorgeworfen, der je gelebt hat – um seinen eigenen wertlosen, sadistischen Schwulenarsch zu retten.«

Der Hai wurde zu einem Monster; es riß den Rachen weit auf, um mich mit seinen Worten zu verschlingen: »Du hast ihn geliebt, nicht wahr, du Stück Scheiße? Du hast die Kinder umgebracht, weil sie wußten, was ihr beide wart, du und Anderson, und weil du das nicht ertragen konntest. Du hast ihn geliebt! Gib's zu, verdammt!«

Ich trat vor, und Dusenberry hob seinen Revolver. Die Mündung war zwei Zoll vor meinem Gesicht, der Abzug halb gedrückt, als ich erkannte, es würde bedeuten, daß er der Sieger war, wenn ich ihn angriffe; wenn ich zurückwiche, wäre ich es. Ich lächelte wie Ross, wenn er am stilvollsten war, und sprach wie Martin Plunkett, wenn er am entschlossensten war. »Ich habe ihn benutzt, und ich werde Sie benutzen, um am Ende werde ich siegen.«

Dusenberry ließ die Waffe sinken, und ich streckte ihm die Hände entgegen, damit er mir Handschellen anlegen konnte.

Aus der NEW YORK TIMES, 4. Februar 1984:

Plunkett-Prozeß dauert nur einen Tag;
Justiz und Ermittlungsbehörde weiter im Zwist

Der Prozeß gegen Martin Michael Plunkett, der den Mord an vier Bürgern von Westchester County gestanden hat, dauerte gestern nur vier Stunden; die juristische Kontroverse, die um ihn entstanden ist, wird aber womöglich ebenso komplex und weitreichend werden, wie das Verfahren kurz war – und den Mann selbst umgibt allmählich eine gewisse Aura des Mysteriösen.

Plunkett, der am 13. September wegen Mordes an Dominic De Nunzio, Madeleine Behrens, Rosemary Cafferty und Richard Liggett festgenommen wurde, weigerte sich, mit Ermittlungsbeamten, Gerichtspsychologen und seinem Pflichtverteidiger zu sprechen.

Die erste Äußerung, mündlich oder schriftlich, tat er überhaupt erst zwei Wochen vor der gestrigen Verhandlung, als er in einer notariellen Aussage die vier Morde eingestand und die Ermittlungsbehörden auf die Stellen verwies, an denen er die Mordwaffen vergraben hatte. Unter Verzicht auf eine Rechtsberatung wiederholte er diese Aussage gestern vor dem Vorsitzenden Richter und den Geschworenen, und aufgrund dieser Aussage und des ergänzenden

265

Beweismaterials wurde er für schuldig befunden. Die Geschworenen fällten ihren Spruch nach nur zehnminütiger Beratung, und Richter Felix Cansler verurteilte ihn zu vierfach lebenslänglicher Haft ohne die Möglichkeit einer vorzeitigen Freilassung zur Bewährung. Plunkett wurde daraufhin in das Gefängnis Sing-Sing gefahren und in einer Schutzhaftzelle untergebracht, wo er sich weiterhin über die Details der vier Mordtaten und über alles andere ausschweigt.

Die Aussage eines zweiten geständigen Mörders, Ross Anderson, 33, ehemals Polizeibeamter in Wisconsin und der Cousin von Mr. Liggett und Miss Cafferty, hat zu Plunketts Ergreifung geführt. Anderson, der in der kommenden Woche wegen Vergewaltigung und Mord in drei Fällen, begangen 1978 und 1979, in Wisconsin vor Gericht stehen wird, wurde nicht gegen Plunkett in den Zeugenstand gerufen, weil die Bundesbehörden dies für »logistisch heikel« hielten. Stanton J. Buckford, oberster Bundesanwalt für den Bezirk Metropolitan New York, erklärte letzte Woche vor der Presse: »Hätte Plunkett seine Aussage nicht gemacht und mit Beweismaterial unterfüttert, hätten wir Andersons Aussage benötigt. Wie die Dinge jetzt liegen, brauchen wir sie aber nicht. Andersons Aussage betrifft einen Mord, den Plunkett angeblich im Jahr '79 in Wisconsin begangen hat, und da Plunkett in New York schon mit allergrößter Sicherheit das Maximalurteil kassieren wird, will ich nicht, daß er noch nach Wisconsin reist – wo es keine Todesstrafe gibt –,

nur um ihm noch mehr Haft aufzubrummen. Der Mann ist hochintelligent und extrem gefährlich, und ich halte die Fluchtgefahr für groß. Deshalb bleibt er im Hochsicherheitstrakt in New York.«

Der Mord in Wisconsin, der Plunkett zur Last gelegt wird, bringt den drängendsten Aspekt dieses Falles zur Sprache: Wie viele Menschen hat Martin Plunkett ermordet? Überprüfungen der Serienkiller-Taskforce des FBI erweckten den ersten Verdacht, und überall in den Vereinigten Staaten stellen sich Polizisten zur Zeit diese Frage.

Inspector Thomas Dusenberry, Leiter der Taskforce und derjenige Agent, dem die Aufklärung der Anderson-Plunkett-Mordserie zugeschrieben wird, glaubt, es sind noch viele. »Ich würde sagen, Plunkett hat mindestens vierzig Menschen ermordet, und ich glaube, die Morde reichen zurück bis in das Jahr 1974 und nach San Francisco. Ich glaube, daß er 1982 in Sharon, Pennsylvania, George und Paula Kurzinski ermordet hat – ein berühmter ungelöster Fall –, und wenn man nichtgemeldete Vermißtenfälle mitrechnet, kann sich die Zahl der von ihm begangenen Morde auf rund einhundert erhöhen. Sie denken vielleicht, jetzt, da Plunkett in Haft und juristisch begraben ist, kommt es nicht mehr darauf an, genau zu wissen, wie viele Leute er getötet hat – aber es ist doch wichtig. Zum einen würde es den Freunden und Verwandten der Vermißten eine ungeahnte Bangnis ersparen, wenn sie endlich wüßten, daß ihre Leute tot sind. Vor allem aber: Wenn in den

Fällen, in denen wir Plunkett für den Täter halten, noch immer aktiv ermittelt wird, können wir diese Ermittlungen abschließen und der Polizei manche Arbeitsstunde ersparen. Bei der Festnahme gab Plunkett mir zu verstehen, er werde seine Mordtaten in sämtlichen Einzelheiten bekanntgeben. Ich hoffe nur, er tut es bald.«

Städtische Polizeibehörden in mindestens vier Staaten ermitteln derzeit gegen Plunkett. In Aspen, Colorado, steht er in acht Mord/Vermißtenfällen aus den Jahren 1975 und 1976 unter Tatverdacht, und in Utah, Nevada und Kansas verdächtigt ihn die Polizei fünfzehn bis zwanzig weiterer Taten innerhalb ihres Zuständigkeitsbereiches.

Inspector Dusenberry meinte letzte Woche: »Ich habe meine Plunkett-Daten jedem Department zugänglich gemacht, das darum gebeten hat. Sie haben ein Recht darauf, zu wissen, was wir haben. Aber den Staatsanwälten gehen die Anklagen allmählich allzu locker von der Hand, und da wird's lächerlich. Ohne ein Geständnis von Plunkett sind die Fälle einfach zu kalt. Keine Zeugen. Keine Beweise. Ich habe mit zwei Männern gesprochen, denen Plunkett vor Jahren die Kreditkarten von Mordopfern verkauft hat. Nach seinem heutigen Aussehen konnten sie ihn nicht positiv identifizieren. Das alles ist zu alt und zu vage und im Grunde motiviert von Empörung und persönlichem

Ehrgeiz. Plunkett wird in einem Staat verurteilt werden, in dem es keine Todesstrafe gibt, und kein New Yorker Richter wird ihn anderswohin ausliefern und hinrichten lassen, sosehr er es auch verdient hätte und so gern ein Haufen hungriger Bezirksanwälte auch dafür sorgen würde.«

Was den Fall Anderson betrifft, so wird der ehemalige Polizist in der kommenden Woche in Wisconsin vor Gericht stehen. Er hat sich schuldig im Sinne der Anklage bekannt, und wahrscheinlich droht ihm die nach den Gesetzen des Staates Wisconsin zulässige Höchststrafe, nämlich dreimal lebenslängliche Haft. Anderson hat zugegeben, in vier anderen Staaten (von denen zwei die Todesstrafe haben) ebenfalls Frauen vergewaltigt und ermordet zu haben, und Staatsanwälte in Kentucky, Iowa, South Carolina und Maryland suchen nach juristischen Möglichkeiten für eine Anklageerhebung dort.

Anderson selbst schweigt zu seinen Verbrechen wie auch zu seiner Beziehung zu Plunkett; Fragen von außerstaatlichen Polizeibehörden und Staatsanwaltschaften ließ er durch seinen Anwalt beantworten: »Kein Kommentar.« »Die beiden haben alles in der Hand«, sagt Inspector Dusenberry. »Wenn einer von ihnen reden will, ist ein Haufen Leute, unter anderem ich, ganz Ohr.«

Aus der MILWAUKEE POST, 12. Februar 1984:

Anderson verurteilt: Lebenslänglich

Ross Anderson, ehemals Lieutenant der Wisconsin State Police und als Mörder bekannt unter dem Namen »Wisconsin Whipsaw«, wurde gestern nach kurzer Verhandlung vor dem Bezirksgericht Beloit der Vergewaltigung und des Mordes, begangen 1978–79 an Gretchen Weymouth, Mary Coontz und Claire Kozol, für schuldig befunden. Richter Harold Hirsch verurteilte Anderson, 33, zu dreimal lebenslanger Haft ohne die Möglichkeit der vorzeitigen Entlassung auf Bewährung und verfügte die Einweisung des Strafgefangenen in eine Vollzugsanstalt mit »vollen Schutzhaftmöglich-keiten« – ein Terminus für Hochsicherheitsgefängnisse mit speziellen Einrichtungen für »exponierte« Straftäter, d. h. für ehemalige Polizisten, Prominente oder Angehörige des organisierten Verbrechens, die Übergriffen ausgesetzt sein könnten, wenn man sie unter normalen Insassen unterbrächte.

Nach der Urteilsverkündung erklärte der Bezirksanwalt von Beloit, Roger Mizrahi, vor der Presse: »Es ist eine Schande. Drei Mädchen aus Wisconsin sind tot, und der Mörder verbringt den Rest seines Lebens mit Golfspielen in einem Countryclub-Knast.«

Leitartikel des MILWAUKEE JOURNAL, 3. März 1984:

Der Lohn des Mordes?

Ross Anderson hat sieben Menschen ermordet. Sein Freund Martin Plunkett hat mindestens vier Menschen ermordet, und manche mit seinem Fall vertrauten Polizisten behaupten ohne Zögern, daß die wahre Zahl seiner Opfer bei zirka fünfzig liege. Beide »Männer« hatten das Glück, in Staaten verurteilt zu werden, in denen es die Todesstrafe nicht gibt, und beide Männer sind so abscheuliche Verbrecher, daß man ihnen nicht erlauben kann, mit anderen Kriminellen zusammenzuleben – denn selbst abgebrühte Räuber und Rauschgifthändler wären über ihre Anwesenheit im Gefängnishof so empört, daß ihre Sicherheit auf dem Spiel stände.

So kommt es, daß Ross Anderson, alias »Wisconsin Whipsaw« alias »Four-State Hooker Hacker«, behaglich in einem speziellen Schutzgefängnis weilt, Gewichte hebt,

Science-Fiction-Romane liest und Flugzeuge aus teurem Balsaholz baut. Der Gefangene in der Nachbarzelle ist Salvatore Di Stefano, der Mafia-Unterboss aus Cleveland, der für seine Syndikatsaktivitäten fünfzehn Jahre abzusitzen hat. Er und Anderson plaudern täglich stundenlang durch die Gitter über Baseball.

Martin Plunkett residiert im Gefängnis Sing-Sing in Ossining, New York. Er spricht mit niemandem, aber wie es heißt, zieht er in Erwägung, seine Memoiren zu schreiben. Er korrespondiert mit mehreren Literaturagenten in New York, die allesamt darauf brennen, jedes beliebige Buch, das er schreibt, zu verhökern. Angebote aus Hollywood – Gerüchten zufolge haben einige Studios ihm fünfzigtausend Dollar für einen zwanzig Seiten umfassenden Lebenslauf geboten – gibt es im Überfluß. Fünfzigtausend Dollar geteilt durch fünfzig Opfer, das macht tausend Dollar pro Mord.

Das ist obszön.

Plunkett würde das Geld nicht behalten können; die Gesetze des Staates New York verbieten es überführten Verbrechern, einen finanziellen Gewinn aus der schriftlichen oder filmischen Darstellung ihrer Verbrechen zu ziehen, und Plunkett käme es darauf wahrscheinlich nicht an – seit seiner Verhaftung hat er das Justiz- wie auch das Medienestablishment in brillanter Weise dahingehend manipuliert, darauf zu warten, daß er seine Geschichte auf *seine* Weise erzählt. Etwas anderes will er anscheinend nicht, und wohlmeinende Rechtsvertreter wie literarische Voyeure sabbern vor gieriger Erwartung.

Das alles ist obszön und im Widerspruch gegen das amerikanische Konzept von blinder Justiz und einer dem Verbrechen angemessenen Bestrafung. Es ist obszön und macht deutlich, wie das Recht der freien Rede zum Extrem getrieben werden kann. Es ist obszön und macht deutlich: Notwendig ist ein Gesetz zur nationalen Einführung der Todesstrafe.

Aus Thomas Dusenberrys Tagebuch:

13. 6. 84

Neun Monate ist es jetzt her, daß ich Anderson und Plunkett von der Straße gebracht habe. Ich war mit Arbeit beschäftigt – neue Verbindungen, neue Serien –, und auch damit, zu versuchen, die Taten der beiden zu rekonstruieren. Beim ersteren kommt nichts heraus, und beim letzteren wird's übel.

Was sich bisher getan hat: Buckford war der Kopf hinter dem Verfahren gegen Plunkett. Er hatte ein Reservoir von Zeugen angesammelt, daß nie angezapft zu werden brauchte, weil Plunkett seine Aussage gemacht hatte, und er hatte dem glanzlosen Bezirksanwalt von Westchester County Angriffsstrategien vorgegeben. Er hat noch ein großes As im Ärmel für den Fall, daß andere Staaten die Auslieferung beantragen sollten: Eine Serie von Staatsflucht-Anklagen wartet im Hintergrund, die dafür garantiert, daß Buckford im Rampenlicht bleibt und Plunkett nicht auf dem elektrischen Stuhl landet. Ich sehe den Mann und seine Ränke mit gemischten Gefühlen an. Er weiß – und ich weiß –, daß die Todesstrafe kein Abschreckungsmittel gegen Gewaltverbrechen ist, und der Southamptoner Aristokrat in ihm findet sie ohnedies vulgär. Schön, aber er ist auch ein Aufsteiger in der Demokratischen Partei, mit einer hochexponierten Sonderkommission gegen das organisierte Verbrechen in der Entwicklung, und er ist darauf bedacht, seine liberale Glaubwürdigkeit nicht aufs Spiel zu setzen, denn er hofft, irgendwann auch den Sprung in den Senat zu schaffen. Er hat es mir und einem halben Dutzend anderen Agenten gesagt: »Amerika ist mal heiß, mal kalt, mal yin, mal yang, mal links, mal rechts – und in der nächsten Linkskurve werde ich dastehen und aufspringen, und dann sahne ich ab.«

Bucky Buckford ist also ein Opportunist, und ich wäre auch einer, wenn ich nicht so deprimiert wäre. Nach dem Anderson/Plunkett-Coup habe ich ein Glückwunschtelegramm von Director persönlich bekommen. Er nannte meine Arbeit »ausgezeichnet«, und das Telegramm endete mit der Frage: »Bleiben Sie bis zum Erreichen des maximalen Pensionsalters im aktiven Dienst?« Meine Antwort war unverbindlich, obwohl die Frage ein verschleiertes Angebot enthielt: Assistant Director, vielleicht Leiter der gesamten Kriminalabteilung.

Hier der Grund für die gemischten Gefühle und die Depressionen:

Ich will Plunkett tot sehen.

Anderson stört mich nicht so sehr wie Plunkett – er hat tatsächlich geweint, als wir ihm sagten, daß sein Cousin und seine Cousine ermordet worden waren. Aber Plunkett kann so etwas nicht fühlen – jenseits seiner eigenen Unnachgiebigkeit fühlt er überhaupt nichts. Mir ist danach, mich hier zu rechtfertigen, und deshalb will ich es tun. Ich bin nicht rachsüchtig, und ich bin kein rechtsradikaler Ideologe; ich weiß die Notwendigkeit des Rechts von der Lust auf Rache zu unterscheiden. Und ich bin nicht von irrationalen Schuldgefühlen geplagt, weil ich etwa das Haus in Croton nicht unter Bewachung gestellt habe – ich habe Anderson geglaubt, als er mir sagte, er habe Plunkett seit '79 nicht mehr gesehen. Trotzdem will ich Plunkett tot sehen. Ich will ihn tot sehen, weil er niemals Reue oder Schuld oder auch nur einen Augenblick lang Schmerz oder Zwiespältigkeit über die Trauer empfinden wird, die er verursacht hat, und weil er sich jetzt anschickt, die Geschichte seines Lebens niederzuschreiben, finanziert von einem Literaturagenten, der ihm die offiziellen Polizeidokumente beschaffen wird, mit deren Hilfe er sie schreiben wird. Ich will ihn tot sehen, weil er ausbeutet, woran ich am meisten glaube, nur um sein eigenes Ego zu befriedigen. Ich will ihn tot sehen, weil ich mich jetzt nicht mehr frage, warum – ich *weiß* es einfach. Das Böse existiert.

Ungefähr einen Monat vor Plunketts Verhandlung hatten Bucky Buckford und ich eine Unterredung mit dem Director. Er meinte, ich sähe abgespannt aus, und befahl mir, in Urlaub zu fahren. Carol konnte wegen ihrer Seminare nicht mit, und so fuhr ich allein. Wohin? Nach Janesville, Wisconsin, und nach Los Angeles, wo Plunkett aufgewachsen ist. Was ich herausgefunden habe? Nichts – außer daß *ist*, was ist, und daß das Böse existiert.

Ich habe mit ungefähr vierzig Leuten gesprochen, die sie kannten. Anderson hat als Teenager kleinere Jungen zu homosexuellen Handlungen gezwungen und Tiere gequält. Plunkett ist durch die Nachbarschaft gestreift und hat durch fremde Fenster gespäht. Der Marihuana-Dealer, den Anderson in Ausübung seiner Dienstpflichten erschoß, war ein alter Freund, der zum Feind geworden war, und ich bin sicher, Anderson hat es mit Vorbedacht getan. Plunkett verübte seinen ersten Mord mit fast hundertprozentiger Sicherheit 1974 in San Francisco – das San Francisco Police Department hatte ihn in seinen Vernehmungsakten; er war verhört worden, nachdem drei Tage zuvor ein Mann und eine Frau, die auf der anderen Straßenseite gewohnt hatten, mit einer Axt erschlagen worden waren. Bei Durchsicht der Schulakten fand ich hier den ganz und gar amerikanischen Jungen, dort den seltsamen Knaben mit dem großen Verstand – aber keine Erwähnung von irgendeiner traumatischen, lebensprägenden Wende. Auf dem Heimweg betrank ich mich im Flugzeug und brachte Trinksprüche auf die Holländisch-Reformierte Kirche aus. Das Böse existiert, es ist bei der Geburt miteingepackt, im Mutterleib prädestiniert. Wenn Plunkett und Anderson, wie Doc Seidman meint, sadistische

Homosexuelle sind, dann basiert die Leidenschaft zwischen ihnen nicht auf Liebe, sondern darauf, daß das Böse hier das Böse dort erkennt. Mom, Dad, Reverend Hilliker, John Calvin – ihr hattet recht. Widerstrebend verbeuge ich mich vor euch.

Als ich, immer noch halb benebelt, nach Hause kam, tat ich etwas, was ich in vierundzwanzig Ehejahren noch nie getan hatte: Ich wühlte in Carols Kommode herum. Als ich feststellte, daß ihr Pessar nicht im Etui lag, fing ich an, mit Sachen um mich zu werfen. Ein bißchen nüchterner geworden, sammelte ich alles wieder ein, und dann kam Carol nach Hause. Sie hat kein Wort gesagt, und ich habe nichts gefragt, und in letzter Zeit ist sie so lieb und aufmerksam, daß ich immer noch nichts sagen kann. Es muß bald etwas mit ihr geschehen, aber ich fürchte, wenn ich den ersten Schritt tue, jage ich uns damit beide in die Luft.

Noch ein paar letzte Gedanken zu Plunkett:

Manchmal denke ich, das, was er mich gelehrt hat, bringt mir wenigstens ein Gutes: den Entschluß, das Böse weiter als das zu sehen, was es ist. Wenn es mir bestimmt ist, ein beinharter Mord-Cop zu werden, dann soll es so sein. Wenn ich in meinem Privatleben dafür einen hohen Preis bezahlen muß, dann soll es so sein. Wenn Plunkett ein Richtungsweiser von Gott war, ein vorgefertigter Schurke, der dafür sorgen sollte, daß ich weiterhin Mörder hochnehme, dann soll es so sein. Wenn das alles wahr ist, dann kann ich den logisch denkenden und methodischen Teil meiner selbst mit dem neuen, desillusionierten Teil versöhnen und weitermachen.

Das einzige, was dabei nicht glücklich ist, ist mein eigenes Ich. Ich bin fast fünfzig Jahre alt, und ich bezweifle, daß ich noch die Energie habe, mich selbst kalt und hart und getrieben zu machen. Das ist ein Spiel für einen jungen Mann – und für Plunkett.

27

15. Juni 1984.

Ich lag auf meiner Pritsche, als ich draußen auf dem Laufgang vor meiner Zelle Bewegung hörte. Ich dachte, es sei wieder ein Wärter oder ein Verwaltungsangestellter, der neugierig war, den schweigenden Killer einmal leibhaftig zu sehen, und so starrte ich weiter an die

Decke. Dann roch ich Alkohol, und ich drehte den Kopf und sah Dusenberry, der die Gitterstäbe umklammerte. »Rede mit mir«, sagte er.

Ich beschloß, es nicht zu tun. Ich hatte mein Schweigen gebrochen, als ich meinen Agenten engagiert hatte, und außer ihm hatte ich auch mit Verwaltungsleuten von Sing-Sing gesprochen, aber mein FBI-Verfolger, nachmittags um zwei betrunken vor meiner Zelle, war einer Antwort nicht würdig. Ich schaute wieder an die Decke und fing an, mir Farben ins Gehirn zu projizieren.

»Hast du Anderson gefickt, oder hat er dich gefickt?«

Die Wirbel, die ich sah, waren von sanftem Rosa und Beige.

»Wahrscheinlich das letztere. Die werden dich kriegen, Junge. Ronnie hat den Obersten Gerichtshof mit Hardlinern vollgepackt. In Colorado ist ein ganzes Team von juristischen Kanonen dabei, nach Wegen zu suchen, wie man deinen Arsch doch noch braten kann.«

Dunkelbraun und Rot jetzt, allmählich verfließend.

»Sieh mich an, du Schwein!«

Die Farben vertieften sich noch immer, trennten sich langsam, nahmen ihre ursprünglichen Nuancen wieder an, nur hübscher.

»Nie sollst du es schaffen, daß ich werde wie du!«

Tiefer, sanfter, hübscher.

»Nie, nie, du Schwein! Nie ein Stück Scheiße sein wie du!«

Sanfter, hübscher noch, als die Wärter kommen und Dusenberry wegbringen.

Aus Thomas Dusenberrys Tagebuch:

19. 6. 84

Was bei Plunkett passiert ist, hat sich bis zum Director herumgesprochen. Er hat mir über Bucky Buckford einen Tadel zukommen lassen – Sieh zu, daß das oder so was Ähnliches nicht noch mal vorkommt. Bucky rät mir, mich bedeckt zu halten und mit der Taskforce ein paar schnelle, spektakuläre Resultate zu bringen, selbst wenn ich die Lorbeeren einem anderen Agenten stehlen muß. Das kann ich natürlich nicht; es ist zu plunkett-pragmatisch.

Gestern abend habe ich es mit Carol ausgetragen. Sie gab zu, daß sie ein Verhältnis mit einem ihrer Professoren habe. Ich war ruhig, bis sie anfing, rationale Erklärungen für alles abzugeben. Sie hatte

273

logische Gründe für jede Einzelheit, und als sie anfing, sie abzuspulen, habe ich sie geschlagen. Sie weinte, und ich weinte, und zehn Minuten später ist sie wieder logisch und rational und erklärt mir: »Tom, wir können so nicht weitermachen.«

Das wußte ich vor ihr.

Eine gute Nachricht, wenn man es so nennen kann: Anthony Joseph Anzerhaus, der Kinderskalpierer von Minneapolis, wurde gestern erschossen, als er die Grenze von Mexiko nach Texas überqueren wollte. Ein Grenzer erkannte ihn und griff nach der Schußwaffe, und Anzerhaus langte unter seinen Sitz. Der Officer glaubte, er wolle eine Waffe ziehen, und erschoß ihn. Es war keine Waffe. Es war ein ausgestopfter Pandabär. Als Anzerhaus starb, hielt er ihn in den Armen wie ein Baby.

Ich habe Jim Schwartzwalder angerufen und ihm die Nachricht übermittelt. Er brach zusammen, und dann kam seine Frau ans Telefon, und ich wiederholte die Geschichte und fragte sie, weshalb Jim es so schlecht aufgenommen habe. Sie sagte: »Das geht Sie nichts an.«

Sie hat recht. Es geht mich nichts an.

Was mich aber etwas angeht, ist, daß jemand Anständiges von meinem Schachmatt mit Plunkett profitiert. Wenn ich das herausgefunden habe, wenn ich es *weiß*, dann lasse ich das bösartige Schwein für immer los.

Aus der NEW YORK TIMES, 24. Juni 1984:

Ermittler im Fall Plunkett/Anderson in der Nähe seines Hauses tot aufgefunden – Selbstmord

Quanticeo, Virginia, 23. Juni: Thomas D. Dusenberry, 49, der FBI-Inspector, Leiter der Serienkiller-Taskforce und verantwortliche Agent bei der Ergreifung der beiden Massenmörder Martin Plunkett und Ross Anderson, wurde gestern in einem Waldstück in der Nähe seines Hauses in Quantico tot aufgefunden. In der rechten Hand hielt er einen .38er Revolver mit einem primitiven selbstgemachten Schalldämpfer. Er hatte eine einzelne Schußwunde im Kopf. Die Ermittlungsbeamten fanden eine Selbstmordnotiz in Dusenberrys Handschrift auf seinem Eßtisch, und nach dem Ergebnis der offiziellen Ermittlungen liegt »Tod von eigener Hand« vor.

Beim FBI zeigte man sich über Dusenberrys Tod bestürzt, wollte jedoch keinerlei Mutmaßungen über den Grund für den Selbstmord abgeben. Wie die Polizei in Quantico verlauten ließ, fanden sich neben dem Abschiedsbrief zwei Schecks über jeweils fünfundzwanzigtausend Dollar, die Dusenberry auf die Namen seines Sohnes und seiner Tochter ausgestellt hat. Dusenberry hatte einem Kollgen, Special Agent James Schwartzwalder, erzählt, er habe ein Tagebuch über den Fall Plunkett an

einen literarischen Agenten verkauft, der auch Martin Plunkett bei der Vermarktung seiner Autobiographie vertritt – und zwar für den Betrag, den er seinen Kindern hinterlassen hat.

»Tom hat mir vor drei Tagen von dem Deal erzählt«, berichtete Agent Schwartzwalder gegenüber der *Times*. »Er schien glücklich darüber zu sein. Ich hatte keine Ahnung, was er vorhatte.«

Dusenberry wird in der kommenden Woche mit einem Gottesdienst der Holländisch-Reformierten Kirche beigesetzt. Er hinterläßt seine Frau Carol, 45, seinen Sohn Mark, 22, und seine Tochter Susan, 23.

28

Abgesehen von diesem Epilog ist meine Geschichte zu Ende. Ich bin seit vierzehn Monaten in Sing-Sing; Dusenberry ist seit neun Monaten tot. Es sind keine Auslieferungsbefehle erlassen worden, und in der Karte, die meine Zellenwand schmückt, stecken zweiundsechzig Nadeln. Gestern bin ich siebenunddreißig geworden.

Milton Alpert liest in der Zelle gegenüber die ersten Seiten meines Manuskripts. Ich beobachte ihn seit einer Stunde, und sein Gesicht ist voller Schrecken.

Es ist vorbei. Ich bin so tot und leblos wie die roten Stecknadelköpfe in meiner Landkarte. Wenn ich in diesen gut vierhundert Seiten zurückblättere, sehe ich mich, wie ich war – abwechselnd angstvoll und wütend, kühn und feige, bösartig und besessen vom *noblesse oblige* eines Kriegers. Ich habe gekämpft und bin geflohen, und als ich liebte, hatte meine Empathie sich entzündet an einem Machtwillen, der dem meinen gleichkam. Daß er sich als schwach und verräterisch erwies, ist ohne Belang; wie alle Menschen, habe ich einem entzückenden Geliebten angehangen, der meine Leerstellen mit seiner Anmut ausfüllte, und ich habe Teile meines Wissens in Seufzern und Umarmungen aufgegeben. Anders als die meisten

Menschen, habe ich mich von meinem Verlangen nicht zerstören lassen. Meine letzten Morde beging ich für ihn, und in einem Sekundenbruchteil der Klarheit hätte ich beinahe mein letztes Opfer für ihn verschont. Am Ende aber ist mein Wille intakt geblieben. Ich habe die Erfahrung gemacht, aber den letzten Preis nicht bezahlt.

Andere haben diesen Preis für mich bezahlt.

Indem ich ihnen ihr Leben nahm, kannte ich sie im köstlichsten Augenblick ihres Lebens. Indem ich sie jung, glutvoll und gesund niederwarf, assimilierte ich Dreistigkeit und Sex, die zu Schüchternheit geworden wären, hätte ich sie nicht für meine Zwecke usurpiert. Zum Teil ging es darum, meine Alpträume abzutöten und meine schreckliche Wut zu ersticken, zum Teil war es auch die schiere Erregung und das Hochspannungsgefühl von Macht, das Mord mir gab. In einer größeren Perspektive kann ich meine Triebe nicht zusammenfassen.

Suchen Sie also nach Ursache und Wirkung; haben Sie teil an meinem brillanten Gedächtnis und meiner absoluten Offenheit, und schließen Sie daraus, was Sie wollen. Bauen Sie Berge aus Ellipsen und Bastionen der Logik aus Interpretationen der Wahrheit, die ich Ihnen gegeben habe. Und wenn ich bei Ihnen Glauben gefunden habe, indem ich mich selbst ehrlich darstellte, mit all meinen Schwächen, dann glauben Sie mir auch, wenn ich Ihnen dies noch sage: Ich habe Höhen der Macht und der Klarheit erreicht, die sich durch Logisches oder Mystisches oder Menschliches nicht bemessen lassen. So rein und heilig war mein Wahnsinn.

Es ist vorüber. Ich werde mich in die Dauer meines Urteils nicht fügen. Nach diesem in Blut geschriebenen Lebewohl hat meine Reise in menschlicher Gestalt ihren Gipfel erreicht; darüber hinaus zu vegetieren, ist nicht akzeptabel. Die Wissenschaftler sagen, alle Materie zerstreue sich in unkenntlicher, aber alles durchdringender Energie. Ich gedenke es herauszufinden, indem ich mich einwärts wende und meine Sinne abschalte, bis ich in einem Raum jenseits aller Gesetze, aller Straßen, aller Geschwindigkeitsbegrenzungen, implodiere. In irgendeiner dunklen Form wird es mich weitergeben.

Nachwort

Es begann mit einer simplen Verkehrskontrolle.

Am 14. Mai 1983 um 1:10 nachts winken zwei Beamte der California Highway Patrol einen braunen Toyota an den Straßenrand, weil der Fahrer in Schlangenlinien gefahren war. Am Steuer sitzt ein gewisser Randy Steven Kraft; neben ihm ein junger Matrose, der anscheinend schläft.

Die Versuche des Beamten, den jungen Mann aufzuwecken, bleiben erfolglos. Er hat keinen Puls. Er trägt keine Hose. Die Polizisten schöpfen Verdacht: Mord?

Wenige Stunden später werden bei einer Durchsuchung des Fahrzeugs etliche Farbfotografien gefunden. Sie zeigen allesamt junge Männer. Viele sind nackt; alle wirken tot.

Als die Untersuchungen viele Monate später zu einem vorläufigen Ende kommen, ziehen die Behörden den Schluß, daß Randy Kraft, der emsige, allseits beliebte Computer Consultant, einer der schlimmsten Massenmörder in der Geschichte der USA ist – ein Serienkiller, der junge Männer unter Drogen setzte, sich an ihnen verging und sie umbrachte, oft grausamst verstümmelte. Vor Gericht wird man später versuchen, ihn des Mordes in 37 Fällen zu überführen – in sechzehn Fällen liegen unumstößliche Beweise vor. Aber bei Kraft wird eine »Todesliste« gefunden – aus ihr geht hervor, daß die wirkliche Zahl seiner Opfer voraussichtlich über sechzig liegt. Erst mit Krafts Verhaftung findet man allmählich heraus, daß da überhaupt ein Massenmörder am Werk war:

Zuvor waren die disparaten Verbrechen nicht miteinander in Verbindung gebracht worden.

1979 wird David Berkowitz zu insgesamt 30 Jahren Zuchthaus verurteilt. Berkowitz, besser bekannt als »Son of Sam«, hatte bei acht Anschlägen auf Liebespaare sechs Menschen getötet und sieben weitere verletzt. Diese Verbrechen und blutrünstige Bekennerbriefe, die in den Massenmedien unerhörten Widerhall fanden, hatten die Atmosphäre unter der Bevölkerung von New York derart aufgeheizt, daß sich bei mehreren Gelegenheiten ein Lynchmob zusammenrottete, um Personen zu massakrieren, die fälschlicherweise für »Son of Sam« gehalten wurden.

Kurz nach der Urteilsverkündung erscheint in *Publishers' Weekly* eine Meldung über eine geplante »offizielle Biographie« von Berkowitz. Diese Meldung enthielt detaillierte Angaben über die Honorare aller Beteiligten – Berkowitz, sein Agent, ein Autor, diverse Notare und Anwälte, Verlage – sowie Gewinn- und Umsatzprognosen. Man rechnete mit mehr als 11 Millionen Dollar an Honoraren. Wenn auch Berkowitz selbst sich später von dem Projekt distanzierte, so stellten doch zynische Geister die Frage, wann denn die kommerzielle Auswertung ins Auge gefaßt worden sei – nach den Morden oder davor.

Die Angelegenheit wirbelte reichlich Staub auf, sowohl hinsichtlich morbider Details – überlebende Opfer sollten ebenso zu Wort kommen wie der Killer – als auch hinsichtlich fehlender Gesetzesgrundlagen. Schließlich wurde im Staate New York das sogenannte »Son of Sam«-Gesetz verabschiedet, das es rechtmäßig verurteilten Straftätern untersagt, in irgendeiner Hinsicht von der Medienauswertung ihrer Verbrechen finanziell zu profitieren.

Irgendwo zwischen diesen beiden Punkten liegt James Ellroys »Stiller Schrecken«. So unglaublich es scheinen mag: Nichts in diesem Buch ist aus der Luft gegriffen oder einzig Ausgeburt eines kranken Hirns. Tatsächlich hat Ellroy eine Vielzahl solcher Verbrechen äußerst gründlich recherchiert und eine Vielzahl von Details in der Person seines Ich-Erzählers verdichtet – bisweilen eher beschönigt, als sie spekulativ auszuwalzen. All die anderen Mörder, die Martin Plunkett im Verlauf seiner Geschichte erwähnt, sie sind wirklich, und ihre Geschichten jederzeit einsehbar in den einschlägigen kriminalhistorischen Werken. Plunkett ist nichts weiter als ein Destillat ihrer Persönlichkeiten.

Ob es nun Randy Kraft, der »Score-card-killer«, oder der »Hillside Strangler« ist, oder »Zodiac«, der tatsächlich vorgab, Sklaven für ein Leben nach dem Tode zu sammeln und der nie gefaßt wurde, John Gacy, dem 33, der Müllsack-Mörder, dem 28 Opfer zugeschrieben werden, alle in Müllsäcke gestopft – ihnen ist eines gemeinsam: Sie berühren einen verborgenen Nerv der amerikanischen Seele. Amerika ist besessen von seinen Serienmördern; es erkennt intuitiv, daß der Serienmörder die finale, wenn auch pervertierte Form des klassischen amerikanischen Helden ist.

Das Töten nimmt schon zu Zeiten der Trapper einen exponierten Rang ein. Das Erlegen des Tiers, des Gegners, die mystische Aneignung des Opfers über das Blut, die Übernahme indianischer Mythologie, Religion und rituellen Brauchtums, schließlich der Blutrausch, Zeugnis einer schweren, unauflösbaren Indentitätskrise. Hut ab, Davy Crockett, von dem es schon in alten Quellen heißt: »The lust of killing was in his blood«. Er hatte Lust am Töten im Blut. Er überkam die alten Trapper oft, der Blutrausch, zahllose Überlieferungen berichten davon. Und die Parallelen zu den Aussagen von Serienmördern sind verblüffend. Ob Buffalo Bills Büffelgeschlachte, General George A. Custers Massaker an zahllosen indianischen Frauen und Kindern am Washita oder Carl Panzrams 21. Mordopfer – eine Linie ist erkennbar. Und auch die Weiterentwicklung des amerikanischen Helden ergibt einen Sinn. Der Mythos der Grenze, die gewaltsame Unterwerfung eines feindseligen, rauhen Landes, die Notwendigkeit der Entwicklung einer inneren Norm, eines geschlossenen moralischen Wertsystems, das widrigen Verhältnissen trutzt – wie gering ist der Unterschied zum Wahnsinn, wo ein in sich geschlossenes, logisch funktionierendes Denken parallel zur Wirklichkeit der »Anderen« verläuft.

Schließlich zerbricht der amerikanische Held an der Zivilisation. Der Westerner wird von der Zeit überrollt – seine Moral ist nicht die der neuen Städte. Ihm folgt eine Vielzahl gebrochener Helden, Privatdetektive, Cops, Outlaws. Sie alle leben in unauflöslichen Widersprüchen zur Gesellschaft. Ihre geistige Welt ist nicht deckungsgleich mit der der »Anderen«. In logischer Konsequenz steht der Serienmörder am Ende der Entwicklungsschiene solcher Helden.

All dies sind nur bruchstückhafte Ausschnitte aus einem riesigen, erschreckenden Themenkomplex, der an einem der düstersten Phänomene unserer Zeit hängt. James Ellroy kommt das Verdienst zu, hier gewissermaßen einen Fragenkatalog zum Thema entwickelt zu haben, einem »stillen Schrecken« eine Stimme gegeben zu haben. Und er hat dem Leser damit einen heiligen Schrecken in die Knochen gejagt.

Oliver Huzly

James Ellroy

Browns Grabgesang

Detektivroman

Band 10359

Ullstein
Kriminalroman

Fritz Brown ist ein Repo-Mann. Das heißt, er klaut säumigen Kunden, die mit den Ratenzahlungen nicht nachkommen, die auf Kredit gekauften Autos. Natürlich im Auftrag des Verkäufers. Seine Privatdetektei in Los Angeles betreibt er nur mehr als Steuerabschreibungsunternehmen. Bis ihm eines Tages dennoch ein Kunde ins Büro geschneit kommt und Brown rein zufällig auf einen alten Korruptionsskandal stößt. Plötzlich findet sich Brown, der Expolizist und Alkoholiker auf Dauerentzug, auf einem Rachefeldzug wieder. Um seines eigenen verpfuschten Lebens willen.

»Eine Sprache wie von Charles Bukowski.«
FAZ-Magazin